你若安好便是春天

一介 著

中国华侨出版社

图书在版编目(CIP)数据

你若安好,便是春天/一介著. —北京:中国华侨出版社,2013.7

ISBN 978-7-5113-3809-9

Ⅰ.①你… Ⅱ.①一… Ⅲ.①长篇小说—中国—当代 Ⅳ.①I247.5

中国版本图书馆 CIP 数据核字(2013)第 162358 号

● 你若安好,便是春天

著　　者 / 一　介
出 版 人 / 方　鸣
策划编辑 / 周耿茜
责任编辑 / 棠　静
责任校对 / 王京燕
装帧设计 / 玩瞳装帧
经　　销 / 全国新华书店
开　　本 / 880 毫米×1230 毫米　1/32　印张/12　字数/300 千字
印　　刷 / 北京紫瑞利印刷有限公司
版　　次 / 2013 年 9 月第 1 版　2013 年 9 月第 1 次印刷
书　　号 / ISBN 978-7-5113-3809-9
定　　价 / 36.00 元

中国华侨出版社　北京市朝阳区静安里 26 号通成达大厦 3 层　邮编:100028
法律顾问:陈鹰律师事务所
编辑部:(010)64443056　64443979
发行部:(010)64443051　传真:(010)64439708
网　　址:www.oveaschin.com
E-mail:oveaschin@sina.com

自　序

1

2012年初秋。

面前放着《孤独与沉思》。获首届诺贝尔文学奖。房间流淌着钢琴曲《Dream Catcher》，伴着我一遍遍回味：

"在文学中，如果能做到真实，那就够独特了。优秀的独特性不是别的，而是记录心灵语言的完美的真实。如果真实只有一种，那么，唯有心灵是独特的。文学的独特性可以用几个字来概括：人心变化所引起的永恒的真实。"

真实、独特、完美、永恒，亦是我在文字上的追求。

苏利·普吕多姆还说："文学上的雄心对那些不自以为是天才的有鉴赏力的人来说是一种痛苦。他们认识美，却不能创造美，他们因此而感到失望。"

我只是无名之辈、一介女流，对文字有自己尚未成熟的见解，我纵然有此雄心，也无此能力。在我的阅读生涯里，只愿追随此类书籍。因而孤寂在所难免。我一次次问自己：应该改变吗？

若是其他，尚可有所选择。但只文字，同"公平、平等、民主"一样,不欺贫穷,不畏权贵,只青睐于灵魂。文字如此待我,我又怎可利用、污辱、扭曲它呢?

若把文字比作女子,我不一定是能给她最好归宿的男子,但一定最爱她——保持独立的真我、如影随形、相伴终老。

这或许是时下一份幸运。科技的不断发展与融入,使阅读越来越开阔、方便、快捷。能够选择自己的所爱长相厮守,我不求高潮迭起,只愿素年一隅,细品青春微澜;而你,恰在某处守着晨光或听着夜雨,伴随一段缓缓涌动的旋律,看我捕捉流年浪花,低吟浅唱,许你一段暖的怀旧时光。

2

我偏爱小说,其一,小说是各种文体的综合运用。其二,小说比其他文体更接近于真实、永恒、完美。木心有言曰——艺术家,是假口袋里装真东西。

贵在真。暗恋如斯。

我的青春感悟是,暗恋比爱情更刻骨铭心。

暗恋是爱情中最伟大的情感。恰如苏利·普吕多姆所言:"当爱情别无它用,除了给微不足道的东西以价值,这样的爱将是神圣的。"

最初萌芽的暗恋,像获得阳光雨露的幼芽,第一次发现破土而出的妙不可言,用最本真自然的方式生长。暗恋很傻,却很快乐。我愿把精明用在对快乐的精打细算上,不要一次用完,尽量有所保留。我愿快乐像趵突泉,无穷无尽,永不枯竭。

现在我知晓如何追求永恒的快乐,但那时年华似锦,却懵懵懂懂,知道度过年华最好的方式时,已然晚矣。这何尝不是一种幸福——独属于自己的生命感悟。不是照着巨人的指点，亦非跟在别人后面。青春像大道在我面前铺展开来，不断向远方延伸，我在其中，肆意迷失，莫名忧伤。我信，最后相逢的人会再重逢。

已记不清是从什么时候开始，我喜欢一个人独处，把玩文字、品味忧伤，在夜的深处，一寸一寸把白天隐形的另一个自己显现。渐渐地，习惯了孤独。孤独，像一扇门，推开它，就能游走在如梦如幻的另一个世界里。在那里，我是自己的君王。

又或者，青春是孤独的前奏，文字是正文，而死亡终结我的孤独。

写作，是一种命运。我以为我的写作恰如夸父追日。即便被自己全盘否定过，依然收拾好心情，重新痴迷。犹如生命过程之于死亡，纵然殊途同归的死亡之果，亦无法阻挡生之绚烂。如果说写小说是一次赴死之约，我愿。而于你，一时的安慰或忘却，我喜。

一个人，无论如何，总会伤害或宽慰了另一个人。这部小说亦然。

归根结底，这部小说的主题正如阿巴斯·库亚斯塔米所言："面对所爱之人，仍是思念；面对现实，仍然忍不住想象。"

是为序。献给我钟爱的文字、青春及爱人。

目　录

- 一　雨的记忆 / 001
- 二　爱情擦肩而过 / 009
- 三　丑小鸭的奇遇 / 019
- 四　与陌生人独处 / 028
- 五　住石屋的男孩 / 040
- 六　梁超的秘密 / 049
- 七　意外的重逢 / 058
- 八　身世之谜 / 065
- 九　素人小偷 / 074
- 十　大自然的美意 / 084
- 十一　阴错阳差 / 093
- 十二　生活一种 / 100
- 十三　暑假工的初恋 / 109
- 十四　生日礼物 / 119
- 十五　希斯的拒绝 / 132
- 十六　陌生人的短信 / 140
- 十七　邂逅喻昂 / 148

十八　来自地狱的信 / 155
十九　暗恋揭秘 / 163
二十　小天的隐伤 / 173
二十一　与清月春游 / 183
二十二　彻底决裂 / 194
二十三　勇敢的一步 / 205
二十四　友情裂变 / 215
二十五　成熟男人与年轻男孩 / 224
二十六　跟母亲的协议 / 234
二十七　失业之后 / 246
二十八　蓝姬中大奖 / 256
二十九　第一次亲密接触 / 268
三十　两人都姓喻 / 280
三十一　梦和初见 / 290
三十二　覆水难收 / 300
三十三　喻洁的故事 / 310
三十四　两个女人 / 319
三十五　一封羽毛信 / 327
三十六　偌大的空洞 / 334
三十七　电视相亲 / 342
三十八　住院之乐 / 351
三十九　回到久水 / 360
四十　梦在老屋 / 367

一　雨的记忆

浙中。某古镇。地处偏远。少有外人往来。六七百年前，有位清高文人为逃离朝廷纷争，同家人跋涉而来隐居在此，并命名为久水。

久水发展至今早已不再是原先名不见经传的小村落，而是远近闻名的古镇。真正的久水村，即在我脚下。会客厅里一幅一百多年前的水彩画，展示彼时光景。画中的久水村像沉睡在山水间布局合理的一卷书画，散发着浓浓书卷气、无穷韵味。我一闭上眼，这幅画便栩栩如生，画上人物行走交谈，连静止的老房子都在用低沉的声音述说。此时，2014年金秋十月伊始。我，即将迎来第30个生日，背对着画独自窝在一张旧藤椅上。

雨从青瓦缓缓流下，滴落在廊间水道里。"滴滴答滴答"。毫无节奏，仿若错乱的时间脚步声。空气中氤氲着旧木头与泥土混合而成的原野气息。我托着下巴，与雨帘外歪着花脸的菊相对静默，各自失魂。

长时间沉默。往事朵朵白云般飘过记忆的天空。说不上伤感也非快乐。膝盖上平铺着一本书：由陕西师范大学出版社出版的《边城及其他》。封面上有一幅沈金龙的绘画：泛着旧时光的几座小木屋。不见山，想必山在画外云雾里，木板桥下缭绕的白雾，像极了久水雨季景象，宛如人间仙境、世外桃源。想象人物在木板桥上行走、在桥下浣衣、在二楼的窗前静思或看书。时间久了，我也到了画中。漫步在用古木建筑而成的、如迷宫般布局的老房子里。分不清哪些是记忆，哪些是想象。旧年轮里，新日子中，只有门前清如玉的溪流依旧向西。

故事从这里开始，也必将在这里结束。几天前我接到奶奶电话，说太奶奶怕是不行了，要我有时间回来看看她。昨天，我便从繁华大都市逃离至此。并与他约定7天后，答复他草率的求婚。

他是母亲介绍给我结婚过日子的男子，各方面条件都不错。我与他几乎没有值得书写的过去，只有未来等待我去填补。但过去来势汹汹，不但淹没此刻，更使未来一片白茫茫。想到这儿，夹在右手指中的铅笔不自觉旋转几下。我转笔技术一般，从初中开始学，一直保持最初的烂技术。我把这种手指小活动用在思维停顿处，或保持冷静。在大拇指、食指、中指之间来回旋转的铅笔不经意间"啪"地掉落在地上。我捡起它，泥土地，微软，笔芯幸免于难。在书的第292页，我把其中一句话重点画了一下。

继续转笔，在往事的回味中穿插着咀嚼这句话："这个世界上也有人不了解海，也不知爱海。也有人了解海，不敢爱海。"

沈从文的文字嚼劲大、有滋有味，像奶奶的拿手好菜——红烧肉。好文字像心灵之窗，透过它，解读人生之书。这片"海"于我，便是文字世界。好文字又像酒，我最多算一个不合格却幸运的品酒人。一尝辄醉。

此时我，恋上文字十载有余。而写作读书是本能习惯。就像每天吃饭睡觉，从不觉得两者有何区别。两年前，我写了一部二十来万字的青春爱情小说。其中有这么几段：

明知你是一部烂剧，却还愿倾尽所有奉陪到底。

文字是普照孤独的阳光，它使心灵迅速苍老，之后老去的速度愈发慢，慢到一种极致，几乎停止。那时，永恒之花随即绽放。我多么渴望，渴望站在那个点上，迎风送雨，孑然一身。

用我迟来的领悟为青春戴上花环，目送它在我记忆里繁花似锦。它只会让迷茫忧伤的你知晓这世上有你的同伴，你们同病相怜；在杯水车薪的安慰中奉陪到底。我不无悲凉地告诉青春的你，人人如此。你莫名望着我，我还在描述："……亲，我看到一朵非常美的浪花，我欲要抓来与你分享。用了很多办法……最后我找到文字这种途径，试了试，我以为胜利了，我欢呼雀跃，邀你来看，我把它递给你。"你却哭了，你说："我懂你的痛。"我拼命摇头，看着它，我不停哭泣："不是这样的，不是痛……不，我的意思是，因为痛，它才美……我看到它时，比这还美……一万倍。"

我把它给了几位要好的文友——未曾谋面的文字爱好者，我们在某个论坛相遇，利用网络交流，坦诚相待。他们给了我不少有价值的建议和意见。但我还是按照自己的方式修改，最终定稿。它在我无从安放的流年里孤独地躺了两年。我常常翻阅这段被遗忘的旧时光。各种情绪反复体验，我在回忆里打磨着文字。由于我反复折磨它，它也不时报复性地磨损我。我们像两个彼此相爱却互相磨难的恋人。是时候，该做个了断。

在青春的尾巴上，葬送一段早已死去的时光。葬歌起时，往事像送葬的队伍排列整齐，随着时间大幕的拉开。一幕幕。一场场。徐徐挺进，井然有序。

彼时，2004年。早春的西城乌云密布。不久，雨像豆子（且为去过月球的黄豆品种，硕大无比）般千散万落，顿时，大地炸开了锅。

站在二楼教室门外走廊上，我愁风愁雨愁煞人。

希斯在我身后："要不，先跟我去宿舍，伞再由你打回去。"她是我的同班同学。

"没事。"说完，我跑下楼。奔进雨中。希斯几秒后追上我，打着伞，递给我一封信。"收发室发现的。看邮戳很久了。"我瞟了一眼，信来自上海，字迹眼熟。寄件人处写着内详。我似有所悟。谢过她——声音颤抖。她诧异时，我已把信放进胸口衣服里。左手捂住藏信位置，右手按住斜挎包再次奔进雨中。

雨声更大。万千条线，如鞭抽打在身上。上下牙齿打架，睁不开眼，上身发抖。我加快步伐。左手捂得更紧。

仿若跟时光赛跑。我要赶在它之前，留住往事若许。抑或，赶赴一场被遗忘太久的分别，亲耳听他讲讲不告而别的理由。

抵达千米之外的出租屋，已成落汤鸡一只。小心翼翼拿出信，湿了大片,平放在床上。这才脱去所有湿答答的衣服,换上睡衣。

倒上烫白开水一杯。钻进被窝,细细读信。一遍,惊喜。二遍,开心。三遍、四遍,难过。纸渐渐干了,心慢慢湿了。

黑暗徐徐逼近。我双手握信,凝神静气。像千年前的望夫石。夜,游走,往更深处。雨渐小,风撕裂般地撞击我老旧的窗子。

水凉。夜睡。我饿着肚子流着泪。在周公不厌其烦数次引导下,进入浅睡眠状态。

新太阳。新日子。

揉惺忪睡眼,在一束阳光的照耀下。收起昨夜破碎,我整装待发。

周六,一群人的沸腾日。尤其在香江美食城。西城市中心一景。每逢周末,我便穿梭其中——给一家叫香喷喷的小饭馆打零工。从早上9点到晚上9点,持续喧闹。

喷嚏连连。上错两次菜。摔碎一只碗。老板容我提前下班,还叮嘱我吃药。

药房前,踟蹰不前。掏遍所有口袋,只有13块2毛。买了份1块5的凉皮面和一包五颜六色的棉花糖,我回到出租屋。打开随身听听张信哲的磁带。填饱肚子,便趴在书桌上发呆。

他的信,安静地躺在手边。插在玻璃杯中的独枝月季,寂寞怒放。一股淡淡清香氤氲。随手抽出《雨季不再来》,目光却移到信上,回忆信马由缰。

泪痕,清晰显现于信纸上,像一朵朵绽放的花,与他的字相互掩映。上天垂怜,赐予此信。除却录取通知书,这是我收到的第一封真正意义上的信。绝对意外惊喜,信封上的地址写得颠三倒四,就连我所在班级也写得含糊不清,唯有我的姓名准确无误。

一边嚼着棉花糖,一边看信。信开头没有称呼。他信里坦言:不知如何称呼你。

我讪笑:任意称呼都可啊。小蕙,以蕙。实在不行,直呼其名也行。难道我叶以蕙不值得他称呼吗?转念一想,觉得他起码不愿搪塞敷衍我。这也不错。我分析着他的每一个字符。像两军对战时,逐字逐句地分析、揣摩截获的敌情。不知不觉中,我能倒背如流:

（首行空出）

原谅我不知如何称呼你。

刚从旧同学那获知你消息，现仍兴奋中。尽管他坦言，只大概记得你的学校、专业，一万个不确定。我还是决定试试。若万一你收到，便是我们缘分未尽；若不幸石沉大海，不过又一次失望而已。

离开你和清月这些年，我总是不间断想起曾经的点点滴滴。那时，年华似水，无忧无虑，真正快活幸福。我也知往事不可追，回忆好像冷风吹。有些记忆拾得，有些则过眼云烟。如此伤感，希望不曾勾起你的忧愁。有时，难免习惯于一提笔，便转瞬陷入苍老的心境中。

言归正传。我现在上海一所籍籍无名的学校读书。专业是机械化。学了我才后悔，但悔之晚矣。只能强迫自己坚持下去。我把大学看成考验我忍耐力的炼狱。每天不是做无聊的功课，就是玩电脑游戏。偶尔看点文学小说、历史、地理、科幻、哲学书籍。而谈恋爱是一件极不靠谱的事。我身边的男男女女分分合合，好不热闹。尽管入了大学，谈恋爱名正言顺，我却念着你和清月。身边的女孩怎么看都不及你们可爱。这是真心话。

说假话是一种浪费生命的愚蠢行为。大概源于这点，我所交到的朋友很少。不过于我，独处并不牵强，反而自得其乐。何况，提笔是一件奇妙的事。它使人直面自己，无论是更好的自己，还是更坏的自己，都可坦然接受。这些妙不可言。总体说来，我很开心给你写信，即使你可能压根收不到，我也乐此不彼。

我期待相逢，和你，和清月。回到旧时光。

我想应该可以，好在我们还不曾变成枯叶残花。依稀记得你内敛的笑容，而清月通常喜欢偷笑，她是否已经变了许多。我想你该和我一样，改变对我们来说，绝非轻而易举的事。

最后两行写着他的地址和手机号码。信背面写着一句话："我不知道世界上还有什么比与朋友谈论伤心事更为愉快。"后来我才知晓这是苏利·普吕多姆的话。

从笔记本上撕下一张纸。铺平，提笔。迟疑，才发现对他，我也无从称呼。索性写道：

你好!

同你一样,我喜欢独处,喜欢写字。尤其喜欢这蓝色的钢笔字。这支钢笔陪伴我三年了。我忆起那时的你喜欢黑墨水。酷酷的。怎么现在用圆珠笔写字了呢?也罢,改变总是不经意的。

无疑,收到你的信,万分惊讶。现仍然震惊中。能给你回信,真好!每每提笔,就好像沿着心灵河流的堤岸行走。一场场风景擦肩而过,在心中泛起涟漪。而文字恰好忠实地记录这一切。诚如你所言,妙不可言。

至于爱情。高中毕业后,我便把大把时间和钱扔在网吧,把大把情感投给一个我从未见面的网友。或许,你觉得这不可思议。对我,却至关重要也绝对必要。在十九岁的尾巴上,第一次感到有人愿倾听而我也刚好愿讲述。对爱情,我总不以为然,以为爱情即你,你即爱情。或者不如说暗恋即爱情。实际上,以阅读的认知来说,这并非爱情。

停顿。他还不知道我对他的感情。我该写出来吗?也许写信告白是个不错的选择。

左右为难。无法决断。揉碎,丢进垃圾桶。

重新铺开信纸,我只写了简单几句,类似于信已收到,把一本书中的枫叶放入信中。带上零钱去寄信,顺道去话吧打电话。

2004年的话吧还很常见,长途电话3毛钱1分钟。穷学生一般没手机。那时,网恋还很真诚。没有那么多骗子。网聊不过瘾,常去话吧打长途。

拨通野的手机号。野,是网名,真实姓名我没问他也不曾说。

何必相问。

又何必知晓。

野,是众多与我相隔遥远相谈甚欢的一位网友。相隔千山万水,这很重要,不必相见,只是讲述与倾听。我利用异性相吸原理,制造暧昧的诱惑,还不必承担任何责任。当时我一厢情愿地以为可以永久。很快,我幼稚的梦想破碎。

电话接通。他便问"有没有想我"。男人在网络或电话里的甜言蜜语一般多于现实生活中。我没有接茬,只说我收到的信。

短暂沉默后,他说:"你和我说别的男人,可考虑过我的感受?"

他在吃醋吗?"当初我们不是说好不谈恋爱的吗?"

"是。可我现在喜欢上了你。无法阻挡。我们见面吧,你来我的城市,或我去……"

我立马打断他:"别再说了。"

"你在害怕?你怕发现一直以来爱着一个你幻想的影子。"

我出神。

野对什么都充满信心:"是时候该和我谈一场恋爱。"

"你知道这意味着什么?"冷冷的语气。

"什么?"

"结束。对我表白,游戏 Over。"很长时间里,我像一个有着独特癖好的垂钓者——只享受垂钓过程而把到手的鱼儿放回水里。我不亦乐乎。爱情是鱼饵,男孩是鱼儿。其实,我是一个胆小鬼,一个从未吃过鱼的胆小鬼,总担心鱼有巨毒。更可悲的是,胆小鬼很难相信别人的话。

"为什么?"

"我的原则。"我挂断电话,撕碎那张写有他号码的纸。往回走的路上,仔细思索那句"一个幻想的影子"。或许真如他所说,我爱上一个幻想的影子,一个记忆里的影子。即便如此,我也不允许有人破坏这个影子分毫。

影子的主人叫桑戈天,初次见面却有三个版本,记忆这东西,往往忽悠人。我不记得第一次见面到底是哪个版本。发生在初二上学期。那时我同现在一样,对身边人和事都抱着漠然态度,因而他何时转学而来,又同我住在一个屋檐下,我竟毫无察觉。

第一个版本是中午放学老师留下了一批没有按时完成作业的同学,要求几时写完几时回家。我背着书包正准备离开,却看见奶奶走进教室。我心下奇怪(奶奶重男轻女,压根不会来学校接我),便问她。顺着她手指的方向我看到一个小男孩,歪坐在座位上,一脸不以为然。当下便想:不写作业还神气,以后离他远些。

第二个版本是我在二楼的窗前写作业,期间远眺,看见一个穿蓝格子衬衫的小男孩沿着小路蜿蜒而来。路两边种满绿油油的蔬菜,夕阳正西下，很美的一幅乡村男孩漫步图。他埋头走路，似乎沉醉在自己的世界里。他看不到我，我越发肆意地观看，目送他走进老宅大门。那种感觉很唯美，很舒服。还有一种熟悉的气息弥漫开来。那以后我每次读《红楼梦》读到贾宝玉初见林妹妹那一段，便想到初见他时的似曾相识。

第三个版本想来已非初见。但那种感受类似于初见。晚上我在二楼写作业，写完语文写数学时才发现课本落在教室里。左思右想后，决定向他借数学书。当然不能直接借，我悄悄找到奶奶请她帮忙。然后回房等着奶奶送来，却被一声叫喊吓了一跳。原来他正站在我窗下，叫我去拿数学书呢。诧异之余，我悄悄踩着木楼梯下楼，努力不发出声响。面对面时，他把书递给我，什么都没说便逃了。那晚夜空繁星点点，脸瞬间发烫，我疑心星星看我，我也成了星光。

那一年，1998年。14岁的少女开始拥有一个无法启口的心思。她燥热的脸、加快的心跳、完全丧失思维的大脑，许多年后，仍然记忆犹新。

人生若只如初见。该多好！

我总愿一个人待着，脑海中一旦浮现这些画面，心便暖暖的。自从他出现后，我的爱情便与他紧密相连。纠结着，思念着，苦恼着。现在想来，初见时便已深深喜欢，只隐藏得好深好深，连我本人都是在多年以后才有所察觉。

之后，我们渐渐熟识起来。奶奶告诉我：小天（桑戈天的小名）是她远嫁的二姐唯一的孙子。他大我几个月，我该叫他表哥。我终究没叫过他哥。在我心中，他只是一个可爱男孩，我喜欢看见他。那时，我隐约发现：爱情像天上的星，闪闪发光，又遥不可及。

想到这儿，我还是给清月打个电话吧。

二　爱情擦肩而过

清月在西城北面读一所名牌大学——阳光大学,那里三面环山,风景秀丽。校车像巨型蚂蚱穿行其中——朝气蓬勃的俊男靓女——堂皇气派的教学楼——各科知名教授——五花八门的课外活动——装潢考究的各类商店……每次来,我都有一种自卑感,低着头穿过大门,快速通过交错的路道,直达目的地。

和清月见面已是周一傍晚,我们习惯性地坐在操场的看台上。三三两两的男女在跑步。几个男同学在踢球。不远处篮球场上围满了人,不时传来阵阵喝彩。夕阳染红了每个人的脸庞。

"你听说过村上春树吗?"清月一落座便问我。

我摇摇头。

她晃了晃手中的书。"《挪威的森林》,风靡全球。日本人写的。"

我说:"向来不看。"

清月嘻嘻笑,把书送到我的面前,反问:"怎么,不相信我的眼光?"

"哪能啊。"我夺过来,"讲什么啊?"

"把玩孤独。"

"孤独?"如雷灌耳,我仿若刚知道这两个字。

"保准你会喜欢。"

"我读读看。"一直以来，我都愿喜欢清月喜欢的。

我们扯起别的话题，东南西北海阔天空。暗地里，我一直在等待合适时机提起桑戈天。这个名字，我们之间已有两三年不曾提到过了。

"对了，你还记得桑戈天?"我努力轻描淡写、漫不经心。

清月先是一愣，继而笑了。"记得。他不是失踪了，有消息了?"

清月不愧聪明漂亮的才女。"嗯。"我有些颤抖，"他想和我们见面。"

"那就见呗。"

"这不征求你意见嘛。我是怕你怪我。上次我们班的男生跟我死缠烂打要了你号码，结果被你训了不是!"

"他不一样啊。"见我诧异，她忙补充，"桑戈天是老同学，你那男同学实不敢恭维。一看就是花心大萝卜一个，你呀，好歹这么大了，对男孩子一点都不了解。"

我傻笑，不是不了解，是不想了解。男人在我眼里只有两个，父亲、桑戈天。其他的一概忽视性别。

"整天傻瓜一样的，谁会喜欢你。"清月毫不客气，我乐滋滋地接受，这是一种"骂是疼、打是爱"式的友情。"你那网友呢，还聊着呢?"

"他想和我谈恋爱被我删了。"

"遇着合适的就交往看看。不要等到青春不再，悔之晚矣。"

"你说爱情究竟是什么?"我托着下巴，脑海中回放一些曾令我动过心的模糊影像。有些名字早忘了，始终念念不忘的只有桑戈天。

"遇见、相识、相知、相爱、分别、怀念。这是初恋。"

我扑哧一笑。"我呢，总想投机取巧。"

清月最了解我心思："不曾得到，便没有失去的苦痛。"冥冥之中，已预知有些是青春不能承受之伤痛。然而，再怎么逃避，爱情都是女孩成长中的必经关卡。

在渐凉的晚风中，我和清月缩成一团，紧抱着友情取暖。

我飞奔，像疾风。离末班车只3分钟。一面祈祷，一面责怪清月不提醒我——光顾着说话忘了时间。

人一旦一心只向着某个方向奔跑,自然会忽视其他。我为此付出了代价:被石头绊倒在地,脚给扭伤了。正忍痛起身,一双陌生大手从背后向我伸来——突如其来,我本能闪躲,伴随尖叫,再次摔倒在地。

还惊魂未定,又眼睁睁地看着末班车在我对面的马路缓缓靠站。我赶紧起身,奋不顾身地穿越斑马线,却还是晚一步。

正火气冲天,发现刚才那双大手推着电动车尾随我。看到我在看他,他冲着我淡淡一笑。他三十来岁,身材高挑,脸面白净,温文尔雅。

"跟着我干吗?"我没好气道。

"这条路又不是你一个人的。"

"好有理!算我倒霉。"我无心争辩。时光不会倒流。

"我可是好心想扶你一把,谁知你那么敏感。没赶上车吧,你去哪儿?我送你一程。"

想自己刚才狼狈相尽现他眼底,气便游走丹田,最终破口而出:"不!"

他视而不见,温柔相待:"看你,一瘸一拐的,很疼吧?"

我停下,他亦停下,以为我同意,等我来坐。我咬唇又看了他一眼,继续往前走。

过了个红绿灯。我以为他转弯了,回头看了看,还跟着。见我回头他紧跟上来。

肩并肩走着。

"让我送你一程吧,顺路送,不顺路不送。"

"你这样和女孩搭讪?"

"冤枉啊。我是见你一个女孩走夜路。"

我转身看他,充满感激:"很感谢。但我真的不需要。"

"哦——你怕我对你耍流氓?"

我表现出不屑。他提议:"我真对你怎样,你大叫便是。你看,路上来来往往的行人,总有一个会英雄救美的。不过我不会给他们机会的。"

我开始犹豫。脚确实疼,路确实远。再看他恳切目光,仍再次强调:"知你好心,也真心感谢,但我确实不需要。"

"说实话,看你从阳光大学出来,一定是那儿学生。我也是,曾经是。今晚和老同学叙旧,散场遇见你,也算一种缘分,你说呢?"见我不说话,他继续,"你是外地人吧,我也是。刚来时特孤单落寞,什么事都得自己来。看到你,让我想起曾经的自己,很能体会你的心情,很想帮你。很久没说过这么掏心窝的话了。希望你成全我。"

我木木地看着他。在这一场较量中,他已然大获全胜。又想了想,淡淡苦笑。"既然没有结局,何必开始?"

"什么?"

"你开你的电动车,我走我的路。再远,再疼,只要一步步走下去,总能到达的。对不对?"

"对。既然你执着自己走,我也可执着陪你走下去。"

"那又何必?"

"你又何必!"

相视而笑。

华灯璀璨,街道渐宽,繁华退隐。舞台灯光打着默默前行的两个影子。一前一后,一轻一重。

转弯。过两个红绿灯。沉默持续。用微笑替代语言。

在某小区楼下,我停住。"到了。"

"好。"

"你往哪个方向?"

他顺手往左前方一指:"刚好要走这条路。"

"小心点。"

"你也是。"

"再见!"

"再见!"

他扭动钥匙,上车、发动。我往小区门口走去。

过5分钟,我原路退回,继续沿着路灯向前。"加油!"我对自己说。已走了一半路程。另一半由我独自走。想着,不由自主回头看了看。和他分别的十字路口,一个熟悉的影子,在与我相反的方向渐行渐远渐无踪。

瞬间。眼眶噙满热热液体。

待离别,才知遇见那么美。我记得他有一双小眼睛,笑起来,眯成一条缝。

我笑,我与爱情擦肩而过;

我哭,爱情与我擦肩而过。

与清月再见面时,我将这奇遇讲给她听,她笑我偏执。我摇摇头:"既然人生美在初见,那么我只想要初见的美好,而舍弃过程和结局。"

笑,清澈见底。语气充满疼爱:"明明是莫名其妙的自尊,还说得那么文艺。现实点吧,脚还疼不?"

我低头看双脚,充满怜爱:"跟着我,叫你们受累了。"她笑。直不起腰。我拍拍她的背:"没事。我天生命贱,上帝垂怜。早好了。"

"你呀——要拒绝多少人,才能遇见你的真命天子?"

"第六感,跟他的缘分就这么浅,一次足够了。最重要的是我发现社会上还是好人多,并非别人说的那么险恶。"

"这么说吧,一个年轻姑娘若落水,一定会有许多男子踊跃救她;若她貌美如花,哪怕不会游泳的,也定装出一副誓死相救的样子。倘若一老太婆落水,救她的人就寥寥无几了。"

我恍然大悟,脱口而出:"桑戈天也是如此?"

"起码你跟我没有那么好命可以遇见例外。"

"那我们的未来不是很绝望?"

"不见得吧。希望也许不在男人,而在其他的什么上面。"

"但你知道吗?桑戈天,他,喜欢你。"

她耸耸肩:"似乎是。似乎又不是。"

"没得到你的许可嘛。"我笑。

"他也没问啊。女孩总该矜持些。"

"理是这个理。他也太被动了。"

"我已站在他转身即触的地方——也要他转身才行。"

"给你打个预防针。他这次来会向你告白。"

话毕,我想起不少男孩向清月表白都闹出过笑话。且不提在愚人节收到无名求爱信,只说高三那段"黄昏恋"期间,有个平时不结巴的男同学跟人打赌对清月说:"清……月……我想……你……爱爱爱……我,行行行……吗?"清月故意学他样子说:"欢欢……迎……加入清月……粉丝团。"

清月眺望远方,目光茫然,缓缓冒出一句:"只怕这次也是徒劳。"连伤感都这么美。我若是男人,爱定她了。

"很少有人能够超越自己。桑戈天,不是那种会为爱情而做任何改变的人。这点你和他很像。"清月的话让我摸不着头脑。

"那么,你预备怎么办?"我问。

"且行且珍惜吧。到时你一定要在啊。"

"呵呵,放心,我一定高高照亮你们。"话一说出,才发现她眼里的愁网。

"你喜欢他吗?"我小心翼翼地问。

她转过脸,我看她轻轻擦去一颗晶莹的泪珠。她摇摇头:"绝不受爱情的苦。"

周六晚,我在香喷喷洗碗时,一个五十多岁的矮个老男人来找我。我提前下班,跟着他来到一豪华酒店。

"这儿的环境,喜欢吗?"一落座,他便问我。

我置之不理,不答反问:"我妈妈呢?她怎么没来!"

以往要么他和妈妈一起来,要么妈妈独自来找我。破天荒第一次,他独自来找我,还请吃饭。

"你妈回老家了,你外婆生病了。临走要我照顾好你,走得匆忙,来不及和你说。"他说着从包里拿出一些钱递给我,"这是给你的生活费。可能要些天才回来。有事你打我电话。"

我没动他的钱。我厌恶他的钱、他的样子、他的一切。

"这孩子,钱拿去,又不是我给的,是你妈妈要我转交的。今晚刚好有空,请你吃顿饭。你将小饭馆活赶紧辞掉,又脏又累。咱不差钱。放心,有我在,还能饿着你们母女不成!"他边点菜,边问我吃什么。

"随便!"

我压根不想和他说话。什么饿着我们母女不成!说得好像他是我们的保护神似的。母亲虽不说,难道我没眼睛吗?母亲可是起早贪黑整天在他店里忙碌,他给她开过工钱吗?说什么我的学费都是他交的,那不是母亲辛苦的汗水吗？好笑，笑死人了。

我默默吃着饭，期间他手机响个不停。

"我吃饱了。"

正准备走，他起身买单："我送送你。"

"不用。"我听到服务生说一共135元。是我在小饭馆10天的工钱。

回到出租屋里才发现母亲给我的钱和纸条。这么说，他的钱并不是母亲让转交的。

我赶紧跑出去，他的车还在。从包里拿出他的钱还给他。

"这钱给你买手机，现在哪个大学生不用手机啊？你妈妈联系你也方便。"他打开车门，站在我面前，说着便把钱塞到了我的手里，顺势摸我右手。

我慌忙挣脱，跑开。他站在原地看了好一会儿，抽一口烟，吐出烟雾，自言自语："到底是个小姑娘。"

慌乱。久久难以平复。脑海里尽是电视剧中猥琐继父纠缠继女的画面。根据影视剧有关情节，这只怕还是开始。内心有向别人求助的念头。牛仔包里的通讯录有桑戈天的号码，但我不敢打。他是我牢牢建起的一座城，永远树立在我心中最重要的位置，任何人都攻不进，连我自己都退避三舍。

于是我想到野，想打电话约他上网。后才想起我已把他删除了。费力去想，才发现我找不到一个可以依靠的肩膀。想起不久前陪我在夜色里行走的影子，我开始后悔。为什么要逞强？我一个人真的什么事都可以吗？

没有答案。一夜忐忑。

日记本上满是泪痕，湿了干，干了又湿。最终，睡眠拯救了我。

早上刚到学校，希斯对我说，清月打来电话说老同学来了，叫我放学后去她那里。

中午我拨通清月手机约在老地方见面。其实不用打通常都在操场见面。

带上《挪威的森林》，匆匆跳上公交。书是清月帮我代借的，通常她看到好看的书都给我留着或是我需要哪本书她都会帮我借来。阳光大学的图书馆才叫图书馆,整幢楼,五层,陈列各种书。行走其间,像漫步在书的海洋。相比之下我们学校图书馆就小得可怜,藏书更是没得比。好比一片无边无际的大海与一个又小又臭的水塘之间的差别。

由于下午第二节是自习课,到达阳光大学时,清月还没下课。

老远看见一熟悉背影站在篮球场看人打球。我没走过去叫他,像中了定身法,呆在了原地。

好久不见,恍如隔世。高三那年,他突然失踪。清月和我一度猜测,他被外星人绑架了。相处那么久,怎么可以不辞而别呢?微风拂面,似在抚慰我孱弱的心灵。

桑戈天忽而转身,直接看向我。他大约等急了,回头看看;也许,他感受到我灼热的注视。我宁愿是后者。

他向我走来。我向他走去。留下短短的几米宽,仿若隔着银河。

"你来了。"他轻问。

这台词貌似归我。

"嗯,清月很快便到。你几时到达西城的?"

"汽车两点半到站,我坐了外线301路,绕了许多路,才到不久。"

"清月那么细心的人,没跟你说内线301吗?"

"说了,是我忘了,也没细看。"

"上海待得还好吗,可已习惯?"

"挺好,学校在郊区,就逛街难。好在,我也不爱逛街。买什么,网购即可。你呢?在西城,有清月,倒不错。"

"是哦。好在有她,不然真想退学。"

"退学?不像是从年年都拿三好生奖状的你口中说出的话。"

"物极必反。总之,我厌恶极了学习。"

"许是不喜欢的专业吧?"

"最糟糕的是,现在的我,连自己喜欢什么都无从知晓了。"

他似笑非笑。仿佛我经常这么答非所问、让人无从接话却也习以为常、见怪不怪了。

又闲聊几句,清月便赶来了。三人一同来到操场看台处。

一如回到从前,清月与桑戈天谈笑风生,我偶尔插上几句。格外快活,好像观他们斗嘴也是件很快乐的事。如果两人争得不分上下、面红耳赤,都会争相拉我入盟,以扩大他们各自的阵营。

"小薰,我们班上有个男孩想认识你。"桑戈天突如其来。

"啊?"我一时没回过神来。

"给你介绍一男朋友。"清月偷乐道,"这丫头整天在网上瞎谈,小天你给她介绍她肯定接受,我都不知和她说过多少回了。"

"去去去。谁需要男朋友啊。"我轻拍清月,怎么能在桑戈天面前说这些呢?

"清月,你误会了。上次小薰给我的回信被那家伙抢了去看,结果他看到小薰放在信里的那片枫叶,觉得很有诗意,想认识小薰。"

"原来如此。"清月别有意味地笑。

"我说小薰眼界高,不一定看得上他。"

"听你这么说,他更来劲了吧?"

"被你说中了。死活要认识小薰,我说总得问下当事人意见,这才作罢。"

两人你一言我一语好像在讨论我婚嫁似的。真可气。

"管他什么样的,我一概不要认识。"丢下这句话,我走下台阶,跑到跑道上。

两人追上来:"不见就不见,何必发火呢?"

来到一家小饭店,刚坐下,桑戈天便叫我们点菜,自己跑了出去。清月怕他迷路追了出去,又被挡了回来。

"搞什么鬼嘛。"清月嘀咕着。

"放心。任凭他搞什么鬼,这可是你的地盘。"我笑她道,"吃什么?"

"来点清淡的就好,对了,一概不要放辣椒,他吃不习惯。"

一惊,我都不知桑戈天喜欢吃什么,清月倒知道。看来还是她爱他爱得深些。那么,一开始的退出是有道理的,何况他又不喜欢自己。我苦笑一下,为摆脱内心的苦楚,我报出每一道菜名,请她做主。

桑戈天再回来时,手里拎着一大盒巧克力奶油蛋糕。又一惊,肯定不是我生日,桑戈天哪天生日我竟不知,对了,是清月,该死,竟给忘记了。我慌忙给清月道歉，讲好礼物明天肯定补上。

清月也是一惊，连自己生日都给忘记了，而桑戈天却牢牢地记住了。突然间，我后悔来做电灯泡。要是借故离开，清月肯定不让。只好硬着头皮留下来。

吃完饭，又绕着偌大校园散步。趁着清月把多余蛋糕拿回宿舍时，借着夜色，我问桑戈天："你是哪天生日啊？我竟不知。"

"我倒知道你的，清月告诉我的。她还悄悄嘱咐我等到你二十生日，让我给你买个蛋糕。"说完，他笑了笑，继续说，"我自己从不过生日，那是母亲的受难日，给你们过，则是我的心意，一种交往的方式罢了。所以你不必放在心上。"

我安静地揣摩他的话，觉得好矛盾，却又说不出什么，只好沉默到清月再度出现。

"我得回去，不然又赶不上公交车。"

"没事。"清月说，"一会儿我借同学的自行车让小天送你回去。"

"不用，真的得走，我还有些事。"清月知道我一旦决定很难改变，便默认了我。我们互相告别，我转身，随即泪如雨下。

三　丑小鸭的奇遇

空荡荡的房间流淌着钢琴曲《雨的印记》。

一边抹去泪水，一边望着斑驳的墙壁发呆。

心好疼好纠结，每一次独自转身，都好难受，而这些，竟无人可诉，也不想去诉。只静静聆听，像一只受伤的孤魂野鬼飘荡在音乐中。

取下凋谢的月季，插上从路边摘来的新朋友。枯萎的花朵安放在日记本中。西城，无比浪漫，处处有月季花开，四季繁荣。只是没一朵属于我。很久以后，我才知晓，玫瑰也是月季的一种。爱情也是感情的一种。

这杯中花，虽有水可依，却无根无心，纵然我百般照顾爱惜，终免不了一死。当她脱离枝头，还有我把她倾心安葬，只是我——他年葬侬知是谁。每一朵花的枯萎，仿若每一次心碎。难怪顾城说："你不愿意种花。你说，我不愿看见它，一点点凋落。是的，为了避免结束，你避免了一切开始。"

然，有些开始，越是逃避来得越凶猛。就如清月与桑戈天的爱情。

清月向来对我毫无隐瞒，她向我讲述他们的单处、情至深处的情景。

一直以来，清月以为桑戈天属于大男子型。不想他不仅记得她的生日，还特地赶来祝福。最最重要的是，我走后，他还送出了叫清月格外欢喜的礼物。

清月心惊胆战，毕竟像这样两个人相对的机会少之又少，又是在这样封闭的房间里，清月担心任何事的发生，又害怕什么事都不曾发生；她既想时间快些溜走，又期盼着时间停止，总之矛盾万分。

"不是有话和我说吗？再不说我回宿舍了。"清月打破沉默。她实在不想再在此备受煎熬了。

显然他也是。一会儿看天花板，一会儿看向窗外，一副欲言又止的样子；一会儿摸摸包，一会儿搓搓手，又一副不知所措的样子。听她这样说，他才发觉自己失礼。他怔怔地盯着她那水汪汪的大眼睛，那里同样充满了柔情蜜意，他这才鼓起勇气同她说："也不知从什么时候开始，也不清楚这到底是怎样的情感。只是在离开你以后，莫名地想要见到你。不敢说爱，怕你笑话。自己也怕不能长久，更怕被你拒绝，最终朋友都没得做。一直在挣扎，逃避，以为时间会叫我渐渐淡忘你，却不想遇到一位同学，得知小薰的地址，便不顾一切来了。现在我才明白，我对你竟是不能不诉的，不能深埋的，必须要像火山爆发般地去爱着，而且勇往无前，死而无憾。"

说完，几颗豆大的汗珠从他的额头滑落下来。

她笑，松了口气："张小娴有过一段话。"

"什么话？"他追问。

"她说：'我是个藏不住的人，我若是爱一个人，绝对藏不住。'……"她停顿，他焦急等她说完，显然他没听过类似的话，"'因为我藏起来，不让你看见，也就不需要你的回报。而我，我藏不住，是因为我终究希望得到你的爱。'"

他一头雾水。她轻轻靠近他，为他擦拭额头上的汗水。他冲动之下抱住她。

她在他耳畔轻语："我也藏不住了。我希望得到你的爱。"她伸出双手环抱住他的腰。

他唤她："清月……清月……"

她像一只冰淇淋在他怀里慢慢融化。

窗外，夜色朦胧，月光迷离。

清晨我刚出出租屋门，便遇上老男人，他靠着小车抽烟。看见我迎上来:"你妈妈要我转告你好好学习，不要早早交朋友。"

我只当没听见，依旧往前走。

"这什么孩子，一点礼貌没有。亏我还答应你妈妈要你搬过去一起住呢。"

我依旧沉默着走，对这个男人，我得罪不得，欢喜不起。唯有沉默能够维持我和他的关系。只看在母亲面子上，当着母亲的面，叫他一声魏叔叔。每次叫他，心里恶心，面上若无其事。这般两面派是我生平极其厌恶的，却毫无办法。看看吧，那张又老又丑的面孔，时时充满铜臭味，叫人鄙夷。

"我和你妈妈说过要给你买个手机。下午放学我去学校接你。"

"不用。"我头也不回喊道。

"小薰，晚上我生日 Praty 你一定要来哦！"放学时希斯拉着我道。

"必须的。"希斯是我在学校唯一要好的朋友。

担心老男人真的会在校门口等我，便转身向后门走去。心怀一丝希望——后门是开着的。原先，后门时不时会打开。后来就锁了，一直锁着。当我来到后门时，有点失望。不过即使锁了，也没关系，我可以翻过去。听起来似乎匪夷所思，其实，铁门铁棍交错，易翻越。

透过铁门缝隙，我看到围墙外水塘的一小部分，还是不由自主想起一个传闻：曾有女学生在水塘里自杀。至于自杀原因众说纷纭。有说被男友抛弃了一时想不开，有说她原本就有抑郁症。

不敢多想，我抓紧时间，踩着锈迹斑斑的铁门一步一步爬上去。至顶转身下了几步，待靠近地面跳下来时，才发现一个二十来岁的男孩正看着我的一举一动。他就站在水塘边，毫不顾忌地盯着我看，看得我毛骨悚然。

我没理他，狂奔不已。跑到没力气，才停下，气喘吁吁。

越想越后怕。好像那水塘阴森、恐怖，而那男孩，面容苍白，毫无生气，满眼悲伤，却又咄咄逼人。我安慰自己，一定是心理暗示的结果。其实那不过是个普通的水塘而已,其实那不过是个普通的男孩而已。

又怕老男人在出租房等我,我没有立即回去,径直跳上301路公交车。

谁知在半路上,天公不作美,刚才还好好的天竟下起雨来,且是大暴雨。难怪人说,六月天,孩子脸。

等我见到清月时,估计落汤鸡看见我得叫姐姐了。

清月拿出衣服让我换上。我打开袋子一看,是条白色雪纺连衣裙,胸前有浅色蝴蝶结,裙摆是蕾丝花边。一看商标还在,我便问:"这是要去参加什么重要聚会啊?还买这么高雅淑女的裙子!"

"是生日礼物。我刚好没穿过,你赶紧换上吧。不然一会儿该感冒了。"

我一听,赶紧叠好放回袋子:"不行不行。这可是小天送给你的生日礼物。"

"没事。你不是一会儿还去参加同学的Party吗?又下了这么一场大雨,仿佛就是为你准备的。"

"还是不行。我还是喜欢穿牛仔裤,将上次你穿的那条借给我吧。"这裙子肯定是清月的宝贝,她只怕都不舍得穿呢。

"瞧你,见外了不是。不过一条裙子,哪里比得上我们的友谊。就是小天都照让不误,何况一条裙子。"

我目瞪口呆:"啊?"接着苦笑,"别逗我了。法律那关就过不了。"

"瞧把你吓的。我就是拿他打个比方。"

她这话的另一层含义:桑戈天对她意义非凡。

见我不语,她催促我:"快换上吧。比小天好的男孩多了去,我预感你今晚会遇到一个。"

"真的假的啊?"

"不是Party吗?你这么一穿,保证帅哥都会贴上来。到时你随便挑一个呗。"

我提起袋子,一面大叫:"我命苦矣。"一面走去卫生间换衣服。清月在后面发出清脆的笑声。等换好衣服出来,少不了又遭一顿打趣。在送我离开的路上,她扶着艰难地踩着高跟鞋的我,走在放晴的天空下,小心翼翼避开一处处水洼。我说起水塘边那一幕,她嘱咐我别再去了。她讲了和桑戈天的一些事。不过是很多情侣做的事:一起手牵手逛马路,一起看电影,一起吃小吃,背靠着背听音乐。看她陶醉的表情,我忽而对爱情心生无限向往。

希斯的生日 Party 在一家素雅明净的饭馆举行。刚走进包间便听到一声雷动:"天,天下掉下个林妹妹!这是谁哎?"

我"扑哧"笑起来,被班上的这位素来笑话我为丑小鸭的男生颇具搞笑的文学情怀逗乐。"My God!——竟是小薰!"接踵而来的是各种复杂的表情。我嘴上嘀咕着有那么夸张吗,心里早乐开了花。原来做个漂亮女生,是一件多么容易又多么快乐的事。

班上头号大帅哥请我跳舞,我抱歉拒绝,更有好事者要教我,我都一一谢绝。我走到希斯旁边:"抱歉,来晚了。各种巧合不幸——"不等我说完,希斯冷冷笑道:"以为你是君子,是朋友,原来是个善于伪装的小人。"

"这,这话从何说起?"看着她一脸的拒人于千里之外,不由得打了个冷战。是因为我抢了她的风头,还是……我想不明白。

"明知故问。你若识相点就马上离开,也不枉费我们好了一场。"希斯转过身,不再言语。我愣了好半天,才明白她是在下逐客令。

放下手中的礼物盒,我转身,离开。背后格外冷,仿佛有晚风夹着冰冷的雨滴在偷袭。

我漫无目的地走着,胡乱踢小石块。穿着清月借给我的高跟鞋,"哒哒哒"响着。满脸泪痕,不时有路人停下观看,我顾不上。贪哭猫就贪哭猫,爱哭鬼就爱哭鬼吧。不好就不好,离了谁,谁的世界不会转?何况是友谊,那么淡的友谊,那么容易支离破碎的友谊——不,不配叫友谊,不配。

原来自己藐视友谊——除了和清月的,任是和谁都不配叫友谊了。这好比翻越过一座高山,自然不把小土丘放在眼里。

清月说我是个靠情而活的,而他们靠的是空气。

我不以为然,我只想真诚对待每一个向我靠近的朋友。宁可天下人负我，也不愿我负一个人。

可是这一次，我失败了。丑小鸭变成了白天鹅，却失去了同伴。

犹记得希斯热心给我传每一个打来找我的电话，全宿舍人都有意见，独她毫无怨言；偶尔晚上班主任来教室告知一些情况，都是希斯一字不落地告诉我；希斯主动借我笔记复习，告诉我班上一些同学的私密。希斯几乎成了我和班级联系的纽带。可现在，却怎么了，我哪里做错了吗？

我一直低头走路，时不时摆弄包上的小挂件，一只维尼熊，那是和希斯一起逛街买的，除去颜色不同，其余均一模一样，按去还会响。

"小姐，小姐——"我并不曾注意有人在叫我。直至他叫了好几遍，拍我肩膀才察觉到。我一抬头，他看到我红肿的眼睛，慌忙说："对不起。"我继续往前走，想着心事。

不想他又追上来，挡住我去路。我抬起头看他，话都说不出，等着他说。

"对不起，打听一下，你知道附近有警察局吗？"

"警察局？"什么意思？我本能地想到他是去自首的犯人，不由得后退了一步。"不清楚。"

"那么，你知道附近有免费公园吗？"

"哦。你往前走，右转，第二个红绿灯右转便可看到。"

我走了约莫50米，他再次追上来："对不起，能借我几块钱，我肚子好饿。"话没说完，他肚子"咕——"的一叫。见我犹豫，"你包里有纸和笔吗，我给你电话和地址，我肯定还你。实不相瞒，我刚到西城，钱包和证件都被偷了，想去报警又不知怎么走，想找个地方将就一晚，肚子又不争气。"

我看着他眼睛，试图从那辨别真假，却听到自己肚子也"咕咕咕"叫起来。四目相对而笑。"走，我请你吃饭去。"

同为天涯沦落人，相逢何必曾相识。

西红柿炒鸡蛋刚端上来，坐在对面的男孩讲了声抱歉，便狼吞虎咽起来。我要了一瓶啤酒，却毫无胃口。他两碗饭下肚，跟服务生要了一碟煮花生，看样子，打算陪我喝上几杯。

他举起酒杯说："这第一杯酒感谢上苍让我遇到姐姐这么好的人。"说完，一饮而尽，又倒上一杯，"我们萍水相逢，姐姐却信任我还请我吃饭，感激之情无法言表，尽在这杯酒里。"说完又是一杯下肚。"这第三杯，我祝姐姐不管今晚有什么心事，都如那风过般无痕，愿姐姐有个美好未来。"

他说得至真至情，也许比起他的遭遇，我稍显矫情，两相对比发现：有饭吃真好。

席间我们聊了各自一些情况，像多年未曾见面的朋友，断断续续，不徐不疾地交谈着。

原来他是约定好见网友的，刚出车站发现被偷了，好在手机放在裤袋里。本想着见面的网友会帮他，谁知得到消息，网友玩起了失踪。任凭他怎么发消息向对方保证都无济于事。结果手机也没电了。"他肯定以为你是骗子。""也许吧。这真叫人沮丧。"

一小段沉默。他问："你相信我吗？"

我脱口而出："相信。我家里有西城地图。是我刚来时买的。或许对你有所帮助，一会儿拿给你。"他有些无言以对，充满感激。

我笑笑，表示举手之劳、何足挂齿。

付款后，我们肩并肩走着。保持小半米距离。不知到底走了多久，加上极少穿高跟鞋的缘故，我的脚开始酸疼，且不时踩空。心里不断诅咒发明高跟鞋的人。起初还坚持，后来便只能走走停停一瘸一拐了。他见了，大义凛然地说要背我。我自然坚持不肯。不知又走了多久，总算快到了。

"穿过这条不是很长的小巷便到了。"我指着前面黑洞洞的小巷道，"你在这儿等我一会儿，我去拿地图和钱。"

"你脚不方便，我跟去拿吧。何况这么黑，连星星都没有。"

我担心他不熟悉路况，折回时找不到路。"还是在这儿等我吧。我一会儿准来。"

"我倒不是担心这个——好吧，你小心点。"他以为我防着他，不想让他知道我住哪儿。

接过他背着的我的包，我扶着一面墙缓慢前行。行至中间，一个模糊人影靠着墙，面容极其丑陋，衣着破烂不堪——就在我打量他时，他突然睁开眼睛，似要向我扑来，我赶紧回头，顾不上脚疼，逃命般跑开。由于步子迈得太大，差点摔在地上，刚好被赶来的他接住。我像得了根救命稻草，紧紧抓住他胳膊，他一边拍我肩膀一边叫我不要怕。

当恐惧渐渐退去，他在前面开路，我紧随其后，他的大手有力地握着我仍在颤抖的手。快到人影处，他大声呵斥，说来也怪，那影子竟一动不动。我跟在他后面，第一次感觉有个男孩在身边真好，第一次体会到男孩带来的安全感。很快，我们穿过弯弯曲曲的小巷，他松开了紧紧握住的手。

"是个乞丐，不用怕。"

"在这儿住了这么长时间，竟不知什么时候有个乞丐在这里安家了。"黑暗中我捂住滚烫的脸。

"谢谢你。"他突然说。

"该我谢你，你谢我什么啊？"

"刚才你不让我跟来，是怕我迷路吧——这弯弯曲曲的小巷像迷宫。"

我有些吃惊、失语。他趁机说："赶快进去吧，很晚了。"

我按响大院门铃，清脆的铃声在夜色中格外响亮，确实太晚了。房东探出头来："是小薰啊，这么晚了，还以为你不回来了。"

我拉拉男孩衣袖："进来吧。"

"这是谁呀？"房东惺忪的睡眼立刻闪出光来。

"我一个同学。"

"在这里过夜啊？"声调刺疼我耳膜。我没搭理，直接拿出钥匙准备进院。

"这样不好，我还是走吧。"男孩扭头想走。

"没事。你总不想学那乞丐，找个地方吓人吧？"

他笑笑："那倒不会。"

"小薰，作为长辈，我有责任提醒你——况且，你妈妈也嘱咐我要照顾你，我也答应了……"房东郑重其事地说。男孩打断他："放心吧，叔叔。我拿张地图就走。"

"那就好。"

我旋动钥匙。见房东站在旁边看着，没好气道："你再不走，一会儿房东夫人该发火了。"

"小丫头片子!"房东丢下一句,悻悻而归。

开门,进屋。"你这个房东怕老婆。"

关门时,我瞥见房东还对我探头探脑张望,发现我看到他了,才彻底关门。

"房东是个不老实的人。同住一个院子的一位姐姐告诉我的。她说房东总是找单住的年轻女孩谈话。模式都一模一样。拿出一张该省地图,对着地图指指点点,告诉你他有个坐牢的哥们儿。自然,这哥们儿是被冤枉的,或者是牺牲自己为心爱的女子抵罪的。总之,说法不一,但都感人至深。一般说到这里,女孩开始泛起同情。他便提出要去看看这哥们儿。从西城出发,先到哪儿,再到哪儿,最后抵达监狱所在地。他会说,这是他哥们儿的愿望。他会把一路上拍的照片给哥们儿看。他希望你和他一起去。路费什么的他全包。总之,非把你说蠢蠢欲动、心花怒发——白得的便宜,谁都想占。果不其然,我住在这儿不出一个月,房东便找我,拿出一张地图,对我夸夸其谈。要不是这位好心姐姐先告诉过我,我肯定被他糊弄了。而且他说话时,故意靠近我,有意无意地用身体碰我。我很快找借口逃了。"

四　与陌生人独处

我从柜子里找出地图,他仔细看起来。和往常一样打开随身听,声音调得很小。

一会儿他过来翻看磁带,一面问:"你都听些什么歌啊?"

"呵呵,好听的都喜欢,抒情忧伤凄美的纯音乐。最爱钢琴独奏。你呢?"

"喜欢周杰伦的歌,节奏感较强的,RAP、Jazz、HOP 之类的。开得很大声,关上房门,然后身体跟着旋律金蛇狂舞。"

"你还会跳舞?"

"一点点。纯粹是吸引女孩子的小把戏。学校的舞会上,同学的生日 Party 上,如此而已。"

我笑起来,他这么坦诚。"我喜欢独自享受,之所以声音开很小,会让我觉得这是专门为我而弹奏的,仿佛在我耳边轻轻吟唱,又好似从遥远的地方传来,带来低眉浅吟人的淡淡气息。我陶醉其中,仿佛听的不是音乐,而是一个个呼之欲出的灵魂。或高山流水,或小桥人家,或小园香径,或修竹独立,或鸟语花香,或波光粼粼。总之,每一次听,每一次感受不尽相同,明知是带入了自己的悲欢喜乐,却也无妨。曾经我很惭愧,觉得自己根本听不懂这些大师的杰作,后来我才渐渐明白,所谓大师也是人，只是他们比我们更善于挖掘内心世界，更善于表达。没有所谓懂与不懂，关键在于能否引起共鸣。何况任何对大师的解读不过是一种误解罢了。也就拥有了'一千个读者，便有一千个哈姆雷特'的说法，我想，音乐也是一样道理。音乐对我，更多是一种陪伴，像忠实而沉默的朋友。"

"比起你的感悟，我的太过肤浅了。我注重节奏，就像五线谱上音符，在我看来，节奏便是身体的音符，跳的时候，像是一个个精灵围绕着你欢快地跟着一起跳，完全不需要技巧之类，只是跟随着心里的感悟，身体自然地欢舞起来。"

"这才是跳舞的最高境界吧？"

"哈哈，个人感觉罢了。先把自己迷住，其次才能迷住别人。跳舞的人一般比较自恋吧。"

"真遗憾。我这儿没有你喜欢的音乐，真想看你跳支舞，我对喜欢跳舞的人怀有一种崇拜感。"

"哦？讲来听听。"

"说来你别笑话。"

"哪能。"

我娓娓道来："我一直觉得自己属于很笨的那种人，周围人也都这么认为。虽然遭遇过一些伤害，总体来说还好。我知不过是因我笨的缘故，又是女孩子，要求没那么高。初二上学期，转来一男孩，非常聪明，也像你一样会跳舞。当时我就想，天呀，这是人类的基因吗？怎么那么聪明，会跳舞总是逃课，成绩还在年级前三，被那么多人喜欢。你知道吗，当时好忌妒，好羡慕，还悄悄在家关上房门跟着电视学跳舞。我不相信自己当真那么笨，当时心想不就是跳舞吗，不就是摆弄身体扭屁股来着。"

他笑。"说好不笑话的。"我嘟起嘴，他忙说："没有。不是笑话你，我想你跳舞的样子，所以才不由得笑起来。后来呢，学得怎样？"

"别提了。自然放弃了。"

"你跳什么舞来着？"

"《赶鸭子》。你知道的吧，'门前大桥下游过一群鸭'，就这个。"

"哈哈哈，太逗了你。"他抿住嘴角的笑意问，"后来呢？"

"哪有后来呀。从此再没跳过舞。这件事我可没跟任何人说过哦。"

其实,偶尔我还会在房间里放钢琴曲,凭自己感觉去跳舞。有《克罗地亚狂想曲》、《加州旅馆》,我学着电视里女子那般甩头发,疯狂地左蹦右跳,最后把自己扔到沙发上大口喘气;也有《爱的纪念》、《迷雾水珠》这般抒情缓慢的旋律,披着床单翩翩起舞,忘我陶醉。这种状态下的我,必须独自一人,处于绝对放松的状态下。那种感觉,好似在迷雾中跳舞,伴随音乐,脑海中的画面和我的舞步融为一体。正如理查德·克莱德曼所唱:"挥去所有的浮躁和欲念,过滤出生命本真的律动,心灵的和谐在这音乐的磁场中翩翩起舞。"

我不明白为什么要隐瞒事实。只是觉得没有秘密会让我不安。或者把秘密分为很多份,说给不同的人,然后在他们的人生中彻底消失。

他见我有些呆,以为我真的不放心,便加重语气保证道:"放心。我一定保密。"

"唉,你想不保密都难。"

"怎么讲?"

"你我不过萍水相逢,天亮了,你向左,我朝右,永不见面。"

"那也正是我所想的。但我常想缘分是奇妙的,比如你我。你大概不知在遇见你之前,我物色了多少个路人,也不知拦截了多少,没有一个相信我,都以为我是骗子,尽是鄙夷的眼神。长这么大第一次这样不受人待见。一个好心奶奶给了我5块叫我买晚饭去吃。唯有你,相信我还请我吃饭,更感谢那乞丐,我们才可在此促膝长谈。没有乞丐吓人这段插曲,我也不会跟进来,更没有现在了。"

"那倒是。好久没有跟谁这般轻松地说起往事了!"

"酒逢知己千杯少。姑且得快乐时且快乐吧。"

"李白那句话怎么说来着,对了,'人生得意须尽欢,莫使金樽空对月'。"

尽管各自都表明了想法,但我仍然感觉到一种淡淡的忧愁蔓延着,一时间两人都无语,沉默着。任由沉默净化各自的失落与忧伤。还未离别,已然伤感。

"对了,刚才那个故事,很想听听,差点被你错开了。"他打破了沉默。而我沉浸在音乐的旋律中，竟没听到。那是一首《回忆的沙漏》，一遍遍地重复播放着。

"喂，没事吧？"他推了下我。

"啊？"

"想听你讲那个男孩，跳舞的男孩，你喜欢他吧？"

"呵呵，不大想去提他。"

"为什么？"

"已经封锁起来，一旦打开，只怕不是三天两夜能够说清楚的。"

"随便说说嘛。"

"作为交换的条件，你也得说你的故事。"

"完全可以。我的故事三言两语便讲完了，要不我先讲，你先酝酿酝酿。"

"也好。我一时也不知从何讲起。"

"嗯嗯。"他清了清嗓门，"我从小就备受娇宠，无论父母亲戚，还是玩伴，我都是绝对的权威，我提什么条件他们都答应我，因此在别人眼里我一向专横跋扈、倔强、不可理喻。初中时偷看女老师洗澡，在学校闹得沸沸扬扬，但我丝毫不担心，父母会帮我解决。初三和人发生关系，结束处男印记。和你说这些你不介意吧？后来大抵如此，和某女生发生关系，转学，再发生，要不就拉帮结派胡作非为，什么都做过，你想得到想不到的都做。总之全世界所有人都是我的敌人，我非要与之决斗到底方罢休。后来爷爷被我气得一病不起，不久便离我而去。他临走前对我说：'别再继续下去，结束这种生活。爷爷了解你，你不是那样的孩子。'那以后我便换了个人，努力学习，考上大学那天，我来到爷爷坟前告诉他，我想他一定是欢喜的。后来我才明白，当我的需求——被理解得到满足，便不再用一种对抗的方式去获取了。"

"是这样的。人都有各种需求和欲望，只是各人获取的方式不同。"

"要是早点遇见你，也许会有所不同。"

他投射过来的眼神使我感到温情。"哦？"

"你身上有一种神奇的力量，让人感觉你能够理解别人的想法，无论该行为是多么古怪不被世人接受。在你眼里仿佛没有坏人。"

"怎么会有这样的想法？我愿站在对方的角度思考问题，或许因我有看过一些心理学方面的书吧。"

"不,不是这样的。那种力量与生俱来,而且不会消失,或许你很适合当心理医生,而且会很棒。"

我连连摇头:"你太看得起我了。我看心理方面的书,说出来你一定又要笑话了。我其实是怀疑自己在心理上有问题,所以才找来看看。"

"哦?接着往下说。"

"高中尤其是高三,压力特别大。感觉大脑的某根神经被什么东西给压迫得不得了了。心里总是憋屈得很,很闷、很难受,动不动心跳就加快。你知道吗,每次心跳加快我就摸着脉搏看着表。半分钟就一百多下,我吓得半死,比正常人一分钟跳得还多。总以为自己快要死了,后来又查出有心肌炎,我一听医务室的医生讲什么心肌炎,眼泪扑扑往下掉,果真自己要死了吗?睡觉时候总是幻听幻觉,父母长期拉锯离婚战,根本顾不上我。我整夜整夜落泪幻想,白天上课我睡觉,连班主任课上也照睡不误,一向严厉的班主任竟也默认了我的行为。同学都羡慕我,我更加觉得自己是将死之人,周围都格外好,很像暴风雨来临前的平静。"

他的脸上布满担忧:"后来呢?"

"看到别人都在为高考准备着,我心里那个急啊,真像是热锅上的蚂蚁。毕竟还年轻,我可不想年纪轻轻就死掉。而且想到他,对,就是你想知道的那个男孩,虽然那时他和我不在一个学校,但一想到他努力的样子,我就对自己说:'不行,无论如何一定要挺住啊,此时不努力更待何时,一旦错过了,任凭我怎么努力都是徒劳的。'把他作为动力和力量强迫自己学习。说来也怪,那种情况下,我还能分析出病的源头是心病,一来父母的事,二来高考的缘故,三来一直暗恋他。后来我翻了医书,看心理方面的书。原来还有叫疑病症的,就是好好的总怀疑自己有病,我至今还记得这种病的特点:对照医书觉得自己的病跟书上的讲得一模一样,总是怀疑自己有病。当初看到这句话,心里好一阵子笑话自己。几百年前的人写的书,几百年后有个可笑的傻瓜在书中看到了自己。当时就下定决心,绝不要疑神疑鬼。后来母亲带我去医院查CT、拍心电图,花了五百多块钱,可把母亲和我心疼坏了。果然医生说我压力太大,压迫到脑神经了,只需好好休息,放宽心。开了很贵的几盒西药，我后来吃了发现只是叫我昏昏欲睡，头涨得很，私自停了药，反倒好些了。"

"现在呢，可好彻底了？"

"每逢遇到烦心事，恰又季节转换，便易复发。"

"可再看过医生？这种病恐怕不大容易痊愈，还在于自己精心调理吧。天冷多穿衣服，现在可冷？"

我笑了笑："倒是你这么关心我。"

"呵呵。"他不好意思挠了挠后脑勺。

"这种病没和任何人说过，母亲后来问我头有没有疼过，我总骗她好了。最要紧的其实还是心，难受起来简直不能呼吸，但我也毫无办法。记得一次淋了雨，全身发抖，头疼得像要四分五裂了，去看医生，医生却说我是感冒引起的心律不齐，症状较轻，无须吃药，只是开了一些感冒药。你知道吗，他是我见过最好的医生，你知道当他对我说无须吃药我有多开心吗！看来是我又犯疑心病了。他还讲了好多宽慰话，说我年轻，生命还很长，凡事放宽心，没什么可担心的。那天我在他面前哭得一塌糊涂，想起来真是丢死人了。当时只觉得遇到这么好的医生，听我讲述烦恼，又那般真诚，暖我心窝。我一直记得他，但没再去过那家医院，到底觉得自己的行为可笑了些。"

"你不觉得吗，有时候恰恰因为陌生的关系，反而是可靠可信任的。因为陌生人之间彼此没有利害关系，没有利益冲突。"

我会意道："对陌生人敞开心扉，就像你我现在这样。"那时，网络上，还流传着一句话：用假名在网上说真话，用真名在现实中说假话。

"意思全对。"

"那是。"我笑了笑，"所以全盘告诉了你，该告诉不该告诉的都告诉了你。你也不会因此担心我，是这样吧？"

"我不会忘记你。你呢，会忘记我吗？"

"我会忘你。随着时间推移，我们都会淡出彼此记忆，当然本也无关紧要。像于某个夜里不期而遇读着一本书，遇见、欢喜，但永远遥遥相隔。"说完我想起了野，大概我已淡出他的人生，如同他淡出我的视野。真正的淡忘，是对那段过往、那个人无话可说。

"估计以后某个日子，我想起今夜一定会觉得是我幻想出来的，而你肯定是在我梦中出现的。"他说完看了看窗外,"好像下雨了。"

我这才听到"沙沙"雨声,我们不约而同说了句"还好,你(我)没在外面过夜"。不约而同地笑起来。

"抱歉,想去下卫生间。"

我打开门,指给他看,是公用的。趁他不在,我换下裙子,穿了明天——不,已是零点三刻,应为今天要穿的格子衬衫配牛仔裤。想倒杯水喝却发现开水壶没水了,于是拿电水壶来烧,刚插好插头,男孩回来。

"一会儿喝点水。嗓子都讲干了。一下子说了那么多都忘记给你倒水了。"

"没关系。"又看到我衣服,"换过衣服啦!早知刚才偷看来着。"

"机不可失,时不再来啦。"我同样开起玩笑。

我找出平时积存的一些饼干糖果,从柜子里拿出乳白色杯子,用开水冲洗过,放了一些清明前采摘做好的茶叶,待水开后稍微放置一会儿,拿来冲开茶叶。递到男孩面前,此刻他正在书桌前翻我的书。

"谢谢。"他拿了本《挪威的森林》,顺势坐在身边的椅子上,"这是什么书啊?还包着书皮,那么仔细。好像只有小学时看见女生用这玩意儿。"一边翻开来看,一边读我在扉页写的几句话:"实在是太喜欢的缘故,必是要有自己的书,方便时时翻阅。五月二十日购于三联书店。"

"同学介绍的,实在喜欢,买了一本。呵呵,习惯每买一本书都写上买书理由,因为囊中羞涩,所以这些为数不多的书都是我非常喜欢的,常常读的。"

"我刚好也看过,同学传得厉害,很火爆。里面那个渡边君很是喜欢,绿子更是印象深刻,说话异想天开违反逻辑,倒是可爱得很,有个这样的情人怕是很不错呢。"说完他呷了一口茶水,"真香,这茶叶。清新迷人,舒服舒服。"

"那当然,这可是我冒雨满山遍野采摘来的。一般的朋友根本喝不到。"

"哦?你还会采茶,那种长满茶叶的山上布满了你这样可爱的姑娘吗?"

"只此一个,别无其他。而且,也并非漫山遍野的茶叶等着人去采摘,都隐蔽在山上角角落落,等待发现。"

听我这么一说,他仔细盯着杯中茶叶看起来:"那着实不易。一会儿喝完我得把茶叶带走。"

"为什么?"

"怎么能糟蹋姑娘的一番心意呢?"

我笑他油腔滑调。他话锋一转问我:"你怎么看待绿子?比起裙子,你这身装束倒让你轻松自在。"他很快打量我全身,最后把目光停留在我的眼睛上。

"很可爱啊。真实坦诚,光这两点就叫我无比喜欢她。当然第一遍读的时候心里还想:'啊呀,怎么还有这样的女孩子,当着男孩的面说那些话呢?'她的想象力真够奇特的,和渡边君看成人电影竟想到那样的画面。后面我越是看得多就越喜欢绿子,或许是村上春树太有本事的缘故,他写男女之间的这些事到了绿子嘴巴里非但不觉得色情反觉得可爱。当然刚开始看的时候有些不好意思,后来便自然而然地以为那是一件很正常的事了,不必刻意注意,也不用有意回避,只正常看待便是了。其实,那也是困扰我们这个年纪的一些问题嘛,本身就存在的问题,逃避也没有用。奇怪,怎么和你说这些?和最亲近的女朋友都不曾说过这些的。"

"你又让我刮目相看了。你肯定还是处女吧?本以为你和那些女孩子一样呢,这样问你,你不回答也行。毕竟在中国太过直白了些。"

幸好我们是陌生人。我心里暗喜,嘴上道:"那倒是。处女一词肯定是你们男人首先发明的,就如同剩女一样,根本就是一种不对等、不公平的词汇,是男权的产物。作为女性,我反倒同情你们这些看起来高大的男人。"

他指着自己鼻子问:"同情我们这些男人?"那表情仿若我点名道姓说他似的,滑稽极了。

"是的,看看眼下那些被世人称作'剩女'的精英们,事业上不亚于男人,甚至比男人更强。越来越多的女人在经济上独立,何况素来女人心理素质就比男人好,比男人更能放宽心,更具有耐力、持久力,更能够经受住磨难变故。总之我很为男人的未来担忧,到底不能叫男人回家做饭生小孩吧?"抿嘴笑。想起男人围上围裙做饭的样子一定很逗。

"你这明显的女权主义。要是非要我说,现在有的女孩子才叫人担忧,为了一点钱视尊严于不顾,个个虚荣不说,见钱眼开,还没谈恋爱,开口便问男方有没有房子、车子、票子。"

他说完,忽而笑起来:"看看我们,自己说了什么大概都不知道了。"

"光胡言乱语了。其实这与我有什么相干呢?做好自己,已着实不易了。何苦来着。"

"那是,但求无愧于心便好。这个世界给人的希望便是这些不正之风毕竟还是少数,其实真诚的人还是很多,不在乎金钱也有的。眼下我这里便有一位。"

"你说的是我还是你自己啊?"

"认真想想,好像都是。"

"嗯。"我想起谁说过类似一句话:这个世界,既没有我们想象的那么好,也没有我们想象的那么坏。

我们彼此相视一笑。"困了吗?"看到他哈欠连天的,我问。

"倒没有,只是有些累,神经却异常兴奋。不知道接下来你要说出什么让我惊讶的话了。"

我自己也接二连三地打哈欠:"没有了。一下子说那么多话,从来没有过,感觉很神奇,好像把这辈子要说的话都说完了。"

"真的吗?我是说如果没有明天,就算有明天也将全球大爆炸,所有的人都将死去,你肯定还有话没有说出吧?"

"那你呢?如是那样,你最后的遗言是什么或者有什么想做的?"

"拜托,是我先问的。"

我哀求:"有点绅士风度好不好?"

"咦,不是说女士优先吗?"他喝了口茶,很得意的样子。

"石头剪刀布如何?"

"愿赌服输。"

"自然。一局定胜负,不许反悔!"

"反悔如何?"

"讲好不反悔的。"

"万一某人——"

"学狗叫。"他摇摇头。"那么学狗爬一圈。"他依旧摇摇头。"呵呵,说自己是猪,并且学猪叫。"他依旧摇头,这下我火了:"你说好了。这不行那不行的。"

"答应对方一件事。"

"什么事?"

"先答应。"

"那可不行,你让我杀人我也去啊。"

他轻轻拍打我的头:"傻瓜,自然不是什么违法违道德、昧良心的事。"

"好吧,我反正不反悔就是。"

"石头剪刀布——"我石头,他布。白费那么多口舌。

"早说不就得了。"他笑道。

"要说什么来着?"

"世界末日了——"

"哦。如果真有那天,我要向自己喜欢的人告白,然后再一起死去。"

"那个男孩、会跳舞的?"

"嗯。他其实也蛮可怜的,父母在外忙工作,无暇顾及他,就把他送到乡下外婆家,也就是我奶奶家。对,我们是表兄妹。那时候小根本不知道这些,也根本不懂喜欢不喜欢,只是单纯地和他一起玩耍读书。当然不止我们两个,还有隔壁邻居家的女孩,和我同年级,我们从小一起长大,好得跟一个人似的。和很多爱情版本相似,他们相互喜欢,我只能默默祝福。其实也根本来不及发现自己对他的感情,他们就已经互相喜欢了,虽然那时他们都没有说破,但我这个旁人看得清清楚楚。现在倒很好,两人终于讲清楚,也就在几天前吧,很快乐很般配的一对,我都替他们开心。"

"你这人怎么这么傻,会喜欢自己的表哥。你不懂法吗?近亲是不可以结婚的。我见过不可理喻的爱情的,没见过你这样不可理喻的。"

我笑笑:"倒没想过结婚这事。等到发现自己的感情已经太迟了。直到高中我才发现,那也是因他突然转学的缘故,他父母终究觉得钱是挣不完的，而儿子却一天天长大不得不管时，便接他到城市里去读书。他突然没了消息，也不写信也不打电话，往他那里打根本没人接，寄去的信总也无音信。也是近来才联系上的，原是搬家的缘故，我们写的信他也没看到。问他怎么搬家也不告诉我们新地址，他便无话可说。好像有什么难言之隐吧，总之他不说我们也不便多问。正是因为他不在身边，我才感到失落恐惧，还有无穷无尽的思念排山倒海般向我倾来，隐藏得那么深，根本不是一天两天的事，我根本不知怎么办才好。其实也没什么办法，充其量只是暗恋，他又不喜欢我，虽然平时交往也很愉快，在他眼里终究只是兄妹情罢了。所以如果没有世界末日，这应该是我永远的秘密。"

"要是有人这么喜欢着我，我肯定不顾一切和她好，不管是近亲还是其他什么原因，都要好好地爱上一回。"

"该你说了。"

"真要说？"

我狡黠地笑道："想反悔也可以啊。"

"倒愿意答应你一件事情，要是反悔你要我答应你什么啊？"

"天亮了对着天空大声喊三声'我是猪'便可。"

"那么狠啊？那我还是说好了，不过说了可不要生气。"

"好吧。不生气。"

"真没有了明天，现在的我当然是希望能和你好好抱在一起——"

我伸出手，做出要打的姿势："打你，不要再说了。"

"你要我说的。"

"你这分明是要无赖，比反悔更可恨。"

"奇怪，不是一样嘛，那我反悔可好？"

我摇头："不好。"

"已经说出口了，刚才你还说欣赏绿子呢。"

"欣赏不代表模仿。你是个大坏蛋！"说出"坏蛋"两字时，我自己也很诧异。

他不气反乐："我听着，怎么有点喜欢我的意思呢？""可恶！"我欲要拍打他，他逃开，我举起右手，追着继续打。

他边逃便解释："拜托，理智一点好不好，现在说的是假如，任何一个男人在没有明天且身边有美女相伴都会如此联想嘛。没有必要追着我打吧?"

我停下来，仔细想想也是，竟是我认真了。无意间看了看窗外，天已微亮，雨已停。明天一如既往地到来，如若没有明天，我想除非我死的那天吧。唉，即便我死了，仍有无数人奔波劳碌、重复周而复始的生活。或许这样的想法不止我有，世界的某个角落里的某个人就发出过一样的叹息，只是我们互不相知。

在所有人还在沉睡时，我和他走出房门。街道两旁，碧绿的梧桐仿佛刚刚睁开眼，我们漫步在树下，一种说不清的情感顺着街道蔓延着，似是分手的不舍，似是离别的忧愁，又似是莫名其妙的无奈。

他留的电话、地址我丢在风中，也没有留下自己的联系方式。甚至没有说再见，只在一个十字路口，相视一眼之后，我向东，他向西。

我没有回头看，他大概也没有，何必贪念呢？只这一次交谈便足矣。人生又能遇到几个这样的夜晚，这般满心欢喜、秉烛夜谈？

忽然想起，我们竟还没告知彼此姓名，那片飘飞在风中的地址也根本没有姓名。他大概以为早就告诉过我了，而我不是也以为自己告诉过他了吗？

不知道为什么，总是在离别时分才恍惚明白自己的情感。但愿时间可以冲淡一切，我想着，便跳上了开往学校的公交车。最早的一班。跟随着滚滚车轮，我的心渐渐迷失了方向。

五　住石屋的男孩

放学刚到家，便瞧见母亲在收拾我的东西。大包小包的，已打点得差不多了。见我惊讶，便说："你魏叔叔同意你搬过去一起住。你得好好珍惜，等下他开车过来，对他热情些，态度好点。书桌你自己收拾，我没敢轻易动，知你当宝贝似的。"

"我不要搬。"一屁股坐到椅子上，"为什么突然要搬，不是住得好好的？"

"你还好意思问？我都说不出口，再不管你，我看你都上天了。"

简直莫名其妙。"我怎么了？"

"死丫头，做错事还不知道。亏我把你养这么大！"

"老说这样的话，当初也没求着您把我生下来。"

"拼命挣钱供你读书，就这结果？"

"我真是不想搬，你知道我不喜欢他，不想和他住一起。"

"你魏叔叔怎么了？要是没有他，我们现在还不知道在哪个街口忍饥挨饿呢。怎么着都比你爸好，光知道自己吃好玩好，怎么都不会想到他还有老婆女儿！"每次一说到父亲，母亲情绪便波动。

"妈，房租费我自己挣，真的不想搬。"

"由不得你。小薰，不是妈狠心，你还小，不知外面世界有多残忍、多可怕。妈只是想保护你,以后千万别跟男孩子单独相处。尤其是三更半夜。"

原来是昨晚的事。"你怎么知道的?"

"你问我怎么知道的?只怕所有人都知道了,这个社会向来是'好事不出门,坏事传千里'。这么简单的道理你都不懂?"

"妈,不是他们想的那样,我跟他什么都没发生啊。"

"小薰,重要的不是妈相信你,而要别人相信你。"

"别人我管不着,也管不了,反正我问心无愧。"

我义愤填膺,定是房东胡说八道。他心里肮脏,难道别人也跟着肮脏吗?妄加猜测的想法也可当事实到处去说吗?

这时,老男人走进来,说:"一家人住一起多好,免得别人说闲话说我容不得你。"

哼!一家人,说得多好。当初我来怎么不同意我搬进去?现在猫哭耗子假慈悲。何况若当真想和母亲一起生活,为什么同居了6年还不拿结婚证,甚至连彼此的亲人朋友都从不碰面?

课堂上,老师照例划了重点给我们。众所周知,这是必考内容,只要把圈划的知识点掌握了,通过考试完全没问题。课堂上静悄悄的,通常这是半个学期以来最和谐的几节课。以往听 MP3、MP4 的赶紧收起来,看小说杂志的也暂且告一段落,就连谈情说爱的情侣都有必要保持一定的距离。不管怎样,大家的目标出奇一致:一切等考试结束以后再说。希斯和我也是一样想法。我想等到考试结束,请吃一顿饭,或许便冰释前嫌了。

见到清月已在考试结束后。清月准备考英语六级,打算回久水好好用功。而我则留在西城,找点暑期活。

"原来打工那里不去了吗?"清月问我。

"原本做的就是附近几所学校的生意,现在都放暑假了,清闲得很,老板要我开学以后再去。"

"这样啊。"

"嗯。"

我们同时望向远方,各有所思。

一小段沉默后,清月打破:"小天暑假要回来一趟,大概住四五天,还带了位同学来。"

"他也该回去看看了,虽只住了几年,奶奶一直有打扫他的房间,盼望他常回去看看。好像也有三四年没回去了。"

"嗯。高一转学去他父母那里读书便没回来过。你不回去见见他那位爱慕你的同学吗?"

"没什么好见的。只是很想念奶奶,想念家乡的清风、老树、空气和甘泉。"

"那么一起回去,过个五六天再返回来?"

"只怕一向上紧的发条回到老家会松懈。"

"你这样拼命工作对身体也不好,总要放松放松。就这么定下来,全当回去陪陪我。"

我犹豫着。沉默。

"我可当你同意啦。"

"再说吧。"

我告知她我搬家了,清月问为什么,我便提到和陌生人夜半交谈的事。它憋得我好难受,非得一吐为快。

"这件事嘛,要是发生在别人身上显得很神奇,但发生在你身上我一点也不惊讶。我相信你和他什么都没发生过,只是聊天。"

"哈哈,到底是清月。换作你,作何想法?"

"我会借给他钱,把银行账号告诉他。不还,全当吸取教训交学费了;还我钱,确实不赖的一个人,随缘吧。"

"倒是妥当。你总是考虑周全。"

"可惜某人不喜欢我凡事如此缜密,还说我比侦探还侦探。"

"哦?小天他敢这样说你。难道随随便便、散散漫漫就好吗?真是的,见到他,一定和他好好理论理论。"

仿佛什么不愉快的画面闪现在她脑海:"唉,认死理的人,说什么都不通。"

"发生什么事啦?"

"小薰,说真的,你觉得我和他相配吗?我是说性格上。"

"那人虽木讷寡言,却是个死心塌地的人,一旦爱上便是一生一世。"

"只怕世事难料,半点不由人。"

"怎么了?"

"也没什么特别的事发生。只是有种无力去爱的感觉。"

"难以理解。"

"我自己也说不清。打个不恰当的比喻,这儿摆放了只诱人的苹果,同那些没吃过苹果又听闻苹果各种滋味的人一样,很想尝尝其滋味。他们争前恐后去抢,可怕的事发生:他们变得不像原来的样子。我不敢相认。正在我惶恐之际,苹果跑过来对我说'请吃掉我',你说我能吃掉它吗?肯定不敢,得要好好分析一下才能张开嘴巴。这么说,你能明白吗?"

我摇摇头。清月变得使我无法辨认,我也加入到发现"他们变得不像原来的样子"的队伍中。爱情对有阅历的人来说,不过众多体验中的一种;对初次涉及的人,却是遥不可及的未知。未知的渺茫,常常让人陷入恐惧与杞人忧天的担忧中。清月或许便是这样。但更糟糕的是,很多时候,她吃苹果吃得津津有味、完全忘我的状态。她自己毫无察觉,但对于相当熟悉她的我来讲,这一切均在我眼里。只是我无从对她说起。既觉得自己有提醒她之必要,又怕说出的话会走样,引起她的误解。总之,未经深思熟虑的话,我选择让它烂在肚子里,继续发酵。

希斯约我在学校后门外的水塘见面。下午 5 点。

"就知道你不至于真的不要我这位朋友了。"我笑道。我一直以为我们的矛盾只是我抢了她生日宴上的风头。只需稍加解释,我们便可冰释前嫌。谁知,却另有玄机。

"先别高兴得太早。"她一出口让我的笑容僵住,"我找你来,不用说你也知道。"

"除了跟我重归于好,还有别的事?"水塘边上芦苇喜人,风度翩翩。夕阳西下,好美的一幅芦苇狂舞图。不想希斯却大煞风景,她的不友好让我想起她生日那天在这儿看到的那张面孔,不禁一阵寒战。"可能吗,在你做了这事以后?"她冷笑道。

"是我不对,你生日那天,我不该喧宾夺主,我请你吃饭……"

她直接打断我:"不是这事。"

我只好说:"除了这事,还有什么事啊?请坦白直说,我确实不知道。"

"可真会演戏啊。不当演员可惜了。"她用电视剧里惯用的台词嘲笑道。

我显得不耐烦:"直说好了。"

"我帮你回忆一下。"

"请讲。"

她看了一眼芦苇:"这水塘,你应该很熟悉吧,今天不是第一次来。"刻意停顿一下,模仿侦探口吻,试图让嫌疑犯自己脱口而出。

"自然,人尽皆知,之前我们经常来这里玩,那时后门常开着。后来传闻有人跳水塘自杀就封锁了。这算不上新闻吧?自杀的传闻还是你告诉我的。"

"对,这些话是不错。可门锁了以后,你还来过不是很奇怪吗?这可不像你的风格。非要我帮你回忆,我生日那天——"

"对,因为前门有不想见的人,所以才想到从这里走的。"

"你素来胆小如鼠,还敢从这里走?分明在骗人。再说怎么偏偏那天前门就有你不想见的人了呢?以前从未听你提过。"

"我怎么知道会那么巧?但事实如此。你不相信我也没办法。"

"你那天见到一个人。"

"你怎么知道?"

"这不用你管。但你为什么一见那人便狂奔不止,除非做了见不得人的事。"

"换作你,会跑得比我还快。"我感到再继续谈下去没什么意义就准备离开。

"你别走,我还没问完呢。"她拉住我的手。

"根本没有谈下去的必要。你怎么知道这些事?难道你就不可疑吗?虽然我不知你无故怀疑我什么。"

"那个人,你见到的那个人是我哥哥。"

我诧异得后退半步:"你哥哥?!"

"还有,自杀的女孩是哥哥的女朋友。哥哥说她自杀当天看见你和她一起走路聊天的。"

霎那茫然：和我说过话的人，我却不知是谁。这一切到底怎么回事？大脑想要快速找出答案，却越发茫然无助。犹如在白茫茫的大海上寻找一滴泪珠一般困难——看似哪个都是，却无法确定是哪个。

希斯见我失魂的样子，以为被自己猜中，继续说："还是老实交代，好歹同学一场，我不会和警察说的。我和哥哥只想知道真相。"

"不，我并不知你所谓的真相是什么，我对她一无所知。"我依然搜索关键词。女孩自杀以后，学校封锁消息。我只知传闻，没有任何权威消息。恐怕真相随着死者的消失一同烟消云散了。

"太可恶了，到现在你还装！"她拉起我的手臂，"走，你跟我走一趟，看看你还能装多久！"希斯个子比我矮，拉起我却像老鹰抓小鸡。见她的认真劲儿，不敢生事，唯恐她做出什么不妥当的事来。当然，我也很想知道真相。"你松开，我跟你走。"她这才松开手，和我并排走着。

"等下见到她的照片，看你还有什么话说。"

"她叫什么名字？"

希斯鄙夷地看我一眼："林晓妹。"

"林晓妹？确实不认识啊。"全校大几千人，我只熟识希斯一个。越急于解开，越发困惑。

"先别这么早下结论。"我们穿过弯弯曲曲的小路，来到一破旧石屋前——这应该是当地农民用来偶尔休憩的小屋。周围没有人家，只是一望无际的稻田和一排排高高的白杨树。

"哥哥，人来了。"

我试着向屋内望去，很黑，什么都看不到。此时天色虽尚早，我却感到一股诡异。这和天边多彩的晚霞相比，十分不和谐。

"怎么会在这种地方？"我问。

"哼，我们这些穷学生有个安身地方就算不错了。总不能谁都学你母亲找个有钱人当靠山吧。"

话刚落音，那个男孩从小屋里面走出，满面憔悴，毫无生气。他有气无力地抬了抬上眼皮。与初见的他一样疲惫。却在看到我的三分之一秒，他的眼睛放出瞬间的五彩光芒来。

"希斯,你回去吧,我想单独和她谈谈。"气若游丝。

"哥哥!"

"回去吧。"

希斯悻悻而归。三步一回头。

"请坐吧!"他指了指屋前一块较平整的石头,"不介意吧,暂且委屈一下。"

我摇摇头,如此落魄下他还表现出绅士风度,我不禁生出一种好感。

"希斯请你来,没有为难你吧?"他席地而坐。

我依旧摇摇头。

"上次在水塘似乎吓到你了。"言语间充满歉意。

我第三次摇摇头。沉默像是心有灵犀,他笑笑,望着我,眼神充满温和。有一丝不易察觉的放下某种心思的轻松之感回归内心。我望着他,满眼狐疑。尽管我内心迫切想知道事情的来龙去脉,但直觉告诉我:这个男孩不一般,我最好保持沉默,等到他自己愿意说时再发问。

沉默持续约三四分钟。我们之间什么都没交谈,却已然拥有一种默契。起码我是这么认为的,以后的交往也印证了我的想法。我们都对彼此产生了信任。但这信任到底从何而来?很快在以后的交往中得到答案。

他伸手从上衣口袋里掏出钱包,拿出一张两寸照片递给我。我接过来,是他和女孩拍的大头照,两人紧紧依偎。可见关系不一般。

"她就是林晓妹吗?"我问,觉得格外眼熟,一时也想不起在哪儿见过。

他点点头:"那天,也就是她想要结束生命的那天,我去找她,却看到你和她向学校后门走去。我跟踪你们去了水塘边。我知道此事与你本无多大关联,很抱歉把你牵扯进来。你是最后一个见到她的人,她有和你说过些什么吗?"

我这才想起来,我们仅有两面之缘。想起瞬间,窒息,沉闷,难以置信。跟她分手之后,我一直以为她和我一样平静地活着,可能还会不期而遇,却不料她已离去,而那沸沸扬扬的传闻中的不幸者,却原来是她。

"确实和你说过些什么,是吗?请告诉我。"他见我一言不发,以为我不愿说。

然而我却听不进他说什么,只觉上天无情,生命微弱转瞬即逝。眼眶湿湿的,鼻腔酸楚。要知道她有自杀的念头,我无论如何也会留下好好陪她、好好劝她。当时,我这个对她来说还算是陌生的朋友,一定也让她心灰意冷了,她才不顾一切地去了。

"你哭了吗?"他问我。我依旧听不进去。

好长时间我都在想很多很多事,又好像什么都没想。就这样,也不知过去了多久,就连渐渐黑下来的天都不曾注意。他默默作陪,或许他同我一样,用他的悲伤陪伴我的悲伤。我们的悲伤一同选择了沉默。最接近真实的表达,就是沉默不语,语言是最低级的表达方式。

直到天空下起雨,我们才感觉到寒意。明明刚才还彩霞满天,下一秒竟又大雨霏霏。彼此相望无言,丝毫不动。这时,他脸颊上有两行泪水像黄河之水一样奔涌下来。他擦去泪水,动了动嘴唇却没有说出什么,继而霍然倒地——他昏倒了!

我按捺住自己的惊恐,先拖他进石屋。他看上去几近枯瘦如柴,却还有我难以胜任的重量。我使出吃奶力气,歇息了七八次,才将他拖进石屋。其实,他离石屋只两步之遥。接着,我怀揣希望在石屋搜索一番,希望可以找到手机。如果找不到,我只能坐在一旁哭鼻子了。最终在他口袋里找到手机,我拨通母亲的号码,要她快点过来。等待中,每一秒都格外漫长。给宿舍打电话,没人接,又往隔壁打,忙音。倒也没什么奇怪的,一来刚考完,同学难免疯狂玩耍;二来正晚饭时间。只有祈祷面前的男孩千万别死去。

30分钟熬过,老男人那半新不旧的黑色小汽车出现在视野。那是我第一次满心欢喜地看到这辆车。母亲和他一前一后下来,都一脸责备之色。

"救——救人。"

母亲拉住我手:"别怕,你魏叔叔在,他会处理好。"母亲抱紧我,我这才发觉自己在颤抖。

男人背着男孩,母亲打开了后车门,男人将男孩放好。母亲从另一边上去,而我坐在副驾驶座上。

"我看这孩子肯定营养不良,面黄肌瘦的。小薰,这是谁啊,怎么会晕过去呢?"

"还是别问了。你没见小薰跟丢了魂似的。问也白问。"

"这孩子整天搞什么名堂。"

"谁知道呢。"说着男人用余光瞟了我一眼。

"对了,小薰,你通知他父母没有啊?"母亲又问。

我这才想起,赶紧拿出手机,在通讯录里找到"老家"拨了过去。连接时方才想起我还不知男孩的姓名,想到他和希斯是兄妹,接通便问:"请问是希斯家吗?"

那头叽哩咕噜说了一通,我一句都没听懂。估计是当地方言。我只好说:"希斯的哥哥晕倒了,麻烦你们过来一趟。"

那边叽哩咕噜片刻,还没等我反应,便挂了电话。

直到晚上9点半,我才联系到希斯,她赶到医院时10点半。

男孩依旧昏迷。但愿他只是在睡觉,美美地睡上一觉。

"怎样啊?医生怎么说,什么时候会醒过来?"希斯一进来就问个不停,一脸紧张。

我示意她小声一点,拉她来到病房外面。"没事的,医生说他大脑受了刺激,加上营养不良,几天不吃不喝的,过度饥饿劳累导致昏倒的。现给他挂些葡萄糖和生理盐水,合理调节一下,应该没什么大问题。明天就能醒过来。"

"谢谢你,小薰。"

"没事。我们是好朋友嘛。"彼此笑笑,仿佛回到从前,"对了,我往他家里打电话,听不懂,还是你打吧,告诉家里一声。"

希斯笑容僵住,忽又笑道:"你放心,看病的钱我们会还给你的。"

"不不,我不是这个意思。他生病总该叫家里人知道吧。"

"我会照顾他的。反正快放假了,我有时间。时候不早了,也麻烦你很久了。"

"哦。那我回去了。明早来看你们,顺便带点早餐来。你想吃什么?"

"不用了。你放心吧。你不是还要找工作的吗?"

"倒不急着这一两天。"希斯返回病房,我追了过去,看她一脸不耐烦,仿佛我在缠着她,心凉了一大截。我把男孩的手机放在她手上,什么都没说,便离开病房。

六　梁超的秘密

第二天清早我来到医院，男孩仍在睡觉，脸色比昨晚有气色些。希斯侧身睡在竹椅上，睡椅紧挨病床，大概并不曾睡好。也难怪，这样的地方任谁都无法睡好，尽管我脚步很轻，她还是醒来。

"吵到你啦？"我轻轻问。

"没有，一直也没睡着。几点啦？"

"6点半了。"这时邻床的陪护家属也醒来，向我们笑了笑，算是道声早安。

"哦——"希斯打了个长长的哈欠。

"要不回学校休息下？这里暂时交给我。"见她犹豫，我开玩笑道，"放心好了，谁能抢走你哥哥，他一醒来我就给你电话。"

"也好。那麻烦你了。"她揉了揉睡眼说，冷淡的表情表明她并不接受我讨好的玩笑。

"我买了你的早餐，还热着呢，吃完再走吧。"

"不用了。给，手机给你，等他醒来，你还给他吧。"

希斯走后，我把包子和热豆浆放在他脚边的被窝里。不知道他什么时候醒来，醒来肯定想吃热腾腾的饭吧。

刚醒来的陪护家属洗漱完毕后要我帮忙看着一下病人，自己则去买早餐。

两位病人都安静地睡着。听着走廊上的热闹喧哗,有些不似在医院的错觉。我环顾四周,想找点什么看看。对面一角放着电视机,四个人的病房只住了两个。对了,希斯怎么不睡在空床位上?想来是怕沾那些病人睡过的床。希斯向来爱干净,也过于追求完美。正想着,手机却响起来,吓我一跳。看来,有手机就意味着随时随地都有可能被打扰。

"小薰,我,清月。"

"啊,你怎么会打到这里来?"

"我打给你妈妈,她告诉我的。我现在车站车票买好了,下午两点的车,到时你要记得赶来哦。"

"啊?你连我的车票都买好啦。我还不知能不能赶过去呢。同学这里出了点事。我可能要晚几天。"

"那我不管。随便你找什么借口,反正我在车站等你,你不来,我也不上车。"

"真的有事走不开。"

"什么事?"

"一个同学的哥哥住院了。"

"不是有你同学了吗?"

"她一个人也不行啊,再说没那么简单,三言两语也说不清。等我回去再和你慢慢说。总之我答应你我肯定回去,你还是赶紧把票退了吧。"

"那好吧。"

放下手机,我才发现男孩正看着我。

"对不起,吵醒你啦?"一定是我刚才嗓门有点大。

"没事。睡了那么久,也该醒了。"

"抱歉。手机还你,你昏迷时,我暂时用了。"

"谢谢你。如果有事去忙吧,我已好了,很快就会出院。"他一边说一边坐起来。

"那怎么行?等医生检查过了再说。我的事不要紧。"

"没事,我的身体我做主。"

"那也不行。"我看他准备下床赶紧拦着他,"先把早餐吃了,再给希斯打个电话,最后才谈出院。"

"你可真像管家婆。"他真下了床,我也不便过分阻扰。

我接过他的话茬,故作轻松道:"啊——那管家婆就要履行职责啦,早餐必须要吃。"说着一面从被窝里拿出早餐。

男孩却头也没回走了出去,我连忙追上去。天底下有他这样的病人吗?

"真的不用把我当病人。"他连吸了几口新鲜空气,"还是外面的空气好。生平最讨厌医院这种地方,又花钱又受罪,没病也待得有病了。"

"那不是没办法嘛。"我笑着说,"有谁会喜欢医院呢。"

"这么和你说吧,如果我得了绝症,哪怕住院治疗可以活5年,我宁愿只活三五月,在青山绿水间,萋萋草地间。"

"这样,还会苦了亲人。"

"治疗才会害了亲人。欠下一屁股债不说,到头来还是人财两空。"

"话虽如此,凡事还是不放弃的好。坚持才能看到希望啊。"

"或许吧。但这样的话绝不适用于我。"

"还是先吃早饭吧。你坚持要出院,也得要医生的签字,总不能当个逃跑病人吧?"

"哈哈。你的口气像晓妹。"他笑,眼里却滚出热泪来。

我赔笑不赔泪。递给他早餐,他狼吞虎咽,片甲不留。又待一会儿,我们说了些医院的事便返回病房。等待医生查房。

10点40分,办理好出院手续,走在医院外面。男孩显得特别开心,伸手想要拥抱蓝天。

"小薰,这些日子以来,今天是我最舒服的一天。找个地方,我们好好谈谈吧。"

"正合我意。但你得先回答我一个问题。"

"一百个都愿意。说吧,什么问题?"我们边说边朝着公交车站台走去。

"叶以薰还未请教阁下大名。"

"希斯没告诉过你?"

"关于你,她几乎只字未提。"

"哦?恐怕是我上不了台面吧。"

"那怎么会呢?那么帅的哥哥,换作是我肯定到处炫耀。"

"梁超谢过小姐救命之恩。滴水之恩他日定当涌泉相报。"他学着古人向我作揖。

"举手之劳,何足挂齿。"我回敬他,"咦,你和希斯怎么不是一个姓——"

"并非亲兄妹。出乎你意料吧?"

我点点头,他时而倒着走,时而提醒我有车,时而与我并肩走,边道:"是在迎新会上,一聊发现是老乡。你去过吗?开学没多久学生会举办的活动,名为迎新会,实则高年级帅哥考察美女会。"

这时一辆公交车开来,我和梁超依次跳上,没有两个连着的空位。我们站着,面对面拉着拉环。他稍稍高出我半个头。

"我对团体活动向来没什么兴趣。被新同学拉去,刚坐下,环顾四周,全是与我别类的男男女女,早早溜了。这是我的本事。可混迹于人海,不引人注意,我走或留,在做什么,都可作无人状。我像空气一样游出教室。回头看一眼,聊天的聊天,嗑瓜子的嗑瓜子,看电视的看电视,传情的传情,放电的放电。若实在无聊,时间无从打发,观察周围人的动作表情倒蛮有意思的。"我夸夸其谈。

"你有晓妹的细心,现又多了她的刻薄。这样说,不生气?"

我摇摇头,笑笑。他继续说:"早知如此,当初找你了。如果当初就认识你,晓妹的结局也许会不同。"

"谁又能知道以后的事。何况肯定是我没什么魅力,不够吸引人。"

"哪儿啊——你是不想去吸引别人,你要是想吸引谁,谁还不得拜倒在你石榴裙下啊。"

"这话我爱听。"我笑,"哈哈,浮夸之言,出至你口,却觉得果真那么回事,可信度极高。"

"我只说实话。"

"这要是写文章,老师早打了大大'跑题'二字了。请继续希斯的话题。"

"倒喜欢天马行空地聊下去。人生若可如此逍遥快活该多好。后来情节很泛滥,见几次面,吃几次饭,说几次话,均她约的我。开始还高兴赴约,觉得他乡遇故人是缘分,她独身在外,作为男孩理应多多照顾才是。后来她提说要认我做哥哥,我没有不答应的理由。再后来,她突然向我表白。我当时着实吓一跳,有过一些女孩喜欢过我,但像她这样一点征兆都没有的还是头一个。我一直当她是妹妹。她也知道晓妹,竟还向我表白,不是很奇怪吗?"

"难怪我给你家里打电话,好像说是打错了。"

"你给我家里打过电话啦?"

"是啊。拨通你手机里老家的号码,却不知你姓名,想你和希斯是兄妹报了她的名字。现在想来应是说我打错了之类的话,可我还说你晕倒了,对方以为我是骗子。这骗术早不稀奇,打电话说在外的亲人住院急需汇钱,结果一着急很容易上当。"

"还有这么一段插曲啊。"

"你还笑。"

"确实很好笑嘛。哈哈。"

一对情侣下车,我们刚好坐下。在旁人眼中我们亦为一对情侣吧,谈笑风生,旁若无人。

"看,又跑题了。"

"是你先跑,我跟着的。"

我顺了顺遮挡左眼的一缕发丝。"这些希斯从不和我说。"看来还是不够好,女孩之间的友谊,以交换秘密为衡量标准。越要好,越无秘密。那时我哪知晓再好的情义也有淡去的一天,没有秘密可言的一刻,恰是疏远的开始。甚至可能成为日后利用的工具。当然这是后话。后来会写些句子:"请喜欢我/保持距离/保守秘密/我靠近你/慢慢地/不让你察觉/等到发现/已各自怀念。"

"她常和我说起你。对你,我似曾相识。也许本质上我们同属一类,初见不觉陌生拘谨,且能真诚交流,而不敷衍虚礼。在某种场合我不得不讲些客套话,除了说明有家教以外,一无用处毫无意义。我潜意识里期待许久的也许正是这样一场交谈,直击心灵,无须掩饰或保留。像流水一样尽管流向远方便是,不必担心河床的窃听,不用烦心鱼儿的喧闹。可很多人不以为然,以为荒唐透顶。没必要向别人袒露心扉,或害怕日后成为别人的话柄、利用的工具。拥有此种想法的人呜呼哀哉,时时担忧,刻刻防范,精神处于高度紧张状态,却不知迟早有一天会爆发,如此反而害了自己。晓妹就是这样的女孩。"说到这儿,他沉默。我听得兴致勃勃,不想他赫然中断,像是弹到一半的琴声戛然而止。

此刻,公交车上格外安静,车里零散地坐着五六个人,我看向外面,快要到终点站了。车轮载着沉默的人们滚滚向前。我静静地看风景疾驰,听寂静中的喧闹。当人停止说话,便会听到人声以外的声音。比如我身旁他的呼吸声。与其说听到,不如说感受到。我们怀着美好的心情谈论伤心事,正如桑戈天在信背后抄写的那句话:"我不知道世界上还有什么比与朋友谈论伤心事更为愉快。"而分享我秘密的人却是与我秉烛夜谈的那个人,他在世界的某个地方,离我很远或很近,我想起他的此刻,他无法感受更无法得知。这便是我们的悲哀与幸运吗?也许单纯分享秘密,更确切地说是单纯进行过心灵交流的,未必会成为恋人,但真正相爱的人一定会进行过心灵的坦诚交流。

我忽然发现我的内心深处,特别渴望能有一次机会,与桑戈天心灵交会,告诉他我全部的秘密,关于他的、不关于他的。把我严守的秘密全部告诉他。我想象那种畅快淋漓的感觉,像在炙热的夏日跳入溪水中畅游,无比喜悦和兴奋。

同时,我也期待着梁超对我敞开心扉。

下了车,没走几步,我看了下表,11点40分。

"饿了吗?"我问。

"有点。"原本肩并肩走的他转向我笑道,"不介意你请客吧?你可真够幸运的,认识我时潦倒落魄,净要你花钱来着。"

"没事。人都有低谷,以后还我就是了。"

"你人真好。"

"呵呵。别人都说我很傻,小名叫傻丫头来着。"

"哈哈,愿傻人有傻福。"他笑起来的样子很阳光,与初见的他判若两人。有那么一瞬间我在他脸上看到一种似曾相识的正直,那是自然流露、由心灵而散发出来的。我以为那是他最初的本性,这种本性我潜意识里以为是可以出淤泥而不染的。我不知道我为什么会那么想,也只有寥寥几人会让我如此联想。

我们走进一家拉面馆,一人一碗拉面。他大碗我小碗。

"真的吃饱了,一碗就够了?"我问。

"已是盛情款待啦。"他笑,腼腆而怒放。我注意到他有一只酒窝。

我拿出手帕纸递给他一张,各自擦了嘴巴一同走出饭馆。

他似乎喜欢倒着走路。他说:"不远处有个地方,很不错,去吗?"我点点头。"不怕我拐了你去卖?"他笑问。

"尽管拐去卖好了。我也很想知道值多少呢。"

"你很特别。"

"你笑了就好。朝气蓬勃。"

时间停驻几秒,他收好自己的心酸,笑言:"你真是个热心人,侠肝义胆。分别时留下你家里地址给我,过几年给你写信。"

"为什么要过几年?"

"到时便知,现在说也没用。要永远不会变的地址,起码10年之内不会变。"

"给我老家的地址吧。"

"好。"

来到一紫花藤搭起的走廊下,找了个还算干净的石凳坐下,透过摇摆的紫色小花,看远处湖面,波光粼粼,柳条依依,三三两两行人。

"以前经常和晓妹随意跳上一辆公交车,坐到终点站,寻找风景迷人的地方,一起谈谈天,说说地。晓妹喜欢买特大号冰淇淋美美地吃着。有时我们带上喜欢的书一起看,讨论书中的人物故事,有时争得面红耳赤哈哈大笑。累了就躺在草地上,手拉着手一起看着蓝蓝的天空,白白的云,鸟过无痕,风吹云动。那段日子开心极了,一种极限的幸福。我们勾画未来蓝图,想象她穿着婚纱挎着我手臂走入婚姻的殿堂,生个大胖小子,一家三口其乐融融,平淡而幸福。很多人鄙视我的想法,说青春当赌一把。和其他男孩不一样,他们单纯地追逐爱情、享受爱情并不去想爱情以后的事,我呢,方方面面,以后在哪儿工作,几年内买房,几时结婚,都要想得周到详细。一方面想这些足以使我快乐,另一方面只要想到这些美好设想,我内心便充满无穷力量。我和晓妹家庭背景虽然不是很好,但我自信通过努力,一定可以实现我的梦想。

他稍作停顿，"今年3月份，也是我和晓妹实习期间。我发现她开始沉默不语，经常借故躲着我，有时我说什么她显得心不在焉。问原因她又不肯说，直到有一天突然和我说分手。当时我的心都碎了，我们一向感情很好，从不吵架，晓妹也不是无理取闹的女孩，相反，她善解人意、温柔体贴。我们视彼此为朋友、知己、亲人、恋人。我自我反省，猜我那段时间忙着找工作疏远了她，想着等找到工作再和她好好谈谈，不想一切都晚了。"他再次停顿，我试图找到合适的话来安慰他，却是徒劳。沉默替代我的安慰。

"她给我留了一封信，要我忘记她，因为她不再是个干净的女孩，不值得我去爱。后来从她同学那里得知，原来她被一个有钱人强奸了。"

"啊？"我一惊，"强奸？"

"她学的专业是酒店管理。找到一家高级酒店实习，没背景的她尽管成绩不错却只能从最基层做起。何况正规的大酒店，五星级，谁能想到会发生这种事。和她一起实习的同学说，晓妹正整理一间客房，谁知客人提前回来，喝了很多酒，看到晓妹长得漂亮——"他停了下来，"抱歉，我想喝点酒。"

"你等着。"我快速跑去买来两听罐装啤酒。

他打开其中一听，扬起脖子，"咕咚咕咚"一口气喝了一半。

"我，很不争气、很狼狈吧？"他自嘲道，"一个大男人混到这种地步！"

"不，不，没有。"我却不知要说些什么。这是我第二次见到男人伤心欲绝。第一次是父亲，喝了很多酒，一边流泪一边喝，我隔着门缝看到父亲那个样子，真想冲进去抱着他，可脚下却像灌了铅，根本挪不开步伐。那是父亲和母亲的一次吵架后，母亲离家出走，父亲借酒消愁。

他一口气又喝下另一半。"无论如何说出来就好了。"说着又打开另一听。这次他慢慢呷着，边说："我当然不能相信这是真的，去了那家酒店理论。那已是三个月后，那客人早已不见踪影，酒店一口否认这件事。晓妹的同学已不知去向，听说被开除了。也有人说她拿了酒店的封口费离开。警察也在到处找她，她是唯一一个知情者。真相到底如何，终有一天会水落石出吧。"

"你怎么会住在石屋里？"我问。

"前段时间，一直寻找希望她能出庭作证，去了她老家，很多她可能去的地方都找过了。亏得晓妹还和她那么要好，出了这样的事，竟只顾着自己。而那个猪狗不如的东西，更仗着口袋里有几个臭钱，根本不把此事放在心上，继续赚钱，找女人。我跟踪他半个多月，每次都想冲上去把他千刀万剐，可惜这无法挽回晓妹宝贵的生命。如此折腾一段时间，不但一无所获，就连刚找到的工作也丢了。家里知道我实习了便不再给我汇钱，所以才落得如此狼狈。"

"可有什么打算吗？"我问。

"晓妹已被警察认定为自杀，强奸一事又无证据。有时真想跟着晓妹去了。可大仇未报，坏人还逍遥法外，我能怎么办？"他咬牙切齿的表情忽而镇定下来。

"善有善报，恶有恶报，不是不报，时候未到。"

"你相信这个？"他冷笑道。

"古话还是有几分道理的。"

"屁话！"

"这是我的信仰。"

"天真可笑。信仰总是相信其愿意相信的，且一厢情愿，而不管与真相事实是否相符。信仰太感性了，所以你的信仰对我无用。"他的眼中闪出我看不懂的光来，既坚定得义无反顾，又游离得难以捉摸，"若如此，便无须警察，坐等老天惩罚坏人。这是童话故事。"

"小时候，我被人欺负，又不敢告诉老师家长，只好暗地里诅咒那人。那时我认为你既欺负我，必欺负别人，若别人不是好欺负的，告诉老师家长，或一个人就足以报复你，那也算为我报了仇。"顿了顿，我补充道，"也许你说得对，信仰只是我用来自我慰藉的东西。它不过是将阿Q精神发挥到极致。"

"我一定要自己报仇雪恨。君子报仇，十年不晚。"听他这样说，我一阵寒战。随即明白这是一股力量在引导他，那是恨的威力，没有其他力量可融入到这股力量里，它就只能不断向前，直至达成目的。我还能说什么呢？自己软弱无能，也劝他自欺欺人、苟且偷生吗？冥冥之中，他的想法也是我的期望。比起为之要承受的痛苦，有一个相对公平合理的结果显得更为重要。

七　意外的重逢

　　等车时,我没事找事地数地板砖,脑海中浮现希斯接到我电话时的愤怒表情。20分钟后,来了一辆车。望向窗外,无数风景向后退去。不时有人上车、下车,换作以往我难免焦急,但今天无所谓。约两小时车程中,我想了很多希斯和梁超的事,只是终究不曾得出什么可靠有效的结论。
　　实际上,我喜欢坐车的感觉。每次上车,都希望永远不到站,一直开下去。没有终点,没有结束,只有随着行程行进着的各种幻想或回忆片段。
　　昨晚,梁超简单收拾下行李,坐了夜班火车赶往他向往的城市。应该是向往的吧,谁会去一座自己不喜欢的城市。临走时,他对我说:"还是不要告诉希斯吧。那孩子心思重,何况还有两年你们才毕业,学好本专业才是大学的重中之重。只说我回老家了。"
　　"也好。不过就这样走了,跟逃跑有什么区别?"
　　他叹口气,目光跳过人群,望向窗外。"只想赶快离开,越快越好。整个西城都是晓妹的味道,你看夜雨,淅淅沥沥,这是晓妹最爱的细雨。轻盈洒落,轻触发梢,轻荡心田,像晓妹,虽柔弱微小,却最能触动心灵。"他试图笑笑,为阻止一滴泪,然而徒劳。

我顺着他的目光望去:"我想她希望你快快乐乐地活下去。"

"我何尝不知,只是不能。我常想人都是要死的,早死晚死没什么区别。我不怕死,就怕死得不值。不过,好像也由不得自己。不巧临到,又能怎样?"

"毕竟死只是一瞬,花大把时间来思考,值得吗?"

"问得好!"他似笑非笑继续说,"许是你没经历的缘故,暂未思考,也情有可原。但我想每个人都逃不了这节课——死亡。我正在解答它留下的作业。"我们在火车站候车室大谈特谈生死问题,很多年后想起来,仍觉得不可思议。

"我爷爷走时,我还小,并不懂事。此外便无亲人离去。真的不太明白你的想法,但我祝福你有个美好未来。"

"你总是好心肠,乐观地看世界,这点真好。"

我不属于乐观主义,恰相反,很容易悲观。很多年后我才明察秋毫:尽管悲伤,但不悲观。属于悲伤的乐观主义者。见我沉默,他又说:"其实晓妹走之前,我也很乐观,觉得种种美好都在等着我。只要努力,就可一一实现,和晓妹一起走向美好的明天。突然'咔嚓'一下,所有美好都戛然而止,从幸福天堂坠落万丈深渊,不会马上死去,慢慢受尽身体和精神上的折磨,直至殆尽。"

我默默无声,言语苍白。但愿他只需双耳朵倾听,若如此,便是我的福分。

"你不是一直想知道晓妹对我说过什么吗?"我问。

换他缄默不语,又似在等我说下去。

"说来也巧,"我娓娓道来,他竖耳静听,"一次在图书馆看书,正看着,她走来笑问我是不是在看《摄影天地》。我点点头,她解释之前她看过本书,可能把重要的东西遗落在书里了。我把书递给她,她一页页翻。我们目不转睛,可翻遍了,一无所获。她垂头丧气地跟我道完歉便背起包准备走。我忽想起什么,叫住她请她稍等,自己走向书架,果然它还在。我拿书时无意间看到一类似书签的小东西,也没在意,但或许是她找的东西也未可知。果不其然,她很开心,差点笑出泪来,还要请我吃饭感谢我。我想这么一件小事,哪能真叫她请客,便谢绝了。对了,那书签,我看了一眼,上面好像画着画,还有些字,也没细看。"

梁超自然而然地接过我的话茬："那是我画给晓妹的书签，隔三岔五画上一张。晓妹喜欢看书，不仅实用，还传递着我对她的浓浓情义。偶尔她也涂鸦，请我指教。我是学美编的。她会写点故事，经常一起编辑学校副刊，成为别人眼中的才子佳人。晓妹将书签和每期校刊都珍藏完好，但我没想到她这么在意。傻丫头，没了就没了，我给再画就是，要是她急出什么来，我才要生气呢。晓妹就是这样，一旦某样东西跟随她，便永远属于她。记得刚开始交往，我想女孩总喜欢小动物，送她一只小白兔。她欢喜得紧，见面总跟我讲小白兔今天吃了什么，有什么有趣的事、新发现，似乎总也讲不完。可好景不长，小白兔死了，她哭得很伤心，非要给小白兔举行过葬礼才安心。她为此难过了一个月，责怪自己没照顾好它。我和她说如果喜欢再买一只。她呢，坚持不肯，还说再也不养小动物了，总觉得自己罪孽深重，对不起小白兔。我怎么劝都不听，那时我才明白实不该买活的东西给她。就是这样一个情深意重的人，永远地离我而去了。"

我拍拍他肩膀，沉醉在自己的回忆中："第一次见她我就有种亲切感，她友好善良，那么在意一件小东西的人肯定值得相交。往后去图书馆总想起她，很美好。最平常，最温暖。后来第二次不期而遇，也就是你看到的那次，一起往水塘边走去。我和她说我喜欢那个水塘，没事总去坐坐想些事情，她说她也是。于是我们边走边聊，诸如就读专业、大几、老家何处等。不知怎么说到生死，她说她一点也不怕死，能够死去实在是件美好而解脱的事。我于是问她有什么要解脱的。她说没有，只是随便说说而已。她边说边笑，任凭我怎么凭空想象也不可能想到她这正在赴死的路上。现在想来依旧觉得不可思议、难以置信，若不是你们告诉我，我会一直以为她好好地活着，说不定会在校园的某个地方再次相遇，聊聊天，如此几次，我想我们肯定会成为好朋友。我对此格外期待。很少有人给我这样的感受：恬静，唯美，神秘而又温暖。总觉得我们有缘，不必相问姓名，无须刻意寻找。安静等待，天赐机缘，让我们不必早一步也不必晚地相遇、相知、相惜。所谓天赐的缘分，慢慢等。我总也这样想。可见，世上压根没有这种缘分，果真缘分来时还是要努力去抓住的。一定是这样，一定是我没有抓牢，所以留给我遗憾。这样说你或许不大理解，女孩子之间怎么说得跟爱情一样，但确实如此。"

梁超急于打断我发表意见:"不,我理解。晓妹确实有这样的魔力,可见你和她是气息相同的人。据说气息相同的人遇见彼此会感知到彼此的心灵,有时根本无须语言,便可心灵相通。听上去有些玄乎,只有遇见过的人才能明白。起初我不信爱情会产生电流一说。我遇见晓妹却是如此。初见在公交车上,到站时我们一起下车。她在左我在右,不经意间双方手轻碰在一起,瞬间两人跟触电一样迅速拿开。当时并不知晓,也没当回事,只是心里诧异罢了。后来在学校再次相遇,竟还记得彼此,慢慢才熟悉起来,讲起初见,都有心跳感觉。缘分是很奇妙的。"

"也许一切都是注定的。"我说。看了看表,还有半小时,有人早早排起长队。"该去排队了。"

"没事,即便最后一个上车,也想和你多说一会儿。"

"嗯。"

"自古最是离别伤。我怕从这以后再也不会有这样的谈话了。我会收起我的心,戴着一副假面具生活。那是我所厌,却不得不为之。之前无比鄙视,现在多么需要!善变的人性,真让人无所适从。"他摇摇头,"有一首歌,你听过吗?"

"什么歌?"

他轻轻唱响:"我不想说再见,相见时难别亦难;我不想说再见,泪光中看到你的脸;我不想说再见,心里还有多少话儿未出口;一生中能有几个这样的夜晚,一辈子能有几次不想说再见。"

梁超唱完,跟着人流往一个方向走去。我看着他消失在人海,那首歌在耳边唱起,一遍又一遍,曲调那么心酸。歌声穿过人群,向窗外飘去,触碰细雨,往更远、更高处游走。记得爷爷死后,奶奶总是对我说:"小薰,你要乖哦,爷爷在天上看着你呢。"我走出火车站候车室,来到外面,把撑着的雨伞放下,仰望天空,密密麻麻的雨打在脸上,使我睁不开眼。索性闭上眼睛,脑海中果然浮现晓妹的笑脸。她在天上听梁超唱的歌。我们四目相对,微笑致意。夜雨恰到好处地包容了我们的沉默,容她的沉默、我的沉默耳鬓厮磨。

想到这里,车也到站。刚下车后背给人拍了一下,我转身一看是清月。

"真来接我呀。还以为你只是说说呢，不用陪着你那位呀?"看到清月，我有种回到人间的感觉。

"瞧你说的。他们去市区租辆车，应该快到了。"清月回头望了望。

"他们……除了小天，还有谁呀?"

"你忘了。小天带来的同学，叫什么韩野，很古怪的名字。是他非要租车。你说万一出点什么事，叫小天不好做，毕竟是他带来的嘛。"

"那倒也没什么，想来他也明白这个道理。"

正说着一辆黑色小车在我们身旁停下，桑戈天和韩野先后下车。我看到韩野诧异万分，使劲揉眼，再看，还是他。他呢，一副被雷打到惊恐表情，一只手指指我："原，原来是你呀!"

是，没错，是他，曾与我秉烛夜谈的陌生人。我们这么快再次见面了吗?这是真的吗?我哭笑不得，慌忙错乱。他高兴异常，来拉我手。"真想不到你就是小薰，小薰就是你。我们绕那么大弯才见面，才知道彼此。这难道是上天的安排吗?故意捉弄我们，好让我们铭记一辈子。"我根本听不进他说什么，只觉得身体飘飘的，不似在人间。

"喂喂，先讲清楚再激动。"清月把我拉到一旁。

"上次我跟你讲的那个女孩，原来就是小薰。"韩野兴奋地对桑戈天说。

"清月，你还记得我在路边拣到的男孩，和他聊了一夜?就是他!"

清月还没来得及惊讶，只听到"咣"一声，韩野毫无防备被打倒在地上。打他的不是别人，正是桑戈天。

"为什么打我?"我们扶韩野起来，那也正是我们想问的。

"明知故问。"他说着，欲再打，被清月挡住："讲清楚再打不迟。"

"叫他自己说对小薰做过什么。"

韩野倒笑起来："原是这个，我当什么。哥们儿，这一拳算你欠我的。"

"快说，你这家伙到底做了什么?"

"我什么都没做，后来和你说的那些是我瞎编的。不信的话，你问小薰，她人就在这里。"

"打什么哑谜嘛!急死人了!"

"当真?肯定并无此事?"桑戈天到底在搞什么鬼!

"确无此事。宿舍那帮家伙知我秉性。就算我说没做,他们也不信。向来假话易使人相信。"

"信了你。但丑话我说在前面,小薰是我妹妹,我之所以答应你,一是你胡搅蛮缠,二是小薰也不会看上你。所以别对她打歪脑筋。好兄弟也不行。"

"兄弟是兄弟,但我和小薰,谁都没权干预。"

"喂,你们两个有完没完?要不要我去叫一帮人来听讲座啊。"清月没好气道。

三人"扑哧"一笑。"上车。"韩野发话,"人生苦短,譬如朝露。原则的事放一边,尽情高歌吧。"说完自己钻进驾驶座。

桑戈天钻进副驾驶座,看样子打算和韩野继续对弈。清月和我坐在后面,我简短地说了希斯的事,她对我没有告诉她梁超要走耿耿于怀。只是我答应梁超在先,没办法,终不能两全其美。

"梁超又是谁?"清月问。

"就是昨天早上你打的那个手机号码的主人。他说希斯喜欢他,但他爱着另一女孩。你知道是谁吗?""谁?""前段时间传得沸沸扬扬、跳水塘自杀的女孩。难以置信吧?他们很相爱,可实习时女孩被人强奸,竟轻生了。"

"梁超应该接受她嘛,又不是她的错。"

"关于这点,女人永远无法理解男人心里的伤痛。"韩野插话。

"梁超一无所知。女孩没告诉他,临死前只向他提出分手。她大概不愿他为此难过伤心。"我说,"比起生命,一时的伤痛算什么!"

"太傻了。如果他真爱她就应该接纳她。"清月惋惜道。

"要我说女孩太自私懦弱了。她是一了百了了,男人就悲剧了。"韩野不动声色。

这次清月和我都火起来:"一点同情心都没有!""事不关己,肆言妄语。"

"我斗胆请教两位美女,若事发生在你身上,打算怎么做?"

"不可能。"清月一口否决。

"看看,连想想的勇气都没有。收起你那一文不值的同情心吧。"

"若是我——"我缓缓说来,"我想倒不至于去死。首先我很怕死,其次那是我想过千万遍的问题：绝不为某个人而死。爱也好恨也罢。都不。就算要死，也会想尽办法和那人同归于尽。"

"不管怎样——"清月说，"现在把贞洁看得如此重的女孩已不多了。我蛮羡慕她，她会一直活在一个男人的心里。把名字写在他户口本上，未必会永久，只有刻在心灵上，方可永恒。"

"永恒是屁话。此刻都抓不住，要遥不可及的永恒何用？那是艺术家追求的，就像哲学于现实，与老百姓有几钱关系？"眼前的韩野与我夜色中认识的相差甚远。我承认，他有吸引我的地方，却又使我退避三舍。就在我们各怀心思各自思量时，桑戈天慢吞吞冒出一句"她解脱了，我却被上了锁"，像从遥远的地方传来。韩野瞥了他一眼，他浑然不觉。长时间沉默。韩野把车内音乐声调到最大，一首强悍的流行快歌把我们的思绪震得支离破碎。

八　身世之谜

各种风景从车窗前晃过：齐刷刷的、蓝色屋顶的房子，统一规划过——大石块砌成的旧拱桥——清澈见底的溪水中游走着成群结对戏耍的鱼儿——几只白鹭在枝头几种姿态——燥热的知了——小女孩稚嫩的歌声突然断了——老爷爷牵着他的小黄牛蹒跚走过——公交车沿着山路蜿蜒时隐时现，像刚破茧而出的蝴蝶，跌跌撞撞——各家各种狗争相卖宠——凝聚着太阳光辉的向日葵灿烂无比……

"这儿真美。小天，这是哪儿？"韩野问。

"久水。"

很快，车轮抵达家门口的公路上。

到家时，奶奶正忙着包饺子。桌上堆了一大堆包饺子用的馅，有韭菜鸡蛋的，有小葱豆腐的，有四季豆的，还有一大盘肉。

"回来得正好，帮奶奶包饺子。"

"奶奶怎么准备这么多饺子馅啊，吃得完吗？"我下意识地收回正准备伸向已经炒熟的四季豆的手，换作往常，肯定拿起勺子吃上两大口。

"难得你们都回来，奶奶高兴。尤其是小天，好几年没回来了。"奶奶一边揉面粉一边说。

"姨婆，我以后一定多回来看看。"桑戈天撒娇道。

"你小子，真幸福！"韩野推了下桑戈天，又向奶奶道，"奶奶，以后我也常来，欢迎不？"

"欢迎欢迎。"奶奶笑道，"奶奶就喜欢和年轻人在一起，别看奶奶老了，身体可老棒了。"

"奶奶都六十多了，照样上山下山，里里外外的活都是她干的。"我说。

奶奶叮嘱："小薰，一会儿先包几只给老太太送去。妈一向吃得早。"

"嗯。我先去洗个手，准备开工。"

"小天，你带着小野去镇上转转，一小时后回来吃。"奶奶对桑戈天道。

"没事。奶奶，我们也帮着包，快一点吃上，我现在都馋得流口水了。"韩野抢先道。

"你会包吗？"我走过来取笑他。

"不会可以学的嘛，奶奶，哦？"

"一看也是笨手笨脚的样子。"

"奶奶，你看她，我诚心想学，她倒笑话。"

"小薰，难得小野有这份心，你就教教他，收他这个徒弟。"

"师父在上，请受徒儿一拜。"说完，当真拜起来。

"这孩子。"奶奶笑道。

韩野拜完便自己端了个小凳子坐在我旁边，完全不把自己当外人。桑戈天说了句"我去找清月了"便离去。

"小天这孩子心眼好，实诚，又孝顺，就是话不多。"奶奶道。

"奶奶那你可就看错小天了。他那叫装酷，在我面前，可能说呢，天南海北天文地理天上地下的，什么都说，纯粹的三寸不烂之舌，把正的说成歪的，把好的说成坏的。不知道吧，一个月前学校举行的辩论大赛，他不仅参加，还得了'最佳辩手'的称号。呵呵，当时场上女孩子那尖叫声一浪高过一浪的。你们是没见过那个场面，如果看到一定不会说他没话说了。他这个人就是懒，懒得说废话。"

"瞧这孩子说话，真逗。"奶奶笑。

"只怕是你杜撰的吧？"我取笑道。

"不信，你去问他。这小子真会装，看都不看那些女孩。当时好多女孩上来问他姓名号码，他却不说，有女孩给他号码的他只会说抱歉。你说可气不?"

"那倒是像他风格，一贯低调。"

"你低调就低调，好歹为兄弟想想，是不?"

"哦……这还跟你有关?"

"那是，那些号码你不要，可以给宿舍的兄弟嘛。我们可都是光棍呢。"

"活该。就该光棍一辈子。"

"小天在学校有交往的人吗?"奶奶问。

"好像没有，这方面，他保密得很，只字未提，怎么问都拒绝回答。"

"哦，那倒还好。这些事还是等你们毕业再说比较好。"

"嘿嘿，奶奶有给预备好的?"

"瞧这孩子，跟人精一样。我刚说上句，就猜下句。"奶奶笑，瞧我，道，"是有一个，远在天边，近在眼前。"

我们洗耳恭听。听到"近在眼前"，韩野特意看了看屋里，确定就我们三人，我也看了看，不敢相信。"奶奶，你是不是哪里不舒服啊?"我问。

"你是说我烧糊涂了吧。这死丫头!"

"是啊，奶奶。小天和小薰是表兄妹，按照《婚姻法》是不可以结婚的。"

"他俩并无血缘关系，只是法律上的表兄妹。"

犹如一枚炸弹在韩野和我之间轰然炸开。这种小说情节竟然不经意间发生在我们身边，而且看上去如此平静，悄无声息。一种不知是喜还是悲的滋味涌上心头，只摸着饺子皮，来回地摸，不厌其烦。

"喂!想什么呢?"韩野推了下我，我方才醒悟过来。"没，没什么。"

韩野追问:"奶奶，这到底怎么回事?"

"那可扯远去了。三言两语说就是梅梅，也就是小天的妈妈其实是被人故意抛弃的。那个年代，唯有男孩才有读书的机会，女孩六七岁就会帮着做家务活、照顾弟妹。我看到梅梅是在一个清晨，早上刚起来打开门，就看到她，呵呵，小家伙睡得可香呢。当时我已有两个儿子，很想要个女儿。肯定是附近的人知道我心思，自己又无法喂养，所以才送到我家门前的。也是我们母女的缘分，我抱起她，就觉得格外亲切。那以后，梅梅渐渐长大，整天跟着我做这做那，俨然一个小大人。还帮着两个哥哥洗衣服，玩得好着呢！7岁那年总喜欢看哥哥的书本，问这问那的。看得出她很想读书，就下决心送她去。可小薰爷爷不同意，死活不肯。我也没办法，为此总觉得愧对这孩子，她也不声不响的，倒跟着两个哥哥学认了不少字。偶尔有空我也教她，很聪明，不过两三遍便记住了。"

"我奶奶小时候可是地主家的孩子，跟着哥哥一起请有名气的私塾教的。"我插话道。

韩野打断我紧问："后来呢？"

"梅梅10岁那年，我远嫁的二姐，也就是小天的奶奶回来探亲，看到梅梅，死活要带回去。那时，我二姐都三十好几了，还未生养。看了很多医生，吃了很多药。她想收养梅梅，将来有个依靠。也就是那次，她向我吐露她婚姻的隐情：她老公早在外面生了一个儿子，已7岁。他们夫妻感情很好，我姐姐考虑到是自己过错——不能生养，就默认了老公婚外生子的行为。她想等梅梅将来长大嫁给老公婚外生的儿子。原本她一直不能接受这个事实，现在看来也只好接受了。她预备回去和她老公谈判。这样便两全其美了。我二姐家条件好，她还许诺我一回城里便让梅梅上学，把梅梅当作自己儿子一样去培养。我听她这么一说，只好忍痛割爱。梅梅那孩子太好了，对我丝毫没有抱怨，仿佛她生就那般命。临走时反倒嘱咐我照顾好自己。后来也确实如我姐姐所愿，梅梅成了她儿媳。"

"真够复杂的。"

"是啊，够写一部长篇小说了。"

"都是陈年旧事了。"奶奶黯然道。

"晒晒也好。免得发霉。"韩野笑，"现在多好，吃饱喝饱玩好一切都好。"

"那倒是，生活越来越好。我们这个年纪的人政府每月有养老金发，过年过节的还送米送油的，愁是不愁的。"

"就是。所以别舍不得吃舍不得穿的,钱放哪里都不记得,白白便宜了那些老鼠,糟蹋了钱不说,也没落个好。"

"呵呵。"奶奶笑起来。

"老鼠?"韩野发问。

"奶奶把钱收在柜子里,平时舍不得花,倒被老鼠咬得七零八落。"

奶奶辩解道:"我是怕有个病灾什么的。"

"您不是有儿有女吗?不然养他们做什么!"

"我最近老是梦到你爷爷,说他一个人在那边寂寞。"

"奶奶,别瞎想了,那是您自己寂寞了。现在我们陪着您,不许说这样的话。"

又聊了些东家长李家短,话题不知怎么又回到了我和桑戈天身上。

奶奶道:"看得出这俩孩子情投意合,等一毕业,就把婚事给办了。"

"啊?""啊?"听的两人同时惊讶了一番。我涨红了脸,韩野看了看我,好像想说些什么,嘴唇动了动,却没有吐出字来。

"奶奶,你觉得他们两个般配吗?可能那只是兄妹情。"沉默片刻,倒是韩野问了一个我不曾想到的问题。

"管是什么情,只要有感情就好。兄妹情也好,哥哥会让着妹妹,妹妹知道心疼哥哥。不怕你们笑话,一见到梅梅我就想着把她许给小儿子,谁知他俩没这缘分。再说,这小天、小薰我都了解,合不合得来我还不知道嘛。小薰是个好孩子,会疼人,心又细,家务活也比她妈做得好。亏得是我带大的,不像她爸整天想着浪漫情调之类的,也不像她妈光长个漂亮脸蛋给男人看,自己又傻傻上当。"

"怎么这么说阿姨呢?"

"大实话啊。当媳妇时候什么都不做,真当自己是城里人,整天打扮得花里胡哨的。当初我就不同意这门婚事,只是小儿子跟着了魔似的要娶她,要死要活的。后来还不是离了,不听老人言,吃亏在眼前啊。"

"奶奶,当着外人说这些做什么。"

"不说了。一提起就没完没了的。年纪大了,老是想起很久以前的事。"

"奶奶,其实,小天他有喜欢的人。"沉默了一会儿我说。

"不会的，奶奶了解他。"

韩野问："谁呀？"

"清月。"

"我说两人不对劲，你没来时，两人见面也不说话，光用眼神交流，我也看不懂。心下料想两人肯定有事。"韩野道。

"清月那孩子是比小薰漂亮——"

韩野打断奶奶的话："我可觉得小薰比清月漂亮。"奶奶笑起来，继续说："小天一时迷恋她也属正常。怕是哪个男孩看到都要眼前一亮的，但过日子还是小薰这样的好。放心，小天终有一天会明白这个道理的。"

"我倒不在乎，只是希望他们快乐就好。"我说。

"这孩子总是这样傻乎乎的，喜欢的也不去争取。"奶奶摇了摇头。

我一直在问自己是否喜欢桑戈天，对他有感情是肯定，但到底是什么样的情感，却说不清。像爱情，又像友情，又似亲情，有点像雾像雨又像风的感觉，我完全迷离其中。听到奶奶讲"喜欢的也不去争取"，我恍然大悟。原来还是喜欢，想尽了一切办法去掩饰了却还是喜欢，忘不了、放不下又猜不透。这个问题其实10年后我才悟出一点点，但那时为时已晚不说，无限的惆怅与落寞几乎将侵占我整个人生。这或许就是人们常说的人生三大伤心事：有些东西，永远得不到；有些东西拼命追求，却还是远在天边；有些东西得到了，却发现不过如此。

想着这些，我包饺子的速度慢下来，一边细细反复捏饺子皮，一边低头想。奶奶和韩野有说有笑地聊些什么，我根本听不到了，只觉得时间空间全都不存在。就连我自己也随着情感的大潮渐渐退至天边，伸手想要抓住什么却是一无所获。

人活在世上，为什么会对太多的东西无可奈何？越是随着年龄的增长，这种无力感便越发强烈。想起小时候，摇头晃脑地背诵"无可奈何花落去"，长大呢，望着天边，想着这句话，默默无语，会整个下午托着下巴，无限惆怅，甚至还会默默落泪。起初不明白林妹妹为什么葬花，还葬得那么凄美，后来才知实乃无奈之举：无法把握自己的命运，所以才吝惜起身边一切即将消失的东西。葬的不是花，而是将死的心。

我拿了碟子装上七八个豆腐水饺，蒙上一层保鲜膜以防灰尘。其实，久水极少有灰尘，只为保险起见，怕不小心洒落或恰有汽车开过。和韩野并肩走在小路上。由于下过雨，路面湿湿的，空气里有股潮湿的清香与泥土混合的新鲜味，两旁各种野花争奇斗艳。

"穿过这条路，再转个弯便到了。"我对韩野说。

"很有江南风味嘛。这小路，石板铺的，古老味十足，上面长满了青苔，很有诗意。"

"你怎么知道？"我打断他，"你怎么知道这路古老味十足，又怎么有诗意了？"

韩野倒很奇怪地看着我。"这不明摆着嘛，一看就知道。"

"老人讲他们小时候就已存在了，至少一百大几十年了吧。可我就是看不出什么门道来。"

"我对这些感兴趣，看得多，所以一眼识破。和阅人是一个道理。等下我们再来一趟，我相机忘带了。"

"完全可以。等下吃完晚饭带你去看样好东西，你肯定会感兴趣的。"

"那赶快的。等下就去，饭等下再吃不迟。"

我转身笑他："瞧你，急得像猴子。我们还得回去帮忙包饺子。这么多张嘴呢。"

"恭喜你，成功勾起我的好奇心！"

"瞧你那急不可待的样。"

"真扫兴！"

"不会连这点定力都没有吧？喜欢某样东西，连这点时间都等不了也不算真喜欢，那么看或不看也没什么区别。我倒以为，只有经历过等待的愿望实现时，才会有那种欢心鼓舞的幸福感。"说完，我白了他一眼。

"你可真会倒打一耙啊。和小天真是如出一辙。平日有心训练吧？"

"才没有。他和清月才能说，我只是听众。"聊到这里，想起眼前这个家伙知道我很多秘密，又气又恨。怎么会有这种事？以为永远不见竟又奇迹般地重逢了。天啦，如果这就是所谓的缘分，我宁愿不要。

"又想什么？你会分身术吧？大脑和身体有仇吗？"

这家伙轻拍了我，着实吓我一跳："什么跟什么啊？"

"不然，干吗总是一副失魂的样子？"

"跟你有什么关系？"我没好气道。

"我知道，肯定偷乐呢。以前总有借口阻止自己喜欢小天，现在好了，完全没有障碍了，等下他回来，赶快表白。我敢保证他爱情的天平会立马倾向你。"

"神经病吧你？"转而我会意笑道，"谁家的醋坛被打翻了，一股酸溜溜的醋味哎。"说完，故意往他身上嗅。

"少来，谁会吃你的醋。"他一副不知所措、强词夺理的样子，"别讲笑话了。"

说话间，也到了太奶奶的老房前。韩野上上下下前前后后左左右右打量了一番，竖起大拇指："啧啧，不同凡响、非比寻常啊。"

"老房子有什么好看？"我习以为常，"等下去看更老的。"

太奶奶是我奶奶的婆婆，九十多了。爷爷是她最小的儿子，她住在大儿子家，一共生了10个儿女，养活8个。五世同堂，市里的电视台还来采访过。"你猜猜这个大家族一共有多少人？"介绍到这儿，我问韩野。

"100？"韩野试探着问。

我摇摇头："135人。够多吧？"走过大厅来到一侧门前，我叫了声，听到里面有人才推门进去，韩野跟着我进来。

"看看，还认识我不？"我笑问，对着旁边的大伯和大妈嘘了声。

"小薰。"太奶奶一口说出。

"我们包了饺子，是你最爱的豆腐馅。奶奶叫我送来，太奶奶还没吃吧？"我看了一下桌上很旧的闹钟，时针正指着5。

大妈接了过去："一会儿就去烧。小薰什么时候回来的？"她拉着我坐，看到韩野，便也请他坐下，自己则坐到床边。

"我刚回来，就忙着包饺子。太奶奶身体还好吧？"

"挺好的，就是耳朵不大好使。跟以前一样还能干点活。"

"哦。偶尔做些轻松的活对身体有好处。"我说，因我了解太奶奶如果不让她干活会跟你急。毕竟干了一辈子的活，习惯使然嘛。

"这位是谁呀，男朋友？"大妈问。

"是小天带回来的同学，过来玩几天。"

"小天也回来了吗？倒是好多年没看到了。有空，你们一起来玩，这位同学也带来。"

又聊了些别的，因为还要回去包饺子，我起身告别。出了房门，带韩野来到大厅。

"你看！"我指着稍高处，对他说，"那就是我们的全家福，太奶奶90岁时拍的。"

韩野仰着脖子一个个仔细看。"有你吗？"边问边找。

"有。不过没小天。"

"那当然。他又不是这个家族的。"

"好像还不算全家福，我估摸着有六七十人吧？"

"算多了。百来号人，分布各行各业。哪能刚好都有空，再说有的嫁得很远，像我大阿姨，远嫁内蒙古，我都不记得她长什么样子了。"

"哦。这个是你吗？"他指着右边一个短发的女孩问我。

"嗯，还算你眼光好。"

"本来也没什么变化嘛。都说女大十八变，用到你身上就不适用了。"

"我自己倒觉得还好。要是变得自己都不认识了，不是很可笑吗？"

看看我，他问："现在怎么蓄起长发来了，因为小天喜欢长发？"

"你这人真没劲。"我转身离开。他跟了上来，傻乎乎地问："怎么没劲了？"

"三句话不离小天。你再这样，请你还是快快回去的好。你要不走，我走。"

"又怎么了这是？大小姐，还请明示的好。"

"自己讲的话，倒请我明示，你不觉得好笑吗？"我越走越快。心里真恨，为什么要回来，为什么要再次遇到他，为什么要和他说那么多话？既然不幸遇上，不说话也好，全当不认识。于是我打定主意，忘记了那晚上的事，全当与他是第一次见面，只需客气相待便好。嗯，全当与他玩一次陌生人游戏。

我径直地走回家，并没有回头，自己生着闷气。可等我到家时，却发现韩野根本没有跟上来。糟了，他会不会迷路？

想来应该不会，通共那么点路；若真迷路了也好，不用见着他，心烦。我只包着饺子，和奶奶有一句没一句地聊着。一会儿桑戈天回来，问韩野在哪里。

我只好说他想一个人走走，还是打他手机吧。于是他拿出手机打电话，一会儿又出去了，想是找韩野去了。

九　素人小偷

过了约半个小时,桑戈天、韩野两人回来,又说了一会儿话,饺子也煮好了。大家有说有笑吃完,陪着奶奶洗完碗,奶奶便去串门。这是她多年养成的习惯,晚饭后和一群老太太说说话、聊聊天。我则帮着两个男孩铺好床铺,回了自己房间,期间一句话也没和韩野说过。

坐在镜子前先是无聊地梳着头发,后来从书架上随便抽了本书,随意翻开一页,一头扎了进去。"唉!"我无奈地叹口气,不知怎么办好。这陌生人游戏也不是好玩的啊。书也看不进去。都怪韩野莫名其妙跑来久水干嘛。

就这样不知所然、乱七八糟地一通想,我从椅子上跳起来:"不行,不能这样。去找清月。"正准备回头,却撞见桑戈天、韩野两人走了进来。

"准备出门吗?"桑戈天问。韩野则一副爱理不理的样子。我暗自嘟哝:有什么了不起的,有本事赶紧回去好了。"哦,去找清月。"

"清月要复习功课,要我们晚上不要去打扰。"

我气鼓鼓说:"搞什么?是她打电话催我回来的,早知道这样就不回来了。"

"她本来就是这样的人,永远功课第一。你知道的,无故生什么气。"

"那倒是。以后也是事业第一，我们这些友情都要退其后了。"我垂头丧气的，觉得一切都好没意思。

"别那么沮丧。我带你们去个好地方。"他说着拉我们就走。

"小薰，你觉得韩野人怎样?"一路上韩野后面跟着，桑戈天和我并排走着，桑戈天突然问我。我之所以觉得突然，是觉得他不会问我这种问题。

"野这个人看上去很花心，又处处留情。只怕他自己都认为是这样的人物，实际上是因为没有找到合乎心意的女孩子，所以才会如此。越是和很多女孩交往越说明他这个人孤独寂寞，所以还算得上是个不错的男孩。"

"那你怎么不和很多女孩交往!"我心下暗想，却不敢问他。默不作声，看他葫芦里卖的什么药。

"你还没回答我呢?"

我敷衍道："挺好的。"

"知道为什么下午接你的时候我打他吗?"

我摇摇头。

"那是因为他和我说和一个女孩睡觉，一下子知道是你。无法接受，所以打了他。"

"嗯?"他这是在意我吗?

"知道你们没有。原是我太冲动。后来一想才觉得这小子对你不一般。"

"怎么不一般?"

"说来你不要生气。"

"不生气。"

谁知韩野从后来追上来，强硬道："不要说。"继而拉着桑戈天衣角请求道，"不要说。"

"无所谓。"我说，"他不想说，我还不想知道呢。"

"我有个很重要的秘密要告诉你。"韩野对桑戈天耳语。说是耳语，声音却很大，是故意说给我听的。他是想告诉我，他掌握着我的大秘密，可以随时拿出来威胁我。

这太可恶了。

"你知道自己的身世吗?"韩野问。

我赶紧打岔:"我们要去哪里啊?"

"什么身世?"桑戈天追问。听口气,他对自己父母的事一无所知。也是,哪个父母会和孩子讲这些事,只怕连他父亲都不知自己的身世呢,哪谈得上再对儿子讲。

"韩野!"我狠狠叫了他名字,"你要是敢说,我,我,我绝不轻饶。"

"你预备对我怎样啊?"言语间充满得意,首战告捷。我看他尾巴都快翘到天上去了,因他还在说:"我就说。"

真是不知死活的家伙,我气急了道:"我,我,我杀了你。你敢说。"

"等着你来杀。女孩子一开口竟然讲'杀了你'这样的话。我都替你羞。"不等他讲完,我抬起脚趁他不备狠狠踩在他的右脚上。"啊!"他抱脚边跳边叫。我则捧腹大笑。

"小薰,你干吗呢?"桑戈天问。

"你你你……"韩野指着我,无语的样子与之前形成鲜明对比,痛喊道:"最毒女人心。"

"怎样,知道本女子厉害了吧?下次说话注意点。"

"野蛮,难怪没人喜欢你。"韩野道。

我举起拳头威胁道:"你想尝尝拳头的滋味吗?"

"小天,你看看她。还说她温柔体贴,笑死人。"韩野后退了几步说。

桑戈天跟着笑道:"说实话,我还没见过她这样呢。"

"见色忘友的家伙。"

"真生气了?"桑戈天走过去,装模作样隔着鞋给他揉揉。

"犯不着。"

"那就好。再转个弯就到了,我们去偷西瓜。白天我来侦查过了,好多熟了,个大又圆,肯定好吃。"

"真的吗?"韩野一听,果然来了精神,脚也不痛了,拉着桑戈天快步走去,"早知道是来干这事,还和那个小妮子废什么话。这事要快,速战速决，长久在此逗留，容易被识破。"

听他这样说，我又笑起来，搞得跟上战场打仗似的。"喂。前面不是——"

"小薰，快点。"还不等我说完，桑戈天回头打断我，还向我使眼神。干什么嘛，有什么好保密的。故弄玄虚、爱卖关子的家伙！不过我没有理由不乖乖听他的话哦。

来到一大片西瓜地前。绿色藤叶间点缀着大大小小的西瓜。夜色下，分外迷人。西瓜长势喜人，正逢丰收时节。

韩野命令我们蹲下。"站着容易被发现。"我心想这不废话嘛，捂住嘴巴笑。这家伙总责怪桑戈天为什么带女人来偷东西，还不许我笑。接着他像指挥官一样指挥道："小天，前面带路，你熟悉路况；小薰紧跟其后，注意观察周围环境，一有情况立即发信号；我断后，负责后面一举一动。"看韩野认真的样子，桑戈天和我都笑起来。韩野又是老话，桑戈天则示意我配合一下。"等下走到中间，我一声令下，大家冲向不同方向，以最快速度寻找目标西瓜，一分钟后在此集合。记住动作要快要轻，小薰你，你们女孩家家发现情况千万不要大叫大喊。万一有危险，抱着西瓜赶紧往家跑。""你能找到回家的路吗，大指挥官？"我故意笑他。"严肃一点，这可是面子攸关的事，成功皆大欢喜，失败则颜面尽失。""Yes！"我轻轻敬礼。"好，行动。""按照剧情——应先对下表。"我一本正经地提醒。韩野无奈看看我，仿佛在说："孺子不可教也。""出发。"桑戈天说。我吐了吐舌头，跟在他后面。

趁着朦胧夜色，我跟在桑戈天后面。仿若回到从前，我们经常出来偷东西吃。也是这样我和清月跟在他后面，听他指挥，共同作战，荣辱与共。正想着，后面人用手轻轻碰我一下，小声道："注意观察！"

快走到中间时，西瓜地拐角一处的用竹子搭建的简易小屋里走出一个人，向我们大喝："什么人，干什么！"

我正转身准备逃跑，却不想一头撞到蹲下来的韩野。我"哎呦"一声惨叫，他却逮着西瓜就摘了一个，然后以火箭发射的速度跑起来。为了演得真切一些，我不由自主也没命似的跟着跑。

跟着韩野一路跑，一时也辨不出哪里，这家伙慌不择路。发现没有追兵，我们渐渐慢下来，实在跑不动了，他还拉着我跑。算他有良心，不是只顾自己的那种人。后来他发现确实没人追来，才停下来，气喘吁吁。

"还还好——跑得快，太险了！"韩野放下西瓜，喘着粗气说。

我一屁股坐在地上，觉得心快要跳出来，捂着胸口，一句话也说不出来。

"怎么了，还好吧。脸色怎么那么难看？"韩野蹲下来，关切地问。

我摆摆手："休息一下就好了。"

"刚刚跑完，不能停，得慢走一小会儿。"说着要拉我起来。

我实在无力，任凭血管拼命跳跃。

韩野忽然想起什么似的，眼神里充满了担忧自责。"都怪我不好，这样跑你肯定吃不消的嘛。对不起，我一时也没想起。"

"没想起什么呀。很久没这么跑过，一时不习惯而已。"话说完，忽然想起医生嘱咐过我不要剧烈运动。一时给忘了，又想起我好像跟他说过这些，他应是想到了。我一时又恼又喜，不敢看他，低着头，脸更热了，赶紧捂住，隐藏心思。

他愣头愣脑地焦急："脸怎么这么红啊，还有哪里不舒服？我背你去医院，都怪我不好，万一真有个什么——快，到我背上来！"他背蹲在我面前。"不用。我不会死在你面前的。"话溜出，才发现不是我本意。我变得口是心非。

"不好轻易说'死'这个字。尤其是女孩子。"他仍然等着背我。

"你怕死？"我问。不必面对面，紧张慢慢松弛下来。

"本来不怕，现在反倒有点怕。"

"为何？"

"因为你的缘故。"

"我的缘故？"我思索其含义。

"是啊。若我先挂了，你不就成未婚小寡妇了。"听了这话，我用力一脚踹在他屁股上。他料想不及，摔了个狗吃屎。"好野蛮啊！"他叫苦不迭。

"活该！"看他头发上挂着根草，我乐得哈哈大笑。

他与我不到一米面对面坐在泥土地上。"难怪尼采说去见女人，得带着皮鞭，要是她不听话，就抽她。真是至理名言啊。"他顺手拔了几根草，"今天我就替天行道，替男人教训你这个顽固不宁的人。"

"你敢！"我瞪着他。真打起来，我未必输。因我感到前所未有的力量。

举起的手落在半空，他被噎得无语。生生地望着我，望得我忐忑不安、胆战心惊。后来，差不多七八年后我无意中遇到过他一次。我们像很多旧相识那样走进一家像模像样的咖啡馆，装模作样呷着咖啡，说些无关痛痒的话。无意间提起这一瞬，他说："换作现在，肯定不顾一切地把你按倒在地。""呵呵。"我笑，却与他心知肚明。某个时刻，我们只能站在等号的这边或那边，不可能同时站在两边。临别时，他问我要号码，我很想告诉他，那时我单身。但说出的却是："我不想辛苦封尘的完美记忆被泛滥的世俗情节弄得破碎不堪。"他释然，转身，于我此后万水千山相隔。

时间也许停止过。待我们回过神来，为了掩饰刚才紧张气氛，我问："尼采当真说过那样的话？"

"差不多，类似吧。"

我想起一个笑话，说与他："尼采还说过我是太阳呢。我家以前养过一只大黄狗叫太阳，这么说来，尼采还是小狗呢。"

他扑哧一笑："好缺德的笑话。"

我编织下文，继续取笑他："小狗说的话，你也能听懂，这么说，你也是小狗了？"

他笑得更猖狂了："如此说来，你也是，还是雌性的。"

绕了一大圈骂到自己头上来，我哪里甘心，继续编排："要我说去见男人，得带着枪，他要是敢欺负我们，就一枪毙了他。"边说边用右手做出枪的手势打他。"嘣！"

他配合我倒在草地上，忽而又起身巴巴地望着我，几秒之后才问我："小天呢？他不会给捉住了吧。"

吓死我了。我还以为他要来个死前表白呢。"不会。"

"你怎么知道，他这人体育一向差得要命。"

"再差也比我好吧。放心吧。"

"不见得。不行，我得回去看看，你原地待命。"

又来了，真不知道说他傻还是够义气。"你就放一万个心吧，他不会有事的。"

"还是不行，你在这儿等我。"说完就走。

"那西瓜是大伯家种的，从小屋里出来的那个人是我大伯。"我对着背影说。

他转过身，走到我面前。"此话当真?"

"千真万确。"

"这个死小子。敢骗我！还有你，合伙骗我！太可恶了。"

韩野正无处泄气，桑戈天却抱着个大西瓜走来，一见韩野便说："还好，你们都安全。"

"你也安全归队了嘛，还有战利品。"韩野反语道。我不断朝桑戈天眨眼睛，他却视而不见。

"是啊，我先把那人引开，折回来偷了这个回来。怎么样，按照你的指示，够大吧？凭我的经验，肯定甜到你心里。"

"哦。你小子跑得蛮快的嘛。下次体育课别叫我代跑。"

"呵呵，那是后有追兵，不得已而为之嘛。"桑戈天边说边用拳头破开西瓜，红红的西瓜瓤便呈现在面前，先递了一块给我，剩下的和韩野一人一半，"压压惊。"

"小天——"

"啊?"

我正吃着边想韩野到底怎么治桑戈天，还没想到，只见韩野把手里的西瓜全部朝桑戈天脸上盖去。看着桑戈天满脸西瓜汁，韩野和我都笑得捂住肚子满地打滚。

"开什么国际玩笑啊。"桑戈天接过我递给的面纸一边擦，一边说，"这衣服很贵的。"

"说说看你是怎么把你舅舅引开的?"

"舅舅?"桑戈天转向我，"你都告诉他了?"

"没办法，他要回去救你，我不说，早晚得揭穿。"

"我那是好心。你小子贼心不死。上次到人家菜园里偷黄瓜吃，吵着还要去，我这样还不是被你逼的。"

"好啊。你们还是惯偷，我告诉警察叔叔去。"我笑，却纹丝不动。

尽管自己也常干这事。

"拜托，就只那一次。长那么大，从来没有得不到的东西，只要掏出银行卡那么一刷，什么都有。偷黄瓜那次，还不是被你忽悠的。我说：'不要为了根黄瓜去偷，留下坏名声，传出去我还怎么做人。你想吃，我到超市给你买一车。'你猜猜他说什么，他说：'傻瓜，这偷来的滋味不一般。'还花言巧语说了很多，明明是你贼瘾犯了，反倒赖我头上。"

"你们两个半斤八两的，反正都不是好人。"

韩野反问："你是好人，你跟来干吗？"

"好了，大家就不要五十步笑百步。先听我说说，再评理不迟。"

我们都安静下来，听听桑戈天能讲出什么歪理来。我们席地而坐，呈三国鼎立状。

桑戈天继续说："其实我一直觉得偷东西不好，可又总怀念小时候偷东西那种刺激感。每次偷完都安慰自己又不是大不了的东西，不过是些黄瓜、桃子、苹果、西瓜之类的。可毕竟是偷，总是矛盾纠结的心态，时间一长，总回味那偷的感觉。或没被发现美美地享受着所谓的成就感，或被发现仓皇而逃，那种逃跑的感觉很爽、很刺激。偷的时候我觉得严重训练我们的眼手大脑三者的协调能力——"

"照你这么说，我们偷竟是好事了？"我问。

"别打岔，小天说下去。"

"既要看看周围又要快速地进行采摘，另外大脑还得同时对周围的情况做出判断，以备随时指挥身体进行下一步行动。一旦有风吹草动，必须当机立断，速度那要绝对快，一切以逃跑为目标。刚才韩野的做法很不可取，关键时刻哪还能惦记着西瓜。"

"刚才我不甘心就那么走了。"韩野嘟哝。

"所以说你还没有达到素偷的最高境界——"

桑戈天刚说，又被我们打断："素偷？听说过素材、素菜、素来、素裹的，没听说过素偷的。又是你杜撰的吧？"

"小薰，你那不是有本三毛写的书吗？"

我越发迷糊了："是啊，这跟三毛还有关系？"

"我就是从那里受到启发的。有一篇叫《素人渔夫》的，你还记得?"

"印象深刻。"

韩野催道:"直奔主题。"

"三毛受到巴黎一群人的启发,称呼自己和荷西为素人渔夫。过去巴黎有群人平日里上班,周末画画,他们称自己为素人画家,三毛和荷西周末去捉鱼,所以叫素人渔夫。我们只是偶尔为之,因此也应该叫素人小偷,简称素偷。"

"亏你想得出来,果然是歪门邪道。"我笑道,"你怎知我书架上有这样的书?"

"白痴问题。"韩野道。

"上午我和韩野两人没事干,就拿了你的书来看。"

"不过,你说得还蛮有些道理的。"韩野道。

"你拿我什么书看了?"我问韩野,"不经过我同意,便拿是为偷。"

"素偷素偷。"韩野活学活用,"再说,怎么告诉你,连个手机都没有。你看书很认真嘛,竟然还有写感悟。我看的是《刘墉经典》。"

"那是清月送我的。"我说。

"早知道和小天对换看了。对了,刚才你说素偷的最高境界,接着说下去。"

桑戈天清清嗓子:"素偷的本质当然还是偷,但这有别于一般的偷。小时候绝大多数的人可能都干过这样的事,一来那时候不像现在的小孩要什么父母给买什么,那么多的玩具却还是不感兴趣。我们呢,只有小伙伴,一起玩,好多男孩子在一起难免出坏主意,只要一个有这样的念头,其他的都会跟去,这本也是男孩天性。二来那时候到底年纪小,胆子大,被发现告诉家长也是有的,但大多被训斥一顿也就罢了。所以并不是很在乎,随着年龄的增长,倒也不在乎黄瓜这些东西,也知道偷盗是不好的行为,便渐渐淡忘下来。再后来到了我们这个年纪,反倒容易回首往事,想起一些小时候不可为却为之的事。于是我常想这素偷的最高境界应该是保持小时候的那种好奇心与刺激感,也就是纯粹的童心,目标却是长大后的无所为。换句话说就是我们追求刺激与过程而不在乎结果。一般的小偷却是不注重过程而看重结果,怎么偷并不重要,只要达到目标;而素偷的结果不重要,重要的是偷的过程中那种奇妙的心理活动以及留给自己的美好回忆。"

我摇摇头："我还是不太明白。"

"就是说即便被训斥，当时的心里也是很奇妙的感觉，感觉回到小时候，那个可以任意为之的年龄。说到底，我们这些还很年轻的 80 后已经开始怀旧了。"

"韩野的话直奔主题。完全可以这么理解。"

"怀旧？"我笑起来，从来没有想过这样的话题，我怀旧吗？

"这正说明我们正日渐成熟。面临着得与失的重重感受。"

多年以后，我回想这晚的谈话，才明白桑戈天和韩野两人话中的意思：童趣是人类永恒的温暖追忆。时间把人性最初之光打磨得熠熠生辉。尤其走过万水千山，历经人世沧桑，才知一切不可挽回。弥足珍贵的是，记忆像冬日的暖炉，用昏黄的光照映着我满面的泪光。

我属于后知后觉的人，对怀旧如此，对桑戈天如此，对韩野更是如此，总在失去时才明白一件事、一个人对于我的非凡意义。对于我，很可能是，你说喜欢我时，我没有喜欢你；当你离开了，我却喜欢上了你。后知后觉的人，总是逃不过这种宿命的情节。

十　大自然的美意

　　第二天一早起床，帮奶奶烧好早饭，又拿了桑戈天和韩野换下的衣服去小溪边洗。等我洗好回来，两人已经起来，正在吃着早饭。

　　韩野端着碗依在餐厅门栏上看我挂衣服，一面吃一面道："这么早啊，衣服都洗好了。不好意思，让你洗衣服。"

　　"别臭美了。"桑戈天在他身后笑道，"小蕙肯定是不好意思只洗我的衣服，才把你的一起拿去洗了。"

　　我自顾自地挂着刚洗的衣服，看都不敢看他们。洗了衣服又怕他们乱想，不洗心又不安。挂好衣服，自己去厨房装了饭，默默吃着。

　　"怎么跟变了个人似的。"韩野见我不说话道。

　　"吃你的饭吧。阿婆呢？"

　　"奶奶大概去镇上买菜了吧？我洗衣服时还在的。"

　　"哦。等下，我去叫清月。韩野，你直接载着小蕙去清月家。"

　　"你不去换件衣服吗？"桑戈天走后，韩野问我。我一边收拾碗筷，一边说："这件不好看吗？"

　　"好看。只是有些随意了点。毕竟机会难得，由我这个大摄影师给你们拍照，你不期待吗？"

　　"好期待哦。"我笑语。

韩野一时也不知我的意思，继续说："漫步在美轮美奂的大自然中，不该辜负自然一片美意才是。"

"那是。"

"我是想说，你注意一下衣着打扮会更漂亮些。这样说，不生气？"

"不生气。可不愿意那样做。但看在大摄影师的面子上，我等下去换件衣服。"

"你这人也并不是那么不可理喻的嘛。"韩野笑起来。

在衣柜面前挑了半天，矛盾了半天，犹豫了半天，从卧室走出来时，我看到韩野摇了摇头："我说你就没有裙子之类的吗？初见你时穿的那条裙子就很漂亮。"

"我就这么穿，爱拍不拍！"我忽而生气。

韩野无奈地摇摇头，我们一起锁好门。韩野开着车，在我的指引下来到了清月家。

"呦，清月这身衣服可真漂亮，小天可真有福气找了个天仙般的女孩。"韩野说，继而又转向我，"小薰，你还要当电灯泡啊，赶紧坐到前面来。"

清月笑道："这张嘴可真会夸女孩子。"又对我道，"不用麻烦了。"

我看到桑戈天正向我使眼神，无奈只好打开车门，下车坐到副驾驶座，韩野则在一旁幸灾乐祸。"开车吧！"我没好气道。

按照昨天商量好的，一行四人来到湖边，放眼望去，风景大好。不知为什么看到类似的水塘，便想到了晓妹。听梁超说晓妹很喜欢跳舞，我仿佛看到一个清秀的女孩在湖边不停地旋转。

"又走神了？"韩野看我发呆，拍拍我肩膀。

"想起一个人而已。"我说，"你先给他们拍吧，我想一个人坐会儿。"

"也好。"

韩野离开后，我找了块较平整的石头坐在上面，捡起一些小石头，不停地从左手换到右手，偶尔扔向面前的湖水里。这其实是野外游玩的大好时光，太阳不太热地照着。不时有微风吹来，鸟儿叽叽喳喳地叫个不停，清脆而明朗。有只小竹排从湖上飘过来，竹排上的人欢声笑语。

实在不适合在这样的一个日子黯然神伤，可不知为什么我还是落寞无比，看着清月和桑戈天手拉手亲密的样子，一种情感从心底凉遍整个身体。为什么还要去在乎这些，这些不过是再平常不过了，自己对桑戈天又是别无所求，为什么还要悲伤？以前总以为三个人的关系会一直维持着，总以为不管怎样，只要能够时不时地看一眼桑戈天就心满意足了。可现在我在做什么，我恨这样的自己。

我毫无头绪地想着。总是这样任由自己想象个没完，每次都试图把一切想清楚，可不但失败，还徒添许多烦恼，即便这样我还是愿意去想，去想一个早已植入我生命里的男孩。

不知过了多久，我身旁多了一个人，也不知他是什么时候坐过来的。我发现他的时候，他说："风景那么好，你却在阳光下哭泣。"

我擦擦眼睛："我哪有哭。你总这样神出鬼没吗？"

"明明是你自己真空了，倒说我神出鬼没。拜托你可不可以站在别人角度想想问题，整天躲在自己的象牙塔里莫名其妙地幻想，有什么用？再多的想都不及去做一件很小的事。"

我笑了笑："没用的，我注定就是这样软弱无能的人。"

"要实在说不出口，写信也行，或者我受累些，替你告诉他。"

"你疯了，还是瞎了？看到他们如胶似漆，我怎么做得出？这样不仅我和清月的关系断了，连和他的关系也到此为止。"

"那也好过你这样折磨自己。"

"折磨自己？"我问自己，我这是在折磨自己吗？"或许有一点，但倘若没有这些，我不知道怎么活。"我喜欢被折磨着。爱，也许就是折磨。

"就不能走出来，看看身边其他人吗？"

"有试过，不过失败了。"

"说说看，我帮你分析分析。"

"是在网上，说起来他的网名还和你的名字相同，也叫野。"

"这么巧？"

"是啊，我竟也是刚刚发现。还有这么奇妙的事，明明放在你眼前，而你竟然不曾注意到。"

"所以说人不能只被一种事物包围，一旦被包围，思维也就被禁锢了。"

"往往如此——当局者迷,旁观者清。"

韩野认真地说:"也许我正是上天派来帮你摆脱苦海的那个人。"

"我的救世主吗?"我冷笑。

"你误解了。算了,还是说那个网友吧。"

"其实也没什么好说的,有段时间发现自己挺迷恋他的,经常上网和他聊天。他这个人呢,也很会开导人,讲的话好多我以前都没听说过,觉得很有道理。比较能听得进去。可是有一天突然在网上说要和我谈恋爱,说是慢慢喜欢上我了。我觉得好笑,何况他还没有见过我。他却说爱情靠的就是感觉,谈恋爱谈恋爱,靠的就是一张嘴,慢慢说呗。我当时没怎么当真,只当他开玩笑。后来上网他总也说,尽拣些动人的话讲,夸得我天花乱坠。不知不觉地就很想和他谈恋爱了,可只要一想到小天,便觉得自己是不是太过随性了,怎么能同时喜欢上两个人呢?你说可能吗,同时喜欢两个人?"

韩野笑起来:"你根本不喜欢那个网友,你只是喜欢爱情。"

"怎么可能呢?我期待和他通话,他讲那些话,我脸会红,他还说来看我,要不让我去看他,路费他出。"

"这更好理解。你呢,初涉爱情,自然遇见个男孩会脸红,你期待憧憬的其实是爱情,而不是那个网友。只是目前你把这两者混为一谈。"

"怎么证明你说的就是正确的,看你也不过和我差不多大,又经历过多少所谓的爱情?"

"时间会证明一切。至于年龄,有生理和心理年龄。显然你是儿童时期。"

"好像你很老似的。"

"这个你日后自会知晓。"

"日后——"我重复这个词语,"日后的事谁能知道呢?晓妹和梁超就是活生生的例子。"

"这只能说明你是个没有安全感的人。我所理解的人生,就是一种概率,天有不测风云,人有旦夕祸福,根本没有缘由和根据,轮到谁就是谁。这是我们无法预料,也别无选择的,比如出生环境、相貌丑美、飞来横祸、地震等这些,但我们可以选择面对的态度。因为担心被车撞就不去街上，显然很荒唐嘛。再说，实践证明，百分之九十的担忧和纷扰压根就不会发生，我们完全是庸人自扰。总之，一句话，人活着，最重要的是快乐。"

我细细咀嚼："概率人生……"

"当然，我这种说法可能过于悲观。晓妹的死，恕我直言，真正杀死她的不是强奸她的人，也不是她自己，而是社会舆论和世俗偏见。这是个相当沉重的话题，对此，我总显得无能为力。我无力去改变，但也不希望被改变得面目全非。晓妹的自杀，只是一种保全自己的行为。从某种意义上来说，她的自杀是一种自我保护。于她，未必不是好结果。所以你也别过于耿耿于怀了。毕竟，对别人的生命，我们没有把握。"

"话虽如此说，依然难以抑制内心的这种莫名的惆怅感。"

"完全理解。相信我，会慢慢好起来的。"

"但愿吧。"

"肯定的。对了，你那网友呢，见面了吗？"

"被我删了。"

"那就好。"

我拣了小石头无聊地看着。"帮我拍几张照片，我到湖里去游泳，你帮我拍。"

我接过他手里的照相机："我不会拍呢。"

"很简单的。选好景，这里按一下就好了。"韩野一边说一边比画。

"哦。"我一边应着，一边拿相机到处取景。取景框里看到他正在脱衣服，我转过身，取身后连绵起伏的山景。很快工夫，他叫了声我，我回转身。

"没什么不好意思的。"韩野道，"想看赶紧看，我的身材很完美呢。"

"呕！——"我装出要吐的样子，收回原本瞄向他的眼神。

"顺便帮我看着衣服和包包。"说完，他头也不回地跳进湖里，一头扎进去。我赶紧按下快门，飞溅的水花，精彩极了。

一会儿他探出头来问我："要不，下来一起玩吧？"

我摇摇头，骗他："我不会游泳。"

"我教你。"

我只好说:"不想。"随意按下快门。他又潜入水里,完全像一只生活在这湖里的鱼。我想起和桑戈天、清月一起在这湖里玩打水仗的游戏。那时,我们都是这湖里的鱼,自由自在,无忧无虑,嬉闹间,不知不觉时光就这样一去不复返了。如今物是人非。

正想着,飘来一首歌,很吵的英文歌曲。在韩野的衣服堆里唱起。我冲着湖面喊:"喂,你手机响了!"

"你帮我接一下,我一会儿就来。"韩野探出头冲我远远叫道。

我只好去找他的手机。按了接听键:"您好,请稍等一下。韩野一会儿便来。"

"你是谁?怎么会接他电话!"手机那头传来女孩的声音,听起来好像很火。

"他一时不方便接,所以请您稍等一下。"

"不方便接?大白天,有什么不方便的?"

"他在游泳。他这就过来了。您等等。"

"游泳?那你是谁啊?喂喂喂——"我把手机递给韩野。

"我说你找我有事吗?"韩野对着手机说。我准备走远一点,却不想他拉住我手臂,示意我不用离开。我只好在旁边光明正大地偷听。

"好了,没什么事我挂了,这里还有点事,晚两天去你那里。"说完还没等对方说再见便挂了。

"女朋友?"我问,"看她醋意蛮大的,要不打个电话我来解释?"

"解释什么?"他反问我,"有什么好解释的。"

"我只是好心。"

"你,叶以薰,也是这样的女孩吗?被男人追到手就死缠烂打、蛮不讲理吗?"

"莫名其妙。"我摇摇头,"我不知道啊,从没想过。"

"十有八九是。女孩子都是这样,我交往过的女孩无一例外。没好之前个个高傲得跟公主似的。一旦和你好了,就纠缠不休。她们做着童话般的美梦。而一旦这美梦破灭,便全是男人的责任,跟她们一点关系没有。想起来真是叫人讨厌。"

我听着他奇怪的理论,在我眼里,女孩都是美好的,怎么到他嘴里就变味了呢。我咕哝:"自己交友不慎,倒怪所有女孩。"

"我本也没打算和她们怎样,想她们也是明白这点的,大家在一起不过是为了排遣寂寞、彼此需要而已。谁知西风不识相。"

"不大理解。"

"你是对的,寂寞可以排遣,孤独却无法摆脱,两个人抱得再紧也是徒劳。"

"我喜欢一个人的状态。一个人多好,想干嘛干嘛,想吃什么吃什么,想几点睡几点睡,想听什么歌听什么歌。自由自在。"我一口气说了一通。

韩野笑起来。"和你在一起,我很轻松,尽管有时你很让人生气。不过比起她们,我更愿和你在一起,起码不会疲惫、倦怠。"

韩野和我一边轻松地聊天,一边吃我们带来的零食。后来他给我拍了很多照片,他说我虽然称不上是什么大美女,但气质逼人,迎面扑来,但闻书香花色。我则笑笑,刚才还对我挑三拣四的。他则刮我的鼻子:"傻瓜,情人眼里出西施嘛。"

我立刻飞红了面颊,羞羞的,不言语。

我们好像在谈恋爱,又好像不是,远比谈恋爱自由:开着肆无忌惮的玩笑话,很多事彼此心知肚明,很多话同时说出口,一种比相知情更深,一种比恋人更坦诚,比情人更信任的感情。后来的日子里,我总想给这感情定义,却找不出合适的字眼。那时我便明白,原来感情有千万种,不是简单一两个词语可以说得清楚的。人是极其复杂的动物,一边时时矛盾,一边试图调和;一边苦苦挣扎,一边又美美享受;一边望着那山高,一边又无动于衷。

其实那次游玩,被幸福冲昏头脑的不止韩野和我两个人,还有桑戈天和清月。过去很久,清月和我讲起这事,依旧是神采飞扬、面带桃色的。

"我们像很多个日子那样肩并肩地坐在山顶上,像以前一样,先是疯狂地爬到山顶,大声喊叫,把我们的烦恼丢给蓝天,丢给叽叽喳喳的小鸟。但是这次,我们抛向天空的不是烦恼,而是幸福,第一次真正体会的幸福,恋爱的幸福。原来恋爱是那么一件幸福的事,我们彼此感慨,仿佛永远长不大的孩子。"

清月把一丝垂下的长发放到耳后，然后徐徐讲述："那天，我们一路不停地走，说了好多话，都是以前不曾说过的。不知为什么那天两人都很兴奋，讲了很多彼此的不解，彼此坦白，才发现原来我们有那么多的误会。原来我们那么深爱彼此，只是都格外害怕失去，才在对方的印象里扭扭捏捏起来。后来我们走到很深的山里面，一股溪水从高处的石头上倾泻下来，虽然是很小型的瀑布，但我们格外兴奋，于是找个好的方位坐下，一边欣赏瀑布，一边听水打在石头上的声音。很长时间，我们都没有说话。但你知道吗，小薰，就是那时我才体会到古人说的'此时无声胜有声'的境界。真是太美好，比起坦诚的谈话，我更喜欢那种默默无语、心灵相通的状态。"

很多个日子从我们身边溜走，清月依然用动人的话语讲述那天的情景，很多年以后，她补充道："知道陶渊明从官场退出隐居在自己的家乡庐山时，知道他从不在文字中提到庐山而只说南山时，知道他有一把无弦的琴，却每每抱琴而嗷嚎大哭时，我便第一时间想到了那次情景。那原是一种琴无琴弦的境界啊。想到这里便格外激动兴奋，觉得那样的爱过天地不会老了吧，情永远不会消失的吧。你想想看，小薰——"

外表精明能干的清月回忆起往事依旧用几近颤抖的语气继续说："那样鸟语花香的世界里，两个人根本不用语言，根本什么都没做过，只是手挽着手，坐拥在他怀抱里，我们看相同的绵山起伏，同听小鸟欢呼雀跃。虽然是两个不同的身体，那时却觉得早已融为一体，彼此相依相连了。陶渊明弹无弦之琴，高山流水、阳春白雪，一曲曲都在他心里流淌，那动人的旋律根本不用耳朵相助，便已了然于心中；那庐山便只是山，南山北山的全无关系，在乎的是他身在彩云间，云深不知归路；注意的只是细雨的清晨，白雾霭霭的神仙下凡般的景象；又或者关注晚霞印染的天边，日出日落，全从南山起。你是看到过的吧，小薰，秋天的山林，'霜叶红于二月花'那样的景象，大自然用最美的画笔画出的绝世佳作。这一切都太美了，我当时坐在他旁边，觉得一切安好，静享流年。一直坐到我们头发全白，还是要坐在那里，然后把我们葬在那里，用自然最美丽的歌喉把我们埋葬。"

"这境界比我高啊。"我当时感叹。

"不，我想你是完全了解的，只是不曾遇到那个人而已。"清月喝了口山上流下来的清泉说。

"是啊,很多人很多事的过往都是陪衬,真正活过其实只有那么一瞬间,其余都只是度日。而我仿佛还没有真正活过。"

"我活过,所以我已经死了。"清月说道,但眼神依旧是坚定的。

这次谈话时,清月和我都成为人们眼中的剩女。其实依然二十几岁,青春盎然,一个女子最自我也最美的一段似水年华。

世人称我们为"荼蘼花",总以各种各样的方式提醒我们该嫁了,不然一朵花的花期过了,便全无开放的期望了,只能等待凋谢。清月和我对此都无动于衷。谁都不能明白我们曾经拥有过的年华是那么地美,一旦成为绝唱,便永无可能超越。而我们,尤其是我无法继续向前,只能回味过去、活在过去。我深陷过去,无法自拔。将来的任何一刻,我都没有自信比得上过去分毫。而现在的时时刻刻、分分秒秒,仿佛我只能用来回味过去才不觉得虚度。

十一　阴错阳差

时间返回到山顶上我19岁时的那次谈话。

"不知这样过了多久,他提议到溪水里去玩。我当然乐得屁颠屁颠地跟着他去。他拉着我的手,一直舍不得放开。他卷起裤脚,我把长裙的两只角系在腰间。后来玩得开心了,根本顾不上衣服,像泼水节上疯狂的人们那样,你泼我我泼你,很快衣服就湿透了。后来我发现他盯着我看,便仔细看看自己并无什么异样的地方,便推他问他怎么了。他呢,呵呵,好像如梦初醒似的,只说'太美了、太美了'这样的傻话。我便问他'什么太美了'。他先是说我,后来又改口说这自然太美了,这世界太美了,总之一切都是那么美。我笑笑,当时的脸好烫,不断地用冰凉的溪水拍打自己的脸,总觉得那种气氛仿佛冻结了一样,格外地真空,甚至我无法呼吸。他突然抱着我,开始吻我,我不知所措。"

说到这里,我看到清月的脸开始变红。"这种事情,心里没准备好,一下子发生,根本不知道怎么办。我知道我应该拒绝他,可是不知为什么手和脚根本不听使唤,根本不是自己的一样,整个身体完全瘫痪在他怀里。当时好害怕,但他无比热情的吻,还有他身上的温度都让我无法抗拒。我一直以为自己是很理智的,是能够很好控制情绪的人,我对自己说不行,我必须推开他,对他说这样不行。可真是糟糕,不久便淹没在他无限的爱里。整个的身体像梅雨季节里的空气,潮湿,散漫着淡淡的花香,我同样抱紧了他。"清月停下来,仿佛还在回味当时的情景。周围安静极了,这是一个傍晚,不远处炊烟袅袅,一切安宁而充满韵味。

很久过去了,清月问我:"你呢?和韩野怎么样?"

我一只手托着下巴,眼睛望向远方,远方除了山,还是山。

"我们很好,但是你知道我这个人对男孩好像总也提不起百分百的热情和爱恋。当时的感觉也很美,但是一旦他离开我的视线,我便又无比伤感起来。觉得他靠不住,爱情靠不住,与其一时拥有,不如不曾拥有。可是看到他竟又热爱起来。那天他给你们拍完照片便过来找我,我们说了一些话,后来他去游泳,有个女孩打电话找他,我接了,想必是他女朋友。我自己却一点感觉也没有,也没有吃醋,也没追问。我们一直坐在湖边说话,我自顾自地盯着自己的脚看,摆弄身边的小石块。有段时间,他不说话,我也懒得说,两个人默默的,后来我翻他相机里的照片看,觉得他拍得真好看,却也发现自己的照片,原来我一个人发呆时他给我拍了好多。虽然都是背影侧影,但我都好喜欢。我正在看着,他突然对我说:'嘿,把手借给我!'我问:'干吗?'他说:'你不会就是那个传说中的吝啬鬼吧?'我问:'什么吝啬鬼的?胡说什么。'他则说:'那个掉进水里宁愿淹死,也不把手递给岸上要救他的人。'我于是把手递给他,但对他说:'我不是要淹死的人,你也不是救我的人。'他说:'那么,你还是淹死好了。省得总一脸无辜样来诱惑好男孩。'"

"这个韩野,嘴巴真能说。"清月笑道。

"油嘴滑舌的花花公子。"我笑道,"我不可能会喜欢他这样类型的。但又很迷离,两人一见面就争吵,很快又和好,天知道这是怎么回事。"

"估计争吵也是爱的一种表现。我倒想和小天吵,吵不起来,生气时候只是彼此闷着,实在受不了煎熬,他才会来道歉,但我从不妥协。"

"嘿嘿,有时你也撒撒娇,偶尔妥协一下,他会更爱你。"

"我愿意陪着他一辈子,一辈子给他做饭带孩子,一辈子爱他,可以忍受他的清贫,忍受他的坏脾气,但唯独撒娇和妥协我打死也做不出来。"

"你这样好亏哦。我看到班上女孩子只要娇滴滴地说一句,男同学便鞍前马后、赴死般唯命是从了。"

"你不也同样如此嘛。"

"我和你这点不同，虽然我不喜欢这些女孩子的小伎俩，但我会对我喜欢的人撒娇妥协。我愿意做这些在你我看来很小儿科的傻事蠢事，并且很享受，只要我喜欢的人喜欢我这样做就可以。如果不喜欢，我依旧可以是规规矩矩的大小姐。一切全看那人喜好。"

"百变金刚吗？爱情里的七十二变。我从来遵循我一贯的原则，雷打不动。"

"你这是'任是无情也动人'啊。"

"你不是不喜欢宝姐姐吗？怎么说起她的话来。"

"我不喜欢她，我喜欢你。"清月和我都笑起来。

"这个话题跑得——山路十八弯了。再说下去，便成了林妹妹与宝姐姐对弈了。还是快快回来说说那个韩野，他要借你手做什么？"

"也难为他想得出来。用较尖的小石块当笔在较平整较大的石头上写字，一共写了三块巴掌大的石头。把我手拿过去，轻轻地一块接着一块按在我手臂上，我问他做什么，他只叫我不要说话。接着又轻轻拿开石头，三个模糊但依稀可见的字便呈现在我面前，当时很意外、很惊喜、很感动、很幸福。"

"是'我爱你'。"

我点点头。"他看我呆在那里，就使劲摇晃我的手臂，说：'别傻了。为了这三个字能让你看见。我不知写了多少遍。'接着轻轻吹走了我手臂上的字，我赶忙问他做什么，他一副嬉皮笑脸的样子说：'怎么，还没看够，要这样就好办多了。我天天给你写直到你看够为止。'他这样一说，我又生气了，转过身不理他。他很温柔地把我转过来，我又转回去。如此三次这般，两人都笑起来。他双手抱着我的肩膀，深情款款地说：'小薰，这三个字今生只对你说过，也将永远对你一个人说，说一辈子，好吗？'我笑起来：'哪有永远的事。只需爱我时真诚全力以赴，不爱了请重新去寻找。'他听我这么一说，愣在那里，估计不曾想过我会说这样的话吧。我不过说了句实话而已，但就是这句话让我们无限伤感起来。后来便一直没说过什么有用的话。"

韩野在那次游玩之后的第二天便与我们告别、离开了。问他去哪儿，他只说到处去走走，并无固定地方。清月和我面面相觑，桑戈天则习以为常。我思忖他是去和之前给他打电话的女友约会，或者其他女孩。反正都一样。他的情话不知说给多少个女孩听过。我只希望给我的不是用过的滥调就行。我虽然欢喜听到这些情话，也在内心小小期许。但我明白，那于他，不过是一种类似爱情游戏，不可当真。

当天下午我也返回母亲家里。当然在返回之前，我去了一趟父亲家里。

奶奶再三强调的事，我只好答应下来，买了些水果准备出发。

"小薰，记住到了那边不要闹，让别人笑话。"奶奶再次叮嘱。

"我知道。放心吧。"我说，一边坐在了电动车后面，桑戈天前面开着车便出发了。我忐忑的心一直随着山路的颠簸彼此起伏。

每次只要去父亲家，便无比难过，莫名其妙地心慌闷得难受。桑戈天安慰道："没事，有我呢，我们只看下人，放下东西就走。不和他们理论的。"我嗯了声，心里却希望永远在路上。

父亲是爷爷奶奶最小也最宠爱的儿子，年轻时看到路过的母亲，怦然心动。便死活要娶，爷爷奶奶无奈，只好找来说媒的人到处去打听，花了不少钱，才促成了这桩婚事。结婚时，父亲22岁，母亲18岁。母亲19岁生下我，便再无生养，与父亲始终进行婚姻的拉锯战。父亲对母亲不过一两年光景便心生厌恶，喜新厌旧，到处沾花惹草，母亲先是哭闹，要死要活，后反复离家出走、回来，最后，用了10年时间才看清楚父亲这个人。终究心如死灰，不再搭理父亲，父亲则鱼入大海般畅快淋漓。父亲28岁那年，拿了家里祖传宝贝——一块晶莹剔透的和田玉佩换了钱，南上做生意。8年后回来，已是小发横财，同时回来的还有他在南方娶的老婆及他们共同生养的儿子。爷爷奶奶看到终于有后，不甚欣慰。同时父母办理了离婚手续，办理得相当快，拍照，签字，拿证，走人。就连所谓财产分割都没有争论过，而我，两人不约而同地，都给了母亲。于父亲，我是负担；于母亲，我是一切。这大概是两人唯一一件不用争吵就顺利解决的事。彼此相看均无语，也懒得言语。那么看透彼此的两个人，再无美好希望可言。此后母亲来到西城，打工赚钱，辗转流离，备是艰辛。后来遇到魏叔叔，日子才算好过起来。而父亲在久水盖了座三层楼房。正想着这些不堪回首的往事，却已来到了楼房跟前。

看了很久，突然明白《半生缘》里的世钧走在去往他父亲与小老婆家的路上的心里感受。幸好，我和母亲，我们无须父亲的供养，幸好生在新社会好时代，女孩照样可以撑起半边天。我愤愤地想：父亲，有一天你会后悔曾经对我的抛弃。

楼房里的女人打开大门，热情地招呼："呦，小薰来了，稀客，快请进。"

"父亲在家吗？"我问，并没有迈动脚步。

"真不巧，半个钟头前刚出去。"这时候听到院里传来一阵哭声。女人故意扯着嗓门骂道，"不知好歹的东西，哭什么哭！"

我连忙会意道："那——我下次再来好了。这些水果，一点心意。"说着便递到她手里。

女人笑起来。"自家人，还花这钱干吗？"又推了回来，"留给老太太吃吧，我们不缺这个。"

"一点心意，杨阿姨还是收下，不然奶奶又该责怪我了。代问父亲好。"

"那我就不客气啦。"杨阿姨看着我笑起来，"我们小薰是越长越漂亮了。阿姨帮你看着好男孩介绍给你。"

"我该回去了，一会儿两点的车。"

"回学校吗？不是放暑假了吗？"

"还有些事情。那，杨姨，再见！"关门声淹没了"再见"。转瞬间，我满眶泪珠。

我一声不响地坐在车后面，眼泪"哗哗"地往下流。

"明明看到舅舅的车在车库里的，怎么会出门了呢？"桑戈天看到路旁边有座石头小桥，便停下来，拉着泪人坐到了桥上问。

"又不是第一次了，表面上客客气气的，背地里尽使坏。笑里藏刀地说'有事没事常打电话，你父亲也挺念叨你的'，半年打一次电话，每次都是她接的，不是父亲不在家，就是刚好忙走不开。我能有什么办法。不过我也不想见父亲，对他是无比恨的，来看他，不过是尽些子女该尽的。奶奶总说父亲对我无情,我不可以对他无情。哪怕心里一千个不愿意,去看看他总还使他高兴的。将来真有什么事,父亲是不会不管的。我心想能有什么事呢,即便有什么事,也不用他管,倘若真得了绝症早早死了,倒是我的造化。"我一边擦去泪水,一边说很多话,似乎这样就可以叫眼泪知难而退。

"小小年纪,不要总说死啊活的,不好。"

"你不喜欢听,一边看风景去,我自己待会儿。"

"把气撒在我身上啊?我是为你好,希望你好,你所说的这些,你也知道,根本无力改变,还是试着去接受。不去管他,只想着自己怎样才能生活得更好。"

我歪过头,问他:"怎样才能生活得更好?"话一出口,泪便再次泉涌,仿佛也表示我再无美好可言。

"你这样,总是让人心疼。"他帮我擦去泪水。

"我宁愿自己是从石头缝里蹦出来的。"我说。

"那时你又渴望父母了。人总是这样。"

"你可真不会安慰人。"我抱怨道,"全无出路可言,道道封死。"

他耸耸肩,用笑容替代尴尬:"与其寄希望于别人的安慰,不如自己活得精彩。至于出路,我想总是有的,只要你坚持不放弃。"

望着他,充满希望的眼神:"你为啥活着?"我不得不承认,很多时候我都需要从别人那里获取力量和答案。

"为了活着而活着。不必需求活着的意义。活着本来没有意义。"

"我不想活,很无力,我不知道我为什么会在这里。"

"答应我,别去想已经过去的和你无力改变的事,多想想眼下能做的和能使你快乐的事。有句话说,常想一二。人生不如意十之八九,剩下那一二常想想。何况,我们正处青春,青春风景无限好呢。"

"我的青春好比一口枯井,只有沧桑和凄凉。"

"相信我,有一天,你会对自己的青春无限怀念。无论它是好还是坏。"

"为什么?"

"或许因为,它终究逝去。"

我埋头沉默不语。听到他在说:"以后有任何疑问,写信给我,我想,这是我们比较擅长的。尽管我可能给不出你想要的答案,但作为一种温暖,或可慰藉我们孤独而倦怠的青春。"

"可以打扰吗?"我问,有些受宠若惊。

"当然。如果你愿意,我完全没有问题。"

"但是不想打扰或者影响别人的生活。"一直以来,我都不太愿和别人建立某种纽带。爱也好,恨也罢,轻视也好,重视也罢,等等。一来,我总想以隐形人、局外人的身份活着;二来,是自我保护。我的理想活着状态是:像山野一株无人注意的野草。自生自灭,与所有和生命无关的东西无关。我渴望发臭、腐烂,像渴望生长一样强烈,直至融入泥土,消失得无影无踪,彻底和自然融为一体,获得循环往复的永生。

"我是别人吗?"

"对我而言,除了自己,其他皆为别人。"

桑戈天笑起来:"做你想做的事。我只想你知道,我随时随地愿意接受你的打扰,并引以为欢。"

礼节上,我该说声谢谢。但太轻。我选择了沉默。心中像打翻了的五味瓶。一直以来若即若离、虚无缥缈的情感也有如此温情的一面吗?他对我的好,更像毒药,我却义无反顾地喝下去,情愿中他的毒。

霎那间,我忽而明白韩野的情话只不过是生活的点缀,它使我苍白而无力的青春看上去丰富多彩,以便向别人炫耀时多一种资本、供老年的我追忆时多一份素材;桑戈天朴素而真诚的关怀更像是生活的一部分,不可缺少、弥足珍贵。在情感上,我们愿意彼此地融入和享受彼此的关怀,更准确地说,我们共同编织了一段爱的神话,却无法将它梦想成真。好比舞蹈演员演绎化蝶之恋,演绎再完美再美好,终究无法在现实中成真。

换种简单的说法,我们都擅长在梦世界里演绎爱情,却在现实生活中,对爱情懵懵懂懂、不知所措。只能原地不动、无动于衷,眼睁睁看着爱情华丽丽地溜走。也因此,我常陷入一种深深的迷失,行走在生活另一面,并不以为奇特——好比鸟儿飞翔蓝天、鱼儿畅游水中、蝙蝠痴爱山崖、猫头鹰习惯黑暗,而我,徜徉于梦花园,用文字行走,靠爱呼吸。梦中,缕缕阳光洒在身上,我忘乎所以,不愿回归现实。

十二　生活一种

　　跑了二十几家酒店、茶馆去找工作，不是不需要，就是不接受暑假工。好不容易有家贪小便宜的老板同意用我，工资却很低，我别无选择。

　　做了约莫一星期，我才明白他用我的原因。店里两个厨师，一个大厨，一个学工，学工也是暑假工。老板自己什么都做，烧菜、理菜、结账，哪里需要他就出现在哪里。老板娘在一家国企上班，精明漂亮，工作清闲，回来就帮助老板打理酒店。服务员只有我一个，本来老板说过再招两个的，可一直等到暑假快要结束，才招到一个。每次有人问他，他都无奈摇摇头："唉，现在是稻谷收获季节，农民都农忙了。再坚持一下。"

　　可见我的工作是相当繁重的，从早上8点上班，楼上楼下打扫卫生，把每一个房间的所有餐具擦得一尘不染、光亮照人。10点半，在饭店吃点饭，算是迟到的早饭。稍作休息，很快便迎来订单，开始热火朝天地忙忙碌碌。偶尔提早做好了自己的活，还得帮忙理菜、洗菜，一丝不敢怠慢。下午休息一个钟头，继续重复着，一直到晚上10点半，晚的话12点都有过。每每遇到周末更是忙得天昏地暗。

　　只一个星期我便有种被打趴下的感觉。但第二天当太阳照进屋里，我又条件反射般地起床、刷牙、洗脸,迈着沉重的步伐走向酒店。工作的第15天,我终于忍无可忍,第一次向老板请求起码再招一人。老板听了我的话,板起脸:"不是在招了,门口不是贴着了吗?你又不是没看到,没人来应聘,我有什么办法?"我心里"哼"了一声,心想"怎么没有,就你开的那点工资,谁愿意来"。见我不说话,他心怀鬼胎地笑言:"小叶,你再坚持一下,凡事都要慢慢来。""老板,我想明天请假。""你这不是砸我台吗?明天有重要客人,又是周末!"脸马上又冷下来。"老板娘明天不是休息吗?"我问。"那也不行,她一个人哪行!"我冷笑起来,心想:"我一个人便是行的。人家是娇贵大小姐,我便是任人摆布的臭丫鬟。"不知为什么一向胆小懦弱的我这次心里格外气愤,大不了不干了,用得着这么忍气吞声吗?老板好像看出我心思似的,又笑言:"小叶同志,我知道这段时间你很辛苦。再坚持一下,以后每个周末我给你加工资,你看可好?"我不语,等他说加多少,不料他看出我的犹豫来,立马转移话题:"快去工作吧,一会儿客人该来了。"

做到第18天的中午,我走在去酒店的路上,迷迷糊糊的,脚步也有些飘飘然。偌大的太阳在头顶高高地炫耀着。我不敢抬头看,也顾不上任何防晒措施。几度眼前漆黑,我停顿片刻,又往酒店赶去。正走着,后面离我很近的一个女孩追上我,说:"喂,你流鼻血了!"我一听,再看看自己,果然鼻孔"滴答"在滴血。女孩指着后面说:"你看,流了不少呢,一路上都是,我当是什么呢。"我蒙了,喃喃自语:"好好的,怎么会流鼻血呢?"

女孩从包里掏出面纸递给我,边道:"天太热,估计你是中暑了。""啊?中暑怎么会流鼻血呢?"我有点语无伦次。在我的认知中,是没有这种常识和逻辑的。

女孩把她的小花伞往我这边移动,遮挡住毒辣辣的太阳,关切道:"我看你有气无力的样子,肯定是太累了,天又热,中暑无疑了。最好去看医生,不然喝点盐水也好。"

"啊……这样啊。谢谢你。"看着女孩远去的背影,我心里充满感激,一个与我素不相识的女孩都可以这么关心我。想到老板这人,顿时怒火中烧,不过很快被更热的太阳烧焦了。只剩下沮丧,无比沮丧。

到达店里,只有和我一样的暑假工在,他正趴在桌上打瞌睡。看到我，便说："你来啦。"我点点头，拉着他旁边的椅子坐下。

"你衣服上怎么有血？"

"中暑了，走在路上还是别人告诉我的。真是悲哀，为了几个铜板把自己搞成这样。"

"不用去看医生吗？"他反倒笑起来。

"看了又有什么用，又没有假可以批，还不是得拼命干活，不停流汗，不中暑才怪。客人没来，这大厅里的空调从来不开，我看老板是赚钱赚疯了，他自己拼命也罢，我们也得跟着拼命。"

"听说过天下乌鸦一般黑？"

"当然。怎么了？"

"把乌鸦改成老板，一样通顺通理。"

我心里默改了一下，仿佛获得某种安慰似的。

暑假工见我不语，继续道："你刚接触社会不久，见识短，有此感慨，理所当然，见得多，自然就习惯了。"

"习惯？"

他漠然道："对啊，像我，见怪不怪。不过刚开始，跟你一样，不停地抱怨埋怨，总觉得社会不公——"

我打断他："本来就不公平。"

"公平也喜欢钱，倾向有钱人。"

"真是可笑。"

"所以习惯就好。你能有什么办法？最底层的人，不欺负我们，欺负谁呢。"

"底层的人也是坚不可摧的。"

他夸张地哈哈大笑。"坚不可摧是指我们的忍耐度和超强的抗打击能力。这是上帝所恩赐。不然不早给人灭光了。"

"哎哎——无药可救。命苦哦。"口上这样说，心中的苦减轻许多，受累的不止我一个，暑假工也是。到处都是我这样的。抱怨归抱怨，该死的生活还得继续。

"喂——你真的不去看看？"

"不用。"我这才想起刚才女孩的话，"我补充点生理盐水就好了，别可怜巴巴挣的那点钱全倒贴给医院了。"我站起来，拿了自己的杯子到厨房捏了一点盐放在倒好的开水里。

"你呀,也别把钱看得太重。钱这东西就是下贱,你越是看重它,它溜得越快,跟某些女人是一样的道理。"我重新坐下来时,他说。

"好奇怪的理论。"

"某些女人,你越是对她好,她越不在乎。等到你真正准备放弃时,她又扭扭屁股贴上来。叫人又爱又恨。"

"是吗?你有遇到过?"

"比如说你被银子压得直不起腰,辛苦干很久,却突然发现有人撒撒娇轻而易举地得到你努力了很久的漂亮衣服、名牌手提包、漂亮小汽车,还有数不完的红票票,这些你不动心吗?"

我喝了一口盐水,啧啧,真难喝啊。我推断:"你大概受过女人的伤,所以才以偏概全。"

"不止我,很多兄弟都有如此感悟。譬如你现在这么辛苦工作,突然有个男人愿意给你钱,愿意给你买你想要的一切东西。你会拒绝吗?"

我笑起来,毫不犹豫:"当然会。"

"女人啊,向来口是心非。"

这人怎么那么怪,难道别人讲什么话都要中他的意吗?"不用想了,这种不义之财,花了也不安心。何况我不认为花这种钱就是什么好事,自然是要付出与这金钱完全不划等号的代价的。"

"你还不曾了解生活所有的苦。不谙世事的小姑娘,告诉你吧,这种事我见得多了。"

"若人人都这样,也没什么意思。"我说。

"是没什么意思,有什么意思呢,脚一蹬眼一闭,说走就走。连李白都说'人生得意须尽欢'。"

"李白不是你说的那个意思。"

"都一样。"和有些人聊天说话就是不愉快。彼此无法说服,又互不倾听,只剩下厌恶。

"两人聊什么呢,这么起劲!"大厨推开门走了进来。

"一男一女,还能聊什么。"暑假工白了他一眼,说不出地诡异。

我沉默不语,我只能缄默无声。我能保持沉默时最好保持沉默,尽可能地保持沉默。但心理活动却无法阻止:很后悔和他说话。原先以为他和我一样辛苦打工，赚着心安理得的辛苦钱。想不到却白白拿我撒气。我几时得罪过他？难道生就贫穷就该被所有人欺负？欺软怕硬的家伙。太可恶了，我决心以后不理他。

"哦?!"大厨会意地笑道，"你小子，终于又干起那见不得人的勾当啦！"

我一口气喝完水，便起身去了楼上打扫卫生。有时候，我宁愿这样累死，也不愿意去想那些烦人的事。这十几天里，我很少想到桑戈天，韩野倒是想起过几次，那也是因为他这个人很奇怪，明明对我表白了心意，却又消失得无影无踪，不知葫芦里卖的什么药。

希斯来找我时，像久别多年的老友，我欢喜得紧，但很快便发现她远没有我想的那么简单。

在一个午休时间，轮到我看店时，我打开了紧锁的店门，希斯走了进来。

"你就在这家店打工？不错嘛，环境！"希斯环顾四周。

"刚开业不久的新店，老板小气得要死。不过生意却出奇好，也不知哪里来那么多肥头大耳的人跑来吃个不停。"

"来这里吃饭的人怎样？"

"挺好的。"我回答，不解她的意思，"不过是吃个饭嘛。不过有一次可真叫人生气，有个客人请客谈生意，鬼知道怎么想起来叫我陪着喝几杯。拜托，我又不是陪客，只是个端菜的服务员。我不肯，礼貌拒绝说'不可以这样做'，谁知他说'叫你们老板来，客人这点小小要求都不能满足还谈什么乘兴而归'。结果你猜老板来了说什么？"

"老板肯定要你陪了。这还用怀疑吗，有钱不赚才是傻瓜。"

"聪明。"我说，"可当时我不曾想到这点，之前老板说过不可以陪客人喝酒，现在却出尔反尔。老板说'我说的是不可以主动陪客人喝酒，客人有要求是可以的'。我一时又糊涂，赶紧找借口'隔壁还有两座客人，万一他们叫人怎么办'。老板赶紧说'没事，有我呢'。我不好说什么，便按照客人要求喝了一杯啤酒，幸好他们没有再要求什么，我这才得以解脱。"

"不过是喝杯酒，你总是这样假清高。"

一句话让我喝到一半的水停在嘴巴里，吐也不是吞也不是，只好假装抱怨："拜托，那种东西能好喝吗？"别人勉强我做的事，我总不喜欢。

我转移话题："你打电话给我有什么事？"

希斯总是对别人的问题置之不理，她通常只想得到她想要的，除非我手中有她想要的，她才会对我瞧上两眼，应付一下我。她认定我会回答她似的，理直气壮地问我："梁超临走时和你说什么了，为什么不让我去送他？"

无疑，她总是击中我要害。对这件事，我是有愧于她，我实话实说："我们很随便地聊了几句，至于为什么不让你去送，你应该问他才是。"

"问他？我也要问得到才是。手机停机，怎么问，他就没和你联系吗？"

"没有。从他走后，我连他手机都没打过。"

"他没有跟你联系？"

"没有。"

"真没有？"

"真没有。"我接着说，"你下次说话能不能不这样，跟审——"

她打断我："我看到店门口贴着招聘，这酒店招人吗？"

我使劲点头："不过除了我还没有招到什么人。"我准备了一箩筐的抱怨，还未倒出一个字来，便听她说："下午老板来，你帮我说一下，我回去换身衣服来应聘。"

"你来这里上班。你原来的工作呢？"

"打个电话辞掉就好了。"

"不会有什么事吧？"我问。

"能有什么事？你不是怕我应聘不上吧？若是这个，就不必瞎操心了。"

"我是说倘若那边的老板生气不肯跟你结算工资怎么办？还有这儿离学校挺远的，晚上又没有公交车，你一个女孩子怎么回去啊？"

她笑起来："那边不过上了三天的班，工资不要也罢，何况我也不稀罕那点小钱，只不过是个钓鱼的平台。倘若没有鱼，再待下去不是浪费大好的鱼饵吗？学校太远，可以借你那儿住下，我想应该不会住太久。"

"住我那儿？"我说，"我自己都是借住，很多不方便。"

"说你忘恩负义吧，你还不服气；当初逢个下雨有事你不能回家，和我同挤一张小床时，我可没有说什么'诸多不便'的话吧。"

"那房子不是我的，你也知道我搬出了原先租的房子，若没有搬出肯定二话不说。但要问一下家里，如果同意，我自然也是欢喜的。"

"如此便好，我等你好消息。"她像只骄傲的孔雀走出酒店。我望了一眼她的背影，谈不上风情万种，也算年轻貌美。渐渐地，我发现青春对每个年轻人的意义都不同，比如希斯。青春于她，便是一种鱼饵，她渴望钓到一条大鱼，够她吃一辈子。

希斯果然顺利通过，待了不下一个星期，便和酒店里所有人有说有笑，连老板都对她格外关照，除老板娘总暗地里骂她，有时当着我的面。晚上希斯和我同睡一张床时，她对酒店所有人评头论足：老板又奸滑又不正经，大厨小心眼缺德鬼，暑假工无事献殷勤非奸即盗，老板娘的双眼皮是割的，对人特假。我很奇怪为什么我先来的反倒不如她这个后来者知道得多。

暑假工真如希斯所言变得殷勤起来。以前到楼上来只有两个可能，一是帮忙端菜撤菜，二是老板有什么吩咐。自从希斯来了，他便总往楼上跑，帮忙扫地拖地，总之希斯做什么，他都抢过来，一副讨好姿态。我对希斯耳语："料他想追你。"她笑笑，不顾身旁扫地的暑假工，故意嚷道："可惜是个穷光蛋，再好也没用。"

非但暑假工如此，就连魏叔叔早上起床都过来和我们说说话。以前我一个人时，对他总也爱理不理，他倒也识趣，只母亲在场时，便装出一副家长模样。但希斯似乎很受用，两人倒好像是结交甚好的忘年交。当时我想可能希斯独自在外，习惯了八面玲珑处处讨人喜欢，当这样想时心里面对她有再多不满，也都烟消云散了。每每看到母亲辛苦的样子，便格外心疼和温暖起来，起码我还有最亲的母亲在身边。

拿到第一个月工资的那个晚上，我们很开心。尽管老板所谓的加工资只有区区几十块，于我已是很大的满足。我们商量着去附近的夜市撮一顿，毕竟这一个多月来，我简直像跟一个叫作疲惫却不知疲惫的家伙打了很多年的仗似的。

刚走出店门几步，便看到一老男人向我们走来。正是刚刚在店里吃饭的男人，他不是和一帮人早吃好走了吗？我心下正疑惑，却见他忽开口道："两位美女好。可以打扰一下吗？"

彬彬有礼却很虚伪。

"什么事？"希斯一面打量他一面问。

"可否请两位赏脸，一起吃个夜宵？"

我心想他不是刚吃过没多久吗，也不怕撑着了。

"这个嘛——"希斯犹豫着。

"西城所有豪华消费场所，随你们挑。"男人赶紧抛出诱惑。

"只是太晚了，何况我们也刚吃过晚饭。"实际上，我压根没心情吃。只随便刨两口，只想快点离开。离开，解放。

"已经 10 点 40 了。"希斯看着表说，"何况我们素昧平生。"

两人说完就走。男人跟上来，似乎不达目的不罢休。

"实在抱歉这么晚打扰，但我想你们除此之外并没有多余时间。何况请注意——这是城市，灯火通明、夜夜笙歌。要是错过，只怕会遗憾终生。"

"阁下的意思，是说我们老土，不懂得夜生活了？"希斯嗤之以鼻，仿佛被人怀疑不会开屏的孔雀心理。

看到鱼儿上钩，他显得更谦虚温和："并非这个意思。只是两位大好的青春年华，又生得这般倾国倾城貌，惹人怜爱，若生生虚度，岂不辜负青春二字？"

我从不觉得希斯和自己生得倾国倾城，也一直没想过我们如此这般容貌会有男人主动相邀。不管怎么说，他这话起了作用，我听到希斯说："你这么说，倒有必要和你好好讨论如何度过我们年华似水的青春了。"

"两位这边稍等，我去开车过来，千万别走。"

我拉拉希斯衣角："你疯了吗，怎么能答应他呢？"

"怕什么。虽说我们是小女子，就怕他一个大男人不成？尽管放心好了，我们两个人也有照应。"

"我们刚刚发了工资，此人该不会？——"这样想着，我捂紧了钱包。

希斯用食指抵着我脑门笑言："瞧你那点出息。尽管放心吧，就算偷钱，也该是我们拿他的。而且拿得光明正大，拿得他哑口无言。"

"偷钱？""我说，你是真不懂，还是装糊涂。交换啊，拿青春换银子。无本买卖，只赚不亏。反正，青春即使不挥霍，也迟早会消失。"

听上去，很有道理。但我还是觉得不妥当。或许处于新奇心理，尽管觉得赤裸裸，但并未真的交易，便处于一种麻木状态的无动于衷。静观其变吧。我心想。

"你看见他的衣服没？名牌的，一身怎么着也得几万吧。"这方面，希斯向来精通。她经常拉着我逛名牌店，看名牌方面的书籍，她压根不愿对我这种白痴细细讲述其中奥秘，只讲个大概。因为讲得深入，我也不懂，体会不到其中奥妙。

"从来对品牌没感觉。"

"所以说你笨啊。你以为看男人看他帅不帅啊，眼前这位个子矮不说，小眼睛，眯起来都没了，黄色的鞋拔子脸。要不是身上那套衣服，手上那块表，还有车——看他装扮至少也该配置 20 万以上的车，哪朵鲜花愿意插在牛粪上呢？"

"也是。"我附和道。与这种男人在一起心里怎么可能舒服？可当男人把车开来，希斯却笑脸相迎、面若桃花。那时我并不知两人目光交错的瞬间，对彼此的心思已了如指掌，并达成共识。

"去舞厅吧。很想跳舞。"上车后，希斯道。

我想反对已来不及了。我们都不知道车刚开走，有个人影赶紧叫了辆出租车，紧跟其后。

十三　暑假工的初恋

生平第一次来舞厅，豪华喧闹，男男女女，花花绿绿。像一锅煮沸腾的粥，糊得一塌糊涂，难分你我。我极度不自在。一边看着希斯在舞池里疯狂地跳舞，一边喝着让我瞠目结舌的名贵饮料。男人眼睛盯着希斯，却问我问题，比如在哪儿读书，哪里人。我小声作答，料他压根听不到。看他心不在焉的，便不再说话。

坐了一会儿，脑袋发晕，感觉自己要被震没了。重音乐震耳欲聋，乐队打击的仿佛不是乐器，而是重重打在我的心上。不知是不是和心跳共振的缘故，我开始气闷胸慌。男人看我难受的表情，忙问我怎么了。

我勉强挤出一点笑容，捂住耳朵："没事，只是不习惯这种音乐。"

"第一次来这样的地方吧？没事，习惯就好了。"

但我没法习惯，再待下去，估计就得晕倒了。"抱歉，我出去透透气。"临走时，趁着男人不注意把希斯包包里老板给的工资拿出来和自己的放一起收好。尽管希斯说得很有道理，但我得以防万一。可不能白白辛苦一个月，谁知道眼前这位是不是骗子加小偷。

来到外面，虽然比里面热些，但到底舒服些。我尽情呼吸外面燥热的空气。想起刚刚来到西城，最忍受不了的便是空气和水。总觉得身在一个封闭的空间里，夹杂着各种各样的气息。这气息让我不由自主地感到燥热憋屈。想起家乡的空气,那么新鲜,泥土的气息,花草的清香,单单闭上眼睛,深呼吸一下,便是美美的享受,胜过一切山珍海味。而水则是山上流下来的,清澈无比,还有一丝甜甜的味道,令人回味无穷。而西城的自来水,不仅有化学成分的味道,难闻难以下咽,而且流下时还有白白的颜色。我变得不爱喝水,即便非喝也必须加些家乡的茶叶,去去那种味道,方能下咽。此两件小得不能再小的事让我怎么都不明白为什么有那么多人往城市里挤,到底城市好在哪里?难道就是这些所谓的人为制造的灯红酒绿吗?比起乡间的自然风光,这又算得了什么?像我这种榆木疙瘩脑袋自然不会明白城市的奥妙所在。

正想着,忽听到有人叫我。定睛一看,却是暑假工。"你怎么在这儿?"

"希斯呢,还在里面?"

"嗯。你怎么不进去找她?"

"这些看门狗狗眼看人低,不让进。"

"要不要我叫她出来?"

"不用。你怎么出来了?"

"我受不了里面的气氛。男男女女,露肩露腿的,看着伤眼睛。"

"哈哈!"暑假工先笑后鄙视说,"我倒想去看。"

"你跟来是为了希斯,你喜欢她?"

"谁会喜欢。不过是闻到了她身上的骚味。"说完,猛地喝了一口不知哪里来的啤酒。

"啊!怎么能这么说她呢。"

"少在我面前装。一路货色!"

"我用得装吗我!我装什么了!"莫名其妙地被人这样说,还是头一次。

"动不动就上男人车的女人,难不成去谈生意?也对,谈生意,交易,不是东西!钱这个东西,真叫人发疯,一个这样,两个、三个都这样。无可救药。"他又"咕咚"喝了很多,一边喝,一边骂。

我同样气鼓鼓的,里面空气差,外面也好不到哪里去。想着回去催希斯回家,却不想被暑假工给拉了回来。

"回来!陪我过夜去!不就是钱嘛,我也有。"说完,把手中的啤酒瓶狠狠摔在地上，一地的玻璃碎片，剩余的啤酒像血一样流出来。

我赶紧逃也似的离他远远的。常听人说外面世界变幻无常、复杂多变，况人又是千变万化各种各样的，今日一见，果然如此。不知不觉中我萌生了对世界战战兢兢的感觉，但只觉得只有家乡的山家乡的水家乡的人才是亲切的不可惧怕的。

如此一想，便无限黯然起来。更加不明白这些闪烁的霓虹灯背后的情爱欢颜，那些在舞池里蹦蹦跳跳的男男女女到底所为何来。挥霍青春，乐在其中，如果这就是所谓的享受青春，我宁愿不要。为什么我总是听到死亡的号角在不停地吹奏，又为什么这号角只召唤像我这样的人，难道他们都听不到吗？匪夷所思。

远远地看着暑假工烂泥一样倒在大街上。如果他清醒地知道自己的行为，会不会感到羞愧？这世上，爱本就千联万系，倘若不巧爱上一个不爱自己的，能有什么办法，退出便是，用得着半死半活地折腾吗？想想自己不是也正忍受这样的痛苦，也并非就是不可活的，我照样艰辛地活着。况且自己的痛苦，成就了清月的幸福，不是很值吗？这世界大概总有人欢喜有人愁的，所谓的能量守恒吧。

但看着暑假工痛苦的样子，我想我或许未必真正体会到他的痛苦。怜悯之心让我走到暑假工跟前："喂，你不要这样，凡事总有解决的办法。"

这时舞厅的保安走过来，问我："你朋友？赶紧带他走，在这儿影响市容。"

"我？"我一时也不知自己要说什么，想简短地表达，又找不到合适的词汇。

"喝醉了吧，叫辆出租车，送回去。"

"我不回去。"暑假工叫道。

"麻烦帮帮忙，我一个人弄不动他。"我请求道，心想也只能按照保安的说法去做，总不能见死不救吧，"我先去叫车。"

"好吧。你快去，遇到这种酒鬼，真叫人可气可恨。"他看到我未动，又说，"快去啊，我可不能在这儿待太久。"

"抱歉，我还不知道他的地址。"于是我再次蹲下来问暑假工，"你住哪儿?"

"说了不回去。女人,麻烦!"

"看样子,无能为力。"保安耸耸肩,离开。

我只有再次问他,得到的答案依旧一样。没办法,我返回舞厅看看希斯有没有办法。

进去时看到希斯正和男子头靠得很近地聊天,我示意她过来一下,她欠身抱歉,便跟着我出来。远远地看到大门口的暑假工,她生气道:"没用的家伙只会喝酒。"讲完拿出手机打了个电话,挂了电话又对我说:"你看着他,等下大厨会来接他回去。你等他们走了再进来。"

我点点头:"还是你有办法。"

希斯得意道:"都像你这样,世界还怎么进步!"说完便回了舞厅。

我仔细回味她这句话,怎么我和世界前进的脚步挂上关连了,难道我有阻止过社会的进步吗?总也想不明白,事后问希斯,希斯说:"你这人总想回到原始社会吧,巴不得我们都住茅草屋吃自己种的菜、穿自己做的衣服,没事光着身子在小溪里洗澡也没人会看到?"我点点头,无比臣服地问:"你怎么知道我这样想?茅草屋多浪漫,自己种的菜多环保,还有洗澡,你想想看,在自然界里就你一个,多自在、多享受啊。"

"你和我说过的,倒忘了。原先我也觉得那很浪漫,可茅草屋没有空调,夏天热死,冬天冷死。还有,自己洗澡,没人看,再美有什么用。女孩子嘛,最终还不是找个能够欣赏自己的有钱有车的嫁了。都是你这样想法,空调怎么会有?车、漂亮的别墅都是多余的吧?你说你是不是阻碍社会发展的脚步了。"

我笑笑:"只是想想,又不可能真的回到古代。"

"想法决定行为。可以说什么样的想法,什么样的人。"

"那我岂不是罪人一个啦!"

"可不是罪人一个!好在并无大志,对人类危害不大,姑且留你性命,好好改过才是。"

"哈哈,怎么听着,像法海。"

"法海,说到法海,王总想带我去西湖游玩。"

王总便是带我们去舞厅的男人。这次谈话已是开学半个月后,正逢国庆节。

"这个王总不安好心,你可得小心点。"

"暑假工告诉你的吧?什么时候你和他倒好像好了似的。"

"别胡说,他只是好心提醒你。"

"我也好心提醒你,别跟他走得太近。古话云'近朱者赤,近墨者黑'。总和没本事的交朋友,自己将来也好不到哪儿去;总和成功人士打交道,自己的未来也出路些。"

"那么,我呢,怎么看都不像是会发大财的人。"

"说来不生气?"

"说吧,不气。"

"全班就你一个走读生,我想和你交上朋友,以后不管是买东西还是碰巧回不了学校都用得着你。"

"真够坦诚的。"我冷笑道。

"看看,还说不生气。你不是一向以诚待朋友嘛,现在我以诚待你,反倒惹你不开心,可见所谓真诚也是相对的。关于梁超,你对我就是毫无保留吗?你与他才相识多久,我与他又相识多久,明显他对你的信任比对我要多,和你一定说了我不少坏话吧?大概连我暗恋他的事也告诉你了,看,你们多坦诚、多好、多无话不谈啊。"说完,便背过身去。而我也发现只要一提到梁超,希斯便对我充满敌意。无论我怎么解释,说什么安慰的话,都没有用。她认定的事显然便是那样了,我再怎么说,也无法改变她的看法。

两个月的暑假快结束时,暑假工请我吃饭,我犹豫着要不要答应。

"我只能很真诚地邀请你,不是什么高级酒店,只是路边大排档、小吃摊,你想好了再回答我。可不比希斯带你去的那些高级餐厅。"他如此一说,我倒爽快答应下来。

在附近的夜市找了家还算干净的大排档坐下。

"你点吧,吃什么,总还请得起。"

我笑笑:"西红柿炒鸡蛋、生菜,你呢?"

"来两瓶啤酒,外加煮花生和五香龙虾。龙虾,会吃吧?"

我点点头。这次再和暑假工坐在一起,比起以前要舒服很多。

"请你吃饭,其实是有话对你说。"他倒了杯啤酒递给我,"喝点总没事吧?"

"没事。"

他自己也倒了一杯,这时花生端上来。"吃点花生,很好吃的。"我点点头,拿一颗,剥开放在嘴巴里,用一种缓慢的速度咀嚼着。我不确定暑假工请我吃饭所谓何事。

"以前那样想你,很抱歉。但其实是有原因的。就是怕你不屑于听我说。"

"既然来了,怎么会不愿听。"我呷了一小口啤酒,放在嘴巴里,实在不入口,过了一会儿才吞下去。虽然会喝点,却并不喜欢啤酒的味道。除非味道很淡的清啤,有些喜欢,有股麦子的清香味。

"谢谢。再三考虑,才决定找你聊聊。今日一别,怕是再也不会见面。"

"相逢会有时嘛。"

"不必说好听话。我们注定是彼此的过客。"

"过客也有过客的精彩和必要。你对女孩存有偏见,这不好。"

"我知道。不过如果你知道我的事,就不会那样想了。"

"哦?说来听听。"

"高中时喜欢过一个女生,她家条件相当不错。那时我学习成绩不好不说,还到处拉帮结派、惹是生非。女生的妈妈知道以后坚决反对我们来往。难为的是那个女生,对我也有好感,却害怕伤她妈妈的心,不得已和我分手。后来她妈妈还是不放心,居然联系学校把我给开除了。你知道吗,那时正是高三,她觉得自己女儿转学代价太大不惜牺牲我的学业。虽然我这个人学习差得要命,也不喜欢读书,但被她妈妈这样一弄,反而热爱起学习来。被开除以后,父母恨铁不成钢,要我打工,但我坚决要读书,父母无奈只好送我去了一所三流高中,我却发誓要出人头地。你知道吗,我考了三年大学,才考上的。"

他不时喝点啤酒:"这些话,我以为会烂在肚子里。你一个乖乖女可能无法想象社会的黑暗。当时的我虽然常常惹事,但还不至于被开除。太可恨了,就是因为他们有钱有势就可以任意决定别人的去留死活。就好像我们因为贫穷就只能成为他们手指上的蚂蚁,随他们什么时候捏死我，轻而易举。复读的三年里，完全被折磨得不成人样，按捺住对女生无穷无尽的思念，又无比矛盾地恨着她的家人，还要应付身边无数个和曾经的我一样的寻找刺激和新鲜感的混球男孩。无数个夜晚和一大堆作业面面相觑的无奈，我不懂它们，它们也无奈地看着我。像是两个不同世界里的人，但我就是要记住它们，一个英语单词我至少要背上三天，几百遍几百遍地重复，代数公式我一个个套，几何图形我一遍遍画，唯有语文相对轻松些。可以写出很浪漫的情诗，也可以写出很玄幻的小说，散文也写得相当有味道，富有诗意般的语言。这些夸奖都是来自那个女生，我至今都记得，这也是她对我有好感的原因。我曾在学校校刊上发表过的文章，也获得过一些小奖，她每每向我投递过来崇拜的目光，都让我自豪而感动。"

我问："后来呢，毕业之后，有再联系吗？"

"哪敢联系。混成这样，连自己都瞧不起。"

"难道就这样算了吗？"

"我被开除离开学校的时候和她见了一面。我把她约到自己家里，那天父母刚巧不在，我当时想不管怎样，她如果来了不管三七二十一，一定要先毁了她再说，谁叫她父母那么可恨！"

"啊？"我惊讶道。

他笑笑。"当时是这样想来的。可她当真来了以后，我紧张得不得了。她不停向我道歉，她也没办法，父母这样她真的很抱歉。听她这么一说，我当时心就软下来。她还问我有什么可以弥补的。她愿意弥补对我的愧疚，做什么都愿意。一听这话，我更加为自己之前的想法惭愧不已。那天的情形总记得，和她坐在沙发上，她的头靠在我肩膀上，无声地哭泣。看到她难过，我心里更加难过，我拍拍胸脯，无所谓地告诉她：'其实这个学早就不想上了。'她问有什么打算。当时我还在犹豫，她抓紧我的手说，'去读书，我们一起考上大学，离开这里。到那时谁也管不到我们'。我嘲笑自己道'就我这样的，只怕是单相思'。她却很坚定地说'行的，一定可以的。我知道你很聪明，只是不愿读书，就算是为了我，可以吗'。当时那双清澈的大眼睛充满信任与期待地望着我，我便下定决心去读书。"

"不是挺好的嘛。"我说，"后来呢？为什么不再联系？"

"哪有那么好的事。第一次高考失败，我就失去了和她联系的勇气，从同学那里得知她考上北京一所知名大学。我就放弃了和她在一起的想法，她理应有更好的前程，我们终就是门不当户不对。"

"为什么？"

"还用问吗？我永远不可能考上名牌大学，退一万步讲，就算考上，他父母就会接受我吗？不会，我依旧贫穷。再退一万万步讲，我的出路在于考上名牌大学，找到一份好工作，奋斗个十年八年如果运气好能够买房、买车，成为城市人眼中的凤凰男，可她等得了吗？别忘了，她本可轻而易举地得到我奋斗了十几年才有可能得到的东西。"

"差距真的会阻止爱情吗？"我问，"不是说真正的爱情无关金钱、身份、地位？"

他痴痴笑："这个时代，爱情是奢侈品。"

我问："怎么讲？"

"消费不起了。一来，谈恋爱没有大把钱是不行的；二来，灵魂被吞噬、青春已逝——"

我打断他："你才二十几岁，青春正旺呢。"

"我的青春和她一起被埋葬了。我理解的青春，是一种激情，一种生生渴望、努力去追求的过程。青春是一无所有时假想拥有所有的状态。你看我现在和你一样，是个名副其实的暑假工，其实，我对学习早已厌倦，不过是挂个名，为一个毕业证书。我比我的同学都大，有些大出四五岁，我混迹于社会最底层，了解所有苦难和心酸。没错，我也常常误解这样一无所有的我，有一天能看见彩虹。我也曾试图写小说来幻想自己是一个拥有万物的国王。可是，小叶，现在的我，心已死，梦想早已腐烂。我知道有一种病，好像叫衰老症，就是年龄只有二十几岁，样貌却好像是六十多岁的老人，这种病衰老速度比正常人快得多。我的青春，患的就是这种病。"

"非常罕见的病。"此外，我不知该说什么。身边熙熙攘攘的人群，不远处，一个胖乎乎的厨师汗流浃背，仍认真而执着地烧菜，火光染红了他的脸颊。

"是。千真万确，非常罕见，但的确存在。不幸被我遇上，所以常常一个人把自己灌醉。"

"喝酒解决不了问题。"我说,"像这样小酌几杯倒可修身养性。"

他毫无顾忌地盯着我说:"真羡慕你。"

"羡慕我什么?"

"你空白的青春。"

我摇摇头,表示无法理解。他继续说:"等你明白了,你的青春也就入墓了。"

我继续沉默不语。

他话锋一转,提到希斯,说:"希斯还好吧?"

"这么关心她,为什么不自己问?"

"由你去向她表达我的关怀,比较能打动她。这是恋爱技巧、小把戏。"说完,苦笑一声。

"好累人的,这样。"

"没关系。我的人生只剩下这些:赚只够自己吃喝玩乐的钱。我得活下去。我要是找回曾经的灵魂和梦想,我只能从广播电台18层楼顶跳下去。你可以看不起我,但我活得真实,我们被人骂,那也是我们该得的。希斯也是这种人。和她玩这种游戏,我们都会欢娱。你就不同……"说到我,他停了下来,若无其事地吃菜、喝酒。

我没有追问。

他接着说:"够了,能有今晚,和你这样……"他示意我们这样面对面喝酒聊天。他补充道,"足够了。真的,有一天,你都会明白的。所有的,一切。"

我一定在掩饰什么,因为谈话的中断极少会让我感到尴尬,然而,此时我却突然滔滔不绝,甚至有点不知所云起来。

他听了我说的各种趣事,笑起来:"真是万花筒。荒诞小说也没这么写的。"

"对了,还写小说吗?"我突然想起,毫不遮掩地问他。他还是我遇到的第一个写小说的人呢。瞬间涌满亲切感。

"哪有时间写哦,忙着生计。"他一带而过,继而讲起其他事,微不足道。我却仍然沉浸在他写小说这件事中。我暗暗写过小说,除了写很多发不出的信、日记,偶尔写些爱情小说、不像诗的诗。当然,没人知道,连清月也不曾告知过。我并非刻意隐瞒,只是从未有人提到过,也无人谈论。我只好一个人独自面对了。

后来他很绅士地送我回家。用他破旧的自行车。我坐在自行车后座上，他讲起被偷走的三辆自行车的故事，其中有两辆是新买的。接二连三被偷，仿佛命中注定。后来就买了眼下这部旧的大自行车。他说，那以后他的自行车再也没丢过，陪伴他近一年了。他说："它看上去又旧又破，但关键部位都换了好零件，很好骑。"说完，飞快地载我驶向夜色。他像所有男孩一样故意骑得弯弯曲曲，想让我抱紧他。但我天生对男孩保持警惕，只抓住他的坐骑大喊大叫。我仿佛天生知道怎么让男孩对我保持距离，不让他们对我产生不必要的误会。那以后，我们再也没有见过面。我甚至不知道他的全名，只以暑假工相称。

如他这般短暂出现在我生命中的过客，时间会磨平所有记忆吗？而他对我的倾诉，是否如韩野所言"陌生人是安全的"？

只一点是肯定的，我喜欢他这样有故事的人，喜欢倾听，喜欢别人信任自己。我喜欢收藏别人的秘密，守着自己的秘密，在时间的长河中，不时把玩。这好比，我种着自己的玫瑰花园，也偷看或得到邀请参观别人种的香草花园，尽管花园所种花种不同，却同样清香迷人。因而我总是不自觉地遇着一座花园，我既不怀抱希望地刻意寻找，也不带有偏见地拒绝，只是顺其自然地遇见、相识、相知、相惜、相离、怀念。我打造着这样的故事——自然而然相遇、随心所欲交谈、满心欢喜地分别、时不时怀念。

十四　生日礼物

　　希斯果真只住了不到一个月，便辞了工作，整日里不知忙什么。直到她和我说去西湖玩，我才隐约知道她大都是在和王总约会了。此后她名牌衣服多起来，提名牌的包，我说太老气了，她嗤之以鼻："你懂什么，这是名牌，世界名牌。"此外还买了笔记本电脑，换了商档手机，在宿舍里人气突然猛增。但那些女生表面上羡慕不已，暗地里却添油加醋地编排希斯。我越发不愿去宿舍，中午只在教室休息或看书，除去上课，便依旧回香喷喷打工。饭馆虽小，工资也不及暑假工作的酒店高，但我喜欢香喷喷的老板、老板娘，做完所有活，生意清闲时，还能看看饭馆订阅的西城晚报。

　　"国庆节来吗？"老板娘问我。

　　我把刚刚夹的菜放在碗里，说："没什么特别的事，应该会来。"

　　"也不打算回家看看，7天呢？"老板娘又问。此刻，我们正围坐一桌吃晚饭，像是一家人，也是我最开心的时候。忙完一天活，全家围坐一起，说说话，拉拉家常。这一家人给我亲切舒服感觉。香喷喷小饭馆除了我是外人，均为一家人：夫妻两人及老板的父亲、母亲，外加5岁的儿子。

　　"暑假里刚回去过。"我说，"回去也没什么事，就是想奶奶。"

"那好。不过提前说一下，国庆期间的工资也不比往常高，你知道我们赚得少。你愿来则来，不愿也不强求。"

"我知道了。谢谢老板娘。"

9月28号，我竟收到一封信，希斯拿给我，只有收信人，写信人那里写着"内详"。

"什么人这么神秘？"希斯问。

"我哪知道。"说完拆开信封，打开精美雅致的信纸，署名人是韩野。

"谁呀？"

"一个普通朋友。"我说。

"你就这样边读信边去食堂？"

"你先去，我在教室看完再去吃，也不怎么饿。"

"随你。"希斯说完便走了。

我的心却无法平静下来。信内容如下：

小薰：

想你。

想来你应该会被我这封信给吓住。但我无论如何要写这封信。

暑假里与你再次重逢，让我无比惊喜、激动。见面瞬间，我想我们谈恋爱肯定水到渠成，却不想艰难重重。

离开你们独自去了很多地方，从浙江一个个小镇经过，拍下很多照片，参天古树，石板小路，石头缝隙间各种药草，善良热情的乡民，"哗哗"流淌的溪水，俊秀而开满野花的群山，这一切都曾让我暂时忘记你。我也以为能在青山绿水间将你忘却。

然而每当黑夜袭来，寂静的山谷传来蛙叫鸟鸣，山涧流下的溪水声，除此之外，我仿佛听到你的欢声笑语。你紧锁的眉头，忧郁的神情，出人意料的言语，独自的背影，都叫我无比怀念。

开学后，又身处熙熙攘攘的人群中。我既高兴又悲伤地和同学戏耍打闹，和女生打情骂俏。奇怪的是与以往不同，只几天时间，我便心生厌倦。学习也无精打采，常常一个人呆坐着发呆。天呀，我竟不知不觉变成了你。

记得我们第一次分别都以为那是永远的再见。心里多少有些遗憾，却也无怨无悔。只想着把钱还你，一直等你打电话来告诉我银行账号。可是你从一开始就不打算要我还的吧。

好想给你电话。要是送给你手机，你会不会接受？

我问小天，他说你应该不会接受这么贵重的礼物。我想想也是。毕竟你还没答应做我女朋友。

小天知道我在给你写信，要我无论如何不要和你提及我过往的罪行。我苦笑，要是你愿意，我宁愿为你去犯罪，所希望的只有一点点，哪怕分一点点的爱给我就好。

你心中一定还在疑惑小天是否知道自己的身世。我帮你问了，他一无所知。我把我所知道的都告诉了他。他分外惊讶，如同我们一样。我疑心自己做了件错事。我问他打算怎么办。他倒是很看得开，说不会过分计较于上一辈的事。他更在意他自己。他似乎一直如此，只在意自己在意的，其他的对他便如浮云。只怕在意这件事的只有你。然你知道以后，会不会更加明白他的心思了呢？

倒还是小天提议国庆节来个四人约会。地点暂时定在南京，如你有意见，还可修改。但小天和清月都已决定，我倒是去哪里都一样的，南京也去过好几次，只他们偏偏要去。

收到信请打电话，小天，或是我的手机，都可以。

信又看了三四遍才作罢。教室里的人只我一人，兴奋得很想有个人说说，又实在没人。只好从作业本上撕下两张作为信纸。铺开纸，我写道：

韩野：

很高兴收到你的信，这绝非客套话。而是我内心最真实的感受。

我不能欺骗自己，同样不能欺骗我所信任和在意的朋友。我只能很真实地表达好我内心的想法。

诚然，我们的故事有些夸张，在我看来，与一个陌生男孩在大马路上相遇，而这个人竟然是小天早就要介绍给我的男孩。缘分那么妙不可言，有了一次，还有第二次，或许还会有第三次、第四次的相遇，我同你一样格外期待我们的相逢。只你上次突然（抱歉，用这个词语。对于我确实是突然。好好的，突然说走就走。）离去，让我莫名惆怅。觉得人是最不可琢磨的，任凭人怎么了解总还是有距离。尽管我们现在可以好，可以无比幸福地谈恋爱，那么以后呢？倘若有一天，你发现我不是你想象中的那个女孩，你又会怎样？都说爱情只有三个月期限，相比之下，友情反倒可以长久些。

能明白吗？我只是想顺其自然的，爱或不爱。又或者我其实根本是害怕爱的。

你也知道，小天的事，我都还没弄明白，又怎么能接受你！

你写的那三个字的石头，我带回放在书架旁。石头上的字已经模糊了，我常常看着看着情不自禁地笑起来。我不知这是不是某种信号，唯一可以肯定的是，有了你的出现，我觉得很幸运。

又或者，等我弄明白了自己的情感，便是可以接受你的。只是希望那时你还会在意我这个可怜虫。

真的谢谢你的邀请。很想和你们同去，只是要利用假期赚钱，没办法的事。望能原谅我的自私。

愿好。祝福我最亲切的朋友。

写完又读了一遍，把信折叠成方方正正的长方形。我跑到学校的商店买了信封邮票装好贴好，便投在学校邮箱里。

晚上我刚洗完澡，清月便把电话打到母亲手机上。
"干吗呢？打了两次，响那么久才接。"
"洗澡了，这不刚洗完。什么事？"
"收到韩野信了？"
"小天跟你讲的？"
"是啊，挺好的。四人约会，你去不去？"
"要打工呢。你们去吧。"
"你不去，大家多扫兴。"
"国庆人多，你知道的，我不喜热闹。"
"你何必把大好年华都浪费在挣钱上呢？等毕业，一生都挣钱。你别怪我说你，连恋爱也不谈。韩野人不错，听小天讲，家境不错，正宗上海人。"

我素有自知之明。获知韩野条件那么好，本来还犹豫不决，现在反倒一下子轻松了。

"喂喂喂，你在听吗？"

我答："在听。清月，我给韩野写了信，相信他看到会明白的。其余的，我不想多说。每个人有每个人的生活方式、度过青春的方式，我希望获得好友的支持和尊重。"

清月不甘心又道："我想你明白，当青春与金钱挂钩，恐怕是最悲哀的了。你是不是担心钱的问题。这个你不用担心，全由两个男孩对付。小天就不说，那个韩野更加了得，他穷得只剩下钱了，花这么点小钱，简直就是毛毛雨。所以你就不用操心这些了。"

"吃人家的嘴短。"我说。

"得得。知道说了也白说。我早料到了，之前和小天打电话就想到是这个结果，他说如果你不去，只好他们过来了。你难道就不想见到韩野吗？说老实话，你喜欢他吗？"

"我也不知道。"

"多多接触，自然就知道了，爱情是两个人的事嘛。"

"你也了解我，我喜欢顺其自然、循序渐进。"

"该你用力时也该使把劲嘛。"

"呵呵，总说不过你。"

"本来，理在我这里，任你有三寸不烂之舌。"

"歪理也在你那儿。"

"这么说，是答应去了？"

"你去，你去好了，全权代表我，还要不时向我汇报。千万别因为我改变行程，那样我会过意不去的。"

"真这样。我可无话可说了。韩野那小子追他的女孩可多呢，小天说那家伙命里正犯桃花运呢。你就不担心吗？"

"真那样，更不该去阻拦破坏他的好运气了。"我只是一个可怜虫，我自己知道，倘若韩野真像他们说的那么好，我就更不应该去了。理应离他远远的，我这样悲剧式的人物不应该出现在他的生命里。

"真是无语了。愿你好运。我只好和小天如实汇报了。"

国庆第一天生意兴旺，无法形容。到处是人，脚步一刻也没停下。

我忙忙碌碌地看着男男女女,来不及多想,就被淹没在繁忙工作里。一直忙到晚上拖着疲惫的身子回家,倒头就睡。

一连5天都是如此度过,白天拼命干活。第5天晚上清月打来电话告诉我有个漂亮可爱的女孩一起来。韩野显得格外兴奋,大家玩得都很开心,俨然两对情侣。清月还开玩笑说我没戏了,那女孩说话娇滴滴的,甜死人,一路上两人手就没分开过。听到这里,我问:"真的吗?"

"当然是真的。我亲眼看到,还会骗你!早和你说过了,你不在意这小子,别人可在意得很呢。"

"我也是没办法。"

"办法是人想的。我看你总也浑浑噩噩的,这样下去可如何是好。一个年轻女孩怎么能够对爱情一点兴趣也没有呢?不管提到哪个男孩总也拒绝,有时候真搞不懂你是怎么想的。"

"我也搞不懂。"

"虽然我们无话不谈。总觉得你心里有块地方从不向我提及,是否那就是你不愿接受男孩的原因呢?到底是什么原因,就不能告诉我吗?我也好帮你出谋划策,到底多个人多份力量。"

"有些事情,自己都无能为力,别人就更不能帮上什么忙了。"

"既然知晓,就应该试着从那个怪圈走出来,不管怎样起码先走出来,看看外面世界,也许正有你想要的呢。"

"你说的,我都懂。可总也迈不出第一步,可能时机未到吧。而且一旦迈出就得准备好受伤害,那是唯一能够保护我自己的。我只想保全自己。"

"真正的爱,恰恰是保留独立的自我。"

"可你在逼我走出来,就意味着丢掉自我,来迎合爱情,更谈不上保全自己。"

"说到底,你或者是个懦夫,或者不爱韩野。"

我自嘲:"或者两者都是。"

"小薰,你知道吗?我最讨厌你这副样子。别人给你一巴掌,踩你一脚,你还会帮别人加把力地去作践自己。这使你感到快乐吗?你是受虐狂吗?你这样只会让亲者痛。"说完,清月挂断电话。

我躺在床上,默默无语。黑暗中,两只泪虫徐徐蠕动。

清月在一定程度上，用我们的友情，即爱，征服了我对自我的故步自封。

但感情仍然乱成一团，无法解开。

国庆节最后一天晚上回到房间，刚躺下，老妈走过来，递给我一个盒子。

"打开看看。"

我接了过来，心里格外惊喜和开心，嘴上却说不出感谢的话。对母亲，我心里纵有万般情感，哪怕叫我献出生命也丝毫不会犹豫，但要嘴上说甜蜜的话却怎么都说不出。我只美美地拉着母亲的手，乐呵呵的，一天所有的疲累烟消云散。

而母亲仿佛也了解了一样，摸着我的头，笑道："傻孩子。要是太辛苦的话，就辞掉工作。"

"没事。年轻人睡一觉就补回来了。"

"打开看看，喜不喜欢？今天你生日，一会儿过来吃碗寿面。"

我打开盒子，是手机。粉色的，很可爱。"喜欢。"

母亲正要去端寿面，她的手机却响起来，接听过后递给我："以后让清月直接打你手机吧。"

"清月！"我接过电话，"老妈给我买了一部手机，等下打给你哈。"

"真的？那太好。以后找你方便多了。"

"嗯。有事吗？这么晚了。"

我们完全忘了曾经的不愉快。

"下楼来。"

"什么？我正打算睡觉呢。"

"你下来就知道。"

"太晚了。明天再说不好吗？"

"反正你下来就是。有大惊喜。"

"搞什么。你等下，我马上来。"我挂了手机，衣柜里随便拿了件衣服换上。

母亲听到动静，跑过来问我："这么晚还出去啊？"

"很快回来。妈妈你先睡，我有带钥匙的。"

"小心点,大半夜的。快去快回。"
"知道。"

来到小区楼下,便看到清月一个人站在路灯下。
"你疯了吗?可知现在几点!"
"没过12点就好。跟我来一下。"说完拉着我就走。
"我一会儿要回去。和老妈说好的。"
"没事。"两人走出小区大门,来到车来车往的路上。
"不是你说没事就没事的。"
"放心。"
我这才注意到路旁停了一辆黑色小轿车。清月打开了前门,示意我进去。
"什么人的车啊?"我问。
"进去就知道。废话那么多。"
"那不行。还是讲清楚的好。"我说。
正说着,另一边的车门打开,清月和我随即望过去。
"生日快乐!"韩野缓缓向我走来。我一时惊呆了,手捂住嘴巴不知说什么好。
时间若能停止,我希望可以停在这一刻。温情而浪漫,泪眼里的人影开始模糊。
不知清月什么时候离开的,也不想说那么多话,只是任由韩野拥我入怀。我感受着他"突突"加快的心跳。
关于爱情,所有完美无瑕的幻想,都抵不过真实相对的那一刻。而我情不自禁地拥有勇气去面对爱情、面对韩野。

韩野拉我进车,坐到后排,两只手还紧握在一起。我没有挣脱他的大手。那种感觉像初见时,他牵着我,穿过黑暗的小巷,避开可怕的乞丐,给过我的温暖和信任。
我迫不及待地问他:"南京不是玩得很开心,怎么会到这里来?"
"嗯。其实早就离开南京去旅行了。本来还要往北走,今天晚饭清月一拍脑门突然说是你生日。小天也笑道:'玩得太疯,竟给忘了。'他还说答应给你过 20 岁生日呢。于是大伙就匆匆赶来了。"

"他也来了?"

"嗯。本来说好大家找个地吃夜宵的。清月说让我们两个单独相处,你别说,你这朋友交得值,只这一件事便看出。"

"那当然。从小到大就属她配叫朋友。"

"我呢,我配什么?"

"也是朋友。"

"仅仅朋友吗?"

我早飞红了脸。只瞬间工夫,他的唇轻轻在我额头飞快一吻。

"送给你的生日礼物。"

"哪儿呢?"我到处找。

"刚刚给了,不要也得要。"

我会意地笑了。此后回忆起这个吻,仍然妙不可言。

"那么,答应我了?"

"啊?"

"别那么扫兴嘛。我不要听那恼人的话。"

"嗯。"我使劲地点下头。他高兴得再次拥我入怀。那一瞬,连担心、迟疑都退居二线三线了。

"太好了。一定好好感谢清月。要不是她想起你生日,也不可能有美好结局。"

我挣脱怀抱,忽然想起,问:"等等——你在南京不是有女孩吗?"

"她是我表妹。故意演给清月看,知道她会告诉你。"

"这么狡猾的人都有啊。我得重新考虑考虑了。"

"这主意可是小天出的。他说看一个女孩对你有没有感觉,一试就知道了。"

"当真?"

"他鬼主意素来多。你知道的。"

"他向来是语言的巨人,行动的矮子。只亏你,老践行他的话。"

"我就是他的试验田啊。"

不约而同地笑。

我又想起什么,问:"你当真没有女朋友?"

"你是指?"

我假装委屈唱道:"你究竟有几个好妹妹,哦,为何每个妹妹都那么憔悴?"

他刮我鼻子,笑:"傻瓜,我想和她结婚的女人,就只有你一个。"

一听这话。所有思维停止,沉浸在甜蜜海洋之中。我把头埋入他怀中。

他抚摸我的发丝,边道:"丫头,我渴望和你长相厮守。就像现在这样,哪怕什么都不做,什么都不说,我也特幸福,特满足。以后,我们会更幸福的。相信我,我一定会让你幸福。"

"嗯。"我重重点点头。

"那……"

"什么?"

"你能忘掉小天吗?"

森林里有一只爱吃蜂蜜的小熊。这一天,它坐在阳光下横卧的树干上,欢快地唱着歌,一面把蜂蜜用勺子一勺一勺灌进瓶中,一面想象蜂蜜的甜蜜。可是不知为什么,离瓶口三厘米远的瓶颈被什么给堵住了,蜂蜜无法灌进。小熊脑海中、舌尖上甜蜜的感觉好像也被卡住了一样。我此刻的感觉就是这般。

韩野却还在说:"小天和清月已在南京民政局登记结婚了。你以后可不要想一个有妇之夫。"

看似玩笑话,却沉重得很,像是被灌了水的气球。

"登记!结婚?"对我,不亚于五雷轰顶。

"当然还没告诉家长。等毕业以后再办酒席。"

"我打电话问问。"我掏出口袋里的手机,"这种大事清月怎么没和我说过?我得问问。"

"别。要问你以后问。起码等我走了再问。"他眼睛一亮,"这是你的新手机吗?怎么不告诉我,怕我缠着你哈。"说着便抢过去输入他自己的号码,拨通,随即挂断。

我接过电话,看他保存在手机的称呼是男朋友,嘿嘿笑:"以后没有自由了。这是老妈刚送给我的生日礼物。"

"你的自由比起我们的幸福太微不足道了。再说,我那么喜欢自由的人都不要自由了,你要自由干什么呢?对了,要不我们也去登记,看看结婚证是什么模样的?"

"你以为过家家呢。怎么就想起做这事来了。你当时在不,怎么不说说他俩?"

我们都成功转移话题。但爱情,就是这样,一点一滴的账都记在心上。必要时候,才拿出来清算一番。

"说得动不?何况我觉得这样也挺好。结婚证是爱情的最好证明。这不是比多少誓言都好吗?这话是清月说的。你别说,清月这女子不简单。起初觉得她是只漂亮的花瓶,通过这几天相处,才发现她的想法、行为很不一般。"

"怎么不一般呢?"

"年轻女孩不是都喜欢男孩发些天崩地裂、海枯石烂的誓言吗?她不在乎。"

"这点倒是说对了。但她若无情起来你是没见过。"

"像小龙女?"

"有点。对其他男子无情,对自己心爱的男子则爱到骨子里,但倘若得不到这个男孩的回应,亦是无情的。那时的无情便是对自己。"

"说得仿佛你自己一样。"

"清月在我眼里是很完美的人。无论出身家庭背景、性格秉性,还是容貌才学都是无可挑剔的,唯有她爱着小天,我才甘心退出。"

"两个在你心里很完美的人结合在一起,你还担忧什么呢?"

"常听人说婚姻和爱情不同,不是有句话叫婚姻是爱情的坟墓吗?自己担心什么也不知道,前人的话终究是有道理的。"

韩野笑起来:"你想得太远了。他们只是拿了结婚证而已,一切照旧。该怎么就怎么,丝毫不会影响,又不在一起过日子。"

"也是哦。"

他伸手捏我鼻子:"放心吧,亲爱的。他们那么相爱,你是没看到,这几天两人比夫妻还夫妻,相敬如宾,有时又像没长大的孩子,刚刚闹了小矛盾,小天便不停赔不是,都不像是我以前认识的小天了。清月又善解人意,有了台阶很快就下来,很快和好如初。你是没看到两人生起气你不理我我不理你的,眼睛却互相偷瞄着。我说何苦来着,想什么就说什么，那么死要面子。"

"多可爱。"

"你也是啊。还是说我们俩，什么时候把证给领了？"

我拍打他手："去。再说这个，不理你了。"

"那你这个丑媳妇什么时候去见公婆啊？"

"啊？"

"我妈妈说想见见你。"

"不会吧！她老人家怎么会知道我？"

"还不是你！虽然你不在我身边，在我却无处不在，想摆脱都难。"

"别，我没准备。"

"那现在就开始准备。到过年，或者元旦，或者找个周末回去一下。"

"好像太快了吧？我们认识才多久啊。"

"那好办。你什么时候准备好，我再告诉妈妈一声。"

"她老人家不会怪我吧？"

"不会。我妈妈可好呢。"

"对了，上次来信说你有什么罪行来着？"

"这个不告诉你。"

"坏。"

"呵呵，你给我写信了？那么后天回去就可以看到啦，都写什么啦，我迫不及待啊。"

正聊着，手机响起来。

"死丫头，几点啦。还不回来！"

"这就回。"

挂了电话。"我该回去了。老妈发飙了。"

"舍不得你走。真想永远和你在一起。"

"来日方长，细水长流。"我说着。打开车门，出来，正准备说再见。韩野也跟着出来，手里还拿着东西。

"这是我上次给你拍的照片，自己 PS 过的，希望你会喜欢。其实早就想给你了，只是你一直摇摆，怕万一你不答应我也好有个念想。现在好了也放心了，送给你。不过要答应我以后只让我一个人拍。"

我点点头,接过相册。"晚上住哪儿?"

"随便找家宾馆就好。只怕一个人睡不着。"

"要么看看电视,或者和清月他们看电影去。"

"才不要做他们的电灯泡,根本无视我的存在,太可恶了。哪天也叫他们尝尝被无视的电灯泡的滋味。"

我扑哧笑起来。"好了,真的该走了。"

"嗯?亲一下。"

"不要。"

"就一下。"

"不要。"还没说完就跑开了。

十五 希斯的拒绝

当阳光透过窗帘缝隙漏在被单上时,我睡到自然醒。一睁眼,拿起房子造型闹钟看时间:9点11分。糟糕,上学迟到了。肯定是昨夜太兴奋了,忘设闹铃。都怪韩野。想到韩野,索性今天逃学算了。给韩野打电话,却是占线。于是起床、洗漱。一会儿他打过来说是遇到点小麻烦,刚一出门就撞车。我连问他怎样。

"幸好,还活着。"

"别开玩笑。撞哪里,伤得重不重?"

"看你着急的样子我死了也值。"

"没个正经。人家都快急死了。"

"没事。出门还没进车里就被一个三轮车刮了一下,手上、脚上擦破了点皮。倒也没什么,只是这人可气,一句对不起没有,还叽里呱啦说了一通方言。一句没听懂,但语气好像在责怪我,我于是和他理论来着。"

"现在在哪儿?该去医院看看才是。"

"我也说不上来,就你家附近的宾馆门前,叫什么和平宾馆。"

"知道了,马上过来。"

等我赶到时,围着的人群已经散开了。韩野依旧兴致勃勃地描述当时的情景以及那人的蛮不讲理。

"天底下竟然有这么可笑的事，撞了人倒还有理了。"

"好了，且不去管他，去医院把伤口消消毒才是。"

"不会白白便宜他的。我已经记住了他工作服上印着的公司，车上也有，你来之前已经打过电话给妈妈了。到时定叫他吃不了兜着走。"

"干吗那么得理不饶人？"

"要他跟我说个对不起就行。太猖狂了，这类人！不治不行。"

"要治也得由警察叔叔。何况多得是，你哪里就治得过来。"

"不被我碰到也罢。既然碰到就不能就此了事。"

"得了吧，越说越起劲。"我说，"打的去吧。你的手看上去很痛。"

"确实有点。刚才太气愤竟然没感觉。"

两人去了社区卫生院，伤口清洗好，简单包扎一下。接着去一家羊肉馆吃点午饭。我本想下午去上课，谁知韩野拉着我直奔一家咖啡馆。原来韩野的妈妈果真飞过来了。这速度不亚于写小说一句话的工夫啊。科技发展得太神奇了。

托韩野的福，我第一次坐在一家高档咖啡馆。不由得放慢脚步、放轻动作。每走一步小心翼翼，每一句话都再三考虑，不亚于林妹妹初进贾府。还未靠近，便瞧见一位穿着不凡的贵夫人。韩野快步迎上去，亲热地叫妈妈。那情景像一个5岁的孩子要妈妈抱。我按捺住紧张，走近她。

"这位是叶小姐吧？"她指了指对面的座椅，说，"请坐。"

"谢谢。"却纹丝不动，心里七上八下的。

韩野一旁道："不用那么拘束。"

"嗯。"我轻轻挪开竹藤编制的花样椅子，生怕发出很响的声音。

"叶小姐——"

"妈妈，直接叫小薰。叶小姐的叫，听着不舒服。"

"也是。"

我微笑一下，又听她说："小薰真是可人儿，这么漂亮有气质，难怪小野喜欢你。看到你，想起我是女孩时，那光阴真是美好。"我想说"阿姨，你依旧那么年轻漂亮"，可嘴巴动了动，却什么都没说出。本来不会说动听的话，尤其在这种状况下，面对一个我完全陌生的漂亮女人。心里那样想也是实情。眼前的女人装扮得体，气势逼人，虽也穿金戴银的，却不庸俗，一身富贵气。仿佛唯有此才与她整个人所协调，比我在电视上看到的富家太太要得体得多。一直没觉得韩野是个富人家的公子哥儿，如此看来，我或许该重新认识一下他。

倒是韩野说道："妈妈，你永远年轻美丽。"

"岁月不饶人。小薰学的什么专业，大几了？"

"会计。妈妈逼的，说是什么时候都有口饭吃。还有两年毕业。"

"父母都是做什么工作？"

"父亲做生意，母亲帮人看店。"

"一起在西城打拼？不容易啊。"

"不，他们离婚了。"我一直以为父母离婚是自己的私事，不用向别人汇报，除非我自己愿意说。

"这样啊。"她转向韩野，"帮我去买包烟，我才想起抽完了。"

"妈，这正聊着呢，等下去不好吗？"

"快去吧。我也有些话和小薰说。这是女人之间的事，你听去不合适。是吧，小薰？"我笑笑，表示默认。在她面前，我只是待宰的羔羊。

"那好吧。"韩野朝我笑了笑便出了咖啡馆。

"小薰，你们年纪还小，有些事情现在这样认为，过了三五年又那样认为。"

"阿姨，你想说什么请直说。"

"好。那我就直说，只就事论事。大概小野和你说过他父亲的事，年轻时我怀小野那会儿，跟公司的女秘书好了，两人私奔到了广州，只三五年工夫两人便因贫困、误解分手了。他爸回来找我请求我的宽恕，我虽原谅他，但心里不是滋味。你们如果以为两个这样的家庭结合，彼此之间会更加了解便大错特错了。你们的家庭背景、生活习惯都相差太大，或许我的话不中听，却是中肯的，于你们是好的，避免日后少受伤害——"

我想我不至于那么愚蠢，听不出她话里的意思。为避免继续受辱，我打断她："抱歉，阿姨，很不礼貌地打断您。我想我能明白您的意思。韩野回来请转告他我有事先走了。"说着我拿起包，"还有，您刚才说的关于叔叔的事,韩野并没有告诉过我,从头到尾,我对他都知之甚少。所以您实在不用如此费心。"

本想轰轰烈烈地谈场恋爱,却不想就这样结束了。简直比流星划过天空的速度还快。"爱会让人冲昏头,绝不再爱。"我对自己说。愤愤地想昨晚为什么要答应韩野。真是好笑。我再次关紧心门,打算一辈子也不要受爱情的欺凌。

照样上学打工,匆匆一个人来一个人去。偶尔在网吧聊天。每次上网,总想起网名叫野的人,继而顺藤摸瓜地想起韩野,于是干脆放弃上网。不打工的夜晚,在桌子前戴着耳机听悲伤的音乐。手机总在书旁边拼命响起,我从不去碰,任它狂野地叫,最后悄无声息。

一日,希斯问我怎么了,说我近日无精打采的,整个人跟丢了魂似的。

"能有什么事?可能有些累了吧。"我依旧无精打采地说。

"要不跟我去见网友?"

"不去。见什么网友。"

"就网友呗。网上聊得好,约好放学来接我的。一起去嘛,反正也挺无聊的。"

"我还是去图书馆看书。劝你也别去,网上能有什么好人!"

"这可不像从你嘴里说出的话哦。你自己不是也网恋吗?"

"唉,爱听不听。"

"你总是这样,每每将要对你吐露真言,就遭到打击。"她说完就离开了。留下我一个似傻如呆的。

我自个儿去了图书馆,又想起了晓妹,继而想起了梁超,也不知他怎么样了。说是给我写信也不见影子,可见都是说说而已。

希斯独自出了校门。走了不多远,便有个男子开着红色的轿车把她载走。

两人先是来到一家酒店吃晚饭,显然晚饭太早了些。整个酒店就他俩,菜上得出奇地快,很快摆满一桌佳肴。

希斯笑道:"再怎么吃也吃不下这么多菜。"

"没事。你每样挑着吃,总想你吃的口味多一些。"男子爱慕地朝希斯笑笑。

希斯有些不自然地报以微笑。两人在 BBS 交谈甚欢，男子的歌喉征服了她。他一首一首地对她唱情歌，她对他的崇拜感递增。他在网上说：想邀请她来听他的个人演唱会。专为她一人而唱。她随即答应了。见面时，她看到放在车后座上的吉他，便确定他没有骗她。

聊着聊着，男子突然问她手上的手链哪里买来的。

希斯低头看了一眼手链道："一般的饰品店都有，也没什么特别，只是喜欢。"

"很漂亮，戴在你手上很般配。尤其是这条小鱼。"说着伸手过来摸小鱼上闪闪发光的眼睛。希斯也没在意，照样笑道："我也是格外喜欢这条小鱼，很传神。"却不想男子开始摸她的手，开始希斯还没注意，时间一长便觉不对劲儿，抽回了自己的手。

"确实很漂亮。"

"我该回去了。"希斯一看手机，不知不觉都 7 点了。

男子拦住她，恋恋不舍道："还早得很。要不找个地方休息一下。"

"不了。"

"我的演唱会还没开始呢。"男子叫来服务员买单。

"下次吧。"

"我很忙的。下次有时间得一个月后，我等不了那么久。"

"那好。去哪儿？不能太晚。"

"那是自然。"男子笑起来。

于是两人在附近找了家宾馆开了房间。希斯跟着他进到房间总觉得不对劲，至于哪里不对，却一时不明白，只觉得怪怪的。

男子自己一屁股坐在床上，示意希斯也坐。"没事，坐吧，我不会吃了你。"

希斯仍然站着，仿佛有一场仗要打似的。"我就站着，你开始演出吧。"

"呵呵，那么可爱。"男子笑道，"不用紧张，我不会逼你做任何你不愿意做的事。"

于是希斯远远地坐在了床头的一张沙发上，抱着包，问："可以开始了吗？"左瞧右看，没见他的吉他，便说，"你的吉他忘拿了。"

男子挪到床头前，叹气道："我们先说说话好吗？"

希斯点点头。他便道："每当看到你这个年纪的女孩，总想起校园时候的事。现在结婚了，老婆孩子都有了，事业也不错。可不知为什么总觉得生活少了点什么。第一眼看到你，就很喜欢，如果你愿意，我们可以常常见面。说说话，彼此感觉好的话还可以发展为情人，你需要什么我也能满足你。"

男子盯着希斯的嘴巴，这张嘴终于吐出几个字："不可能吧？"

"怎么不可能呢？"

"我只当你是个朋友，崇拜你、敬仰你才和你见面的。虽然只网聊过几次，却觉得你是我知己。如此看来并非如此。"希斯起身准备走，男子却一把拉住她手臂，嘴里还说："我真的喜欢你，给我点时间，你会发现我和别人不同。"

"不用。"希斯眼里显露出恐惧，"你放开，我要走了。"

"相信我，给我时间，哪怕一个星期，你会发现我与你同学的那些情人不可同日而语。我绝不亏待你，绝不勉强你。"

"你已经在勉强我了。"

男子放开了手。"给我电话。"

希斯逃了出去。男子追了上来。"让我送你回去吧。再不说这样的话了。"

"不用，我自己走。"

"这里离学校很远，又不容易打到车。让我送你吧，哪怕你日后不再理我。"

"不用。"男子尾随出好远，说了很多好话后悔话。希斯依旧不为所动。

"这钱拿去打车吧。"男子没办法只好拿出两张百元大钞。他在做最后的挽留。

"不用。你还是赶快回去吧。"

两人推让了一会儿。男子作罢，收好钱回了头。

当希斯来敲我家门时，已近11点。

"要死啦，小薰，怎么也不接电话。"希斯一进门就冲我嚷道。

"啊？你怎么回事，脚一瘸一拐的。我手机调震动了。"把希斯带到卧室一看，手机果然从 8 点一直不间断地有十几个未接电话。

"累死我了，走了三个小时的路，我想肯定是走不到学校了，就想到你这里来。本来还想你去接我呢。快去，打点热水来给我泡脚。"

"冤家。"我说，"连老妈我都没端过洗脚水。"

"快点。"

"就来了。"

"真舒服啊。"希斯把脚放水里，叹道，"你怎么不接电话？"

"我以为……"我怕韩野打来，所以瞧也不瞧手机，又不愿关机，怕韩野不打来。

"以为什么？你最近很不对劲。"

"别说我了。你不是去见网友了吗？怎么搞成这样。"

于是希斯给我讲了刚才见面的情景。我又把洗脚水倒掉，两人躺在床上关了灯。

"好险。"我说，"还算好的，倘若遇见个野蛮的人可怎么办好。"

希斯笑起来："反正不会像晓妹那样去自杀的。"

"啊？"

"不记得了？学校水塘自杀的那个女孩。"

"倒不是。只是你突然说起，有点意外。"

"以为你会笑话我，心想希斯这家伙反正已经堕落了，再堕落一次又何妨。你却很担心我，为我端洗脚水，就冲这一点我愿意和你说说心里话。"

"洗耳恭听。"

"你大概也奇怪为什么我能够接受王老板做他的情人，却不能接受他。倒不是因为车子好坏。他是个音乐老师。我喜欢他贴在博客上的原创歌曲，还有很多他教过学生的照片。那些天真的笑脸，清澈的瞳孔。我相信捕捉这些照片的人有一颗敏感而善良的心。他还有个漂亮善良的老婆、可爱的儿子，这一切仅仅因为他的一时贪念就要失去吗？何况我想他身为人师，人前人后受人尊重，却不想他做出这种为人所不耻的事来。你不觉得悲哀吗？同样身为女人，我从不想去破坏一个与自己无关的女人的幸福。"希斯有些黯然道，"这算作是他没有勉强我的报答吧。

希望这是他第一次，也是最后一次。"

我想了一会儿道："猎人是不会因为兔子的可爱就放弃下手的。他不过是一个有点绅士风度的猎人，比一般猎人更可怕。看看你，明明被他羞辱了，却还为他着想，帮他说话。"

她似有所悟道："竟是我认真了。"

随着年龄的增长，对男人的认识也在逐步改变。作为年轻女孩，必须小心这类文雅的、有绅士风度的猎人，他们只是在"捕获"你之前，笑盈盈地征求你的意见而已。这也是很多女人心甘情愿爱着一个有家庭的男人的原因。

我不由得敬佩希斯这一次的拒绝，但真相或许只是她对他不曾动心。

爱，或不爱，都毫无理由。

十六　陌生人的短信

收到韩野的信,我的手颤抖不止。我不知该不该打开来看。从学校到家,一直犹豫,看吧,生怕他给了自己希望又扑灭了;不看吧,又很想知道他写了什么,有没有想过我,那天离开就再也没有联系过。

回到家,待在自己的房间。深呼吸,我下定决心,先看看再做打算。但无论他说什么我都打算好了只当没看到。

然而看了信之后,我才知道自欺欺人是多么幼稚可笑。

来信写道:

小薰:

我沮丧地发现你再也不愿理我了,电话也不接,不仅我的不接,小天、清月的通通不接。真不知那天我妈妈对你说了什么,让你下这样的狠心不与我联系。

你不知道这样的日子于我是怎样地难挨。我宁愿挨千刀万剐,也不愿忍受这样的痛苦。我度日如年,除了写信,我想不出怎样能让你平心静气地听我说完。实际上我恨不得立马飞到你面前。

无论如何请告诉我原因。哪怕只是为了让我死得明白一些也好。

我寻找更多事情来做,拖地板,每一个房间都打扫一遍。在学校里和希斯几乎每分每秒都在一起。打工时候也尽量不让自己乱想。

我开始接电话，但韩野的却再也没有打来过。

清月抱怨好好的怎么说分就分了，我含糊过去。清月知我不愿说，只好等我愿说的时候再说。

韩野的信像雪花一样飞过来，几乎一天一封。

第二封写道：

小薰：

但凡你只喜欢过我一点点，但凡你同情我一点点可怜而卑微的心，请回信给我。不打电话回信也好。

今天在球场上和队友打了一架。过后我竟然想不起因为什么打架。小天说我不仅得了健忘症还无理取闹起来。他也请求你发发慈悲，分一点爱给我，解救我的灵魂以及殃及池鱼的他。

小薰，再一次地想你，无穷无尽无边无际地想你，想你没了自己。

第三封写道：

小薰：

今天我得以回家一趟。直接问妈妈。我想我当时脾气一定坏透了，竟然指着妈妈问她到底对你说了什么。为什么要拆散我们。妈妈伤心极了，我伤了她的心。

我自己也稀里糊涂的，头重脚轻地过每一天。

又是一个漫漫长夜，因为没有你的消息，格外漫长与寂寞。

我喝了点酒，仿佛醉了，又仿佛没醉。后来流泪了，弄湿了这信纸。你知道吗？你大概不知道我有多爱你，所以才对我如此残忍。

无比期待你的回信，哪怕让我少活十年二十年。

看完第三封信，我再也坐不住了，做什么事情都无法安心。终于我决定给他回信。

托着下巴想了好久，心里纵然有万语千言，也无法说出口，何况有些是不便说的，又得叫他信服，实有些难。半天，信纸上依然只有开头的称呼和问好。但我想无论如何该叫他死心才是，于是我重新摊开信纸写道："我想你是误会我的意思了。很抱歉告诉你，自始至终我的心里只住了一个人。你是知道的，不必问了。所以请别打扰了。"

我很快把信投到邮箱里。但很快发现写完这封信，我的心更加糟糕、凌乱不堪了。我开始追悔莫及，但无可奈何，信已发出。

第四封、第五封类似的信依然飘来。我没有再拆开，直接压在了抽屉的最下面。

后来再收到他的信只有6个字："既如此，祝福你。"泪水便像刚打开闸门的洪水一般，气势汹汹地奔涌而出。

整个心碎了。我无力地瘫痪了。整个身子一点一点往下沉，什么东西淹没了整个的我。此刻的我困惑：为什么会如此地疼，莫非我真的喜欢韩野？

后来这个问号渐渐地变成了肯定句。我更加默默无语，整天只沉浸在自己幻想的世界里。不停地问自己，终究得不出什么有效的答案。

很长时间我都沉浸在这种状态中。当黑夜袭来，只下我一个人时，免不了想起韩野，不知他过得怎么样。但要我怎样去想一个花花公子的生活呢？根本无法想象。或是在我陌生的夜店邀请一帮人肆无忌惮地喝酒聊天，或是在彻夜的酒吧寻找刺激，或是随便接受一个对他抛媚眼的女生，总之应该是我陌生和厌恶的生活方式。我只能这样去想，起码我的心好过些。

实在无处托情，便试着给桑戈天写信，但明知那些信是永远寄不出去，依然坚持不懈地写。从发现自己对这个人有着异样的情感开始，便着手写信，写好的信，要么撕掉，要么放在有锁的抽屉里。想起的时候拿出来读读，每一次竟然都泪如雨下。我的眼泪如此低廉下贱，每一次流泪，我都想着到底哪一天才是泪尽的时候，我实在是恨透了这样的自己。

于是又一次看到韩野送给我的相册，一页一页地翻，想他那天说的话。有一瞬间我觉得自己是个甜蜜的小女人，想起他的话，耳根泛热，他的飞吻萦绕心间。

我无所事事地看着天花板发呆。就在这时手机"滴滴"响起，半夜的12点，有谁在这个时候给我发短信？

陌生的号码，只一句"睡了没"。我心想，即便睡了也被你吵醒。

弱弱地问："你是谁？知道我是谁吗？"怕是发错的短信，又有可能是我认识的同学。

"你不是小谷吗？贵人多忘事。"对方发来的消息让我安下心，我发了"对不起，你发错了，我不是小谷"。

"那你是谁？你可以叫我叶涵。"

"抱歉，你发错了。"

"小姐，你已经说过了。这么晚没睡，不想找个人聊聊吗？刚好我也是。"

"不想。"

"有男朋友陪吗？干吗不想？"

"不想就是不想。你再多事，我关手机了。"

"好，我不问，那听你说，好吗？"

"不好。对一个陌生人没什么好说的。"

"那么，你问我问题，我保证回答叫你开心。我，一个年轻有为的大好青年，你作为女孩子想知道什么，尽管问，总有好奇的事吧？"

"那么问你什么是爱情，怎样才算是爱上了一个人。"我来了兴趣。

"先回答，后面的问题。爱上一个人，你会发现自己变得和以往不同了，如果这个人不在眼前，你会日夜想念，处处挂念，时时思念，总之你所有的细胞都是为他而运动死亡的，超越平时的生长能力和繁殖能力。总之它们会为他不断运动、不断死亡、不断更新换代。"

"你是学生物学的吗？"

"若这样问，我从计算机学回答你的问题。爱情是病毒。谁都没有要去招惹它，它自己送上门，你一看，哎，好奇怪的东西，于是你中毒了。我们的身体没有防毒系统，但有杀毒软件。只杀毒是费时费力的活，但必须要杀，如果任由病毒进攻，只能死机了。但爱情不像电脑，重装个系统就 OK 了。"

"不太明白。"

"爱情是相对的东西，病毒其实是程序，但被人不怀好意地利用就成为病毒。爱情是一种生物，和花、和草一样，有生命，有死亡，以平常心看待就好。花无百日红，草有枯黄时。一切顺其自然就好。"

我评价："很不错的爱情理论。"

"你相信爱情？"

"有时信，有时不信。"

"矛盾就对了。相信是因为爱情美好，这是爱情的正面影响；负面影响同样是必然客观的，谁都吃过爱情的苦，受过爱情的伤。"

"倘若能够不爱，会不会好些？"

"这个问题怕是徒劳的。爱与不爱，不是理智问题，而是感觉，取决于你的心，而不是脑。爱不需要思考，最好去感受。感受到对方的爱，自然而然地去爱爱你的人。"

"所以竟是无法选择的。"

"不，爱的过程，我们无法改变，但你能够选择爱的方式。压抑或大胆地去爱。压抑是对自己最残忍的方式，好像饿了不给东西吃，渴了不给水喝一样。久而久之，爱的神经会变得模糊麻木，那样对你有什么好处呢？等到老的时候，黯然感叹'啊，我竟还没有好好爱过一个人'。岂不悲哉。你这个年纪更不用担心，只管好好去爱就好。毕竟，青春没有失败嘛。"

我仔细思索着他的话。但回到现实，我仍然一筹莫展。

在我发呆时，又收到他的消息："说说你的爱情。"

我回道："一个陌生人的爱情，完全有一万种可能，你何必要知道我的。"

"既然遇上，就是缘分，如果我发错给别人自然是另一个故事。只是现在遇见的人是你，而不是任何别人。"

"如果我拒绝说呢？"

"那是你的自由。"

"我选择不说。"

"随你。但我有自信你会说。"

"为什么？"

"你的心结没有解开。"

"解开又怎样？飘零的落叶已经离开大树，只能继续飘零，所谓的选择只是选择向左还向右飘零而已。"

"满则溢。人的心里空间也是有限的，别装太多东西、太多人。"

"多谢忠告。"

"客气而温雅地把我拒绝在门外。冷而无情，只是想保护自己吧？"

"谁不是无时无刻不在保护自己呢？"

"没人保护你吗？"

他这一问，我一时间望着手机发呆。我努力在脑海搜索保护过我的人。但是很可惜没有，如果一定要说的话，唯有桑戈天。

那还是初中时的事。一天中午放学，同往常一样，我照例在人群中狂奔，争取尽量能够争取的时间。我要回家做饭、炒菜、洗衣服，还得复习功课。脑海里尽想着不要不能输给别人、不能叫人小瞧了这些可笑的事。因为太快的缘故，我把一个约莫六七岁的小男孩撞倒在地上，他哇哇大哭。我好像不明白眼前发生的事似的，只傻傻地站在那里看他哭泣。我无法准确计算过去多久，是桑戈天从人群里挤出来，帮小男孩擦去眼泪，扶他起来，问他哪里疼安慰他没事的，还轻揉他疼的地方。只几分钟，小男孩就不哭了，自己离开了。

"幸好没有撞出什么伤来。下次小心点。"桑戈天对我说。

我看着他做完这一切，内心充满感激，嘴巴却笨得要死，关键时刻总是掉链子。说"谢谢"，声音也小得要命。不知为什么，看着他扶起男孩，觉得他扶起的人是我，他帮我擦去泪水，安慰我不要哭，要勇敢。

这么多年过去了，这个画面依然清晰地浮现在脑海里。我就是喜欢他呀，喜欢的感觉很舒服，淡淡的，夹杂着小忧伤。连忧伤都是一段美丽的旋律，拨动心弦，荡起丝丝不疼不痒的涟漪。这样的喜欢，每天能看到的，看不到，远远地望一眼也好。或者，他在我心里；一个转身时的清澈眸子；一个孤寂的背影；执着认真地做着某件事；被孤独弄神秘的一双眼睛；一次不经意的邂逅；一个出其不意的微笑；天南海北地侃；温柔地叫我傻瓜；他介绍给我的书、讲过的故事、听过的音乐，等等。即使有一天，我看透了他，看到他的懦弱、胆怯、犹豫与挣扎、无可奈何与厌世，我仍然喜欢他，干净纯粹地喜欢他，没有占有，没有欲望，没有控制，没有强制，没有限制，没有要求，甚至没有告知。

但眼下的我依然处在不明朗期，依然不能对他的感情做出一个正确客观的认识，仍然在矛盾中纠结，在挣扎中哭泣，在悲伤中幸福。

就连手机"滴滴"响起的声音，也似乎变成了背景音乐，渐渐模糊，只有那样的心还在翘首以盼。盼什么，我不得而知；翘什么，我无从知晓。但我知道路总会越走越明朗的。

得与失是一件很奇妙的事。我失去韩野，却在每晚的深夜，与一位陌生人手机短信交谈。任由疲惫的身子躺在床上，耳朵里塞着随身听的耳塞。听张信哲、阿杜、周华健、周蕙、邓丽君的歌，安静地享受时光流逝。

当心思泛滥、无法入眠时，便拿出手机一遍遍翻看号码，却不知要打给谁。谁也不想打扰，于是拿起床边的一本没看完的小说《茶花女》看起来。

深深地被这个可怜可爱的姑娘感动，她的爱要困难得多。一开始作为不受母亲欢迎的孩子出生，伴随着太多嘲讽与暗涌，太多阻力挡在面前，最难的是来自对自我的否定。可这个姑娘勇敢地选择了爱。

眼睛看累的时候，我合上书本，歪倒在床上，闭上眼睛，想象她闭月羞花的面容上滑下的泪水，她那天使般心灵遭受过的创伤。不知道为什么，竟然有泪从眼眶里渗出，滑过冰冷的脸颊。

为什么，我，没有爱人的勇气、赴汤蹈火的激情？宁愿在一个黑暗的角落默默无语，宁愿在一个幻想的世界里徒劳悲伤，宁愿在别人的故事里黯然神伤。

一阵清脆的"滴滴"声打断我的思路，翻出手机，原来是那个叫叶涵的人发来的。

还是那句"睡了吗"作为开始。

我发短信问他干吗总是三更半夜打扰别人。

"如果没睡，就不算打扰。"

"你打扰了我的思路。"

"哦？发来看看。"

"《茶花女》可曾看过？"

"看过。描写妓女的爱情不胜枚举，小仲马高明就高明在用阿尔芒去烘托爱的悲剧。"

"不感动吗？"

"你是说阿尔芒吗？"

"不，是玛格丽特。"

"玛格丽特遇见阿尔芒实乃幸运至极。我不是说妓女不配得到爱情。像书中说的'真正的爱情总是使人变得美好'。现实中的小仲马对这段爱情有多遗憾，小说中所表现的爱就有多炙热纯真。"

"你会像阿尔芒那样去爱一个女人吗？"

"我爱的人她不爱我，所以我没有机会那样疯狂地去爱她。"

我安慰他："听说每个人都会遇上两段单恋——爱上一个不爱自己的人和被一个自己不爱的人爱着，之后，才是彼此相爱。"

"没错，只要爱的能力不失去，奇迹就会出现。"

我们闲谈其他，不一会儿互道晚安，各自昏沉沉睡去。梦里，各自梦着；梦外，各自活着。

十七　邂逅喻昂

　　2008年夏的一次相遇，彻底颠覆了我的整个人生。又或许该说那原本是我人生中该有的一章内容，我无法避免，注定要遇见喻昂。

　　像所有不经意的相遇一样，我不经意地与喻昂碰面。那年夏天，由于奥运会的喧闹、民众的沸腾，我显得格外失落。我知道自己不讨人喜爱，说出这些话，将特别不讨人喜爱。但我能怎样呢？那是我真实的感受，我感到非常抱歉，我希望有人能相信我说的话。对伟大奥运会的开幕，我毋庸置疑地感到骄傲，同时，感到一种失落。毕业后，在母亲与魏叔叔的安排下于西城一个民办企业做实习会计。每天面对一大堆数据，算算画画，反复经手数不清的钞票。我很快厌倦这份工作，但看到每天疲于忙碌挣钱的母亲，我又说不出辞职的话来。就这样，年复一年、日复一日，我快成了一个机器。同时，母亲张罗着为这台机器寻找伴侣。这是所有机器之前早已设定好的程序。由于我自己一直对恋爱不理不睬，男人多半也对我敬而远之。偶尔有几个贴着热脸不知死活地迎上来，总被我瞬间打回原形。我当然有我的期待，只我把它们全写在日记里。我变得分外沉默寡言。

　　希斯去了南京一家合资企业工作。开始还不断联系，起初是一个月打五六次电话，后来两三次，再后来，三两个月一次，直至半年来一次。清月固执地考研，考了两年，终于也远走高飞。她考研期间我们很少见面，见面也很少说话。如今的西城变得空荡荡的，大得可怕。

我每天骑着用自己工资买的一辆电动车风里来雨里去地奔波于工作与家之间。除了工作、日常生活外，我没有任何娱乐活动，所有空闲时间均用于看书、写字、听音乐。我在西城的图书馆办了一张借书证，押金 60 元，每年交给图书馆 50 元。每次可借 3 本书，其中文学类书籍期限为 15 天，其他类书籍为 1 个月。当然我从不超期，通常一个星期去一次图书馆，3 本文学书籍全部看完。只一两年时间，图书馆几个管理员对我非常面熟。我们偶尔在西城除图书馆外的其他地方相遇也会点头微笑。他们其中大多为上了年纪的妇女，最年轻的一位三十几岁。我猜她同我一样爱好写作、看书，因为有几次我发现她在闲暇时间写作。图书馆的布局非常简单，进门摆着两张写字桌，有两台电脑，每台电脑有两张显示屏，一张给工作人员，一张给借书人查看。有几次我借来的书在她前面的同事的那台电脑登记，而她恰空闲（她坐在后排，通常只在人多的情况有事做，而人们借好书通常会顺手递给她前排的人），我看到她专注地打字。我随意瞥了一眼她那张面向外的显示屏。看到她在用 Word 文档写小说。我看了其中一段，大概猜测是一部都市婚恋小说。有时她碰巧抬头看到我，我像偷窥了不该偷看的一幕，急忙收回眼神，转向别处，假装无所事事、漫不经心的样子。有时会用余光扫描到她淡淡一笑。也许她正引以为豪呢。那时，我以为能写作的人都非常了不起。有次我听到她同事叫她御姐。也许是玉姐、于洁、于婕、玉洁。我不确定。姑且叫她于洁吧。

和喻昂的相遇在图书馆。那是一个周六下午。我已泡在图书馆一个多小时，正重温张爱玲的《半生缘》，沉浸在曼桢失去世钧的悲伤中。一阵说话声若有似无地传入耳中。图书馆通常很安静。虽在周末有些许喧哗，但人们都自觉地尽量保持安静。所以那段说话声非常明显，像一张白纸上的红字，而我正停留在阅读的空白期，因而忽生好奇想看看白纸上的红字所写为何。于是抬头、望向门口，便看到一个身材高大的男子正急匆匆地说着什么。他语速非常快。我听到于洁用非常客气且缓慢的语气（语气中含有只有她自己能察觉到的微弱颤抖）道："先生，我们也很遗憾，但非常抱歉。只有我们馆长有这个权力，我们只负责借书还书。还得麻烦您过几日再来看看，或者您留下号码，一旦找到便给您电话。您看如何？"

"我看不必了，为了一本书十几块钱，跑来跑去也犯不上。我很确定我已经还了。我也不知道为什么电脑会显示没有还过，总之，就当作遗失处理吧。"说着，喻昂开始掏钱包。

跑来两个管理员对于洁摇摇头，示意确实没找到他说还过的那本书。"很抱歉，我没有权力这样做，必须等馆长做个认可才能接受你的钱。"

"没关系的。万一你们找到了，再把钱还给我。"递过来两张10块人民币。

我不由自主地走过来，看了一眼电脑显示屏上显示的书名：《聊斋志异》。想了一会儿，便走向一排排书柜。走到倒数第三排，左边，在最下面抽出泛黄的《聊斋志异》，接着拿着书向门口走去。于洁与喻昂还在把20块钱推来推去。我把书轻轻放在书桌上，问了一句："是这本吗？"

几人被我突如其来的举动弄蒙了。几秒之后，喻昂反应过来，拿起书，翻了翻，道："正是这本。我就说记得还过了。记得清清楚楚。"

于洁及几人赔笑连连道歉。喻昂走后，其中一个工作人员小声嘀咕了一句："大概是刷漏了。好奇怪，记不清了。"

于洁问我："你怎么知道？"

我淡淡一笑："这么巧，我刚好看到那本落单的书。"也许是上帝故意安排的情节也未可知。

"谢谢你啊。多亏你。"于洁的笑容比我灿烂三倍。我道："没事。"

我眼看着于洁把《聊斋志异》刷了一遍图书馆特有的条纹码预备和其他本的《聊斋志异》放在一处时，被我拦下来，我说："我借这本书。"

于洁关切地说："这本很旧了，而且没有翻译，都是原文。你可以借其他版本的，还有白话文翻译，鉴赏的都有。"我笑笑："谢谢。我就借这本。"她把我的借书证取出，刷一遍条纹码，同时刷了其他的两本书。我谢过她，便快步走出去。

穿过图书馆大厅，走到门口，向下张望。他早已消失在人海，只剩下来来往往的车辆。我这才失落地走下几十层台阶。来到路上，跑到最近的一个十字路口，不停地张望、寻找。绿灯亮了，我却停住不动，身边的人潮涌散，我怅然若失。许久许久之后，才回到现实。

那画面还温热的，他诧异地看着我："业务精湛、无懈可击，不甚感激。"我低头不敢看他，他的话像一只只毛绒绒的小虫，起初往我耳朵里钻，后来往我心里钻，弄得我耳朵发红、心痒痒的。不知道为什么，我觉得幸福极了。后来我才发现他把我当作图书馆管理员了，不过无关紧要，他给了我一次完美的心动体验。

我把借来的《聊斋志异》当作宝贝一样珍藏。由于很少阅读古文，高中时仅学的一点古文知识压根不够用，尽管我反复翻阅《聊斋志异》，却始终读不懂。我一页一页地翻，像寻找什么宝藏。书中有些地方用铅笔画了横线。我着重看，却始终茫然无知。我沮丧极了。就在我万分失望时，一张纸斜出书角。我打开来一看，像是从笔记本上撕下来的。左边缘皱皱的，用黑水笔写着一首诗：

　　　　我亦好歌亦好酒，唱与佳人饮与友。
　　　　歌宜关西铜绰板，酒当直进十八斗。
　　　　摇摆长街笑流云，我本长安羁旅人。
　　　　丛楼参差迷归路，行者匆匆谁与群。
　　　　幸有作文与谈诗，寥落情怀有君知。
　　　　负气登楼狂步韵，每被游人笑双痴。
　　　　幸有浩然共蹴鞠，轻拨慢扣自欢娱。
　　　　七月流火无眠夜，同向荧屏做唏嘘。
　　　　幸有彩云喜香山，兰裳桂冠共游仙。
　　　　说来红尘多趣事，笑声惊动九重天。
　　　　幸有晓艳能操琴，玉葱手指石榴裙。
　　　　止如高山流如水，流水溯洄桃花林。
　　　　红衣佳人白衣友，朝与同歌暮同酒。
　　　　世人谓我恋长安，其实只恋长安某。

字不很潦草，写得较为工整、有力。我知道可以从笔迹来辨别一个人的性格。以自己单薄而资浅的辨别力，我大概得出他是一个豪迈之人,有一种浪漫主义者情怀。"世人谓我恋长安,其实只恋长安某",这句特有力、特能打动人心。我只读了一遍,便喜欢上了这首诗。无论是他摘抄来的,还是他自己写的,都使我格外兴奋。我留有他的东西,在这张纸上,我闻到了一种味道。一种与我能够融为一处的味道。我开始心猿意马、浮想联翩。

很自然地,我去图书馆的次数更加多起来。有时我并不进去,只在图书馆外面徘徊。我觉得自己会再次遇到他,像童话里的故事。他对我也一见钟情,我们势必会相识、相知、相爱。我陷入到一种主观臆想的爱情里,无可救药。然而,时间很快粉碎了我的梦。现实中阳光照在我身上,单薄的身影,站在图书馆门口,不停地旋回走动。他再也没有出现过。冬天的阳光更像一把利剑,直刺心脏。这几个月中,希望与失望不断轮回,直至彻底失望。当晚上翻看一直续借的《聊斋志异》,一种悲伤涌上心头,无法控制,我再次流泪。我已经读懂了《聊斋自志》。尤其是"独是子夜荧荧,灯昏欲蕊;萧斋瑟瑟,案冷疑冰"恰是我心境。当即做了决定,下次去图书馆一定把这本书还了。我留下了那首诗。

2009年的春节过得毫无新意。和往常一样,我回到久水和奶奶一起过年。期间也见到父亲。父亲忙于与一群男人扑克麻将整夜地打。我相信他与扑克麻将的时间比与我在一起的时间还要长。就像我与书相伴的时间比与他在一起的时间久。我忽而明白,大抵上看书和打扑克打麻将毫无二致,我们同样沉迷于此,同样消耗时间,同样为了给心灵一个短暂的栖息。

我素来不喜欢过年过节。别人一喜庆,我便忍不住忧伤。仿若我天生就与别人不同,这该是我的使命。一开始,是一种不得已的发现,后来演变成一种习惯:我总是选择走一条安静的、人少的路。众人拥挤的那条路,我从不涉及。这或许也只是我的自以为是。由于没有与人认真讨论过,因而我不得而知。应该也无关紧要。无论什么节日,我总是固守着自己的一小片天空,自言自语,自得其乐,自我修复,自我疗伤。说话太累,沟通太难,误解重重,难以表达。一旦忧伤成性,便不再觉得忧伤了。我安心地待在自己的小屋里,住了二十几年的小屋。还是一百多年前的老房子。父亲曾邀我去他那儿住几天，杨姨也热情相邀过，她当着父亲的面，说得特别好听，反而弄得我盛情难却。不过我完全明白，与去父亲家住几天相比，她一定更喜欢我留在奶奶这儿。距离是必须的。何况她和我没有非得与之在同一个屋檐的必要。我想我早已习惯了她的假热情、假客气，于是也以其人之道还治其人之身。如此一来，她好我也好。维持一种表面的友好是非常必要的。我很快发现这个交往秘诀，并用于与其他不想亲近却不得不与之来往的人身上。我必须设法保护自己。使别人不讨厌、不憎恨自己，是保护好自己的不二法则。

我照例看些书。适度做些回忆。我拿出几封信。有我的信，奶奶都会完好保存在我的抽屉里。平常除了奶奶偶尔上来为我的小屋打扫一下，并无其他人来。有一封未拆开的信。我知道一定是梁超写来的。他每年给我写一到两封信，向我述说复仇进展，但从不留下他的联系方式。信上的邮戳表明他颠覆流离于不同的城市之间。我不急于拆开新信，而是把前几封依照次序重新读了一遍。

我亲爱的朋友：

展信悦！

想到给你写信便是一件温暖而快乐的事。只这事不能常常发生，我终日生活在复仇的痛苦中。我带着我厌恶的假面具和别人相交，别人也同样厌恶我，却心照不宣。这是个奇怪的社会，我奇怪人为什么会如此奇怪。

很抱歉一开头就向你抱怨，只是我不大会写信，组织语言的能力也很笨拙。只好心里怎么想便怎么写了，还望见谅。

与你分别后，一天胜似一年，我守着一个记忆硬生生地走了过来。除了赚到一些钱，我自己毫无变化，唯一可喜的是我在仇人的公司谋到一份工作，尽管是与我专业毫不对口的销售员，既辛苦工资又低，我都能忍受。只是仇人依旧逍遥法外，可痛可悲可恨可气，但想到晓妹，我都忍了，甚至还能对他微笑，恬不知耻地讨好他。以前我都不知道我脸皮如此之厚、忍耐力如此之强。

没给你我的地址和电话是不想听你劝我些我知道的但无用的话。这是我的自私，我只能如此。我幻想着这个世界还有个人值得我对他说说心里话，那么这个人只能是你，除了父母和往事，这便是我对这个世界唯一感到欣慰的。

或许我在飞蛾扑火，或许我在异想天开，或许我正走火入魔，但这都无法阻止我走向毁灭的脚步。

我生病时你替我暂付的医药费，我都放在随信寄来的银行卡里了。没有密码，我知道钱可以归还，但你的情却是无法还清的。

有时候，我想要是这个世界所有人的银行卡都不必设置密码，就像你的心，没有一道道的锁，彼此坦诚，那会是一种怎样的情景。

每天除了上班，养活自己，就是想晓妹。有时候我会觉得她并没有远去，她似乎总在我身边和我一起做我们从前会做的事。她还和我提到你，我的梦里，你和她相处得那么融洽。可是一旦醒来，我只有喝酒了。

过年也没能回家。因为我发现我的仇人在外面找了情人，我拍了照片，匿名寄到他老婆那里。想必一场风波是少不了的。只是想不到仇人虽在外面风风光光的，暗地里却是个怕老婆的人。听老员工说公司其实是她老婆的，他不过是个代理老板，倘若他老婆不顺心，完全可以叫他滚蛋。我想他这次是死定了。却不想他又逃过此劫。我一个人在家又哭又笑，喝了很多酒，想象着此人是怎样费尽心思编出花言巧语来哄骗过关的。我一边想他滑稽可笑的样子，一边悲哀自己的行为，曾经是个拥有美好梦想的年轻人，现在却只有恨，变得自己也越来越不认识了。

我悲凉地怀念过去的一切，在这个世界的可笑角落里，那么卑微地活着。我不情愿，但我明白我身边大多数人都是如此。校园，多么美丽的词语，从踏入社会，到慢慢懂得，这实在是一个既残忍又悲哀的过程。

这条路上，我想我唯有收起散落一地的相思，我才能坚定地走下去。但愿我能够等到那一天。

也愿你的新年快乐。无法带给你快乐，抱歉。

来自地狱的梁超敬上

十八　来自地狱的信

亲爱的朋友：

　　见信好！

　　我迫不及待地要把这个消息告诉你。要说出它，在别人眼里或许是极为不光彩的，但对我，却极其泄恨。你压根想不到。你绝对想不到。仇人的老婆爱上了我！是的，我没有搞错，这个胖乎乎的老女人说她看到我第一眼时便爱上了我。

　　在她说爱我的一刹那，我感到内心有巨大的空洞，我在不断下沉、不断地。我感到一种邪恶的快乐。非常巨大。我几乎难以置信与难以控制自己的情绪。她等我回答她，怔怔地看着我。那时，我觉得机会来了。是的，天赐良机。我从未因父母给的这份容貌而感到庆幸过。我一度为潘安般的容貌困惑。这使我备受阻力。它几乎是我的耻辱，更是别人的笑谈。从来我都是靠自己的努力，我也相信自己绝对有这种实力。毫无疑问，我将成为大众的笑谈。我成了老板娘的小情人。

　　我绝不相信她会真的爱我。我愿意付出自己的身体与尊严来同复仇做交易。我之前想过我复仇所要付出的代价，但万万没想到，会以这样一个角色来完成复仇使命。她向我表白的当晚，我便与她在酒店私会，在洁白的床单上，我笨拙地把她当作发泄对象。回想这一幕，我没了起初那股兴奋与痛苦。写下这些话,脑海中回放那些画面,我觉得自己将万劫不复。但我能怎样呢?子弹一旦飞出,势必要杀死某人。一旦开始,便没有回头路。我多希望这样的自己消失。

然而,我感到更受伤害的人是我自己。仿佛是她强奸了我。这样说,作为一个男人,是何等奇耻大辱,但我还有什么不能向你诉说的呢?它会将我闷死,在苟活与羞辱之间,我别无选择。

每天我不敢多想——几乎什么都不想。只要能为我复仇,我什么都愿意做。何况只是如此。这样持续了将近三个月,我越来越感到无聊乏力。原来与一个我不爱的女人在一起是一件非常痛苦的事。每次都像上战场,我给自己鼓励打气,但事后,我歇斯底里地把她赶走,一遍遍地喝酒、痛哭。偶尔她不顾我的反对,抱着我的头,请我告诉她心中的苦闷。但我怎么能说呢?

她倒是对我无所不谈。因而我知道了她的婚姻早已名存实亡。他们心知肚明地在外养小情人,只维持表面婚姻。因为他们有一个将要中考的女儿。她女儿说过如果他们离婚,她就去跳楼。何况仇人根本离不开她,离开她,他一文不值。我现在才知道仇人还小她五岁。当初他们结合,完全是因为她的富有。很显然他就是个畜生。而我,就配称作为男人吗?

我之前写了很多信给你,都被撕掉了。但我不得不提起笔再次给你写,无论我有多么罪不可赦,我都想有一个人知道。那个人就是你,除了你,别无他人。我有时也会想你,——不,几乎每天都会想起你,这使我分外害怕。因而我每天必做的一件事便是阻止自己想你。我变得更加疯狂。我对你只能实话实说,只能说实话。如果对你,我还有所隐瞒,那么我活着,丝毫没有意义。

突然之间,我十分庆幸我们这种方式交谈——我只写,你只看。我们不能沟通、交流。今天陪那个女人逛商场,我看到了一副很可爱的手套,觉得很适合你。于是悄悄返回商场给你买下。连同信一并给你寄来。希望这个冬天,有它,你不会觉得寒冷。我唯一的奢望,希望你接受我的礼物,像接受朋友的礼物一样。那样,我便感恩于心,视你为知己。事实上,早已如此。

挣扎于地狱的梁超启上

小薰:

  见信好。时间真快。转眼间,又是半年。

  我被提升为销售主管。工作不用东奔西跑、风吹日晒了。我开始忘我地工作。复仇丝毫没有进展。似乎仇人的生活已经够糟糕了,上帝没有让之更糟糕的念头。我也就由着他。他的老婆对他压根没有兴趣,所有的焦点都在我身上。我曾向她提出要她离婚和我结婚。我当然只是试探性地问一下。如果能报复他最好不过,倘若不能也无大碍。想不到她说等她女儿去国外读书便会考虑。她想把她女儿送到国外去读书,这样便可与他离婚了。我给她出了个主意:你们悄悄离婚,当着女儿的面还假装夫妻。她竟拍手叫好,说"怎么我没想到"。

  我从来没见过像她这样愚蠢的女人。但又着实可怜。我原本以为她还算是个商业精英,想不到企业却是她父亲留下的。她父亲有个得力助手为她打理公司。她大概不知道她父亲的得力助手正伺机而动地要吞并她的企业。这些当然只是谣传,我也没有兴趣去了解真相。若是那样,自然再好不过。可怜她父亲泉下有知,一定死不瞑目。我自己也开始奇怪,竟然同情起这个女人来。

  我觉得自己再留下来,似乎没有实际意义,就请辞。但她死都不肯。她同她女儿一样幼稚,她说如果我走她就自杀。我只好勉为其难留下来,帮她打理业务。

  小薰,我不知道自己这样做到底对不对。

  复仇的欲望渐渐冷却,我不知道以后将何去何从。

  你该毕业实习了吧。隐约记得你好像学会计。回想起你,我总觉得十分惭愧。我对你知之甚少——几乎一无所知。我们认识时,所谈论的全部是我和晓妹。很少谈到你自己。几岁了,喜欢什么,童年如何,爱情怎样,有过什么难忘的事。我特别渴望听你谈谈自己。但考虑到我这样一个魔鬼怎敢亲近宛如天使的你呢。我放弃了,我唯有放弃。我希望你幸福美满。你该是一个世人眼中幸福的女子。你会拥有爱你的男子和完美的家庭。或许你已经有了吧。但愿如此。

            与地狱融为一体的梁超

小薰：

　　也许你是对的。恶有恶报，善有善报。仇人在一个月前被车撞了。传言说是被与他相好女子的男友撞的。奇怪的是，他老婆在医院以他老婆的身份照顾他、关心他。他女儿我见过一次，经常去医院看望她爸爸。她很漂亮，像她妈妈。

　　在同事的相邀下，一同去医院看望仇人。一番慰问谈笑后，仇人单独留下我。这使我诧异极了。很多时候，我觉得他和我心知肚明于一些事。我原本以为是复仇，后来才知晓是做他老婆情人这件事。两个男人进行了一番谈话。我记得清清楚楚。我先假仁假义地说："安心养病，不出几个月又活跃如龙了。"心里却在诅咒他永远瘫痪在床。

　　病房里静悄悄的。他住的是单间，隔音设施也好，而有的人却在医院的走廊上，在喧闹中养病。天壤之别。

　　仇人不知哪根神经搭错了，竟对我说出以下这番话："我很高兴你能来看我。自从叶子（他老婆）和你在一起，她对我好多了，也不似从前那般朝三暮四。请原谅我这样说自己的妻子。关于我的事，我想你从叶子和同事的谣传中也得知不少。和叶子刚认识时，她说她比我小三岁，她是个骗子。她曾经的同学有认出她时，你猜她怎么编造谎言？"他自顾自地说着，仿佛非说不可，视我为空气，"她竟捏造出她同学说的是她过世的姐姐，说她姐姐几年前自杀了。原因是为了一个男人，她父母不同意他们的婚事。后来她都招认了。但她的话说得相当漂亮，她说：'我所做的一切只是怕你小瞧我、不爱我、离开我。'所以她不惜一切代价骗我，一个谎言是需要千千万万个谎言来圆的。可惜说谎的人时间久了，就是我们结婚之后，我才发现她其实大我五岁，整整五岁。而问过她母亲，她就是家里的独生女，根本没什么姐姐。不然她家的全部财产也不会由她一个人来继承了。"

　　我望着他，他比他的实际年龄要显得苍老。最后他说："我喜欢你的沉默。我暗地里调查过，你从不屑于玩弄手段和耍那些小把戏。最重要的是你从不搬弄是非。我希望我的话到你这里是终点。"

　　我依旧沉默着。他不是喜欢我的沉默吗？我在心里早已哭笑不得了。

　　小薰，这该比小说有趣许多吧。我突然发现我生活在一个有趣的世界中。只要我放下自己的爱恨情仇，用一双像摄像机一样的镜头去观看这个世界,便觉妙趣横生。

　　这太逗了、太有讽刺意味了。你说我要是告诉他全部真相,你猜会怎样?我觉得那才是我复仇的全部高潮,高潮之后,马上结局。这样的复仇才够完美,你说呢?

与地狱同在的梁超

小薰:

　　我发现我爱上了冬。冬的冷,让我无比坚强。

　　小薰,你好吗?我很好。今年的冬,我赶在过年之前回了趟老家,带去我的全部积蓄。我的妈妈抱着我痛哭。爸爸把我的钱全部扔出门外。妹妹弱小的身子在寒风中捡那些百元大钞。

　　我告诉他们晓妹死了,死了近两年了。之后,他们全部沉默。我把自己关在房间不吃不喝。在这近两年里,我一次次拨出家里的号码想要告诉家人,他们很喜爱的儿媳没了。但每一次最后一个数字都按不出去。近两年的时间没有任何消息,他们对我的愤怒,我能理解。但我的悲痛又有谁来抚慰呢?我现在家里给你写信,泪流满面。我告诉自己要坚强、坚强。

　　我悄悄去了西城。去了学校。

　　我弄丢了你的手机号码。我的手机里只有客户和叶子的号码。

　　我心悲伤,莫知我哀。

梁超启上

小薰:

　　我在犹豫,要不要实现我的完美复仇高潮计划。

　　摇摆了一个多月。还是无法决断。很想知道你的看法,但我不敢听到你的任何话。我相信它们一定会让我退缩。其实,我已经做了抉择,不是吗?

　　等我的好消息吧。

　　我别无选择,一直都是。

　　你会原谅我的,是不是?为了晓妹。我应该继续下去。

梁超启上

小薰：

　　事情再次超出我意料。我还未来得及实施我的计划，仇人康复后找到我，他说他想和我在一起。小薰，你知道这句话的含义吗？和你一样，我恍惚了好久，还是不明白。

　　那天是在咖啡馆。我们面对面地坐着。他看上去精神多了，头发特意做过，油光华亮，胡子也刮得干干净净。他突然说一句："我想和你在一起。"说完呷了一口咖啡，仿佛那是一句再平常不过的话。然而，我能感觉到他为这句话花费了多少心血。他的语气中有一种不易察觉的惧怕。

　　我沉默着。像窗外午后的阳光。

　　他说："叶子的欺骗让我对女人失去安全感。"

　　我心里想：那你还去强奸晓妹。

　　表面上，我似一湖水面般平静，甚至微笑着。那微笑似在鼓励他说下去。我并不知我那动人的面孔和迷人的微笑对他是致命的诱惑。那时我根本意识不到这些。就像一个年轻单纯的女孩和一个经验老道的男人待在一起，她根本意识不到她那充满青春气息的身子足以让他发狂。

　　他继续说，如他准备多时那般："我承认我驾驭过很多女人，像一个爱马骑士征服不同马匹。那些只是激情和欲望。和爱无关。也许在你眼里，在很多人眼里，我不配说爱。但毫无疑问，我渴望爱。被爱以及爱一个人。被爱，我已品尝过了。我承认，叶子在刚开始是爱我的，无比爱我，甚至不惜伤害我。老实告诉你吧，撞我的那个人正是叶子泄密给他的，叶子还给了他一笔钱。叶子还是跟我学的，我对跟她的小情人也是这种做法。但现在我厌倦了。除了你，我没有采取任何报复手段。因为我发现自己对你怀有不同寻常的好感。我不忍心伤害你。同时我看到你和叶子在深夜缠绵时，又极度忌妒。我很难过，甚至是惧怕，我发现了自己这种感情。你该威胁我的，但我想你会同情我。我似乎很了解你，比你自己还了解你。这让我很意外。"

　　他说这些话时，一直望着我。我内心暗涌，面上还是毫无表情。我习惯了戴着假面具，让人看不出我心里所想。我微微颤动，我以为只有我自己知晓。事实上，他也察觉了。

　　午后的咖啡馆人寥寥无几。我们于咖啡馆一隅。时光静流。

我生出一种错觉。一瞬间，我不知道自己是谁，为了谁而来，又将往何处去。这一切的变化更像是上帝的恶作剧。我唯有置之不理，管他要什么花招、玩什么把戏。

　　我忽然觉得复仇没有我想象的那么容易。何况怎样才算复仇了呢？我没有确切概念。我之前以为揭露仇人在外面养小情人的事会使我得到复仇的快感。然而我失败了，叶子对他这一切恶行早已了如指掌。后来，我以为和叶子好会报复到他，谁知他根本不在意。再后来，我以为对他们说出全部真相会彻底打击他们，然而，事实上表明，可能更受打击的人是我。我不知道我怎么了，我也不知道哪里出了错。为什么我一直无法复仇，一直无法成功。

　　小薰，若你在我身边该有多好。我要是放弃这一切该有多好。

　　那天，我们在咖啡馆坐了很久。彼此没有再说话。

　　后来，我向他提出要出门旅行散心。他批准了，并且订购了两张飞往三亚的机票。他陪我去了。他这种举动使我生出另一个妙不可言的念头。

　　你也许猜着了。小薰，我必须尽快结束。不管他是真情也好，假意也罢，我都必须快刀斩乱麻。

梁超启上

　　我拆开新来的信：

小薰：

　　一如既往地想念你、牵挂你。我在三亚的海边给你写信。你闻到大海的味道了吗？

　　晓妹喜欢文字。她特别喜欢的作家说过这样一句话：要写作的话就只写大海，只有大海禁得起写作的不断摧残。然而，真正要想写好大海并非易事，大海的深邃和壮阔根本是笔力所无法描述和探知的。她总说，作为一名热爱写作的人，无法准确地描写出现实，这使她悲伤。

　　不知不觉，在写信过程中，我无意成了一名写作人。写信或许区别于写作，但在我看来却是一样。同样写出自己内心所想，我很开心，在我复仇的过程中，可以用文字记录下来，而你是我唯一的读者。和你谈论那么多写作的事，却不知你是否关注，请见谅。也请原谅我只能顺着自己的思路以及随心所欲的心情来写。

晓妹和我说过无数次要去看海。我说等我工作攒到第一笔钱就带她去。她说要看海就只去海南看海，去天涯海角。我说好。我们每每说起这个愿望便憧憬不已。如今我只身一人身在海边——不，我相信晓妹在天上某处也在看着我的，你说是不是？

我总觉得无比幸运。像我这般罪恶之人竟会有你这样天使般的朋友。是晓妹将你带到我面前。说起晓妹的死，我仍然充满悲痛。但恨却少了很多，经历了那么多事，我觉得很累很累。你一定还在好奇我是怎样结束复仇的。我想我们很快会见面。到时再告诉你。那时希望你陪着我在繁星满天的夜空下，一边小酌一边闲聊。写到这儿，想起自己很久没有喝酒了。还记得那次在你面前喝酒谈论晓妹的情景。看得出，你并不热衷于喝酒，酒只是道具，一种场景的设置，我知道你和我一样热衷于谈话本身。我们对彼此的心灵了如指掌，却对彼此的情况近乎一无所知。这很奇妙，同时也是一种保护。也许，我渴望的不过就是如此。

今天无意翻看杂志，看到毕淑敏说的一句话："刻骨铭心的友谊也如仇恨一样，没齿难忘。"我希望和你有如此友谊。你能接受我这样的朋友吗？请别用道德的标准来衡量我，好吗？

附上我在三亚的手机号码。也许会变，我希望在这个号码消失之前，你能给我电话。

无比期待。

做回自己的梁超启上

我立马拨通了那一串号码。传来女声："你拨打的号码已停机。"

他会找到我吗？世界那么大，我们那么小。

我走丢了太多人：清月、桑戈天、希斯、网友野、韩野、陪我走了一段路的影子、暑假工、和我在深夜发短信息的叶涵……

还包括喻昂。我想他，想在路上拦截他，忽然亲吻他，然后转身离开。我不敢奢望，从来不敢。我只要初见、只要拥有过的美好，然后，在最美好的时候绝然转身离开，化为永恒。我只记住这一瞬间，只为这永恒而活着。

在未来还无法书写时，我只能靠过去来呼吸、活着。

我拿出抽屉里一个笔记本，那上面摘抄了我与叶涵的所有短信息。

十九　暗恋揭秘

在无聊的夜晚，我有时听广播里的音乐，有时听随身听里的音乐：田震的《铿锵玫瑰》、许美静的《城里的月光》、周蕙的《约定》、阿杜的《坚持到底》、羽泉的《冷酷到底》、周华健的《刀剑如梦》，等等。一面对着手机摘抄里面的短信息。这是一件百无聊赖的事。不知不觉竟摘抄了大半本。黑色字表示叶涵的短信，而红色是自己的。

这密密麻麻的字都是夜深时和叶涵互发短信而来。一个月里，我手机话费暴涨，当我意识到这种交流所要付出巨大的经济损失时，便渐渐放弃了。叶涵再发来消息，便置之不理或三两句打发了。可见，任何人在金钱面前都无法真正自由。但这并没有使我过分沮丧。我只觉得遗憾。从那以后我选择自己在非常难过的情况下，才接受叶涵的开导。

其中有一句话："我觉得非常难受。我失去了全世界。"那是在清月得知我对桑戈天的感情后，我心里真实的感受。同时失去清月和桑戈天，我像失去了全世界。叶涵安慰我的话："没关系，你还有我呢。我随时随地恭候你。"我不假思索地发过去："我们见面吧。"

"时机未到。"

"怎么未到？"

"到了，自然会见到我。"

"我的时机到了,如果你这次不见我,不会再有机会。"
"我只能说,我很抱歉。但决定是:随你。"
"你到底是谁?"
"我是谁不重要。"
"那什么重要?"
"重要的是你开心。"
"我不开心。"
"你可以开心的。只是你不想。"
"我想,但我做不到。"
……

我们纠缠于这些问题,没有实际结论。叶涵第一次使我难过。为了弄清楚他是谁,我不断套他的话,哪里人,住哪儿,几岁,工作还是上学,等等。但他根本不顺着我的思路走、不接我话茬。仿佛我的心思叫他看得清清楚楚,而他对我却始终蒙着一层面纱,只能想象,无法揭开看个真切。接连二三的失败使我放弃这个念头。我想听之任之吧。那段时间被他是谁的念头占据,我暂时忘记了伤痛。但今天回想起来,却还是隐隐作痛。

记忆还是那么清晰,那年冬天冷风仿佛吹进回忆深处。那是一次聚会,难得的人数众多的聚会。发生了很多事。要一一回想起来,令我有些无法适从,但有什么办法,我天生为往事所困恼。我钻进被窝里。试图使自己暖和些。半醒半梦之间,大幕徐徐拉开。

2006年大年初四,希斯打电话给我一句话不说,只是一个劲儿地哭。知道她没有回家过年,一个人在学校。问她为什么也不说,我只好邀请她来我家玩,这次她没有拒绝。

从清月那儿得知韩野要来的消息,我格外开心。父亲则不高兴起来:"本来应该亲自去上海谢谢人家的。"父亲嘴上那么说着,吩咐杨姨准备着,自己则去超市添置了日常个人用品以及些许零食。看时间差不多又亲自开车去接了韩野过来。在此我想稍许提一下韩野对我家——具体说对我父亲家的恩情。父亲是做集成箱生意,具体的我也不懂,从不过问。偶然的机会,韩野发现父亲的难处,解救了父亲的危难。我是听奶奶这般和我说的。我既不敢问父亲，也没机会问韩野。自从和他母亲见面之后，韩野便再没和我见过面。

再见到韩野时，心里的小兔子跳个不停。我知道自己真的对这个男孩动了真情。看着韩野和桑戈天两人说说笑笑，我心里奇怪怎么会喜欢两个完全不同类型的男孩。韩野性格外向开朗活泼，典型的阳光大男孩，散发光和爱的魅力。任何一个女孩在年少时都会对这类男孩有好感。他总是充满活力和朝气，喜欢打篮球、长跑。他真诚善良。他也经常轻而易举地喜欢一个年轻漂亮的女孩。

而桑戈天则内向寡言少语。他穿衣简洁，常穿黑白两色，全身颜色不超过三种。他眼神专注，与我说话时，毫不掩饰地把焦点落在我的眼睛里。给我说起小笑话时，通常等到我笑了以后，他才咧开嘴巴，眼神里透着光亮，别人靠咧嘴微笑表示开心，仿佛只有他靠眼神传达心情。

他沉默不语时，忧郁的眼神更美。他选择适合他心情的地方独自待着。我只能看到他落寞却甘愿独自忧伤的背影。我情不自禁地想走近他，一步、两步……在离他不到一米时，一股比我更强大的气场阻止我的前进。仿佛他背后也有只眼，用一种无法拒绝的恳求语气告诉我别靠近他。也许只有我能读懂他的沉默，也唯有他能用沉默与我的沉默交流。

他在我眼里，穿什么衣服都让我觉得那非常适合他，非他莫属；说什么话都比音乐更动听；就连他吃饭时，都自动升级为一幅幅流动着的生动画面。

我用我的眼，记下他的一切行踪。吸引我的，总是他那双迷人而神秘的、千变万化的眼。每当夜深人静，我便在我的暗室一遍遍解读那些神一样的密码。

我还在神游，清月推了我一下，在我耳边说了一句"好好把握机会"，便拉着不肯离开的桑戈天去了客厅。只留下韩野和我在房间里。

"还好吗？"些许沉默过后，韩野问。

"嗯。这次多亏了你，所谓大恩不言谢。以后有用得着的地方一定竭尽全力。"

"这话，叔叔、阿姨还有奶奶刚才都说过了。"

"嗯。"

"没有别的想说吗？我想你了。"

"嗯。"我依旧低着头，不敢看他。虽然听到想听的话，还是有些意外和惊喜。还有一点矛盾，既想听他说下去，又怕他说下去。

"想和你重新开始。"韩野继续说。

"啊？"

"可以吗？"

我知道我应该答应他。可我在犹豫。

"不管你心里是否有个我，还是总有一个人在，我都愿意试试，我有信心让你的心里也有个我，只是请求你给我希望与机会。"

"我，还没想好，我，你让我好好想想。"

韩野走过来，拉住我的手："为什么不愿意承认你的心里其实有个我？"

"我，我好好想想。"我拿回我的手，他离我很近，我感到脸上有一股热气在挥发。

"如果你真的很喜欢小天，就不应该顾虑那么多，爱情本来就是自私的。你不说，我替你去说，小天一直对你印象不错，总和我说你的好。"

"别，千万别。"

"既然这样，就答应和我交往。如果你一辈子忘不了他，是不是一辈子不谈恋爱、不结婚呢？"

"你真的不介意他在我心里的位置吗？你大概并不知道他对我的影响。"

"说不介意，我自己都不相信。但这比起想你的煎熬又好许多。"

"原来是这样。"听到这句话，我悲观起来，认为韩野之所以爱我，不过出于爱自己的需要。如果我不曾令他这么难过，也许就不会爱我。我钻起牛角尖。我看向窗外，很痛心地用平静的语调对他说："好吧，我答应你。"说完这话，韩野开心地抱起我："真的吗！你答应了！太好了！"而我却完全没了之前的心情。

希斯给我打来电话，说是已经到镇上了。本来想骑电动车去接她的，韩野坚持要跟去，父亲只好把车借给他。

"明天一起去旅行好吗？四个人一起去。上次南京你没去，搞得大家都不能尽兴。"

"我同学来了我得陪她。"

"请她一起去。"

"不知她肯不肯。"

"一会儿问一下就知道了。"

到了镇上，接到希斯，问过她她也没说肯也没说不肯。三人一路无语开到家里。

吃晚饭时，叫了清月来，围了一桌子，父亲和阿姨看都是年轻人，早早吃了带着儿子开车回了自己家。

剩下5个年轻人喝得有些醉醺醺的。奶奶一边嘱咐这个别喝多了，那个别再喝了。

"阿婆，你去睡好了，我们会照顾好自己的。难得到的这么全。"小天推奶奶去了房间睡觉。奶奶哪里肯，自己又回来了。

"奶奶，你去休息好了。有我呢，我会照顾好他们的。"我说着。奶奶这才作罢，又嘱咐了几句，我们自然连声答应着，她才自己回了房间。

"今天是这么多日子以来最开心的一天，不醉不归。"韩野举起酒杯又喝了一口。他见清月和希斯杯里的酒剩不多，又拿起啤酒瓶一一倒满。

"谁要喝这东西！"希斯突然说，"有本事就喝白的，敢不敢？"

"有什么不敢的，一个大爷们儿还怕你一个小女子不成。"

"希斯，你别助他。"

"这不还没怎么着呢，就护上了。"

我又好气又好笑道："是怕你们喝醉了头疼。"

"听小薰的，她说不喝就不喝。"韩野道。

除了我，其余三人哈哈大笑。我生气道："散了，大伙都散了，喝醉了酒就会胡说，早说了不要喝。"

"干吗散啊，我正在兴头上呢。"希斯道。

"清月，我们走。让这三个酒鬼在这里喝去。"我拉了清月准备走，清月却纹丝不动。

"刚才谁和奶奶保证要看着我们的?"希斯道。

"去,拿白酒来。"小天也嚷道。

"你什么时候喝过白的,尽跟着瞎起哄。"

"他没喝过?你又没跟着他,你怎么知道他没喝过。"韩野道。

"就是。"希斯也跟着起哄。

"喝酒本来养性的,倘若勉强岂不辜负了美酒。"

"别说这没用的。"

"等到你明天醒来就知道这话对不对了。"

"他是想借喝醉酒做坏事呢。"希斯道。

"你呢,借酒消愁!"韩野对希斯说道。

"承认了吧,你就对小薰想入非非了。"

"你就是借酒消愁,被男人甩了吧?"韩野丝毫不客气。

"还是打住,大家都回去睡觉了。"我仿佛在下命令,而不是征求意见。

"也是。就到此为止吧。清月我先送你回去。"小天道。

"别走。"韩野拦住他们,"谁说结束了。还没喝够。"

"我看你真的是喝醉了。"小天道,并不理会韩野。

"要不我自己走回去,反正就几步路。看你脸红通通的,行吗?"清月对小天道。

"没事。"说着拉着清月的手就走。

"真没事?"

"真没事。"

这边希斯和韩野碰起杯来。两人醉醺醺的,还一个劲地喝,酒量又差得要死,还说自己能喝,一边各自取笑对方,一边笑得乐呵呵的。仿佛说的不是自己而是某个很可笑的人,仿佛喝进去的不是酒,而是一些心情。我见劝不住,只好坐下来看看他们,劝他们多吃些菜。

一会儿小天回来,看时间不过9点多,自己又倒了杯酒喝起来。

"你怎么又喝起来了?"我责怪道。

"没事,通常一喝酒就红脸的人比较能喝。起码比他们两个好。"小天道。

"无故喝什么酒。你早些去睡觉,我也好劝着韩野,你这样一喝,他越发不肯收场。"

"无碍,就让他喝个够。你没见他高兴的。"

我自己倒了酒也喝起来。"也罢。索性我也喝醉得了。"

希斯提议:"光这么喝,没意思。我们来做个游戏怎么样?"

"什么游戏?"

"快快说来。"

"就叫作酒后吐真言,就是我们一个个轮流问问题,被提问的人必须讲真话,倘若不实或是拒绝回答,罚酒三杯如何?或是由提问者提出惩罚的办法。"希斯道。

"好是好,但这回答怎么才算是真话呢?"韩野问道。

"必须其他三个人都通过才行。"

"这也太难了吧?"我说。

"没事,很简单。我们在宿舍玩过,很刺激、很好玩的。"

"那么从谁开始?"我问。

"剪刀石头布公平些。"

于是四个"剪刀石头布"了四回,才分出胜负来。希斯先来,小天第二,韩野第三,我最后。

"那么,我就不客气了。"希斯说。

"你想问谁?"

"什么都可以问吗?"我问。

"什么都可以问。我先问韩野吧,韩野,你觉得我漂亮吗?"

"漂亮。"韩野道,"你们两个没意见吧。"

见小天和我摇摇头,他又对小天说:"该你了。"

"我问韩野,你觉得你喝醉了吗?"

韩野刚要说"没醉",看看我和希斯,忙改口:"似醉非醉。"

"这还差不多。"希斯道,"差点要被罚酒。"

韩野吐了吐舌头,转向我问道:"你喜欢我吗?"

"哈哈,就知道你要问这个问题。"希斯笑起来。

我不知怎么回答,当着小天的面。

"不回答可是要喝酒的。"希斯道。

"我替她喝。"韩野道。

"不可以。早知道这样干吗问这么傻的问题。不然我替她回答了:她喜欢的人不是你。"希斯道。

韩野似乎酒醒了一半:"你怎么知道?"

"当然了,她暗恋一个男孩很多年了。这个人近在天边,远在眼前。"

我们都愣住了。甚至没注意希斯说错了词。想来这也不是什么秘密。希斯以为韩野不知道,自作聪明说给两个男孩听,当时我并不知她的用意。但很快她的用意越来越明显。

"是吗?"只有小天还在问,"这个人不是韩野,还能是谁啊?"

"当然是你,傻瓜!"希斯继续说,并不曾注意韩野和我脸色的变化。

小天反倒笑起来:"哈哈。我们从小就互相喜欢,很深的兄妹情。"

"我说的是爱情。"希斯盯着他道。

"这怎么可能?你别瞎说,他们两个人好着呢。"小天越是无力争辩,我的心越痛。

"我可没瞎说。不信你可以看小薰写给你的信,当然是些没寄出的信。"

我努力压抑着内心的惊恐。"你怎么知道这些信?""暑假住你那儿时不小心看到的。你对他用情那么深,应该告诉他。"

"那已经是过去式了。"我几乎歇斯底里地叫道。

"如果过去,为什么不扔掉?如果过去,为什么近期还有写?如果过去,为什么一直不肯接受韩野?"

"不用你管。"我几乎是哭着说完这句话,说完便趴在桌上哭泣起来。

"你也不用这样。我不说,迟早是要说的。清月要是知道这件事,恐怕也不安,毕竟她的好姐妹隐瞒了那么多年。我不明白你是怎么做到的,眼睁睁地看着心爱的人和自己的好朋友卿卿我我,换作我是无论如何做不到的。我真想知道清月知道以后会怎么想,还会不会和你做朋友,如果我是她,我会看作这是一种耻辱:绝不需要爱的施舍与退出。"

"也许她是对的。"韩野终于开口道,"小薰,也许你越过了小天这道障碍，才能感受到别人对你的爱，才能真正去爱别人。"

"你们好好谈谈吧。小薰，把你心里的话通通告诉他，然后再转身，或是两人一同陷进去。"希斯拉了韩野两人去了楼上的房间。

"不。"我说，"别留下我，韩野，你忘记我已经答应你了吗？"

"你还是和小天谈谈吧。我等你的答复。"韩野说完头也没回过。

我害怕极了。他终于知晓，在一个我所意想不到的时刻，根本来不及准备。虽是冰冷的冬天，身体却因为害怕发烫，甚至冒出了冷汗。

小天默默地反复把玩杯子，很久才抬起头问我："这是真的吗？"

我只好点点头，无力补充道："千万别告诉清月。你只当个故事听听就过去了。其实也没希斯说得那么严重，你别放心上。"

"真是没想到，不太敢相信。"

"不相信也好。"我有点语无伦次、不知所云。

"一直不知你会喜欢什么样的男生，总之不是我这样的，一直这样以为。你和清月一样，什么事都放心里，即便心里再怎么难过，脸上还装出笑脸。"

"你又何尝不是。"

小天笑起来，我不知那笑代表什么。是好笑吗，还是不值一提的笑，或是无所谓的笑？

"自从高中离开你和清月，便常常想起你们。在父母的安排下上学、读书、考上大学。一切表面上看上去那么顺利、平静。内心却总在挣扎。记得高三有个女生似乎对我有意思，总向我请教问题，常常给我带早餐，偶尔也会送点小礼物什么的，却什么都没有说过。我对她一直淡淡的，不大理睬。后来她发觉了，觉得很丢脸，便总躲着我。快高考的最后几个月里，她每次模拟考都不及格，老师批评她，父母也着急，她自己则更加惭愧。而我很想帮助她，又怕她误会，只好什么都没做。暗地里却希望她快些好起来，快些走出来。"小天停了下来，不再讲述。

"后来，她学习成绩跟上去了吗？"我问。

小天不知从哪里找来一根烟，点上抽起来。这还是我第一次见他抽烟，我摆了摆往我这边的烟雾。看他忧郁极了的眼神，我无比怜爱。说不清为什么会这样喜欢他的眼神，有时觉得自己被融化在这眼神里，有时觉得深不可测，此时我只觉得这眼睛仿佛要流出血来，而我却无比深爱着。我不敢再看，怕自己真的一辈子都不能忘记。

"大概离高考还有一个月的样子，她开始恢复正常，见到我也点头微笑，和以前一样问我数学题，买小礼物。只从不提两人的事，要么说老师要么说同学。后来顺利参加了高考，我以为她完全好了，却不想高考一结束，就死在了学校的松树林里。那个松树林，我们早上常常在那里背书。听说没有留下任何遗言之类的字样。早上出门还和父母亲切地告别，警察来了问了同学老师一些问题，又走了。后来确定是自杀，喝农药就倒在了小树林里。"小天又点上一根，继续说，"一个星期后，我收到她寄给我的日记。日记里每一天都有提到我，我们相处的种种细节她都记录下来。尽管从没有过身体接触，但她对我的种种幻想也都一一记录下来，无论是梦里的缠绵，还是幻想的初吻，对我都是一种无法抹去的伤害。我伤害了她，永远地伤害了她，她也用她的死永远地伤害了我。并且这种伤害不会随着时间的推移而减轻，反而越是阅历得深刻，越是追悔莫及。"

"对不起，让你想起这些。"

"从来没有忘记过。虽然没有喜欢过她，却被她震惊得无以复加。甚至和清月在一起时，总觉得她在那里哭泣。"

"她只是想你记住她，无法叫你爱她，只好叫你记住。"

"她办到了。"

"其实女孩爱一个男孩，会很傻，傻到想用任何方式去植入男孩的生命里。只要男孩常常想起她，她便知足和开心了。我想她也是这样的心境吧。所以你也不用太自责了，毕竟别人的生命，我们没有办法控制。"

"小薰，抱抱我。"小天很低声地请求，我害怕自己听错了，不敢动，直到他再次请求。

我靠近他，隔着厚厚的棉袄拥抱他，他同样抱紧了我。不知为什么我竟很平静，仿佛这是一个很平常的拥抱。事实上也许就是。很久很久我们就这样抱在一起，就连韩野和希斯在楼梯上看了又看又离开了都没察觉。我们的拥抱在沉默中趋向永恒。在拥抱中，我平静极了，却感到他微微颤抖。我渐渐抱紧他，更紧地。他像一个乖孩子，任由我淹没他的悲伤。我觉得我们的悲伤混成一片海，格外壮观美丽。

二十　小天的隐伤

第二天，大家都起得很晚，早饭也没有吃，一直睡到清月来叫我们。

"不是讲好今天去玩的吗？"清月从被窝里拉出我问道。我推说太冷，不想起床。

"你还是先去看看你那口子。"希斯插话道。

"什么呀，莫名其妙。"清月走了出去，我知道她肯定是去了韩野和小天的房间。我一边穿衣服，一边对希斯道："求你了，只这一件事求你千万别告诉她。其他的什么都答应你。"

"当真如此？"

"你可以不明白清月对我的意义，但说话肯定算话。"

"把韩野让给我。"

我以为我听错了，问道："什么？"

"把韩野让给我。"希斯又说了一遍。

我觉得很荒唐，道："这是不可能的事。"

"你没必要样样都得到吧？"

"什么啊，不知道你说什么。"

"既有个有钱的生父，又有个有钱的继父，既得到旧情人的怀抱，又得到有钱公子的宠爱，还想保留和情敌的友谊，你不觉得你太贪心了吗？"

这时我已穿好衣服，下床穿鞋子。"韩野不是物品，不是你说让就让的。还有，如果可以选择，我宁愿选择像你父母亲那样，相亲相爱的，虽不是很富裕，却可以相伴到老。"

"说得轻松，家里那么有钱，还混在我们这些贫困生当中。开始还真让你给骗了。小薰，发现你特会演戏。"

"如果你这样看我，我无话可说。只有一句话，你不是我，又怎么知道我的心酸与委屈。"

"哼，如果你的委屈比得上我，我就服你。韩野的事，你只要拒绝他，不主动找他，剩下的事，就不用操心了。不然的话，清月肯定会知道的。"

"你在威胁我吗？我们的友谊就那么不堪！"

"朋友和敌人从来都是瞬息万变的。"

我实在无语，也不能接受她的威胁，心里乱极了。本想起来去看看韩野他们的，被希斯这番话一说，全然没了兴致。当我走出房门时，希斯道："一会儿看你的表现，不然你是知道我的。"

希斯这样的女子，身材娇小玲珑，多扮淑女状。喜高跟鞋。有一双妩媚的狐狸眼。双唇微下翘——这个特点使她总被他人误以为她总是不开心。即使她笑起来时，嘴角依然向下，一副苦兮兮的样子。由此，她甚至习惯了扮演这一类角色，这非常吸引那些大男子主义的男孩靠近她，保护弱不禁风的她。实则，只有我知晓，她的内心有多强大。好在她在我面前自然流露她的普通外表，极少掩饰，但这并不代表她能掩饰住她心比天高的野心。

后来，她非常懂得如何去遮掩自己的缺点，表现她那双狐狸一样机灵古怪的眼睛。她喜欢低着头，让对面的男孩看到她俏媚的下巴和一副低眉顺从的小女人样。我觉得她简直就是某一类男人心中的小妖怪。所以，我当然不必担心韩野对她毫无兴趣。

我去厨房帮奶奶准备午饭。

一会儿大家都下楼来，表面上和和气气地吃了午饭，又休息了一会儿。清月提议道："下午时间太短了，不如我们就去村口钻树洞玩吧。"

"好啊。好久没去了。对了韩野，你还记得第一次来，我说带你去个好地方，后来没去成。就是那儿，今天刚好去看看。"我高兴地说。

希斯白了我一眼，说："去看看，我倒没钻过。"

"嗯。好啊。小天，你上次怎么不带我去?"

"你总是到处走，什么景色没见过。还会稀罕这个?"

"韩野，你常出去玩吗，都去过哪里啊?"希斯拉起韩野走在最前面，韩野兴致勃勃地讲起过的城市、风土人情、趣闻逸事。清月和小天两人手拉手走在中间，我跟在最后。

如果可以，我真想找个地洞钻进去。可我不能。前面四个人和我有着千丝万缕的联系。最先能放手只有希斯和韩野，两人给我的感觉忽远忽近的，一点安全感都没有。而我也无法带给他们幸福。倘若真能成全了他们，岂不是好事一桩？何况我看到韩野对希斯也有些意思，两人初次见面就很聊得来，放开来喝酒，这些都不是一般的朋友见面可以做到的，或许他们真有缘也说不定，只是通过我把两人联系在一起的，上天说不定就是这样安排的。这样想来，心里好多了。如此一来，我在乎的人都很幸福，这就够了。但此时我已忽略了自己。

很快来到一棵大樟树下。大樟树下聚集了不少人。有很多小孩子在钻树洞玩。韩野见到大樟树还是吃了一惊。

"我有见过很粗的树，但像这么粗的实在不多见，何况还有那么大的树洞，能容下四五个人吧。实在罕见。"于是拿出相机赶紧拍照片。

小天则在一旁解说："这棵树有八百多年了，刚好在村口的位置，只要看到这棵树就知道到家了。我寄住在阿婆家时，常常和清月、小薰和一大群小伙伴钻树洞玩。你顺着其中一枝枝桠钻进去，感觉像在探险。那时不懂事，竟在里面玩起火来，你看，就是这枝枝桠，被我们烧过就枯死了，没有叶子，但丝毫不影响其他枝桠的生长，很神奇不是吗？"

"真够调皮的。"希斯说道，"韩野，给我们拍几张吧？"

"愿意效劳。谁先来？"

"当然是客人了。"清月道。

希斯走到树洞前，摆出各种造型。我想起韩野给我拍的照片，眼前的人和景忽而迷离起来。揉了揉眼睛，晃了晃头脑，依然如此。调皮的小孩在我身边跑来跑去，让我错乱、恍惚。

　　清月和小天也拍了几张，韩野叫我，我说不想拍。拍集体合影时，韩野还是拉上了我。韩野按下快门，急急地跑过来，站在我旁边。希斯见状赶紧和我换了位置，我尽量微笑，对自己说茄子。我一直没有勇气去看这张照片，5个人人手一张，我一直压在箱底。

　　后来又住了两天，5个人一起把附近好玩的全都玩遍了。韩野提出该回家了，希斯也说要回家，于是父亲开车送他们去了车站，买了票。

　　又过了两天，清月来找我，约我去爬山。那天刚好飘着雪花，不是很大，但昨天夜里已下过了，山上全是雪。白茫茫的一片，好看极了。我和往常一样，一口气爬到山顶，和清月一起站在山顶欣赏雪景。

　　一起长大的日子，我习惯和清月一起爬山一起谈心，习惯有她在身边，有时候这种情感甚至超过亲情和爱情。这是我唯一安稳安全的情感。母亲尽管在生活上给予我无微不至的照顾，却很少关心我的心理成长，就连第一次来月经，还是清月告诉我的，她教给我应该怎么办，她告诉我这很正常不必害臊。只要清月一个小小手势或是眼神，我就知自己又弄脏了裤子，她总是帮我掩盖。我不知自己怎么会那么笨，所以上天才派了清月来和我一同长大。母亲和父亲闹矛盾那会儿，没有人注意到我，只有清月陪伴我，默默流泪，帮忙出很笨拙的主意，尽管都是些假想，却陪我度过了漫长而苦闷的日子。我无法用语言来说明白清月对我的意义，我只知我可以为她做任何事，不管是爱情，还是生命，都心甘情愿拱手相让。

　　我觉得自己根本无以回报她对我的恩情。唯有不伤害她，真诚对她，这也是我们的友谊长久的原因，我们从不吵架，不管是谁的错，都争着认错。总能够站在对方的角度替对方考虑。我一直以为这样的情谊是越发深的，是不会改变的，是永远的事。我相信清月同样如此认为。

　　我们看远处群山皑皑一片，虽是冬天，因为运动的缘故一点不觉得冷。

　　"真好。"我说，"就这样看着风景，一直到天荒地老。"

　　"你怎么不问我小天怎么没来？"清月道。

"哦。他怎么没来？"

"自从韩野、希斯走后，他便没来找过我。"

"他总在房间看书，可能前几天玩累了吧。"

"好像有什么心事在瞒着我，韩野给了我一本日记。你看看。"说着从随身的背包里拿出一本精美的有锁的日记本给我。只是锁显然已是装饰，轻轻一翻便打开了。我好奇地翻开第一页。

第一页只有几个字：满腹心思谁人诉？断桥残雪晓风处。

我看了一眼，问清月："这是谁的日记，为什么是韩野给你的？"

"日记我不知道谁的，韩野临走时给我的，说是小天在房间里无意发现的。我问他小天知道不，他说不知道，叫我看完赶紧还回去。"

"如果是这样，就不该看的。"我把日记本合上还给了清月，尽管我心里一千一万个好奇。

"我无法控制自己，全部看完了。这显然是一个女孩写给小天的日记，里面句句相思，字字含泪。我简直无法想象小天看完这本日记会作何感受，我是接受不了的。看得出来，那女孩好爱小天，为了小天，她可以忍受所有委屈和误解；为了小天，她被相思折磨成病；为了小天，她甚至想尽一切办法要小天记住她。我实在无法想象这是怎样的一个女孩和怎样的一种爱。"

"你有问过小天吗？"

"没有，我很害怕。现在想来小天有时候沉默不语定是为了这个女孩。"

"别太担心了。"

"不，这日记是在高三那段时间写的，离现在不过两三年时间，说不定他们还在联系。如果是这样，小薰，我该怎么办呢？"

我大概猜到这个女孩就是几天前小天说到的那个女孩。显然清月的担心是多余的，我很想告诉她，但又怕她猜忌：这样的事小天不告诉她却告诉我，只她一时也不会明白，小天不告诉她，正是不想她跟着担心。我又觉得就算要告诉理应由小天告诉她才是。

"我想你去找小天开诚布公地谈谈，相信他会给你想要的答案。"

"小薰，我真不能接受我担心的结果。如果是那样，我根本无法活。以前看到为爱殉情的女子，觉得好笑，现在我才体会到那种滋味——竟是生死不能了。求你，求你替我去问他，我根本做不到。"

"没事的，别担心。当初是他要和你交往的，是他说要爱你一辈子的，他是个说话算话的人。我去问他，你擦干眼泪，我们现在就去。你相信他，一定不会让你失望的。"

清月点点头。像清月这样的女子，老天爷实在不应该让她掉眼泪。她从没有伤害过任何人，从没有做过任何伤天害理的事，相反总在帮助需要帮助的人，老天爷是不会让她这样的女子伤心的。

从山上下来，直接去了奶奶那儿。问奶奶说他还在房间里，于是清月在楼下等，我独自拿了日记本上楼。

小天和衣躺在床上，闭着眼睛，我轻轻叫了一声，他就睁开眼睛，坐了起来。

"是你！"

"嗯。"我自己把床旁边的书桌旁的椅子挪了挪，和他侧对面地坐着。

"不是去和清月爬山了吗？这么快就回来了。"

"你知道啊？"

"嗯。清月叫你我听到了。"

"那你怎么不去？"

"懒得动。"

"有心思？"我把日记本拿出来给他。

他惊讶看我道："怎么会在你这里？"

"是韩野拿给清月，清月不敢问你，托我来问的。"

"这臭小子也太过分了！"

"是过分。清月知道了很害怕失去你。她很爱你，以前你没向她表白时，身边有很多男孩围着，现在只有你。她甚至拒绝了和她做朋友的男孩，只怕你会误会。"

"这女孩是我前几天和你说过那个女孩。她这是杞人忧天。"

"可她不知道呀，她还担心你们目前还有交往呢。"

"可笑！人都死了，还担心什么。"

"你和她说清楚就好。她并不知道这个。"

"一点都不信任我,总是紧紧跟着,担心这个担心那个,难道两个人相处就没了自己的空间了吗?只是想在心烦的时候一个人单独待几天而已。就连这个都不让,还找你来当说客。搞得大家都很累,为什么女人就不懂得男人的心思呢,总是一个劲地追问爱不爱她,要么就是怕变心,猜来猜去的。本来好端端的爱就这样给问没了。"

"你怎么能这么想呢?清月爱你才关心你,试想换作是你看到她愁眉不展的,你难道不担心不想替她分担一点吗?"

一句话问得小天无语。半响他才冒出一句:"我会和她说的。"

"那么。我可以看看日记的最后一页吗?"

"后面都撕去了,她只留了美好给我。恐怕你会失望的。"

"那我还是不看了。"

"拿去看吧,最后一张倒还在的。"

我接了过来,翻到最后,娟秀而娇小的字写道:

死并非结束,我会在另一世界等你。那时人人都是要相遇的,我想我用今生的痴情换来世你注意我的理由,唯有这样才能让我深深地印入到你骨髓里,浸透你身体里的每一个细胞,才能让你在另外一个世界里记得我,爱上我。

"如果可以重新选择,你会怎样?"我问他。

"没有如果。"

"只说如果。"

"真有如果,我会爱她。"他看着我的眼,意味深长地说。我赶紧躲开,我再不要对他记忆深刻。

他伸出手来,轻轻拂去我面颊上的眼泪。我才注意到泪水不知何时已滑落了一滴。

下楼来转告清月他的话,清月得知写日记的女孩已离开人世,怔怔的,不说一句话,只往回走,我叫她她也不理。

转眼到了元宵节,我习惯在热闹的时候躲在家里。所有人都出去玩了,只有我靠在床上看书。不知什么时候小天回来敲了敲门,我放下书,他走了进来,坐在椅子上。我把喇叭调小一点,这样在缓缓的班得瑞的《童年》里,我们开始了我至今都难忘的一次谈话。

小天毫无表情地说:"清月提出了分手,她提前回校。"

"怎么会这样?她都没有和我说一声,以前的她不会这样的。"

"怪我,我对她说出实情,像我对你说的那样。她接受不了,向我提出了分手。"

"你答应了?"

"嗯。"

我起身欲走。"我去找她谈谈。"

他拦住我,道:"不用。分手也好,我不想欺骗任何人。"

"什么意思?"这可不像我认识的桑戈天。

"实话和你说,自从知道你喜欢我,我就源源不断地想起她,想起自己的罪孽深重。我无法向清月保证我会完全忘记她,或者像清月说的那样不让记忆中的她干扰到我们今后的生活。"

"起码应该表个决心。"我说。

"你知道的,我做不到,不确定的,不会保证。"他又补充道,"事实上,她和我能走到今天,已属非常不易了。"

我不明白,我不能接受他们分手,我固执问:"难道你不喜欢清月了?你忘记了两家家长已认可你们的婚事,你忘了清月已是你的合法妻子了吗?"

他一脸困惑,问:"合法妻子?"

我不由得把身子往后一点,离他远些。我比他更困惑:"你真的忘了?韩野和我说过,你们南京游玩那次领结婚证的事。"

他释然笑道:"是去了。排了很长时间的队,临到我们时才发现要户口本,清月和我都不知道。以为有身份证便可以了。所以也没领成。好像命中注定。至于两家认可的事,怕只有她认可,我父母常年在外,对我的事一无所知。况她妈妈知道我并没有买房,并不太认可。"

"怎么会这样?"

沉默片刻。他说:"我的心很乱。自从知道你喜欢我,爱情的那种喜欢,便无法面对清月。"

我惊讶万分,不曾想过他说出这样的话来。"我?"我指了指自己,确定他没有说错。

"对,是你。你或许觉得奇怪,清月和我分手,我反而觉得解脱了。

我知道你要说什么,但我无法欺骗自己。其实清月和我都在互相欺骗对方。"

"你这样说,我很糊涂。"

"我们都是死要面子的。曾经也有很多美好回忆,但两个人在一起才发现诸多不合,生活习惯上,她喜欢规规矩矩、干干净净的,我却很随意散漫的;待人接物上,她做得很到位、很合理,而我却是害怕与人相处的,常常一个人就是一整天,听同一首歌;她接受不了,我也接受不了。她偏爱热闹一些,我喜欢清净一些,她的才华、她的光芒、她的美丽我总与别人分享。而我那么自卑一个人,根本配不上她。"

"这些我不知道,我只知道她爱你,你爱她。"

"一点不假。曾经我爱她神魂颠倒无法自拔,我也曾因为她的爱,幸福得无法形容。可是相爱容易,相处难。当美好渐渐消失,再勉强在一起,只能是彼此负担。或许从一开始,我们就是错误的相爱,现在不过是回到正轨。"

"说得好轻松。清月一定难过极了。我明天回学校看看她,你呢?要提前回学校吗?"

"不了。我在这里等到开学。"

"我想你们只是赌气说说的。等我劝劝清月,到时你嘴巴甜一点,这事就算过去了。"

"不劳费心了。"

"不,我最大的愿望就是你和清月都幸福,你们一定要好。"

小天无奈地笑笑,手指顺着书桌上的书一一划过。"你自己呢?总是傻傻的,难道你不知韩野对你用情很深吗?"

"哼,千万别提他。"

"怎么了?"

"他不是和希斯走得很近,美女当前,怎么会记得我?"

"哈哈,原来在吃醋。这家伙要是知道,一定得意忘形了。"

"我看除了我,和别人他都是乐呵呵的。"

"我了解韩野,也见得多,他那不过逢场作戏,肯定是看在希斯是你的朋友才这般热情的。"

"那你怎么不对希斯热情?"话问出口,才觉得这样比方不妥当。幸好小天不曾注意到，只笑笑，说了句："我向来不大爱理女孩。"

"已经有了清月嘛。"

"那倒不是。只是觉得女孩都好奇怪，加上不比韩野那样骄傲自负。只你，觉得很透明，不会撒娇，不会胡搅蛮缠，倒像个同性的知己那样，互不干涉，却又挂念得很。"

我心想着他这些话的意思。悲凉地发现他从来不曾喜欢过我，哪怕一点点也没有。不禁垂头丧气起来，我曾经幻想着他或许是喜欢我一点点的。

"怎么，我说错话了？"见我埋头不语，小天问道。

"没有。"

他笑起来："有时候想起来就想笑，你说你怎么会喜欢我呢？我竟一点也没察觉。"

"啊？"我红了脸，只好骗他，"那是过去的事了，我自己也不知道怎么回事。"

"真希望你和韩野好。"

"啊？"

"能拜托你一件事吗？"

"嗯。"

"那本日记不知该怎么办。清月说得对，我应该把它烧掉，可又怕将来后悔。带在身边又总丢不开过去，我想是时候忘却了。左思右想之后，觉得把它放在你这里再合适不过了。"

"放心，我会好好保存的。"

"一会儿到我屋里。我拿给你。"

"嗯。"

"有时候会觉得你就是她，她就是你，大概是她派你来的吧。"

"这个要等到你和她再相聚时才知晓。"

小天再次笑起来："要是可以真希望这样和你一直聊下去。"

若能这样，便是我最大的福分了。

二十一　与清月春游

第二天一早我告别父亲和奶奶去了母亲所在的西城。

先给希斯打了电话。她告知我她正和韩野旅行。

再给清月打了电话，不是无人接听，就是关机。此后一连几天都是如此，去学校找并没有找到。

打电话告诉小天，小天只说"给她几天时间，相信她会好的"。

我想等到开学再去找她，肯定在的。

闲着没事，去找了原来打工的香喷喷小饭馆，谁知却易主了。新主人并不知他们搬去哪里，我只好作罢。再想找个类似的工作做，发现好难。于是我更深入体会到小饭馆老板的好心。

一直到开学我依然没有找到合适的工作。心想，罢了，这个学期就好好学习吧。

再见到希斯，希斯对我很好。总和我讲韩野的事，我知她是故意说给我听的，也假装无所谓的样子。偶尔她会提到以前的王老板，用一种蔑视的口吻轻描淡写一提而过："那个人，心变得比六月的天还快，转眼又迷上别人。我才知他当初找我的理由，不过为了一层可笑的处女膜。像他这样的人才真正可悲、无可救药，通过毁灭别人才满足内心的巨大空洞。我算明白，到头来不过一场空，落得个大地干干净净。"

"你过年来我家就是为了他，哭也是为这个人，借酒消愁也是因为他？"我问她。

"他算什么东西，值得我掉眼泪吗？我哭的是自己，大好的青春大把地付出，却落得个被抛弃的结局。当初天真地以为他喜欢自己才要和我在一起的，虽然从未贪求过什么名分，至少绝想不到他会是如此龌龊可耻的人。"

"也罢。认清就好。我素来和你说他的阅历比我们深，主意比我们多，我们只躲开就是了。偏偏你要去招惹，抱着其实是毫无希望的希望。这下，总该知晓了吧？"

"小薰，你这人没什么优点，就是这一点，够义气、够朋友，我特喜欢。"

"你知道我当你是朋友就好。别再那样作践自己。"

"嗯。现在有了韩野，我绝对一心一意的。你放心。"希斯拉着我的手道。

见到清月，清月一直对我淡淡的。只半个月没见便觉得她清瘦了好多。问她问题也是答非所问。我心里便知晓她还是在意小天。以往无论发生什么事她都不会这样对我的。

我只好作罢。隔三岔五去找她，没话找话。没有打工的日子格外漫长，我又开始频繁上网，却找不到往昔激情，那个叫野的网友也消失得干干净净。仿佛从未出现过。这越发证实了我的想法：所谓爱情，只是一时的疯狂。没有永恒的存在。仍然有陌生网友加我，开始我还有一句没一句地瞎聊。后来实在是厌恶了回答网友诸如此类问题——"什么工作"，"多大"，"有男朋友没有"。

倒是半夜那不定期的短信照常响起。照样是一句"睡了没"作为开头。

我把头缩在被窝里，给他回道："最近总是失眠。没有工作的日子真是难挨。你说我是不是很犯贱？"

他回问："为何？"

"不知道。没个说话的人，朋友又不理我。"

"我不算朋友吗？"

我笑。连彼此名字都模糊的能算朋友吗？"你说过你叫叶涵吧？"
"是的。可你还不曾告诉过我你的芳名。"
"不值一说。"
"为什么？"
"说了你不会记得，没必要说。你知道我为什么喜欢网聊吗？就是因为网聊不必见面，不必问姓名。只是倾诉与倾听。而且对谁都没有伤害。"
"你希望我们一直这样下去？"
"不知道，没想过，我害怕想很多。也不愿意去想。"
"不敢面对？"
"我只能放任由之。"
"我对你却是记挂得很。当然你也不必有压力，只是记挂，并无其他念头。"
看到这条短信，心里不是温暖，而是莫名地难过。人和人之间如果相遇总是会有某种感情的吧。"是吗？谢谢。"
"只想做你无话不谈的蓝颜知己。什么话都可以告诉我，我绝对保密，而且我们永远不会见面的。"
我只能发了"谢谢"过去。心里想的却是哪里有永远的事呢。
"那么，可以说说你失眠的原因吗？"
"我朋友失恋了。我不知怎么安慰她。"
"这恐怕只能等她自行疗伤了。"
"总该做些什么吧？"
"失恋的人，时间是最好的解药。"
"我担心她闷在心里，难受。或者痛苦发泄，或者狠狠骂一顿，都好。"
"你自己呢？上次听你说你也失恋了。"
"我没事。虽然有些疼痛，但时间长了，便淡了。"
"你还是不爱他。"
"也不是。只是爱得没那么深吧。"
好久叶涵的短消息才传来："原来如此。"
我发现无话可说，便关了手机睡觉。第二天起床开机，发现零点多时叶涵发来一条短信:"原来爱有深浅。"

一大早便被这条短信怔住。记得在老家时,清月也看到韩野和希斯走得近便问我,我当时还开玩笑说:"那是好事。反正我不喜欢他。"

清月却一本正经道:"我看你现在处于麻木期,等这段时间过去了,到时候再慢慢痛去吧,那时候,后悔也没有用啦。"

"由他去吧。"我回她道。

是什么时候春暖花开的?我竟没察觉。

我有些欢喜,这次是清月主动打电话约我。坐在双层公交车上,照旧把头微微探出窗外,托着下巴发呆。在信号区等红灯时,车停了下来。感觉头顶被什么微微轻触,挪开一看,竟是一簇小白花。叫什么名字,我不得知,白白的四五片花瓣,粉红色的花蕊,簇拥在一起,随风轻摆。我欢喜极了,双手小心翼翼地托着花,人与花静默相对,友好温馨,我想到了清月。车启动时,我放手,在心里和她说再见。

到了和清月约定的站下车,清月正在站台上等我。看见我,微笑着打招呼,春天真是个好季节。一切又回到从前。我们甚至拥抱了一下,这在我们之间并不多见,清月主动拥抱我,让我很稀奇。

自然这心理活动逃不过清月的眼睛。"别想那么多,只是突然想要抱抱你,于是就抱了。"

我笑笑:"尽管抱。"内心闪过一丝奇异念头,但我并未过多深究。后来某天知晓一切的我忽然想起这个拥抱,才联想到它的不同寻常:清月刚刚经历一场刻骨铭心的失去,桑戈天与她肚子里的宝宝,他们的爱情与结晶。那时,她很害怕再失去,她把与我的见面看得格外重要,因为在她是想着见一面少一面了。

我们一边走,一边聊着。

此时,正是一个周末的上午,地点是一处郊区的免费公园。清月带着我一路不停地走,穿过古老的树林,跨过木板桥。我欣喜万分,没想到这座热闹城市的周围还有这样一个幽静的地方。

"厉害吧?我找了好久才找到的,查了很多资料,问了很多人,坐错了好几路公交车才找到这儿的。"

"干吗要找这样一个地方?"

"不是废话吗？大好春光，无限风景，你说干吗来了。"

我笑起来，挠挠后脑勺。清月走在前面，我跟在后面，顺着一条不是路的小路弯弯曲曲地沿着湖边走着。我们在湖边停下。看到一只小船，清月叫起来："啊！太好了。好在还在。小薰，你快点。"

"你想干吗？不会是去划船吧？这船是谁的都还不知道。"

"你跟我来就是了。"

我自然是跟着她，哪怕通往十八层地狱。绕了个不大的圈，便看到一座红砖绿瓦的小房子，虽不是很气派，却处在这样一处迷人的风景中，实在羡煞旁人。

"那船是小屋主人的吗？"

"嗯。我上次来，主人不在，希望这次好运气。"

我们还没走到小屋前，一只大公鸡便耀武扬威地拦住去路，不停叫唤，和我们保持一定距离。长这么大，我没见过如此巨型公鸡，头顶的鸡冠红似朝阳，竖起尾巴堪比怒发冲冠。我和清月都吓住不敢动。

"上次也是这个鬼东西拦住我去路的。"

"怎么办？过不去啊。"

"我们僵持一会儿说不定它就走了。"

"但愿如此。"

公鸡不停地叫唤引来了主人，主人驱赶它，命令它离开。公鸡不服气，周旋了几回才掉头去了别处。

"没事，不用害怕的。"主人安慰我们道。

清月和主人寒暄道："倒没见过会看家的公鸡。也算是公鸡中的战斗鸡了。"

"呵呵，还真不比看家狗差。凶起来可真会攻击人的。上次把一个七尺壮汉啄得哇哇大哭，那壮汉万想不到，这只硕大的公鸡飞起来不亚于鸟的轻盈。"

我由衷叹道："真是太不可思议了。"

"幸好有爷爷您在。不然我们可就成了它的午餐。"

"也幸亏你们没有进一步举动。它呢，一般敌动才动，敌不动它也就威吓而已。"

"竟还是只通人性的鸡！"清月也忍不住感叹。

我故意笑道："爷爷说得也太神了。该不是你瞎编哄我们小孩呢？"

老人家哈哈大笑道："我哄你们小娃做什么！"说着，用右手捋了捋下巴上约10厘米长的胡须，白丝丛中几根黑，像退隐江湖的高手。"去年有人出大价钱要买它，我说卖给你，它也就是你餐桌上一盘平常菜，它对我可如同老伴兼保镖呢。"我们纷纷附和惊叹。老人又言："你们是来踏春吧，不过，我这儿除了湖对面的孤山，没什么好玩的。你们还是去东面的草地，或是西面的树林走走。"

"我们想到对面的山上去，不知我们能否借您的小船一用呢？"

"姑娘会划船？这可不是闹着玩的，你知这湖有多深吗？不是我不肯，这太危险了。"

"爷爷您就放一百二十个心。我们都是水边长大的，不管是船还是竹排都会划，游泳都是超级棒。您要是不借给我们船，我们只好游泳过去了。"

"不行不行，还是不行。万一出点什么事，我可担当不起。"

"不会出事的。爷爷，我们就是水里的鱼。"我也附和着清月说。

"不行。这可不是开玩笑的事。你们走吧，再怎么说都没用。"

我们近乎哀求："爷爷，您就行行好，我们保证不会出事的。"

"没用的，走吧。"

我们悻悻地往回走。

我问干吗一定要去孤山上。

"那儿安静。总想找个安静开阔的地方，像我们久水的山顶上，可惜这里只有湖对面有山。"

清月似乎只有在山顶时才愿对我敞开心扉。而我更在意的是我的心情。在我愿意说的任何时刻、任何地点。

"不会真的游泳过去吧？"

清月笑起来："真的又如何？来，快把外套脱掉。"

"不会吧，来真的？"眼看着清月果真放下包，开始脱外套，还一边向我挤眉弄眼。我一边抱怨，一边无奈道："可还没在这个季节下过水，不知冷不冷？"

清月小声道："你只装作脱衣服的样子就好。"

"啊，装作？"顺着清月的眼光，我回了头，看到刚才小屋主人正向我们走来。

老人走上前忠告："姑娘，这个时候游泳要冻着会生病的。"

"您不借给我们船，我们只好游泳过去了。这山在湖中央，是座孤山，又没有其他路可走。"清月一本正经道。

"你们为什么一定要到那山上去？"

"想爬到山顶上去看风景。"

老人再次确定："非去不可？"

"非去不可。"清月斩钉截铁。

"算啦，算我输给你们了，船借给你们，不过中午之前一定要赶回来。"

"真的吗？谢谢您，您不知您帮了我们大忙。感激不尽。"

"安全回来就好。"

"嗯。那是自然。"

三人走到小船前，主人把绳索解开，一再嘱咐我们，才放我们划走。

"小蕙，你快点，我怕他等下反悔又追上来。"

"放心，这下追也追不上了。"我笑。

"总算借到了。"

我们一边划船，一边看周边的风景，不远岸上有行人指着我们说些什么。大概很好奇两个女孩子怎么会划船。我想清月和我心里一样：美滋滋的。这样的情景并非第一次了，桑戈天常常带着我们泛舟湖面上。

高兴的时候跳到水里，游个痛快，再爬到船上来。戏水打闹，三人追逐，常常玩得忘记时间。抬头看，有叫不出名字的鸟飞来飞去，仿佛也在为我们助兴，安静时候，看天上白云变化无穷，玩成语接龙的游戏，或是故事接龙，或是两个女孩听男孩讲鬼故事。曾经亲密无间，毫无亲疏的美好感觉都成为记忆里宝贵的珍珠。其实爱最好的时候，是彼此潜意识里爱着，不曾察觉，不曾说出口，好似在迷雾中跳舞，随心所欲，尽情而欢。我们会发现失去之时恰是真正得到的开始。

"天气真好。"到达岸上时，我问，"要休息吗？我都出汗了。"

"不用了。"清月脱了外套，重新把包背在身上，把外套系在腰间，

"直接上山,你有问题吗?"

"没有。"我也脱了外套,系在包带上。

"那么,还等什么。比比看,谁输了,要受罚的。"

"谁怕谁!"我刚说完,清月便开始爬起来。我赶紧跟上。

爬山无论对清月还是我都是小菜一碟。何况这种一座只百米高的小山,只十几分钟便登到山顶,我紧跟在清月后面登到山顶。

"你输了。"清月气喘吁吁道。

"你要赖皮在先。"

我们从包里拿出水"咕咚咕咚"喝起来。山上的树不是很高,但遮盖我们完全没有问题。我们和树林融为一体。透过树枝往远处看去,一切离我们都好远。

"我们暂时被这个世界隔离了。"清月坐下来说道。

"这种感觉真爽。"我在旁边坐下。

尽管手臂上被有刺的植物划伤几处,但此刻坐在这里,感觉很值。我随口问了一句:"你为什么那么喜欢爬到山顶和我谈心呢?"

"你有察觉啦?我钟爱山顶。"

我点点头。她继续道:"友情,或爱情,我发觉都需要一个合适的地点来存放。那个地点必须足以让双方都忘掉身处的现实,重新构建属于两个人的心灵世界。只有两个人,我容不得第三人的突然闯入。大概是一种心理洁癖。"

我似懂非懂地点点头,不再提问。她从包里拿出MP3,塞了一只耳塞在我耳朵里,另外一只放在自己耳朵里。"请你听歌。""什么歌?"

我用手塞好耳塞,充满期待,想她又是发现什么好听歌要同我分享。刚听了开头,我忍不住嚷起来:"什么歌!这么吵!还是英文的,明知我英文差得要命。根本不知唱什么。"

"就知道你会这样说。"清月也拿下耳塞,"这是小天最喜欢听的歌。我已经听了不下几百遍了。"

我看着她,知道她今天要和我和盘说小天了。这何尝不是我想要的。"这首歌叫什么名字,小天怎么会喜欢这首歌,歌词是什么意思?"

"这首歌叫《All good things must come to an end》。我想你英文再烂

也知道是什么意思。至于歌词,我讲一部分给你听。"

"嗯。用中文。"

清月把音量调小后,把 MP3 连同另一只耳塞递给我,自己则站起来,背朝我,看向远方。在丛林中,我们隔着一棵树的距离。我听到她用悲怆的声调朗诵:

说实话,我能活到今天,是如此不真实
这个过程对我来说太过清晰
但是生命的确日日鲜活
我们变成意想不到的样子
在白日梦中迷失

火焰化为灰烬
爱人变成朋友
为什么一切美好的事都会结束
旅游时我只会在出口停顿,不知道是不是该留下
年少轻狂的我活得毫无压力
没有梦的时候,我就离开
痛苦来临时,我也不哭
不知道为什么,我只感觉得到地心引力……

"歌词写得太棒了。"我说。

清月转过身,回到原座位。我明显感觉到她在压抑自己的悲痛。说的话也带有一点羞涩:"翻译成中文好是好,但还是英文好,其中滋味唯有英文唱才能感受到,你习惯了听舒缓的音乐,肯定不会喜欢这种快节奏的。"

"嗯。说得也是,但歌词真的很喜欢。'没有梦的时候,我就离开;痛苦来临时,我也不哭'。这句好妙,说得不痛不痒,细想想却是一种怎样淡然而平静的绝望啊!这歌词,哪里有,我回去要好好看看。"

"找找就有了,我觉得这样的翻译最好。其实听得多了,就会发现这首歌的最妙处不在旋律,也不在歌词,却在歌词与旋律矛盾的地方。歌词是悲凉沧桑的,旋律是快节奏,这两者似乎水火不容,却能很好地结合在一起。第一次听未必会有什么感觉,听得越久,越是深爱。它似

乎深入到你的生命里,会和你的血液一起涌动。会随着你对生活的感悟呈现不同的感受,只是一首歌,却是永久的知己。我现在才明白为什么小天会那么喜欢这首歌,原来他已经不把歌当歌,竟是一位活的知己了。"

"太精妙了。"我说,更多的是惊喜,"我虽总是缺少不了音乐的陪伴,实则对音乐几乎一无所知。真是惭愧啊。"想起与韩野大刀阔斧地谈论音乐时,我都羞死了。

"了解是一件何其艰难的事。音乐总不变,人却一直在变。等到我了解了过去的他,现在的他又不知是何模样了。"

我琢磨着她的话,不知该说什么。但我能了解她一定在费力表达什么,很可能连她自己都无法表达清楚。

清月怔怔地看向远方,过了一会儿又说:"爱一个人,就要爱他的全部。以前我不懂,觉得自己可以改变他那些坏习惯。如果他不为我改变,就认定他不爱我。是我自己,把他从我身边赶走的。所以,我不怪他。"

"为什么相爱却偏偏要分开呢?"我问。

"我也问自己。分开以后,才发现他的好。刚分开那会儿,我无法接受,还发现自己怀孕了,千想万想之后,决定自己拿主意。于是去了陌生城市,做了人流。所以那段时间没有理你,根本不想见任何人、听任何话。"

"怎么那么傻,干吗不告诉他?出于责任心,他会回到你身边的。"

"我是女人,可不是什么枷锁压力之类的。我不想输掉我最后的尊严。"

"你这是在赌气。"

清月沉默几秒:"我就是无法恨他。是我不够好,是我太要强,过于追求完美。从小到大,我的人生没遭受过什么大的挫折。我在书上看到一句话,大意是让自己的痛苦变得深刻有内涵。所以不必向他人诉苦。除此之外,我还找到一个方法——和痛苦保存一定距离。我觉得距离妙不可言,你还记得《且听风吟》吗?提到保持必要的距离,也是一种尊重和保护。我和他之间,是我逾越了这种距离,他仍在坚守他的寸土之国,是我先丢弃了盟约,不但失去他,最终连自己都没有保护好。"

有一段时间，我们默默无语，清月摆弄脚边小草，我摘垂下来的树叶。身边开满了五颜六色的小花，这分明是一个春天。

"不如我们对着大山喊吧。"我提议。

"好啊。好久没喊过了。你先。"

"喂，大山，你好吗？"

清月看着我，愁容一扫而光。"小天，我爱你！"

我也笑起来，"清月，好样的。"

"小天，我恨你！"

"你们一定要幸福。一定要在一起，一生一世。"

清月转过身，拉着我的手说："傻瓜，从今往后，我开始踏上遗忘他的旅程。"

爱情真是彻底把我搞糊涂了。

清月突然问我："和韩野真的没有希望了吗？"

"我想是没有了。"

"没关系，听说初恋都以失败告终。"

"同是天涯失恋人，情路漫漫甚坎坷。"

我们都笑起来。春天，万物复苏，且疯狂地生长。花开正好，流年恰安。而青春之殇就是雨季中必然泄洪的一道闸门，一阵沸腾欢娱之后，恢复原本的美、静。

一度漫长时间里，我甘心情愿地做清月的影子。她总能给出事物或问题的另一种面、另一种解答。她使我明白，总有另一种观点存在。关于失恋，她对自我的剖析如此高贵，使我无力多言。我总是折服于她的理论和实践。

二十二 彻底决裂

某个周末,希斯一早便来到我家里,把我从床上拉起来。
"做什么这么早?"我揉惺忪睡眼。
"去上海,和我一起去上海。"
"开什么玩笑。别是还在梦游吧?"此刻我一下醒过来。
"陪我去找韩野。我怀孕了。"
"什么?"我从床上跳起来。
"是真的,我想去找他,你陪我,我有点害怕,不知他会怎么处理这事。"
"你确定吗?"
"嗯。"希斯重重地点点头。看她的眼神,我不知说什么好,心里又痛又恨又怜又怨。
"算我求你了。要是他要打掉,你劝劝他。"
"你想留着,你疯了吗?"
"我没疯,我想了好久,机会来了,就应该抓住。"
魏叔叔过来敲门:"希斯来啦,早饭吃了吗?一起吃早饭吧。"
"一会儿再和你说。"我小声道,赶紧穿好衣服起床。
"嗯。魏叔叔,抱歉,这么早打扰了。我找小薰有点事情,早饭吃过了。"希斯看我穿好衣服,一边开了门,一边说道。

"再吃点,陪着小薰少吃点,你叶阿姨有给你买来茶叶蛋和油条。"

"不用了。我吃得很饱了。"

"妈妈,我一会儿和希斯出门,晚上回来。"我匆匆吃了几口,拉着希斯就离开了。

"急什么,这孩子!"

坐上开往上海的大巴安静下来后我问希斯:"希斯,你能告诉我你到底是怎么想的吗?"

"当然想他娶我。"

"会不会太快?"

"他说过会娶我的。"

"你有几分把握?"

"你什么意思,不相信我吗?"坐在前排的一位男子回头看了看我们。"看什么看,有什么好看的。"希斯对那男子凶道。男子回了头。

"我只是有些意外。"

"你还在想着韩野吧?不想我嫁给他!"

"是他妈妈的缘故。"

"他妈妈?"

"是的。我和她见过一面,她可能想找个门当户对的。"

"没事。只要我把宝宝生下来,她欢喜还来不及呢。"希斯压低声音说。

"万一她还是不答应,你怎么办?"

"乌鸦嘴!"希斯生气道,"说点好话好不好,我可是满怀希望的。"

"我就是觉得这事不靠谱,比编的故事还不靠谱。"

"先别管事情本身,你愿不愿帮我?"我点点头。

"那就好。"希斯继续说,"到时见到韩野,你顺着我的话说就对了。"

"也罢。这实在超出我的能力范围,我想了也没用。只你真的想清楚了吗?方方面面的问题,你准备好做妈妈了?听起来怎么那么不可思议呢。"

"拜托,别再说这些了。本来已经够乱的了,给你一说越来越乱了。"

"好吧,我闭嘴。"

车到站,我们又转了两路公交车才到韩野的学校门口。韩野带我们去吃了晚点的午饭。大家相谈见面的愉快,但希斯和我一样心不在焉的。吃完饭,我们往回走,韩野提议:"下午叫上小天,四人一起去玩怎样?想去哪儿玩,东方明珠还是外滩?"

希斯说:"野,有件事情想告诉你。"

"哦?那就一边走一边聊。"

"我去那边的草地坐坐。你们好好谈。"我说。

"别走呀,什么事不能当着小薰的面说呢?"韩野道。

"我还是去那边坐坐,坐了那么久的车,感觉还在车上似的。"

"要不你去找小天吧。知道路——"

我打断他:"不用。我一个人就好。"说完看了希斯一眼,便离开了。

这次见到韩野,总觉得他不是我认识的那个韩野。他客客气气、毫无感情地说话,眼睛也从没看过我。有那么一瞬间,我甚至怀疑与他有过那么一段交往。

我找了个干净的长凳坐下,还好,天空阴阴的,要是有大太阳可就要烤焦了。我拿出手机无聊地和清月发短信。

希斯和韩野走到一处安静的树下坐在了长椅上。

"来看我已是惊喜。还有什么好消息快快讲来。"韩野把希斯拥入怀里。

"那我就直说了。"

"尽管说。"

"我怀孕了。"

"哦。"

"你不开心吗?是你的宝宝。"

"开心。"韩野说着,掏出钱包,拿出一叠钱,说,"给,找个大医院,再买点营养品。"

希斯呆呆地看着他这个动作，仿佛不知道那是什么意思。

"别呆着呀。拿去。你来找我不是这个意思吗？"

"混蛋。"希斯一气之下，站起来，打了他一个大耳光，转身就走，走了几步，想起什么，又转回来，问还在发呆的韩野，"你说过会娶我这样的话，你还记得？"

"对。随口说说，怎么了？"

"随口说说？好，随口说说！"

"你又不是不知道我这个人。一开始我就告诉过你。怎么你不会认真了吧，把我一时兴起说过的甜言蜜语都当真了吧？"

"好。算我瞎了眼。"

希斯再次气呼呼地转身。"怎么，钱不拿去？"韩野在后面叫道。

希斯再次转回来，对着韩野呸道："以为你是多情的，以为你玩世不恭的外表下藏着一颗善良的心，以为你是我的王子。"说到这里，希斯流下眼泪。韩野一看急了，赶紧帮她擦，希斯躲瘟疫一样躲开。

"对不起，这钱你拿去，做掉它，我们还是情人。"

希斯越发哭得厉害，哭着哭着就不再挣扎，韩野抱她在怀里。

下午我们便离开上海，并没有回家，希斯说想找个陌生城市。两人在车站想了半天，杭州是不会去的，那么去无锡看太湖好了。

陌生城市有时候和陌生人一样安全可靠。

转辗来到太湖已是傍晚时分。夕阳西下，太湖山水相依，碧波荡漾，水质清冽。我们坐在湖边，夕阳把我们的影子拉得长长的。此时此刻我们的心被这样的风景洗涤、澄清，越来越安宁。

即便天黑下来，我们依然坐着。希斯一会儿笑而不语，一会儿默默无言，一会儿恍惚地看着湖面，一会儿又问我奇怪的问题。

我知道我只能陪她坐着，努力倾听她和自己的对话。

"小蕙，你说我是不是很下贱？明知他不会喜欢自己，还骗自己，骗你。我在我编织的幻想里快乐地爱着，久了便骗过自己骗过你以为那便是真的爱了。有时候，特别恨自己。和自己一千一万次说过不要动真心，这个世界哪里有什么真情，爱情全是骗人的鬼把戏。无论你是真心或假意，其结果都是一样，那就是被伤害。梁超是这样，王老板是，韩野也是，好像我的爱情被巫师念了诅咒一样，这到底是为什么。一下子从幸福的巅峰跌落到痛苦的谷底，一次次的，而我竟然还活着。这太湖真美，我想跳进去，又怕自己的身子污染了湖水。总以为我太多理由这样去做，却发现还有更强大的理由活下去，你说为什么晓妹有那个决心和勇气跳进去，而我却没有？很多时候我都希望跳进去的人是我，而不是晓妹。绕了那么大圈，才发现只有梁超对我是无比真诚的，尽管他不爱我。而这真诚现在看来是多么珍贵，那时我却没有好好珍惜。落得个孤家寡人。"

和清月不同，希斯总在受伤时找我倾诉，清月却是在她独自舔舐过伤口后轻描淡写地告诉我一声。我实在不会安慰人，我的安慰对自己丝毫不起作用，但愿对希斯有所启发吧："对待爱情，我们就应该战而败，败而再战。一直战到胜利那一刻。"

"无所谓了。小薰，我似乎看透了。所谓海誓山盟镜花水月一般，所谓花前月下卿卿我我不过一场梦境而已。现在梦醒了，哭泣了，疼痛了，无所谓了。"

"要不要我去劝劝他？"

"不用了。他喜欢的人一直是你。再怎么努力都没用。"希斯拉起我的手，说，"对不起，现在把他还给你。我终究知道不是我的得到也会失去。你不怪我吧？"

我摇摇头："不怪。也别说这样的话。我和他也没那个缘分。所以请别说了。"

"还在怪我吗？不必介意这样的事。韩野他一直对你念念不忘，总是无意间提到你，又慌忙地岔开。我看得出来，他在狠心放弃你又不忍心，所以拿我当了挡箭牌。他也以为这样就可以放弃你了，结果我和他都失败了。我们曾经以为是各得所需、互通有无，现在却是各自伤害、互通悲伤。如果没有经历过，很多道理不会知晓。有时候成长是要付出巨大代价的。不过我做什么我都认了，结局好也罢坏也好，我都接受。"她自我嘲笑两声，"我真是一个好有风度的赌徒。"

"你让我好困惑。"

希斯竟笑起来："这就对了，这才是我。我戴了假面具，有时对你狠了点。多看看这样的风景，真好。我想我有太久没有看到这样的风景了。在西湖尽管也是面对湖水，因为身边的那个人心怀叵测，现在想来却是辜负了那良辰美景。"

"你好像个谜，我总也解不开。一会儿对我好，一会儿对我抱怨，一会儿对我像敌人。让我摸不着头脑，又让我对你不由自主地付出友情。"多年以后我才明白希斯的优点在于她敢于直面复杂的人生、勇于解剖自己，她了解人性中恶的一面，真实地追求自己所需。她不是正统意义上的好人，但起码是一个真实的人。

"呵呵。肚子饿了没？去吃饭吧。"

"早饿了，就等你这句话了。只是这个时间还有晚饭吗？"

"怎么没有？不过9点而已。"

"嗯。去饱吃一顿。"

美美地在小旅店睡到第二天上午9点。希斯把我摇醒，说："陪我去医院。"

"有决定啦？"

"嗯。"两人洗洗漱漱后，看了地图找了家不是很大的医院。

"小薰，我有点害怕。"挂好号排好队希斯对我说。

"没事的。很快就会过去的。"我自己也七上八下忐忑不安。

我们握紧彼此的手，仿佛战场上将去赴死的战友。轮到希斯时，我陪她进去。还好是个女医生。

"多大了？"医生抬头看了一眼希斯问，又埋下头在病例上写写画画的。

"啊？"希斯不明所以。

"多久没来月经了？"医生不得不抬起头。

"大概上个月26号。已经一个多月了。"

"先去检查一下。"说着，她刷刷地写了几张单子，递给希斯，"先去一楼交费，B超在二楼，化检在一楼。"

"哦。"希斯接过单子，边看边拉着我离开。自然全是天书一样的字。

希斯做检查时，我在外守候。我奇怪怎么医院和市中心一样繁荣，人来人往，烦乱不堪。很多和我一样守在外面的亲人朋友都显得心事重重,于是格外无聊地看着走来走去的人群。很多等待的情侣相拥或握手,男孩安慰女孩,女孩总有很多担心。我想着清月是怎样一个人来到医院、怎样的心境下打掉她深爱的人的宝宝的。

一上了年纪的女人对一年轻的男人的话引起大家的注意,她嗓门很大,男的大概要走,她便嚷道:"你还不耐烦了,都是你们男人惹的祸,现在烦这烦那的,当初干吗去了!"一句话说得周围人都笑起来。男人也不好意思地坐在了较远的位置。

一会儿希斯出来,拿着化验单。我们折回找了原先的女医生。

"预备怎么做,药流还是无痛?"医生问。就像卖菜的问顾客"今天吃什么,要冬瓜还是土豆"一样平常。

"药流怎样,无痛怎样?"

"药流就是吃药,不过可能会流不干净。无痛好点,睡一觉醒来什么都过去了。"

"无痛好了。"我小声对希斯说。

"医生,可不可以做手术,但不打麻药。"

"你对麻药过敏吗?"

"不。"

"那最好打,没几个人能忍受得了。"

"我不想打。可以吗?"

"当然可以,如果你坚持的话,但你得百分百确定?"

希斯点点头:"我确定。"

"那好。一会儿准备手术。先去交费。"

"你疯了吗,万一挺不住怎么办?"交费的途中我问希斯。

"没事的。放心好了。"

"我怎么能放心呢?这种事我们都没遇到过,一无所知,我觉得还是听医生的比较好。如果钱不够,我这儿还有一点。"

"小薰,第一,省点钱;第二,给自己一个印象深刻的教训;第三,这天底下,还没有我希斯不能吃的苦。"

我永远钦佩比自己胆子大的人。我无话可说。她继续说:"借我点钱。"我掏出口袋里所有钱递给她。交完费,她归还给我剩下的钱。

快进手术室时,希斯拉着我问医生:"能让她陪我进去吗?"

医生看看希斯,又看看我,点点头。于是我握着希斯的手一同走进了手术室。

一切准备工作做好以后,医生说:"准备好了。我要开始了。"

希斯咬着牙说:"好了。请开始吧。"

我不敢去看,只看着希斯。希斯紧张地握紧我的一只手,随着医生的开始,她开始痛苦地叫疼,不停地叫,我完全不知所措。医生一边安慰,一边说:"很快就好了,再坚持一下。"

我看着希斯满头大汗,牙齿咬得"咯咯"响,我把手伸过去:"咬我的手臂吧。"希斯像得了救命稻草一般狠狠地咬了我的手臂。我尽量压抑住本能的疼,不知时间过了多久,还要持续多久,医生总在说"快了快了,马上就好"。

我来不及看我的手臂上的牙齿印,希斯一直拉着我的手,她用一种撕心裂肺的声音对我说:"小薰,你以后千万不要受这种苦。"我含泪点点头,催医生快点快点再快点。看到她这样,我真想哭出来,可是我不能,我怕我一哭,希斯便坚持不住,只好学医生的话不断地安慰她。

等到真正结束了,仿若一个世纪般漫长。我用面纸帮希斯擦去额头上的汗珠。医生做着最后清理工作。

在医院休息的一个小时里,我跑去附近超市买了些纸和卫生棉。中午医院提供的午餐,希斯一口未动。她昏沉沉地闭眼。我不知她是真睡还是假睡。我随手拿起医院长椅上放着的一本杂志,不知是谁丢弃的,还是医院专门给人打发时间用的。机缘巧合,我看到一篇相关的文字:一女医生专门为人堕胎,技术成熟,手法娴熟,数千次堕胎从未心生悔意。有一次为8个月身孕的孕妇引产,照例用药,待成型的小孩出来,看到他小手中因疼痛挣扎而抓下身上的一小块肉,她心惊肉跳,再不敢为人堕胎。

我陷入沉默。现实告诉我,爱情,绝非那么简单而浪漫。

在我无法掌握所有情况时,我总是选择按兵不动。

希斯比我懂得和别人合作。我胡思乱想了很多,直到希斯睁开眼,要求离开。我搀扶着她艰难地离开医院,离开无锡,回到西城。两人均无太多的话说。

三天后，我意外接到韩野电话。

他问："希斯怎么样了？"

"你指什么？"

"她肚子里的孩子。"

"没了。"

"一会儿我去邮局给你汇钱，你帮我好好照顾她。"

"不必劳驾。"

沉默片刻，他说："小薰……"

我缄默不语。我能说什么呢？我只能假装无话可说。

最终他说："我想见你最后一面，告诉你一些话。"

我说："你该有话说的人不是我，而是希斯。"

停顿片刻我继续说："做一个真正的男子汉。"

"这个周末我过来。"说完他就挂断电话。

我已学着对这个人的任何举动、任何话语置之不理。然而，当星期六中午接到他的见面电话时，我拉了希斯同去。他说最后一面，他要干吗？

我们在一家环境优雅的咖啡馆见面。不知为什么，我莫名地排斥咖啡馆这种地方。希斯把自己装扮得十分精致。她对他还抱有希望吗？

落座后，韩野递给希斯一个信封。"好好养身子。"

希斯接过来，打开信封看了一眼，满意道："果然是公子哥儿。出手不凡。这年头，我就觉得这白花花的银子亲切。谢啦。"语气何其轻松。

我低着头喝咖啡。苦滋滋的。我听到一片沉默后希斯道："得，我先撤了，你们好生聊着。"起身，欲走。

我忙拉住她："别走。"

"我特没兴致偷听你们的谈话，肯定无聊透顶。我出去透透气。"希斯挣脱我的手，绝尘而去。我压根不知刚出门的她早已泪流满面。

我低头搓手。眼睛看鞋。

我不想说话，也没什么好说。我等着他宣判我的死期。我的预感是这样的。我从不奢望和他好回去。我从不走回头路。

沉默。大片沉默。我不在意。我早已习惯。

我把余光盯在咖啡上。很浅的一层泡沫。咖啡味很香，味道却很苦。这很奇怪。我端起杯子口了一两口，过一会儿才吞下去。

"要加糖吗？"软言细语轻轻在耳畔响起。我慌忙摇摇头。

"为什么你不抬头看我，我很可怕吗？"

我继续摇摇头。仍然低着头。不看他。

"对希斯那样的女孩子，我知道她要什么，便给她什么；但你，我不知你要什么，无法给你。你能告诉我你想要什么吗？"

我摇摇头。心想：我什么都不要。

但他理解为："不想告诉我吗？"

于是我不得不说："说实话吗？"

"当然。"

"我也不知自己想要什么。从你身上，我没有什么想要的。"

"那么，你渴望从小天身上得到什么呢？"

我不由自主地看向他，他很愤怒。"无可奉告。"

"你很讨厌我。"

"谈不上。"我说，接着补充道，"陌生人不该再重逢。"

"啊？"

"我们的故事就该停留在那个秉烛夜谈的夜晚。续写的故事都不再美好。或者美好被淡化，没有之前的强烈。"

"你知道吗——你简直不可理喻！"继而他继续问，"你的小天就能理解你这些怪异的行为和想法？"

这个问题，我无法作答。于是缄默。

"你还记得那个游戏——假如没了明天，而现在，我和你之间，就没有明天了，我们不会再见面。你确定自己对我依然无话可说？"

我默默组织语言。

"你就一点都没有喜欢过我？"

从韩野身上，我明白了一个道理，别一连串问别人很多问题，那样绝不会得到回答。后来我也问别人一连串问题，才体会到韩野的心情。那种迫不及待与非常在意。

"为什么不回答我？"他还在问。

我笑了一下，平静道："我很感谢生命中有个你。"

"然后呢?"

"我会记住你。我希望你幸福。"

"说完了?"

"我曾经非常在意你,甚至以为自己喜欢上了你。但你如浮萍,漂浮不定,又似风,来去自由。我想要的是永远和永恒。我想你给不了。毫无疑问,你对女孩子来说,魅力极大,我曾无法抗拒。但现在,考虑到自己同样给不了你以及你妈妈想要的东西,于是我收回了我的心。"说完这些话,我彻底松了口气。归根结底,我们生活在不同面。我对他仅缘于一种冲动的喜欢,无法上升,也不会持续。

我察觉到他嘴角有一丝狡邪的笑。他意识到他胜利了。我承认了对他的些许喜欢。他似乎找到了着力点,于是他说:"你也别再自作多情了。我帮助你父亲,是因为我与妈妈有个约定:她帮助你父亲,我和你断绝了关系。所以上次去,只是想见你最后一面。我很高兴你答应我了。"

听他这样说,我便觉得和他之间彻底断绝了关系。他冷冷地从对面站起来,坐到我身边。在我耳边私语:"我唯一的遗憾,就是没把你抱上床。我有很多次这样的机会,但我不后悔。我爱你,今生今世,我只爱你一个。"说完,他亲吻我的耳畔。"我明天订婚了。后天便去家族公司实习。有任何需要,记得找我。"起身、走远。他对我的彻底死心,也彻底熄灭了我心中对他的一丝微弱星火。

二十三 勇敢的一步

窗外惊天动地的鞭炮声把我的回忆中止。奶奶敲我的门:"小薰,吃晚饭了。"

"就来。"

饭桌上,奶奶告诉我:"明天村上要来一位大人物。"

"什么大人物啊?"

"听说是位作家。"

"他来干什么啊?"

"久水每年清明都要举行大型祭祖活动,就是这些活动办了十几年,吸引了不少在外地的同姓后代。他们中有不少能人异士。这位大人物就是其中一位。据说他对久水的历史很感兴趣,想了解一下,并以此写一本书。村长和书记高兴坏了。这对久水是天大的好事。"

"他叫什么啊?"

"喻昂。正值中年,听说人生得相貌堂堂。"

我笑笑:"名字不错。"暗想:作家。作家。写书的人。了不起的人。生平第一次可以接触到一位作家。这使我兴奋。

我从未想过,会和一位作家相遇,还发生了许多事。我会去凑热闹,完全是因为来人是作家。但不久我便明白了,久水村人壮大的欢迎就是为了让我遇见他，在人群中仔细瞧他，然后不可预知地爱上他。这是我完全没想到的。

我从未想过，爱上一个人会如此莫名其妙、来势汹汹。起初我以为要爱上一个人是一个循序渐进的缓慢过程。要慢慢了解，慢慢习惯，慢慢爱上。像一颗种子经历生根、发芽、开花、散叶、结果、成熟。即使爱上了，也得有个发现自己爱上的过程和事件。然而，我爱上他的同时，对这份爱我便了然于心。这带给我强烈的不可思议感。我不断怀疑，随着时间推移，不断推移，我才敢真正确定这份爱是名副其实、不容置疑的。

他被人群簇拥着，谈笑风生。我第一眼看他，似曾相识。再看一眼，便忽而发现他便是我在图书馆遇到的、一直朝思暮想的人。半年未见，他似乎没什么变化。我对自己能认出他深感意外。明星我都记不住，更谈不上一个只一面之缘的陌生人。在图书馆遇到他后又失去他的过程中，我不断回想他的样子，却模糊不清楚。什么样的鼻子、什么样的嘴巴、什么发型均保持未知。只记得他的声音、他的侧面。因为第一面我根本不敢看他，却对他的声音刻骨铭心。他的声音里有一种我可辨识的东西。我说不清楚。但我知道它同样存在于我的生命里。或许就因为这个，我会爱上他。像磁场原理，我被他吸引。他是一块大磁场，磁场表面被包裹上形形色色的东西；我是一块小磁铁，磁铁上也覆盖了各种各样迷惑人的东西，使人们无法辨认出我是一块磁铁，然而，当我遇见他，便自然而然地被他吸进去了。作为外人自然无法解释这种现象，而作为亲身经历者，由于之前学校、家庭、社会教育都使我对自己是块磁铁毫不知情。因而无法解释这种现象，因而我曾被困扰了很长时间，直到我对自己有了深入的发现与了解。

这种爱使我发现、了解自己，一种自我意识的觉醒，并在一定程度上保护好这样独立的自己，不容它最后被侵犯、破坏。没错，喻昂给我的正是这种爱。我喜欢桑戈天，是一种迷失自我、不由自主的喜欢。喜欢韩野，是一种现实尘世需求的喜欢。由于这三种喜欢都是真实而真诚的，我才得以区分出爱的含义与种类。爱的种类太多，可是我们却人为地把它分之为：爱情、友情、亲情。事实上，远比这复杂多了。我意识到爱的复杂性，却无法说清楚。我在人群中看着他，目不转睛。心里翻江倒海。我想和他谈论爱。我可不想谈什么久水的历史，再辉煌的历史也已消散如烟。干吗不谈谈爱情，谈谈我们之间的关系呢？当时我当然不会意识到自己的想法有多可笑。那恰是我觉得我们最应该做的事。我很想拉着他跑出人群——意识到自己没有这个能力，他一米八几的个子足使我望而却步。我并无丝毫沮丧，反而在寻找时机，我为这个伟大的计划感到兴奋。我预感他会跟着我跑出人群——不，他会带着我跑出来，我们跑到"天涯海角"。然后，谈论爱情。这是我眼下最大的期望。

喻昂其实话并不多，更多是在倾听，村长夸夸其谈。他对自己作过分深入的说明。他的用意可谓司马昭之心路人皆知，他希望喻昂把他自己写进书里。新世纪伟大的村长，是如何奇迹般地让久水成远近闻名的古镇的。久水每年的纯收入又达到怎样一个顶峰。他为久水修的路，给每家每户带来的最客观的经济利益，他建立起旅游规划村、生态园林、桂花长廊，等等。他一一阐述。喻昂用心不时记录。村长对他的认真很满意。快傍晚时，村长、书记邀请他去农家乐。他很快将离开我的视线，我竟无能为力。太多想法一闪而过，均不可行。直到他跟随他们钻进小车里扬长而去，我才从梦中恍然惊醒、怅然若失。

当天晚饭后约一两个小时，我听奶奶说村长带喻昂去看太奶奶时，便冲出家门，直奔太奶奶的老房子。路上被刚下过雨的石板路滑倒，摔了一跤。右膝盖轻微擦伤。裤子的膝盖处也破损。但我顾不上，爬起继续奔跑。我不想再错过他。

然而，紧赶快赶还是慢了一步。我进门时，正听到里面稀里哗啦一大堆走出来的脚步声。我急忙退到靠近大门的厨房门后，从门缝里看着他们一行人走出去。我紧跟其后。

一行大男人没有一个向后看。倒是和他们迎面走来的村民看到我，和我打招呼。他们丝毫不在意。毕竟路是大家的。大概只有我心里鬼鬼祟祟的。我跟着他们来到村长家。说是村长家，不如说是村长建的小别墅。共五层。一层、二层村长自己家人住。村长家人包括老娘、村长和其老婆、长年在外的儿子（先是读书后工作，久水村只有小学和初中，高中以后全部到市区寄宿）。其余楼层装潢成宾馆样式，单间携有独立卫生间。每个房间有空调、电视，可谓一应俱全。至于吃饭还是村长亲戚家承包的农家乐。外面来的无论是做生意还是其他重要人物等一概由村长接待且一条龙服务。要说靠久水发家致富的，村长是第一人。

他们把他安排在第四层靠山的一个单间。这很好判断。久水固然发展不错，但常住人口却很有限。每家都盖有不错的楼房，每晚亮起的灯光却少得可怜。何况农人都养成勤俭节约的好习惯，睡得也早。不像城市里通宵达旦。我躲在别墅后面，注意观察看有亮光的房间，便一目了然。别墅后面是一座山。我爬上五分之一山腰处。借着微弱的灯光，我可以看到房间里人影的晃动。他先是脱去外套。显然，村长早已吩咐他老婆提前打好空调调好温度。真是服务周到。去了大约一刻钟卫生间，出来时，他好像穿着自带的睡衣。接着，坐在床上，打开他自己的笔记本，似乎在写作。

山间万籁俱寂。我想该是他写作的最好时期。而我在山上，瑟瑟发抖。我觉得属于我们的天涯海角就快要实现了。此刻，我必须爬进他的窗内。这样才能有属于我们单独的天涯海角——不被打扰，倾心相对。我一直忽视了这只是我一厢情愿的想法。

我顺势跳到附近的一棵树上。房子离树很近，我就势趴在他的窗台上。只有一楼和二楼装有防盗窗。我试图打开窗户，但发现被反锁了。于是我敲了敲窗玻璃。声音微小，但他还是听到了。这说明他的自我防范意识很强。他寻找声音来源，接着就发现窗户外的我。我看到他变形的惊讶面孔。他走过来，示意我他要打开窗子。

接着，他协助我爬进了他的房间。

大功告成。内心欢欣雀跃。

瞬间从寒冷的地狱跌进温暖如春的天堂。

一心想要单独和他在一起的我，压根没有考虑到自己的穿着、仪容。从他惊讶的眼神里，我注意到了自己的窘迫。破洞的裤子，一件宽大松垮的大棉袄。假如不看我的脸和长发，肯定以为是哪里的流浪汉。或许他正是这么认为，他的第一句话说："你……你……"他甚至不知问我什么。而我呢，也不知从哪里作答，痴痴地看着他。

沉默几十秒后，他走向门口，我猜他要叫村长了，那样就前功尽弃了。于是我说："求求你，别去叫村长。我说完话就走。"

他犹豫片刻，最终转过身子，望着我，道："你说吧。"

看我不停搓手，他去了卫生间拿了客房的厚睡衣披在我身上。我已经感觉不到冷了，只是手还没那么快暖和起来。

平复了心情，我望着他，我希望自己记住他的样子。盯了很久，他很不自然，似乎没被别人这样盯过。这或许显得很不礼貌，但对于此刻的我，任何礼节都不再重要。我甚至偏要打破常规，唯有这样，他才有可能记住我。我也想更久地记住他。那时，我还没想过要让他爱上我，也不敢幻想。我只想单独见他。我成功了。他在等我的解释，然而我却说不出话来。瞬间，我不知道我该说什么。

他望着我，对我充满期待和好奇。

最终，他说了一句使我意外的话："我好像见过你。"

他记得我吗，图书馆他对我说的话还记得吗？我开心得无法自拔。

我说："你说你见过我，在哪儿？"

"却是想不起了。"

很显然，他一说出口，我失望透顶。

他注意到了我表情的变化，像他那么聪明有阅历的人肯定注意到了。何况我知道作家都是相当敏锐的。他不再说话，恢复了沉默。

不能这么待着。于是我开口："你千万别听村长说，他说了那些丰功伟绩，却没有说他造下的孽。河道被他挖得岌岌可危，山林遍地砍伐，没错，久水是富裕了，来的人多了，但造成的污染却大大加害了我们的生活。溪水没有以前清澈，鱼的种类越来越少，显而易见鱼也越来越少。更少见到野猪、野鸡、兔子、松鼠之类的了。种植树木花草用了大量的肥料，严重破坏了生态平衡。还有……"

"你不喜欢久水的变化？"他打断我，超出我意料。我点点头。

接着我说："非常不喜欢。我只向往从前那般宁静祥和的生活。一点都不喜欢现在到处是游人和垃圾的久水。"

"你是谁？叫什么，多大。"他问我。

"叶以薰。24岁。"回答完，我附带问了一句，"你呢，叫什么，多大？"

他笑起来，看着我平静的表情："你很特别。"接着，他像很多人忽而发现的那般说，"你不是久水人？"

"我跟着母亲姓。父母离婚了。我父亲更喜欢儿子。"我说，"你还没回答我问题呢。"

后来，我才知道，不回答别人问题是他的常态。他从不愿让别人牵着他鼻子走。除非他觉得有必要做出一种被别人牵着鼻子走的姿态，他才会如此。

"这不公平。"看着他一直笑，对我的问题视而不见。

"好了，小朋友，该回家了。"他在轻视我的年龄。这太可恶了。

我气鼓鼓的样子一定很逗。他笑起来："像一只憋气的青蛙。"

"哼！"我很意外自己的放肆，但我无法控制自己放肆的行为。

他瞧着我，像瞧着被关在铁栏里的老虎。

我肩膀一抖，睡衣便滑落到木地板上，我走向窗户。

他意识到我的行为，忙追上来阻拦："那太危险了！"

我打开窗子，看着无限深的黑暗，倒吸一口凉气。我还没有试过在如此深、寒冷的夜里从四楼的窗口下去。我犹豫着，但内心另一个声音响起："你想让眼前这个高傲的家伙笑话吗？"

他来到我身边，急忙关上窗子，把寒冷关在门外。"你疯了！"

没错，我是疯了。疯得不可理喻。

"好吧……"他表示对我无可奈何，我偷瞥了他一眼，他继续道，"大家都叫我喻昂，那是我发表第一篇小说用的笔名，后来沿用至今。如你所看到的，我，一老男人。43岁和49岁也没多大区别。你肆意想象即可。"

这份认可让我慌乱，但表面上我随口问："那你真名叫什么？"

"很久远的记忆。不想提。"

"嗯。我得走了。"我害怕接下来的每一秒沉默。

"你翻窗就是告诉我村长的另一面？"

"是。"我口是心非，但似乎没有更好的回答了。如果我说不是，他肯定追问我别的目的。那时我该怎么说。

但话一溜出口，我就后悔了，我随即否定了："不，……不完全是。"

请问我，请一定问我。那才是我的目的。我不想错过，哪怕下一秒我跳下去摔死。

因为只几千分之一秒的时间，我想到了另一个回答。他也许能接受,而我也给下次的相遇埋下伏笔。啊哈,我还真是写小说的料。生活也许只是我的试验田。

但他沉默了。

我转过身,看他沉默的样子。他比我高出大半个头。我觉得此刻,我比他更光明磊落。我从他的沉默中感受到一种紧张和不安。他似乎变成了一个害羞的大男孩。这让我非常意外。与白天看到的他判若两人。

于是我半开玩笑道:"先生,你应该问我'那是什么'。这是情节需要。"

他腼腆地笑笑,或者说他假装腼腆地笑笑。他这个年纪的男人在我眼中无一例外不是老谋深算、深不可测的。他的笑或许真是他的伎俩。很显然,他成功了。我被打动,内心不经意地柔软了一下下。

接着听到他说:"常规的一问一答的对话是小说中最烂的写法。"

"多谢指教。"

"你写小说、网络写手?"

"我有一部关于久水的小说。不知你是否有兴趣……"

"当然。"他打断我,非常干脆果断。

我说:"很好。"

"哪里好?"

"我们接下来的故事有了悬疑和伏笔。"

"这就是两个作者的谈话内容?"不约而同地笑。

我很开心。他参与到我的故事中,成为其中的男主角,丝毫不费我什么力气。比起我单方面的哀求,他这种主动参与的做法,无疑加深了我对他的好感。毫无疑问,单纯地爱一个人,比对方也爱自己的同时去爱对方要愉悦幸福得多。"不,是朋友。和你做朋友,是我的目的。"

"荣幸之至。"他笑,一种真诚而灿烂的笑容。

他一点架子都没有,使我深感意外的同时,非常幸福。"好。"我反倒有丝不好意思。

他伸出手,等我来握。

我还没有习惯和男人握手,片刻犹豫,我把右手伸过去。还未抵达他的手中,他的手便迎了上来,握紧我的手,轻微摇晃几下。

顿时,一阵昏厥。脚似乎离了地,飘飘然起来。

临别时，我在他笔记本上留下自己的手机号码。"西城的?"他问。"是。"我知道他也在西城。

我没好意思要他的号码。我想作家不同于一般人，应该不会把自己的号码随便告诉别人的。我也没意思要他务必给我打电话，那显得不像我们今晚扮演的角色。按照剧情，男主角一定会给女主角打电话的。但说实话，我不确定他是否真的会给我打。毕竟作家不同于一般人，搪塞别人的本事要比一般人厉害得多。何况没人能够猜到他们的心思。一切都是未知的。现实生活就是如此。没人知道下一秒会发生什么。

我在他的掩护下，离开村长家。

走在大路上，路灯照耀着我孤单的影子。离开他，我感到有一种前所未有的寂寞。在快要到达家门口时，路灯突然熄灭了。眼前一片漆黑。我掏出口袋里的手机，看时间9点多些。路灯通常是11点半定时熄灭的。看来是停电了。家家户户一团漆黑。我忽而敏感地想到一个细节：在我输入号码后，忘记保存了。在我离开后，他会保存吗？

一夜难眠。

第二天醒来已是近9点。头重得要命，鼻子堵塞。奶奶摸了我脑门："糟糕，发高烧了！"接着去楼下找些贮备的草药给我煎上。我太爷爷精通中药，生前，家人所有头疼脑热都是他去山上采草药为其医治。我爷爷深得太爷爷真传，我奶奶跟着学了皮毛。我又学了皮毛的皮毛。尽管中药不太好喝，却很管用，且很少生病。我想一定是昨晚冻着了。

在床上躺了一天，吃得极少。奶奶煮的大米粥很香很清淡。晚饭吃过后，才感觉精神许多。我假装随口问起那位作家的情况。奶奶说村长和书记带着他去参观庙堂，好像吃了午饭就把他送回市区了。

"就走了？"我问。

"是啊。要说作家就是作家，只这么不到两天时间到过久水，回去就能写出一本书来。"

"嗯。"我附和着，不再说话。翻出手机，毫无消息。我想他离开时都没有告诉我一声。看来，根本没有把我当作朋友。所谓做朋友也只是逢场作戏、随口说说罢了。即便是没时间、不方便打，现在回到了市区也该有时间打了吧。难道他回了西城吗？

"奶奶,我想明天回西城了。"

"这么急,不是说过了初八才走吗?何况你还发烧呢。"

"妈妈要我赶回去。"我只好扯谎。

"真是没良心。要你回去干吗——哦?我知道了,肯定是去相亲对不对?"

我只好点点头。除了此事,母亲也不会急着我赶回去。而且她确实在安排这样的事。只是她还没找到合适的相亲对象。

"你拨通她电话,我来跟她说。"

"说什么呀?"

"就说你已经有人了。不要麻烦她了。"

"谁呀?我没有。奶奶,这个妈妈是知道的。"

"谁说没有。上次二姐还和我提起,说她家小天也没女朋友。我们一合计,觉得你和小天最合适不过了。知根知底。再说他家条件也不错,就一个独子,他父母在外这么多年,买个房子不在话下。就这么定了。"

"奶奶!"

"你不愿意啊?"

"小天他对我根本不是那种喜欢。"

"那你对他呢?"

我说不出来。要是他真愿意娶我,我想我肯定会嫁给他。毕竟对他这么多年的感情,说放弃根本不可能。但隐隐约约中,总有什么不对劲。结婚毕竟不是终点。我说不清楚。总之,我既期待又心生恐惧。何况还有清月那一层关系。"奶奶,我要睡觉了!"

奶奶离开后,我根本无法入睡。

窗外冰天雪地、银月倾泻,窗内暖意融融、烛影摇曳。

我想起自己对喻昂说的谎——关于久水的小说,我心里有这个打算,但并未真正动笔。而且我写的是我记忆中的久水,关于桑戈天、清月和我之间的故事。与他想要的资料完全无法吻合。我想上帝的安排是有道理的。在他与我联系之前,我必须写好这本小说,然后我们见面才不觉得唐突,并且有话题可聊。至于小说嘛,完全可以把以前奶奶和太奶奶给我讲的关于久水的传说再添枝加叶地写进去。但我不确定自己真的可以写好，这毕竟是一项巨大而浩瀚的工程。何况我从来没写过长篇小说，我不过是照着别人的诗歌模仿写过些句子罢了，不过是在寂寞时于日记本上随意涂抹过散字而已。

罢了。想再多，不如开始付诸行动。我随即裹着被子坐到了近旁的书桌前。拿出一本只字未动的笔记本和一支黑水笔。我提笔便写下：久水往事。

然而，之后，大片往事片段像浪潮般向我扑来，我无从选择，从哪里开始，又将在哪里结束。它们太混乱了。我给自己倒了杯白开水，暖着手。

盯着杯子出神。渐渐地，一场场井然有序的画面浮现在我脑海中。

二十四　友情裂变

希斯和韩野分手后，变得格外忙碌。我很少见到她。一次下课后好不容易拦住她。

"希斯……"我叫住她。

4月的天，她却穿得相当单薄。"有事？"

"你在忙什么呢？"

"工作、赚钱。"

"可我们是学生……"

"你以前不也如此吗？"

我沉默。她花花柳柳地走出教室。

后来我才听说她在学校附近的KTV当点唱公主。我逮着机会问她，她只丢给我这些话："小薰，说句真心话。我觉得这年头，什么友情、爱情、男人啊，全都靠不住。靠得住的只有一个，那就是钱。有钱我才有安全感。"

我才明白，我们越走越远了。像两条交汇过的直线，再怎么无限延长，也无法再相交了。我感到一种深深的无奈和凄凉。但好在清月的友情仍然温暖着我。

一有时间，我就和清月泡在一起。哪怕不说话，各自写各自的作业。只要和她在一起，我就觉得安心。不过，一天，清月突然对我说："我看到你那同学上了你魏叔叔的车。"

"你说希斯？"

"除了她，我也不认识你别的同学。"

"也许碰巧遇到，顺路带她一下。"

"没那么简单。"

"那你的意思……"

清月从不说人坏话，也不喜搬弄是非。但她是什么意思呢？我暗自揣测她的意思。她却看向窗外："有些话，我不知该不该说。"

我把她脸转向我，我说："清月，我们是最好的朋友。"

"她暗地里勾引过小天。"

"什么？怎么可能！"

"也不是什么大不了的事。就是那次过年在久水，她曾趁着无人，故意用肩膀蹭小天，还说些挑逗的话。小天没搭理她，她就作罢。后来小天和我说起要我告诉你，留心她。我想你和她关系好，便没和你说。我估计韩野也是她主动勾引的。"

我在沉默中仔细回味这些话。除了震惊，更多的是无法理解。

那她和魏叔叔……我不敢想。清月似乎看出我的心思，道："这个世界上，能做柳下惠的男人，实在很少。何况说实话，希斯长得实在不咋的，但据我所知，很多男人都喜欢她身上这种风骚。她能在短时间内让男人喜欢她。我想你明白我的意思。"

"一点都看不出来。"我喃喃自语。

我该怎么办？

有个秘密一直压在我心中，连清月我都不敢说起，但现在时机恰好。我看了看周围，偌大的阶梯教室里，只有清月和我两个人。我才轻轻道："清月，有件事，我一直不敢声张。"

"什么事？"

我动了动嘴，却说不出。我在作业本上写下：老男人曾骚扰过我。

清月脸上写满大大的问号。我点点头："不止一次。每次都是趁妈妈不在。大多数是在周末上午。我爱睡懒觉。妈妈出去得早。他就用备用钥匙打开我的房门，来到我床边。我睡得迷迷糊糊的。就觉得有双手在我身上乱摸,有张脸在我脸旁乱闻。他是老烟鬼,一股强大的烟味使我猝然惊醒。看到他,我吓一跳。起初我以为是我房门没反琐好。后来每晚睡觉都检查又检查。但他还是闯进来,把我弄醒。他还说很肉麻的话,简直不堪入耳。我处在极大的恐慌与震惊中。再后来,我便早早起床。他就故意打发妈妈去做事,再对我骚扰。我总结出一个规律,他白天对我特别讨好时,晚上便开始有所行动。而且晚上他和妈妈在一起时,故意把动静弄得很大声,让我难堪。再后来,我故意搞坏门锁,背着他悄悄安装新锁。每当他把我妈妈支出去,我便也跟着妈妈出去,或者随便找个借口。反正绝不和他单独待在一起。"

"那他……"

"他很恶心。我看见他就恶心。他说再好听的话,我都会使尽全部力气把他推开。"

"你没告诉你妈妈吗?"

"我说不出口。何况妈妈把他当作天。"

"那他和希斯……"

"他在外面的女人绝不止一两个。有次妈妈和他闹得很凶,就是为了这事。后来,妈妈低头认了。他也收敛许多。"

"唉……"

"有时候想想,这个男人真不是东西。"

"最好想个办法教训他一顿。"

我耸耸肩,表示无奈。我对不公之事只学会忍耐。我对我的胆小懦弱也只会忍耐。

清月见我沉默,便了解了。她道:"他要是再这样,你就威胁他说要告诉你妈妈。我估计他就不敢了。"

我摇摇头:"伤害他,我无所谓;但伤害妈妈,我做不到。"

"你能隐瞒多久?"

"不知道。"我摇摇头,"放心吧。他现在一走近我,我大脑便响起警钟。只要他在,我便时刻保持警惕。而且我在枕头下藏了一把锋利的军刀。我不信他这种货色不怕死。"

"终究不是长久之计。"

"等毕了业。我就搬出去。找个工作远走高飞。"

"只能如此了。"

秘密本来不会泄露的。

清月从上海回来之后,变得怪怪的。不接我电话,不打给我。我去学校找她,也推说有事不和我见面。我清楚地记得那是一个细雨蒙蒙的下午。我独自站在操场的站台上,看篮球场上一个不怕淋雨的高个男孩打篮球。同他一样,在露天的站台上,我没有打伞。我注意到他有几次停下来往我这边看,如同我往他那看。

我没有兴趣结识新朋友,只是好奇。一个雨天,他独自打着篮球;而我,单影发呆。

我想起一个小时前清月给我打电话的语气。非常冷。我预感到会有什么不好的事发生。

我已在站台上等了她近一个小时,而打篮球的男孩持续打了半个小时。清月从不迟到,时间观相当严谨,宁可早到,不愿迟到。我似乎感觉到她在犹豫,迟疑不决。

外套湿了大半。刘海上滑下来的雨珠,像泪水一样滑过脸颊。

我固执地站在雨中,似乎在等雨停下来。

似乎又在等其他的什么。

清月迟到一个半小时。

她打着一把小花伞,出现在我眼前。"干吗不打伞?"

"雨很小……"

她立马打断我:"雨再小,也会淋湿衣服。会着凉、生病。"

似乎话中有话。

"没事。"我笑笑。即便是这个时候,她也会关心我。

她附和着笑笑。她的笑使我放下心来。我为之前的胡思乱想而羞愧。

"那个打篮球的人好傻。"我说。

"怪人一个。"

"上海玩得好吗?"

清月挽着我手臂:"我们绕着操场谈吧。"

"好!"

"见到小天了?"我问。踩着橡胶跑道,软软的,很舒服。

"偶遇了韩野。他说你和他完蛋了,彻底完蛋了,是吗?"

我点点头。我已经很久很久没和任何人提到韩野了。他像过客一样消失。

"他还告诉我另外一件事。"

"什么?"

"他说你心里真正喜欢的人是小天。"

如此轻描淡写、漫不经心。我却心中咯噔了一下,仿佛一直不知道此事的人是我,不是她。

沉默。唯有沉默。

沉默中酝酿合适的措辞。我不想再失去清月。

然而,没有准确的字眼。

"你沉默就是默认了。"

我仍然缄默不语。

细细地看脚下湿漉漉的路面。

"你承认就好。我终于知道你心中那块鲜为人知的地方了。"

"我……"我试图解释什么。

"你什么都不用说。韩野全都告诉我了。让时间来解决吧。"说着她把伞递到我手中,自己跑出去。

刚走两步她却又回头:"希望我们之间可以保持一定的沉默和距离。你没有解释,我感到一丝安慰。我想,这样便公平了。小天,我不会再爱。我和他,从此再无瓜葛。至于我们,时间会给出最好的答案。"

说完,她跑开了。

我忽而想起韩野最后一次从我身边走开的情景。彻骨而寒冷。

我呆立久久。过后,便撑着花伞往篮球场走去。我知道,我将走出校门,而不再像以前一样对这所学校来去自由了。经过打篮球的男孩旁边,想不到他叫了我:"哎——"我停下来,望着他,泪流满面。这很像我第一次见韩野时的场景。

我等着他开口,却不知他将说什么。

他走近我,与我隔着一把伞的距离。他说:"你们两个怎么回事啊?"

很显然,他目睹了我与清月的一切。

流泪的人无法开口说话。心像死了一般。

见我不回答,他接着说:"刚才你在雨中就为了等她,等了那么久。可明明她就在你后面不远,同样望了你那么久。我来时,你们两个就在。你们到底怎么了?"

他的这番话无疑加重了我的悲痛。我无法控制大哭起来。

"嗨。能不能告诉我怎么了……"他不断地问我问题。我不断哭泣。最后我厌烦了他,便独自走了。他起初还追几步,后来便望着我的背影,再后来,抱着篮球离开了篮球场。

陌生人终究只能是陌生人。

这真是一件奇怪的事。

每当我回想起这个画面,总在心里敬佩清月。我见识过很多好朋友爱上同一个男孩的故事。无疑最后都闹翻。但很少有人像清月这样对我。她的冷静让我觉得羞愧和害怕。

今晚这个画面再次浮现。于是我的小说便以这场雨开始,以这个场景开头。我真实地记录了一切。直到写到手发酸,才停下,上床睡觉。

我没有即刻返回西城。我每天待在屋里,写这部无法停下的小说。实际上,它类似于回忆录。追忆似水年华、缅怀如歌的青春。我每写一段都会用喻昂的眼光和心态来读一遍。我猜测他会怎么评价。我充满信心,觉得我写的故事动人极了。我相信喻昂一定会被我感动。直到不得不返回西城上班。我才依依不舍地离开久水。带着我未完成的小说。

自然,每天除了工作,便是写小说。很快,只一个多月,我便写了五六万字,只差结尾。但喻昂一直没有消息。写累了便去网吧搜寻喻昂的讯息。我因而得知他出版过一部长篇小说《禁爱》,以及其他零零碎碎的散文随笔。我一字不漏地读完他所有作品。那部长篇小说更是看了又看。也因而他在我心中,变得熟悉亲切起来。

使我欣喜万分的是,我发现了他在网上的博客。为了天天看到他的文字,我用私房钱买了一台电脑。并在他所在的网站注册用户名,流连往返于他的文字间。我知道自己已无可救药地爱上了他的文字和他本人。

他在近期的一篇博文中写到的一些情景，像极了在久水的经历。其中有这样一段文字：

"记忆中口感最好的是爆炒山栀花。听同席人讲，山栀花每年五六月盛开，采摘下，放在冰箱中冷冻起来。过年过节有贵重客人来，便拿出来招待。做法很简单，却因所用的材料都是土生土长，口味显得特别纯真清爽。我也因此爱上这种味道。"

我想给他留言，却发现无法留言，他拒绝任何人给他发消息。他博客的所有文章都只有点击率，而零回复。看来，我只能看到他的文字，却无法和他取得联系。

我仔细研究了他的主页。零好友，零关注。这位所谓作家在网络上知名度一点都不高，只有一位粉丝固执地经常出现在他"最近访客"一栏中。她有个好听的ID：浅秋。我怀着好奇读了她的几篇文字。发现她是一位非常热爱读书的人。写了很多读后感和影评。她的"最近访客"中有过喻昂的"身影"。

喻昂像一口深井。在一望无际的草原中某处。我觉得自己找不到他，但随时会坠落井里，粉身碎骨。我丰富的想象力使我的精神生活多姿多彩。然而，母亲却不允许我的现实生活如此平静贫瘠下去。她终于给我拟定好了相亲对象。她叮嘱我："好好表现。"之后担忧我像上几次那样无疾而终，便又警告，"要是再不成功，我就把你新买的电脑扔了。"

我才不信她会真的扔我电脑，最多藏起来，不过藏起来也够要我命的。我保证："保证完成任务。"她这才转阴为晴。

不就是结婚吗？又不耽误看书、写小说、做梦。

于是属于我狭路相逢的那个男人果真出现了。相亲的男人很质朴，不够浪漫却很细心。我们在咖啡馆面对面坐着，我一点都不紧张。相亲好比上战场，第一次可能因为无知而紧张兮兮的，去得多了，便无所畏惧了，甚至习以为常。就好比一个学生每天去上学读书一样。应付该应付的人，再留有足够空间自娱自乐。

令我意外的是，见了三次面，他便向我求婚。我保持沉默。我还没想好怎么拒绝他。之后见面，他开始动手动脚。我说："你向我求婚，不过是为了让我长期为你卖淫。"他竟说我下贱，给了我一个耳光，从此再没见面。仿佛我强奸了他一般。我冷笑。同时对自己的言辞震惊。这句话我只会写在小说中,竟说出我口。

如此一耽搁,五一劳动节就到了。顶头上司说五一加班的好同志以后有望加薪升职。我一口否决。满满的假期一天不少。我又有了新想法。

我回到了久水。

5月的久水绚烂极了。山上开满红艳艳的杜鹃花。我在灿烂的阳光中独自伤了会儿神。我想到以前和清月来山上摘花的情景。一次我不小心从山上摔下来,是清月一步一个脚印背我回家的。我们之间的友谊早已超越一般友情,早已和亲人如出一辙。我想我不会失去清月这个好朋友的。要不了多久,我们一定会和好如初。

然而,现实却很残酷。清月很少主动联系我。而我联系她的次数越发少了。偶尔我们都在久水,也会一起爬山,一起戏耍,却很少掏心掏肺地谈话。我们之间再也没提到过桑戈天。最后一次的三人聚会应该是初中同学聚会。从同学会上散场,三人便沿着脚下小路散步,然而不过是说些家长里短的话,很快便各自找理由散了。

当天晚上,桑戈天去了我的房间。

那是我和他目前为止最近的一次会面。

谈话非常简短。

他告诉我韩野结婚了,现管理家族企业,做得风生水起。

我笑笑。

接着他对我说,清月似乎不对劲。

我说:"她知道我喜欢你。是韩野告诉她的。"

"哦。"他轻轻惊讶了一下。

沉默。各自沉默。用我的沉默去安慰他的沉默。

他突然问了一句:"你为什么喜欢我?"

我该怎么回答。其实我特别想知道他是否喜欢我,但我不敢问。

他挤出笑容遮掩尴尬。"我该回房了。"

"嗯。"

他快步走出房门。我望着他的背影,有一种说不出的悲伤。我终究不知他是否喜欢我,对我作何想法。

第二天我给他整理房间时看到他写给我的一封信:

（首行空出）

点燃一支烟，从它开始燃烧写到熄灭。

眼前的人生使我格外悲凉。在陌生的城市，进行着一场又一场无谓打拼。我不知其意义何在。每天浑浑噩噩。既不敢想谁，也不会心生期望憧憬。因为没有希望就没有失望。

不断在厌倦中重复厌倦。

在被生活无数次强奸之后，我还是学不会笑脸相迎、纵情享受。

作为一个男人，我感到无限凄凉。

我原以为孤独是我最大的伴侣。我每天独自一人听歌看书行走摄影。我把工作当作一种煎熬，在煎熬中走向孤独。

关于爱情，关于你，我有一种无法触摸的空白。

或者该说一种混乱。

你眼神中有一种期盼。我不敢面对。

请原谅我，只有逃离。

唯有在逃跑的路上，我才有可能理清这一切。

烟灭。

没有任何署名。除了我，只有奶奶会来他房间。所以信一定是写给我的。他甚至不敢写出我的名字。在悲伤中，衍生出丝丝绝望。我以为他必定是不喜欢自己的了。喜欢是一种天生自然的感情。如果喜欢，只要静心聆听心灵，就一定会知晓。现在的他，乱极了，一定无法听到内心的声音。所以他不敢对我作任何说明。喜欢，或者不喜欢，他都不能说明。

就是这样一种不明朗，使我一再陷入渺茫的希望与等待之中。

原来即使我问了他，他还是无法作答。所以，潜意识里，我对他早已了如指掌。潜意识中，我似乎对他的心思一目了然，然而我自己在忽视、模糊。我不能放弃我仅有的希望，绝不让我的梦不再色彩斑斓。

原以为清月知道我喜欢小天这件事会让我过度内疚。实际上，并没有。我从未想过要与小天发展成情侣关系。他只是我的一个梦。因而对清月，我并无愧疚。我无法获知她如何想我。我只希望到了特定时间，她和我还能恢复从前的友情。这绝对不是我的一厢情愿。我对清月比对小天更有信心。

我在杂草丛中胡思乱想着。

二十五　成熟男人与年轻男孩

5月伊始，盛开的山栀花并不多。我围绕着山路不断寻找，发现方便采摘的山栀花不是被人摘了，就是还没盛开。青青的花骨朵，根本不能食用。只有半山腰上的、东一丛西一丛的花随风摆动。我顾不得多想，把带来的布袋绑在腰间，寻一块看上去好爬的山，抓住青藤，奔着花的方向，缓慢爬上去。

由于山脚处多为光溜溜的大石头，我很难翻越。只好，从这座山腰抵达相连的另一座。又是漫山遍野的，渺小的我很难发现山栀花。因而半天时间，我只采摘了约一斤左右的花。夕阳西下，我不得不收工回家。

回到家中，奶奶见我带回一大堆山栀花，便知道我去爬山了。她一边帮我整理花，一边说："今年我去挖些山栀花种在家门口。你想吃，随时可以采摘到。这花虽贵些，但买少许过过嘴瘾还是可的。犯不着冒险去山上摘。万一……"

我打断她："奶奶，我不是好好的吗？"

"下次不准去了。"

"还得再摘些。"我去掉花蕊和叶子，把花瓣放入篮子。

"这些足够了。我们两个根本吃不完。"

"奶奶,我同学很喜欢吃,千叮咛万嘱咐要我多带些回西城。"

"哪个同学啊?那个有钱的,叫什么野的?"

"他是小天同学。"

"奶奶看得出来,他喜欢你。"

"八百年前的事了。奶奶你还说。"

奶奶语重心长道:"小薰啊,你也老大不小了,该考虑自己的婚事了。"

"知道啦。您就别操心了。"

"我听你妈妈说你又把和你相亲的人吓跑了。"

还说呢,老妈把我的网线收起来了,我上不了网。奶奶见我不语便道:"3月时,小天来看过我。还问起你。"

"问我做什么?"

"我看他挺关心你的。"

无言以对。他关心我?他似乎只活在他自己的世界里。而他的世界里,压根没有我。

"丫头?怎么不说话了。"

"没有。"

"他进过你的房间。说是给你样东西。放你抽屉里了。"

我丢下花,五步并三步奔上楼。

打开门、打开抽屉。一眼看到一张折得方方正正的信纸,我拿起它,打开、默念:

(首行空出)

原谅我在你的房间抽烟,用你的笔和纸给你写信。

这次回来,我辞去原先的工作。之前赚了一笔小钱,我决定用这笔钱出去走走。去哪儿,还没决定。我记得以前你问过我:久水更深处有什么?

我以为你给出脑筋急转弯,便说,除了山还是山。山的深处还是山。久水便是被群山包围。我们都是山的孩子。

还记得吗?你、清月、我三人结伴去久水里面的那条路。从清早出发,一直走到中午,你说太累了,走不了。这条路好像永远也走不完。本来清月还打算继续往前走,但你却坐在路边怎么都不愿动了。我们只好同你返回。那是初中二年级的事吧。

后来过了半年,还是你兴师动众说要再走一走。那次,我们三人一人一辆自行车。因此走得更远些。但是除了山,还是山。相隔遥远的村落,同久水一样,村落里人烟稀少,老人和孩子及炊烟组成一幅美丽画卷。你还说,将来就要隐居在山野。你说,不行,我们还得往前走。那次你好像铆足了劲,清月和我竟都没有你骑得远。

我很抱歉。我比以前更爱怀恋往事。看着身边的年轻人都在兴致勃勃地为将来做努力,都有自己的目标。只有我,终日无所事事。我对工作一事,充满反感,认为那是诋毁人类心灵的毒药。可我别无选择。首先必须活着。

活着,一件多么残忍的事。尽管如此,我仍然不愿低头。

我还在寻找。一直在路上。

你的房间比我的房间多了丝气息。我说不出那是什么,但使我迷恋。

我想和你从做朋友开始,把傻傻的你哄得好好的。

借走你书桌上的一本书:《小王子》。

下次来,告诉你下半句。

他把"我想和你从做朋友开始,把傻傻的你哄得好好的"画了着重线。他想说什么呢?他这句话不是情话,却甚似情话。我内心涌满甜蜜和幸福。

我出神地把信又看了几遍,不知什么时候发觉眼眶涌满热热的液体。短暂时间内我把喻昂抛在脑后,直到奶奶在楼下叫我我才回过神来。

奶奶仰着头问我:"花要放冰箱里吗?"

我趴在窗台上,往下回答:"放冰箱里。"

因我不知什么时候才能遇到喻昂,也许明天,也许明年,也许永远不再遇上。我恨他,说话不算话,记下我的号码却不给我电话。尽管如此,我还是得把他喜欢吃的山栀花保存好,随时恭候着他。

晚上早早睡下了。由于白天的疲劳,一个梦没做一觉到天亮。第二天继续上山采摘山栀花。第三天返回西城。

和往常一样，上班、回家、看书、写作。我把《久水往事》更名为《久水之恋》。由于没有网络，我只好一遍遍在 Word 文档里修改小说。到我自以为满意时已写了近 7 万字。为了让这部小说有机会让喻昂看到，我再次答应母亲去相亲。她这才还给我网线。

此次相亲的男子长相颇不错。只与我同龄，我不甚满意。自从遇到喻昂，我脑海中全都是他这个年纪的中年男子，对年轻男孩压根不感兴趣。但还是勉为其难与他在咖啡馆喝咖啡、去网球场打网球（我根本运动白痴，他却兴致勃勃要教我）、在典雅的餐厅吃饭。相亲全都是这些内容，无一例外。

一次，我们在吃火锅。恰初秋，我把一盘白萝卜"扑通"倒入火锅里。很不幸，汤汁溅到他的白衬衫上。我慌忙说对不起，拿餐巾纸要给他擦去污渍，却很意外碰倒了啤酒瓶子，倒了他一腿的啤酒。我彻底呆了。他对我却默默忍受了。这使我对他充满好感与内疚。这种真实的情感，使我很快在下一次约会中对他说出实话："对不起，我可能喜欢年龄大我一点的男人。"

我看到他惊讶的表情，有些后悔，毕竟与他在一起，我没有厌恶。他只是一个善良的好人。或许他是一个不错的结婚对象，对家庭有责任感，工作也不错。虽说没买房，但那不是我在意的。他沉默许久，冒出一句："想听我的故事吗？"

我点点头。

"其实，我喜欢男人。"

"啊？"换我瞠目结舌了。

他哈哈大笑起来："开玩笑的。"

谈话进入僵局。我们各自吃菜。

他似乎在酝酿着话语，过了一会儿，他道："说实话，我已不会再爱上任何一个女孩了。我爱的女孩在三年前因病去世。我是被老妈逼迫着相亲的。如果你能接受，我会和你结婚，也会对你好。虽然我现在还不足以爱上你，但我相信有一天，我们一定会像亲人一样无法分离的。"

我低头想了三秒，说，成。

我的母亲和他的母亲便开始筹备婚事。我什么都不闻不问，好似结婚只是一场戏，母亲是导演，而我是演员。我只需按照母亲交代的去办即可。我和他拍婚纱照、看新房。时间转眼过去一个多月。这段时间，我贴完了《久水之恋》的所有文字。喻昂没有出现。倒是浅秋看了我的小说，说不错，另外还有一些陌生的网友鼓励留言。

我和浅秋在网站随意回帖闲聊了一些。她告诉我喻昂是她非常喜欢的作家。我连忙说我也是。接着细数他的小说，不断夸赞。她跟着说她喜欢他的哪些小说。短短几句，我们便对彼此印象甚好，引为朋友。

后来，熟悉起来，她告诉我：根据她对喻昂上网规律的观察，她发现他虽上网间隔时间不定期，但却总在夜里零点以后在线。她总是在那个时间等他，如果他在线便会注意到她的到访，很有可能去拜读她的文字。

我意识到她也喜欢他，便在QQ里问她：你喜欢喻昂？

她的回复使我欣慰：小妹妹，我有幸福美满的家庭。我只是爱他的文字。

接着，她如我所料问我：你喜欢他吧？

我发了调皮的笑脸给她。想了想，又打下一段字：我要结婚了。但我不爱他，他也不爱我。

那你们为什么结婚呢？她问。

因为彼此的母亲。点击发送。我陷入迷惘。

她发来流血的小刀，附上文字：你好糊涂。结婚可不是交易。结婚是一辈子的事。一定要找自己喜欢的和喜欢自己的人才能结婚。

我谢过她的关心。桑戈天毫无消息，喻昂不知所踪。我能怎么办？

婚期将近，我和结婚对象见面的次数却越发少了。他不主动找我，我当然绝不主动找他，倒是他妈妈给我打过一次电话。我心里只惦记着一件事：在夜里零点以后悄悄上网。连续几天后，我白天上班经常打瞌睡，还闹了不少笑话。

一个周末的上午，我全用来睡觉。直到中午我才起床。简单填饱肚子、整理好自己，便准备把书还给图书馆。

8月的图书馆开着冷气。我在新书一栏仔细翻阅。

正聚精会神地看海子诗集里的一首诗时，有个身影从我眼前晃过。我起初没在意，不经意抬头看了一眼。顿时，大喜过望，我情不自禁叫起来:"嘿!"

影子转身看我,我顾不了自己的唐突与冒失,对他说:"是我,你还记得我吗?"

这次邂逅完全超出我意料,因而细节上的安排显得非常粗糙,但我顾不上了。比起精心策划却一直只能在梦里,我宁愿要这种粗糙的真实。

令我失望的是,他盯着我看了一会儿,却摇摇头:"我认识你吗?"

跌至谷底。一时语塞。

大脑被他冷冰冰的话语冻结。无法思考。

或许看到我如此丰富的表情,或许是为了掩饰他的失态,他开始一连串地道歉:"抱歉。看你很面熟,一时想不起。是出版社的小李吗?真巧哎,在这儿遇见。看什么书呢?海子……啧啧,不错……"他说得越多,我越委屈,最后,竟不争气地落泪了。

他慌了。仔细在脑海里搜寻。

我擦着泪,越擦越多。

最后,他只好说:"我请你去喝茶。你别哭了,好吗?"

我默许地点点头,擦了最后一滴泪,破涕为笑。

谢谢你,眼泪。轻而易举地让我们的故事有了下文。泪水是女孩最好的道具,利用好它,将有意想不到的收获。而喻昂与我的故事,上帝和我是共同的导演、编剧。上帝参照我的剧本,导演这场百年难见的爱情戏,随时随地有篡改、增删情节的主动权。正所谓人生如戏,却终究不是戏。

走出图书馆,我说:"能请我吃冰淇淋吗?我不想喝茶。"

他当然说好。

打的来到一家装潢考究的冰淇淋店。我挑了最大盒子的香草冰淇淋。

和他面对面坐着。

"对不起。你只能看着我吃了。"看着他面前空空如也,我笑道。

他沉默笑笑。

他比我有耐心,看着我一口口往嘴巴里送冰淇淋,决口不提我是谁,还不时笑笑。
"你……"
"你……"
同时开口却同时被挡了回去。
他笑笑,示意我先说。于是我道:"你想说什么?"
"你吃冰淇淋的样子很可爱。"
"你也会夸奖人啊。"
笑,同时。接下来的谈话像一首欢快的歌。
"你找了我很久?"
我摇摇头:"我等了你很久。"
"突然停电,号码没来得及保存。"
"你终于想起我是谁了。"
"会爬窗子的小朋友嘛。"
"不许叫我小朋友。"我假装生气道。
他变本加厉:"小朋友!"
"老男人!"我反击道。
他哈哈笑起来。
"你这么穿着,和那晚的小朋友简直判若两人。"
"在图书馆,你是故意那么说的?"
"故意那么说,起初确实没认出,延长时间,搜肠刮肚。"
"狡猾的老家伙。"
"你很放肆嘛。"
"我只说真话。"
"不错。"
"不错。"我故意学他。
他笑,会意我的小玩笑。
我问:"你喜欢哪个我,那晚的那个,还是现在这个?"
"都喜欢。"
"我喜欢你的坦诚。我能再坦诚些吗?"
"能。"
我思想止步,想了一会儿:"我想让你读我的小说。"其实,我差一点问出口：我喜欢你，能和我谈恋爱吗？
"关于久水？"
"对。"
"荣幸至极。"
"是我的荣幸。"
我伸出手："手机？"
他立马会意："给。"
我在他的手机里输入我的号码，拨通。这样，我们便不会走散了。
"我还有事，今天先这样？"
"好。"

当晚回到家，我兴奋地想和谁说说内心的喜悦。想了许久，才发现唯有网上的浅秋。她值得我信赖。想起清月和希斯，我小伤感了一会儿。

登录QQ。不管浅秋在不在线，直接给她发送：秋，我今天遇到喻昂了。实话和你说，我写的《久水之恋》只是给他看的。我内心有一股很强烈的冲动，它使我面目全非，我对自己刮目相看，但这股力量也使我深深恐惧。你说，我该继续前行吗？

没有回应。于是我打开文档，继续修改小说。他是大作家，我是第一次写小说，我不想让他以为我不行。我必须让他惊喜。过了大约半个小时，浅秋上线。回复我道：我想，无论我说什么，只怕你都会勇往直前了。说心里话，我甚至有些小小羡慕你。

我问为什么。

她答：虽我年纪上大不了你多少，却永远没有机会去追逐自己所爱的人和物了。

我：只要自己所想，任何时候都不晚。

她：道理只是道理。你和我不同。加油！

我：谢谢。

她：有机会，我想见见你，我想现实中，我们也会成为好朋友的。

我说好。于是留下手机号码。同时记下她的号码。我发现她也在西城。有时，世界就是那么小。无处不相逢。

她下线后，我继续修改小说。母亲在身后站了许久都不曾察觉。直到她把手搭在我肩膀上，我着实吓一跳。

母亲抱怨道："一天到晚不务正业。这上网是能填饱肚子还是能保暖啊？"

我点击保存，关闭文档。问她："有事吗？"

"你的喜帖——"

我立马打断她："什么喜帖？！"

"废话，当然是你的结婚喜帖，不然——"

再次打断："结婚喜帖！"我怔住了，完全忘了结婚这回事。

"你怎么了？一下子失魂似的。不是和小吉闹矛盾了吧？"

我摇摇头："没有。"

"那就把喜帖给你同事送去。久水老家，是你去，还是我去？"

"去干什么？"

"送喜帖啊。"母亲显得比我还莫名其妙，"这孩子！怎么了这是。"

我想了想："我和小吉商量过了，我们不办酒席，旅行结婚。"我撒了谎。

"怎么可能？我和小吉他妈妈都商量过了，怎么没听她提起？我告诉你，别一茬又一茬的。结婚哪有不办酒席的？"

我立马反驳道："现在可不一样了。你自己不常看电视剧：什么裸婚，旅行结婚，多的是。这叫时代潮流，懂不懂？"

再说，你和魏叔叔不也没结婚登记，办酒席吗？照样住在一起，以夫妻之名。我暗想。不敢言。

"这事，我得问问他们。不能全听你一面之词。"

"那好，你明天问。今天太晚了。"

"还有，我找人问过了，下周三是个好日子，你和小吉请假去民政局登记下。"

"哦。"

我照例表面答应。行动上无动于衷。

真要结婚吗？灯熄后，我问自己。久久，没有回答。

我想起白天遇见喻昂的情形，立马做了一个决定，给小吉发短信：

我们分手吧。我爱上别人了。无法同你结婚。

　　接着，我给喻昂发短信，要他的邮箱。

　　一个小时后，他给我发来他的电子邮箱。我立马起床打开电脑，把小说全本发到他邮箱里。这样，即使母亲发现我和小吉分手的事没收网线，我也不必担忧了。电脑的任务暂时完成。

二十六　跟母亲的协议

一周后,我收到喻昂约我见面的短信。

我请求把见面地址改在人民广场中央的喷泉。他如约而至。

我们找了一处长椅并排坐着。傍晚的微风吹来,很凉爽。广场上三三两两散步的人。

我递给他一瓶矿泉水。他摆摆手,从包中拿出不锈钢杯子,喝了口茶。

"随身携带嘛。"我笑笑。

"喝习惯了。"他笑。从随身携带的包中拿出一叠稿纸。

我细看,原来是我的小说文稿。他见我惊讶便解释道:"我看不惯电脑上的字,眼睛差,所以打出来了。嗯……有些不合适的地方,我都用蓝色笔画出来了。你看看。"

我接过来,粗粗翻几页。果然上面有蓝色笔圈圈画画的痕迹,连错别字都改过来了。他接着说:"一个严重错误,必须纠正。你'的地得'不分,用得非常混乱。回去好好查查三者的区别和用法。另,生造词太多,环境描写不够,最好做到情景相融——"

我打断他:"什么叫生造词?"

他答:"就是自己捏造的词,没有这种写法,比如这个'童里童气'。"他一边随手指着一处圈画的地方,一边继续说,"有妖里妖气、老里老气,没有童里童气。你可以用奶声奶气来表现这个意思。"

我惭愧笑笑:"语文课上尽睡大觉了。很多记忆错误。"

他翻了几页,指着他圈好的几个字"定叫他吃不了豆子走",笑道:"这个错误,倒有意思。"

我一看哈哈大笑,仔细琢磨几秒,笑得更猖狂了,继而又恍然大悟道:"我明白了,是吃不了兜着走。"

他继续说:"语言不错,情感也真挚。要以小说的标准来衡量,还相差太远。故事框架乱七八糟,段落之间衔接得不够紧凑,故事情节也很松散。语言稍显拖沓、空洞。不够形象、准确。最主要的是中心思想,读完,不太明白你所要表达的到底是什么。"

我终于忍不住提醒他:"我是第一次写小说哎。"

"那就先从短篇小说学写起。另,开头出现的人物,后面再也没有提到。这可不是小说风格。前面提到一把枪,后面这把枪就必须射出子弹。何况是一个你重点写的人物呢!"

我不服气:"本来嘛,有些人走着走着就散了,重要人物也不是一开始就出现的。"

他没有生气,也没有争辩,而是说:"还有一个致命错误,你用第一人称写,这并没什么不妥,但你多次描写'我'的表情,'我'怎么能看到自己的表情?用第一人称写小说,并不代表'我'就是作者本人,你可在小说中通过别人的眼来侧面写'我'的表情。"

我吐吐舌头,表示认同,也对自己会犯这种低级错误感到无法理解。但我不死心:"就没有值得你表扬的地方吗?"

可能我的表情非常可怜兮兮,他笑言:"有啊。"

"哪儿?"我忙问。

"有潜力和资质。"

"什么意思?"我不解。

"需要打磨。时间和阅历。写作可不是一朝一夕的事。"

我点点头,才道:"谢谢。"

"你也会客气。"他拍拍我的肩膀道,"别泄气,一步一步来。先我手写我心,继而再向准确迈进,最后,才能达到小说顶峰。"

被他逗乐。"请你吃饭。"
"小事一桩,不足挂齿。吃饭就免了。"他起身,欲走。
"等一下。"
他站在我面前,看着低头不语的我。我该表白吗?
"我……我……"
结结巴巴。支支吾吾。
看着他的黑色皮鞋,我失去勇气。"我……我能再给你电话吗?"
"当然。我们现在是朋友。我,随时恭候。"
我再次把他的客套当作一种明朗的暗示。
我说:"好,但你,不能嫌我烦。"
他保持一种礼貌的微笑:"哪里会。美女烦我,求之不得。"
我不喜欢别人叫我美女。这个时代,是个女的就叫美女,会写请假条就叫才女。不过他这么叫我,却使我感到幽默、亲切。

9月发生两件震级为七八级的事。
先是和小吉见面。
我在他家楼底下小区的凉亭里等了他十多分钟。
"很遗憾。"他风轻云淡地说,"我母亲非常喜欢你。我对你也无反感。"
"对不起,小吉。"
"没事,去寻找你的幸福吧。"
或许因为不爱,我们都很大方。瞬间,我内心泛起淡淡伤感。
"你也是。忘记过去,重新开始。"
"谢谢。"
"珍重。"
"珍重。"
我们挥手告别。永远错失在彼此的生命里。
无论谁的人生,都缺少不了这样的一段插曲。又或许,正是由许多个插曲组成。主人公,始终唯有自己。插曲过后,又穿插在另一人生旅途中。时间久了,连我都不知晓自己要什么,又在找寻什么。这流浪的脚步和心,始终找不到一种足够安稳的归属感。

接着是和母亲闹翻。

这一次，母亲大哭大闹过后，选择了平静。我想安慰她些什么，却无话可说。

此后的几天里，母亲把我视为透明人，叫我吃饭、起床、睡觉，但不再过问我的婚事。我想她是大受打击了。一次晚饭后，我主动收拾碗筷，一面对她道："老妈，我有喜欢的人。我会尽快给你一个满意的答复。"她虽还是沉默不语，但我注意到滑过她脸上的一丝喜悦之情。

我一直在等喻昂主动给我电话。但他没有。

除了问写作的事，我主动过。其余也不敢过多打扰他。

虽说我有了他的联系方式，却比之前失去他的消息时更难挨。工作也失魂落魄。读书无心情。写作更是无从着笔。心不静，做什么都是事倍功半。

我只有找浅秋说说话。

浅秋淡淡地安慰我。

此外，生活平淡如水。

10月黄金假期。我回了久水。

忽而忆起冰箱里的山栀花。于是给喻昂发短信：我在久水的山栀花香中，想你。

发完，关掉手机。我不敢看他的回复。

站在二楼的窗前朝外远眺。桂花清香扑鼻。我跑下楼采摘些花枝插在花瓶里。照样打开旧收音机听广播。传来蔡琴的《被遗忘的旧时光》。

想找一本书看看。目光在书架上游离。发现《小王子》归位。

桑戈天来过！

内心一阵欢呼雀跃。

抽出书，打开扉页。有我自己的笔迹："只有用心才能看到本质的东西。"这是小狐狸对小王子说的话。下面有桑戈天的笔迹：渴望被你驯养，和你建立纽带。

这是什么意思？

我问自己。

从旧时光的隧道里传来一个答案：他终究是喜欢过我的。

我打开抽屉，看有没有留给我的字样。上次他的信里说还有半句话留给我。然而，没有，翻遍抽屉，没有找到他的字条。

奶奶在楼下叫我吃晚饭。

我下楼来，一边吃饭一边问她："奶奶，小天来过了？"

"是啊。昨天来的，今天一早说进山了。"

"进山干什么、还回来吗？"

"说是拍些照片。也不知道什么时候回来。你给他打电话问一问不就知道了。"

我随意刨了两口饭便上楼给他打电话。

我们曾近在咫尺，转瞬却各自天涯。

我有他的手机号码、QQ、电子邮箱，也极少与他联系。主要是不知道说什么，虽然把生命中大部分感情寄托于他，却好似和他本人没什么关联似的。

传来他熟悉的声音："喂。"

担心他不知道是我，忙道："是我，小薰。"他立马说："知道。"一阵暖流缓缓涌入体内。"嗯。"我想着话语，却很快忘记该说什么。

短暂沉默。

"我在久水。"意思是你赶快回来见我。

"知道。"他淡淡道。

你真的什么都知道吗？

继续沉默。

"国庆期间还回久水吗？我待到4号。"

"看情况吧。也许回，也许不回。"

"哦。"

我还能说什么。他压根没有回来的意思。

但我不想就这么挂掉电话。

沉默如夜。心凉如水。

最终，他还是说："我尽量赶回来。到时再联系。"

我迟疑着，不说好，也不说不好。

他问："还有事吗？"

我在沉默中滑下一颗泪。不语。

他在我的沉默里说:"没什么事,我先挂了。"

声音哽咽:"等等——"

"你说。"

"你还欠我一句话呢?"

"一句话?"他先是疑问,后想起继续说,"哦。对了,原先是有的。但后来,想想还是算了。没多大价值了。"

"不能告诉我吗?"

沉默。像是鼓足了勇气道:"有些话,还是不说为好。"

"也罢。"

"祝你幸福。"他说,接着果断挂了电话。

听着"嘟嘟嘟"的盲音,我愣住了。

泪水肆无忌惮。我不知道我错失了什么。冥冥之中,我感到他在远离我。那么久未见,哪怕只是作为一个老朋友,难道不该放下一切,匆匆赶回来和我见面吗?第一次,我感到自己对他的喜欢,成为一种屈辱。我愤愤地想:不见就不见。有什么了不起。等着瞧,我会忘记你。永远忘记。

随即我把他抛之脑后,几乎是下意识地拨通喻昂的电话。我再也顾不得什么女子的修养和矜持了。

电话一接通。我就说:我想见你!

谁知传来一个成熟女声:你是谁!

语气充满敌意。

霎那间,我僵了。电话那头不断震动:"喂喂,你是谁,说话啊,怎么不说话……喂……神经病!"接着"砰"挂掉。

这个夜晚,被诅咒了吗?

我如临大敌般逃了出来。我唯有沉默。该死的沉默。

他是有女人的。我一直忽视这个问题。

我的精神几乎崩溃。手机掉落到地上。我无力地蜷缩于墙角。

想起桑戈天给我讲过的 个笑话:如果你感到冷,就蜷缩于墙角,因为墙角是垂直的,有 90 度。如果还感到冷,就躺在大地母亲的怀抱,因为有 180 度。

我不经意笑了一下。
随即放声大哭起来。
为什么我总是一个人孤零零的？所有人都不要我。
父亲不喜欢女儿，所以不要我。
母亲给我的爱，一直是逼迫我相亲。
桑戈天不要我，他宁愿一个人独自流浪。
喻昂不要我，他有女人。是的，我早该想到。
清月不要我，她要一飞冲天。我知道她的志向，一直知道。
我真可怜。真替自己可怜。

夜色中，静默其殇。
桂香布满整个房间。从开着的窗外吹进的阵阵微风轻抚脸庞。
我在空白的纸上，写自己的心思和忧伤。零落一纸，用文字慢慢铺成一条通往平静的小路。
伤心汇成小溪，流到哪儿，便写到哪儿。
所谓我手写我心。
不知不觉，夜更深。人静如水。
还是毫无睡意。
于是继续用血红色的笔写道：
该怎么和母亲交代？
我一贯听她的话，所读专业听她的，工作也是她安排，甚至婚姻。
然而，我不快乐。
我甚至不知，自己喜欢什么，厌恶什么。
我以为听她的话，是一种无限的爱。我甘心情愿地爱她。愿为她放弃生命。
然而，她爱我，却是这般残忍与逼迫。
我爱她，又是那般唯命是从、失去自我。
我是谁？我的生命源于她，便该归于她吗？
实际上，我有真正顺从过她吗？
选择的专业，我不喜欢，枯燥的会计，使我对人生更加了无兴趣，我表面顺从，暗地里却做尽伤害她和我的事——我厌恶学习，暗暗叛逆。情愿选择慢性自杀，我并不存在对她抱有任何怨恨，我除了同情和爱她，别无其他情感。我不喜欢她的人生，同样不喜欢她给我安排的人生。我却无从反抗。我只会默默忍受，一面伤害自己，及早消失于世界为愿望，只有那样，我对她才不存在亏欠和抵抗。

我的想法如此天真，却又如此无可奈何。

我一面厌弃她为我安排的人生，一面远离自己所喜欢的人和事物。用了那么长时间，到头来，却还是发现，我终究不能按照她的规划来实现我生命的价值——如果我的生命有所价值的话。

母亲，请原谅我，只有这一次，没有听从你的话。

我想，哪怕是一次错误，我都想品尝一下犯错的滋味。

我需要错误。

我需要在错误里寻找到我想要的东西。

母亲，请理解我。我对你的爱，始终如一——不，只会更深。

这一次的十字路头，我将听从心的召唤，跟从心灵的脚步，前进。

越写，这个决心越坚定。

最后，放下笔，把所写的放入抽屉里。

安然入睡。

第二天睡到自然醒。

下楼发现锅里留着奶奶给我的早饭：雪菜肉丝饼和一盒酸奶。

快吃完时，奶奶从地里干活回来。

我见她沾满泥土的鞋，便劝道："别那么辛苦了。奶奶。"

"奶奶心里有数。没事。"奶奶放下锄头，反倒劝解我来。她给自己倒了一杯水，喝了一口，便问我，"你结婚的事怎么样了？"

"结婚？"我对结婚二字特不敏感，常常入耳而不知其意，几秒后方才明白奶奶所言，便实话道："吹了。"

"吹了？"奶奶压根不信，笑问，"前段时间，你妈妈说你连日子都定了，怎么说吹就吹呢？"

我无奈摇头。"我也不太明白。"

"这孩子！"

我沉默地吃着早饭，听奶奶絮絮叨叨："你说你们这些孩子都怎么了,年纪也老大不小了。昨天清月奶奶还和我说清月也不结婚,如今你也不结婚,小天整天也浑浑噩噩的。我像你这么大,孩子都生了两个了。"

"清月怎么样了?"

"她奶奶说她就顾着学习和工作。男朋友也不处。"

"学习?"

"是啊,听说要考博。一个女孩考那么多试干吗?嫁人生子才是正事啊。"

"奶奶,一会儿我出门,不用等我吃午饭了。什么时候回来也不知道。晚饭也不必等了。"

"你干吗去?"

"有点事。"

说完便收拾一下,上楼了。奶奶还有什么想问我,被我用眼神给拦回去了。

整理东西时,才发现手机自动关机后还没开机。于是开起来,发现喻昂给我打来电话。他这是要解释昨晚的事吗?

我没有多想,赶紧回拨过去。

"小薰,你小说修改得怎么样了?"

自从他对我的小说大大打击之后,我哪有心情修改呢?"没怎么改过。"

"你按照我写在纸上的要求修改一下。另,题目太普通了,也得改,要醒目些,让人一看题目就有想看下去的欲望。你好好改改。改好了,发到我邮箱。我预备帮你推荐给杂志的编辑。"

"真的?"声调提高了十几分贝。

"有必要骗你吗?写小说,首当其冲,得能换银子。"

"我从未想过能发表,能赚钱。只是通过你的关系,会不会……"很快,我便回到现实,回到没有信心的自己。

他笑道:"你想多了,我只负责推荐,至于能否发表,还得看你修改后的小说质量如何。"

"无论如何,我感激不尽。"

"别说这些没用的。尽力修改好小说，就是对我最好的感谢。"

我被感动得一塌糊涂。我以为他为的是我，后来，才知道，这不过仅仅是文人最可爱的一面，也是最寻常的一面。他们大多如此可爱。

我连连点头，想到他看不到，便诚恳道："我一定竭尽全力。"

"注意劳逸结合。等你好消息。"

"嗯。"

我还在思量着话题，他连告别都没有就挂掉电话，完全超出我意料。我愣在稀薄的空气中，久久难以平息混乱的情绪。

对他，仿若昨晚的事，压根不知情似的。有那么一瞬，我怀疑是我的幻觉。

本来还打算进山，去看桑戈天看过的风景，走他走过的路。现在看来，得改变计划，修改小说了。可惜小说稿都在西城。我只得赶回西城，一连几天都闷在家里修改小说。

我浑身上下充满战斗力。在黄金假期结束前，我把修改好的小说发给喻昂。很快收到他的回信：比之前好很多，但离发表的要求还相差甚远。再改。

可想而知，我的失落。

按照之前的决定，我辞去会计的工作。

为了避免和母亲发生正面冲突。我在辞职前先找好出租房。

留了字条，便不告而别。

随即，我关掉手机。在出租房里，潜心修改小说。

改好后，由于没有网络，我只好把小说拷贝在U盘上，去网吧给喻昂发去。

之后，漫长的等待。

等待的煎熬中，我一面找工作，一面构思新的小说。

手机一开机，各路消息纷至沓来。母亲都找过他们，从他们那儿试图找到我：连我都陌生的同事、同学、亲戚。然而，我像人间蒸发。西城偌大，有心躲藏，如何找到？

连一向对我不闻不问的父亲都打来电话。看到未接提示里"老爸"

二字，我感到一种报复的快感。

做惯乖乖女的我，这次一定让他们大吃一惊。

最直接的后果是，母亲生病了。我被各路人马追问谴责。

我便暂时放下找工作和写小说，在医院照顾母亲。

母亲对我不理不睬，还故意和我作对。无论我怎么解释，她都不予理睬。好在她心病去了一半——找到我，身体也无大碍，很快便出院了。她出院时，我向她发誓：我发誓一定找到工作养活自己，并且尽快恋爱结婚。

母亲的笑神经似乎失灵。我每每面对的终究是一副无精打采、毫无生机的脸庞。她连生气都不会了。我知道自己伤透了她的心。第一次彻底的叛逆，以失败告终。但我没有搬回家里。我想起和清月说过——一毕业，我就搬出去。然而，我还是被母亲的苦苦哀求而和她住在一起了。魏叔叔大概探到我的底线，也不再对我进行行为骚扰，只是偶尔言语轻佻，我习以为常，不与其计较。在他的说动下，母亲终于与我进行了一场谈判。

而我也逐步了解魏叔叔这个人。除了不正经、小心眼、吝啬，其他方面还算不错。何况他也确实帮过我很多——救过梁超、帮我联系工作、在母亲和我之间当说客等——尽管并非我所需我所愿，却是不容否认的客观事实。我还听母亲说，上次我打算结婚，他和母亲商量要给我个大红包。对我——一个和他无任何血缘关系的外人来说，情至此，也算仁至义尽。说到对他的付出，我一点都没有过。除了当着母亲的面，叫他魏叔叔，在吃饭时间，遵母命，叫他吃饭，别无其他。所以，我在毕业以后，我和魏叔叔基本上算和平共处。我对他既无怨恨，也无情感，始终和陌生人无异。我们只是一个机器上的两颗螺丝钉，各尽其职，共保一主。

母亲与我的谈判，魏叔叔是见证人。

我们共同达成的协议如下：

1. 我保证在三年内，找到男朋友并结婚。期限至2012年底。

2. 若2012年底，我仍然没有任何结婚的苗头，将全权听从母亲的安排，不得有任何异议。

3. 我再找的工作，不得不经过母亲的同意而擅自辞职。

4. 若违背以上任何一点，我都得搬回和母亲同住。

5. 在 2012 年之前的时间里，母亲不得干涉我的恋爱自由。

最后一点是我强烈要求加上的。

协议刚商议完。父亲的电话打来。

我接起来，像接一个陌生人的电话。

"喂，你好！"

"别惹你母亲生气。"这就是我父亲大人给我第一句话。

他们没有人关心我，我不明白这是为什么。难道仅仅因为我是女孩而不得宠爱吗？

"叫父亲大人你操心了。"

"听着这话，像是有怨言呀。"

父亲出我意料地半假半真笑道。我怎么了，我以为我在写小说，安排对话场景吗？不过不知道为什么，自从写了第一部小说，我的生活微微有了些变化。我把从前对亲人卑躬屈膝的心态收起来，取而代之的是把真实的自己掩藏在言语间。就像一个人乐于躲在小说里，用一双惊恐的眼睛来看这个世界。

我随即接话：不敢。

"转眼，你就长大了。我常常不知道。"

父亲感叹道，似在自言自语。

我一语不发，望着自己的拖鞋，发呆。

父亲，是个陌生的词汇。像小学生头一次学到这个词语，因为一无所知，很多时候，我们都无从感慨。但当听到他说有时间我们父女好好说说话时，我竟忽而流泪。亲情永远是泪水之源头，无论我是几岁。父亲似乎有所察觉，便安慰道："又哭鼻子了吧。爱哭鬼！傻丫头。"

我置之不理。挂断电话。继而，放声大哭起来。

好在，还有一个房间，容我肆意哭泣。

二十七　失业之后

找到合乎心意的工作并不容易。

由于我不打算继续做会计,又一无所长,找工作,连连碰壁。母亲不时打电话问我进展,听到我连连叹息,便不断劝我回去住,说得至情至真:"这个家,随时欢迎你回来。"继而又不停唠叨,"你魏叔叔和你原先的上司通过话,他答应你回去工作,并不计前嫌。"

我连忙拒绝。

于是母亲便又道:"那我再求他托人给你找其他的工作。你说,你到底想找什么样的工作?"

"我不知道。"我生气道,"妈妈,我们不是说好不干涉我的自由吗?"

我忍无可忍,便使出杀手锏:"妈妈,不知不觉都讲二十几分钟了,要七八块钱呢。改天当面说啊。节省话费啊。"母亲这时才不情不愿结束谈话。

搬出来住,人是自由了,可滋味不好受。我也体会到"只有自由本身才能限制自由"这句话的精妙所在。不过,无奈,事已至此、木已成舟。

找了一个多月，依然毫无进展。我便妥协在一家服装厂做跟单员。

实习了半个多月，摸着一点头绪，就在我打算下决心努力好好干时，毕竟这是我自己找的工作，很珍惜，却发生了意外。

带我的跟单员老张私下里问我在厂中是否有关系。

我摇摇头。

此时，我正跟着她走在去水洗车间的路上，她没有交代我注意事项，反而问我这个问题。我不解。她见我摇头，便微笑不语。

强烈的好奇心驱使我问出口："怎么了？"

"非要知道？对你不好。"她欲言又止。

我说是不是我哪里做得不好。

"没有。"她忙摇头。

"那是什么？"

面对我的追问，她只是说："总之，你做好心理准备。"

一周后，主任单独叫我去他办公室。

像我这种职场白痴，总是被人玩弄于股掌之间而浑然不觉。

主任是一个二十七八岁的年轻男子。别看他年轻，但不可忽视的是他身后的关系网。听说他非常善于"结网"。点点线线面面相关相联。事后，我想我不是他网里的人，也没有潜力发展为网中一员。以我之见，他干区区主任一职，实在屈才，应该开一个叫"完美解聘职工"的公司。

我们的谈话如下：

他笑容可掬、言语亲切："小叶，你来快一个月了，有何心得啊？"

我支支吾吾："挺好……很好……"后来考虑到我得在公司待下去，于是又说了些我会好好干之类的废话。

"嗯，很好。不过，据我观察，你好像不太擅长和各部门搞好关系。"他徐徐道来。

我勉强解释："嗯，不太熟的缘故，我会尽快记住他们的。"

这本不是我擅长。他说得没错。

"好。我有个想法，你可否一听？"

这么客气，我忙答："主任，您请说，我一定照办。"

"现在车间里正缺人手，尤其是缝纫和电脑绣花这一块。你看看愿意到哪个部门？"

他缓缓说来，一面观察我面部表情。我毫无掩饰自己的惊讶和失落。

"这……"短暂的思考过后，我还是不太明白。

他忙道："你别误会。我是有心想栽培你。想让你从最基层干起，和群众、基层干部搞好关系，这将非常有利于你今后的工作。我看你做得非常吃力，全是因为他们对你不熟悉、不了解。再说了，劳动人民最光荣。工作也不分贵贱嘛。你看怎么样？"

我暗自思量，一声不吭。

又听他说："你这么年轻，学历在我厂也算中上，我们是不会委屈你的。再说，年轻人多历练历练，对工作和人生都非常好。你看同事小王只是高中学历，最早也只是车间的一名普通工人。他现在做得非常得心用手。你好好考虑。"

我点点头。但生性的倔强，却让我说出自己都难以置信的话来："对不起，主任。也许你是对的，我的确胜任不了现在的工作。尽管我很想努力把工作做好。我请求辞职。"

"这是一个机会。你还是好好想想。"

"不必了，主任。谢谢你的好意。"

"既然如此，我也不强留你。"他从文件夹里抽出一张纸，"你填下这张表格，到人事部办理离职手续。"

"谢谢。"

我拿着那张表格回到自己座位，尽管心里一个劲要求自己千万别丢人千万不能哭，却还是在一瞬间，忍不住，泪决堤而出。

邻座的老张见状，赶紧递给我一包面纸，她在我耳边问怎么了。

我埋着头，把表格递给她看。她便明白了，拉着我，说："走，跟我去水洗车间拿样品。"

我犹豫着不肯。她在我耳边私语："去外面，我有话和你说。"

我擦干眼泪，跟着她走出来。

来到车间外的小路上，她开门见山："小叶，你别伤心了。一周前，我得到消息,主任有个远亲表弟要来我们厂,环顾四周,发现只有你新来的,可以换掉,所以你,运气不好。"

我愣了5秒。

随后明白,主任哪里是要栽培我,分明是挖了个坑,等我往里跳。现在好了,是我主动辞职,与他无关。他表弟就可以堂堂正正进来了。

"别多想了。哪儿都是这样。要怪只能怪我们没有好背景。"

"这也太可气了。"

"你刚来,哪里知道这里面的关系?厂长的女儿喜欢主任,主任却和比你早来一个月的'小樱桃'(因她长相甜美、身材娇小可人而得此外号)关系暧昧。"

我再次张大嘴巴,瞪大眼睛。

啧啧,够我写一部长篇了。

不过,是一部好没意思的长篇。

这样的工作环境,我不干也罢。很快,我填好表格,办理了辞职手续,领取了可怜兮兮的一点工资。

离职当晚,我给喻昂打电话,请他吃饭。

西城美食城。

好吃,价又廉。

我毕业后,没来过。但之前较熟悉的还在的店主看见我,都同我打招呼。令我意外的是,他们记得我,我也记得他们。尽管叫不出全名。

我来到奶茶店买了一杯奶茶。店主是个穿戴洋气的美人,人送外号奶茶西施。她一见我便热情招呼:"小薰,在哪儿发财呢?"

我笑笑不语。她照例给我来了一杯哈密瓜味的奶茶。瞥见我身旁不远的喻昂,问:"那是谁?你男朋友?年纪大了些,但看上去气宇不凡。"

"你别瞎猜了。"

她一边做奶茶,一边问:"结婚了吗?"

我摇摇头。她嘴角下耷:"哎——我也没有。"

我笑道:"你这个奶茶西施,追的人不挺多吗?"

"我不喜欢他们。"

她把做好的奶茶插上吸管，接过我递过去的10块钱和我的话："要收足哦。我可不好意思占你便宜。"

"放心。老价格。"她一面找我钱，一面说，"小薰，你还记得你以前待过的香喷喷吗？"

"记得。怎么了？"

"听说在淮海路上开了一家快餐店，生意比这儿好多了。"

"真的吗？"言语间充满喜悦。

"这还有假？我们都去看过了。他们还提起你呢，说你为人不错、踏实肯干。"

能得到社会上的一份认可，着实不易。"我也很高兴他们的日子越过越好。"

"是啊，好人好报。常来玩哦。"

我点点头。与她告别。

喻昂环顾四周，对我道："这里非常热闹啊。我还第一次来呢。"又用眼神指向奶茶店，问我，"你和他们很熟啊。"

"我以前上学时在这儿打零工，平时没生意时，会和他们闲聊。"我们走进一家新开的火锅店，找了角落的位置坐下，点好菜，我继续说，"他们都对我挺好的。做点小本生意，自足自乐。"

"这个城市，还有温情可言？"

"我们都处在差不多的水平线上，没有巨大落差，当然少不了有些小打小闹，但那也无关紧要。总体来说，相处得还算不错。一般而言，他们都很善良，而善良的人都懂得互帮互助的道理。"我一连串说了很多，意识到时，忙补充，"抱歉，我班门弄斧了。"

"没事。随意些。我喜欢你这样。"

嗯。

见我不语，便又说："你今天有心思？"

我呵呵笑。又喜又悲。

"你眼睛真毒。"

"你眼神里都写着呢。"

"我，被辞了。现乃一失业闲杂人员。"苦笑。

菜上齐后，我们边吃边聊。

他问我:"要找什么工作?"

"说实话,我自己也不知道。只能边找边想。"

"怎么讲,对自己定位不清楚?"

"没找工作之前,是不清楚,找过才明白,要么,我喜欢的胜任不了,我不喜欢的不愿做。"

"都干过什么工作?"

我尴尬道:"准确说,只干过会计。但我不喜欢。"

"你相信我吗?"

他望着我,等我的回答。我被他突如其来的话弄蒙了。

"相信。"我说。

"有多信?"他追问。

我想了一会儿,道:"嗯……可以单独和你待在荒岛上。"

他笑起来。满意地吃了棵青菜。"很好。"他说,"去我那儿帮我吧。只是有点委屈你。"

"不委屈。"我忙答。

"你还不知是什么工作呢。"

"给你扫厕所,我也情愿。"

"吃饭呢,小朋友。注意用词。"他连连微笑。

我暗想:多谢主任。幸亏你辞了我,不然我怎么可能和喻昂多多联系呢。

"一会儿我带你去看看我的书店。"

"好。"我一点吃饭的心情都没了,恨不得放下筷子立马去。但看他吃得慢条斯理,我只好耐着性子,慢腾腾地吃了些。

期间,他接了一个电话,过后便对我说:"抱歉,小朋友。我朋友到西城了,我们很久没见面了。恐怕得下次带你去了。"

"让他过来一起吃嘛。再说,我也想认识你的朋友。"

"我这个朋友对女孩总是保持沉默。我怕你尴尬。再说,把你晾在一旁,我心里也过意不去。你先回家,我在这儿等他,今晚我请客。"

我还想说什么,他很坚决道:"就这样。太晚回去,你一个女孩也不好。"

"好。"我只好擦擦嘴巴,拿起包包撤了。

我踢着路上的小石块，走得非常缓慢。不过才7点一刻。路上车水马龙、灯火通明。沿着人行道，我慢慢踱向公交站台。

一辆2路公交车缓缓进站。后门自动打开，走下几个人。恍惚中，我发现有个人影十分熟悉。他低头走路，速度很快。穿着一件简洁灰色风衣。

我情不自禁地叫出他的名字：桑戈天。

他似乎没有听到，继续赶路，往我相反的方向。我追上几步，一直叫他。

但人声鼎沸，他根本听不到。

不一会儿工夫，我就跟丢了，看着茫茫人海，无处可寻他的踪影，我非常沮丧。

原路返回，一路掏出手机，反复犹豫，却还是没有勇气拨出那一连串熟记于心的阿拉伯数字。他来到了西城，却没有给我打电话。

我立马给久水的奶奶打了电话，被告知桑戈天确实在我离开后两天回到久水。他给我留了样东西在我抽屉里。

"是什么样子的？"我问奶奶。

奶奶说她也不清楚，用盒子包装得很精致。

我对着手机说："奶奶，我明天回去。"

第二天一早，我就坐了最早一班车回到久水。

脚一落地，我就迫不及待赶回家中二楼，推开门，打开抽屉，取出那只盒子。

我拆得很仔细，心跳得很快，手微微颤抖。

是笔记本和一盒磁带。

他一定是注意到我抽屉里的随身听。自从毕业后，我很少听随身听，它作为一个记忆的见证被我珍藏起来。我把磁带放入随身听，插上插座，传来一首歌。开头便是："嘿，我真的好想你……"听得我莫名想哭。我竟不知道他会唱歌，还唱得那么好听、深情。一面打开笔记本。

本上却是一些照片。我一页一页地翻。

他给我的任何东西，我都非常留心。因为我总是希望从这些东西里翻出他对我的蛛丝马迹。然而，每次我固然能了解到他心中有一个位置是给我的，但却不是我想要的位置。当然空间也不够大。相比较我留给他的，简直就是一个火柴盒与一片天地的差距。

都是些自然风景照片。照片里的世界堪称天堂，一些小东西又非常生动有趣：

断树旁的绿色小植物，欣欣向荣。

挂在枯枝上的雨水，把自己想象成一颗颗晶莹剔透的宝石。

桂花树下，一半落叶枯黄，一半小草绿油油地招摇。

树上，鸟儿成群结队，飞翔栖息。

一条石阶路通往坟墓。

被刮光皮的树，赤裸裸地躺着。等待命运捉弄，或展翅高飞。

小溪，永远唱着欢快的歌。因为行走，它总在不断忘记。

徐志摩诗里的水草在大山深处，依然招摇。

开败的山茶花，继续装点风景门面。

无名果在头顶，摇晃，掉落，砸醒了孩子的梦。

山间，一种喧闹的寂静。

脚下布满青苔的石板台阶，湿漉漉，像时光在静修。

背影独自行走，像在文字里，幻想一场场爱的故事。

……

最后一页，夹着一封信。我看出是用我抽屉里的纸笔写的。

打开折叠得方方正正的信纸，默念道：

这个小屋像是我们的接头地点。每次，你在，我就不在；而我在，你就离去。好似上帝故意安排。

当然，现在科技发达、交通便利，只要我们一个电话，约定好见面时间地址，相信总能见面的。只我不愿那样去做。因为，爱，没有捷径可走。

一直以来我都有一个愿望：到大山深处去看看。这也曾是你的愿望。所以，我去了，拍了这些照片，与你共享。

在路上行走时，我反复听手机里的一首歌，我对它滚瓜烂熟，想唱给你听。于是抱着试试看的心理，我去买来空白磁带，把它录下来，一首《如果没有你》，送给你。

希望你会喜欢。

我所能为你做的，微不足道，我只希望你幸福快乐。

信纸背面写着一句话：通往爱情的方式有很多种，偏偏我们这一种除外。

窗外"沙沙"下起细雨。我精神恍惚，不知心中翻江倒海的是什么样的情感。

星期一的乡下，安静极了。偶尔有车从不远处的公路上开过。我在小楼眺望远方，每次都被远处连绵起伏的山群挡住视线。

从抽屉里拿出日记本，开始写日记：

告诉我，这是终点吗？

我和你，全剧终。

这是你给我的答案，对不对，我漫长等待过后，传来的微弱回答。

尽管我从未奢望和你、和爱情沾边，在得到这样一个回答后，我感到难受、伤心。

都怪我，原本我们是很好的兄妹、朋友。却被我不肯放下的固执给毁灭了，它甚至摧毁了清月与我的友情。我一直以为我的固执终究只能是我一个人的事。现在看来，我大错特错了。所谓情深不寿，我早该换一种方式去面对这种不该产生的情感。

但，谁能告诉我，我要如何戒掉你、戒掉这份不该坚持的感情？

为了保持与清月的友情，我一直压抑、扭曲这份情。我没想到，到最后，我们三人都受了伤。这份隐忍与委屈到头来，却是一把刀，血淋淋地插在我们的胸口。

我忽而想起韩野，想起他灿烂的笑和阳光般的心，我忽然意识到，我错失了一个本可带领我走出黑暗世界的人。哪怕只是试一试，怎么都好过现在的结局。此刻，我才意识到，我正是害怕自己会爱上韩野，才拒之于千里的。他现在好吗？手机里他的号码一直不忍删去，也许他早已换了号码。无论现在他是什么样，都与我无关了。

爱情，没有回头路。

将来遥不可及。现在，只有喻昂，在我心中，他类似于韩野的角色，却又有所不同。他可以救我于黑暗，我爱他比爱韩野更深，并且不可动摇。

一直以来我都在默默寻找这样的角色：带我走出你的情感沼泽。然而，每次我都寻找各种各样借口，武断拒绝任何人。开始，我以为是他们不及你优秀，后来，我才发觉，是我不肯放下。我一直抓住这棵稻草不放，实际上，却是越陷越深。长久以来，我都不知该怎么办。进也不能，退也不能。长期挣扎纠结。以至于性格上出现明显缺陷。

现在好了，我相信喻昂会给我一个明媚的春天。

我把写好的日记本放在抽屉里。照例顺手整理了一下。

抽屉里都是些笔记本和书信。还有几本相册和同学录。

却有意外发现：一封没拆开的信。字迹是梁超的。

读信，几乎是我漫长青春年华里，唯一一件不那么寂寞的事。

信的内容很简单：和我联系。

写有手机号码和在西城的住址。

我没有给他打。时隔多年，我们已经足够陌生。

韩野的事告诉我，陌生的，就让它永远陌生。熟悉之后的陌生比永远陌生更令人惶恐害怕。何况，我这样的人，注定孤独、寂寞，且无可救药。我一点也不想应付复杂的人际关系。

哪怕是梁超。

他的信和他这个人，对我，只是一个故事，一个遥不可及的故事。晓妹留给我的只有在图书馆的那一抹温暖。人对历史是没有记忆的，尤其是别人伤痛的记忆。我对别人的伤痛，已不似从前那般感同身受。我宁愿麻木。因为我明白，对自己，对别人，都于事无补。我们只能强颜欢笑。我们别无选择。

二十八　蓝姬中大奖

　　喻昂的书店位于大学城的中心地段。
　　大学城在西城的西边。
　　离我的出租房很远。因为电动车即使充满电也不够往返于书店与出租屋之间的路程，所以我干脆卖掉电动车，换了辆好骑的山地车。我不得不像读书时那般骑着自行车穿梭于市中心与西郊。一周中有三四天骑车返回，有一到两天坐公交车，剩余的，我会先骑一段距离，把车停在某大医院门口，继而坐公交车，在我读书时，可节约一丁点路费。因为完全坐公交车太费钱，完全骑车我又太累。我喜欢选折中的办法。这种思维在我今后的生活中经常运用到。我总觉得穷人的孩子脑袋运算得多些，我对一切花销斤斤计较，除却书籍上的花销。另有个前提，在我心情正常的情况下，若是心情郁闷，哪怕洒钱能使我愉快，我自然也会毫不犹豫这样去做。
　　喻昂见状，笑言："看来你是真打算钉在书店了。"
　　我一面整理刚到的新书，一面说："那当然。虽然才干几天，但我发现这才是我最想做的事：与书为友。何况有你这么一个不善理财对生意无所谓的老板才是我不幸之中的万幸。"
　　"我已请之前辞职的那个学生帮你找了一位帮手，她负责晚上，你白天来就好,下午5点就回去。路途远,你自己小心点。"

"只好暂时先这样了。不行的话,我在这附近租住也行。"

书店布置得简洁温馨。大约有六七十个平方。主要出售考试资料和畅销书。

面对的顾客自然是大学城的大学生。

学生上课期间,我常常对着学校门口发呆。

说来惭愧,虽说我在这所学校待了两年多,却从未仔细看过它。即使我在写这篇小说时,也没有过多提及它。我就读的是一所三流大专院校。起初学校的旧址是在市中心的美食城附近,后来学院发展壮大,在我入校就读时就听闻学院要在西城重建。一年多后,我们顺利搬入新院校,远离市中心,害得我每天早早起床,骑近半个小时的车程上学。我永远记得当我骑三十几分钟车程来到新校区,给我的第一印象:大,太大了。

后来,接二连三,西城除了阳光大学没有搬到西郊,其他几所院校都搬至此,并命名为大学城。附近经济迅速复活。

每天看着这些比自己小几岁的学生进进出出校门,心里颇有滋味,细细嚼来,竟有一种丝丝甜味。我从未觉得自己度过的大学时光有多美好,我从希斯那儿获知每位同学的鸡零狗碎:某男生喝酒闹事住院了;班长期末考试又和团书记串通作弊;隔壁宿舍的某个高挑女生夜不归宿;某个白痴文艺男青年在女生宿舍楼下弹吉他唱情歌;某女生争风吃醋,种种,不一而论。多数时候,我都是一个人吃饭,走路,听随身听里的广播和音乐。无论过去校园20岁的我,还是在社会上现如今的我,都自觉忽视周遭人物事件,只活在自己的天地间。

生意清淡时,我便在随身携带本上写校园往事。只是偶尔甚是无聊时,才会翻阅书店里的书。说实话,我不太喜欢这些书,这些书纯粹是为了换取银子,对阅读的意义根本不大。因而大多数时候,我还是阅读在图书馆借来的名著。起初,我为自己这种清高羞愧不已,但当我翻阅几本流行书籍后,发现自己无法从中获取和找到我所要的心灵慰藉时,便认可了这种所谓别人口中的清高。何况,图书馆不久便免费对外开放,只需交纳100元押金,待到图书证退回,押金归还。文学类书籍和其他类书籍一样，享有一个月的借租时间，这大大方便了我的阅读。

书店的生活非常平淡。转眼就面临寒假。喻昂给我找的帮手叫蓝姬。大二。专业好像和金融有关。她有个男朋友，瘦瘦高高的，常送她来书店。

她的故事是自动送上门的。

有时候，我会觉得像我这样的写作者，太不是人了。故事里的男女主角各种情感，异常强烈，而到了我的笔下，变得非常平静。或许不如说，我本人非常平静。我写下她的故事时，平静得像是自己编织的故事。所以，我非常钦佩那些能把自己写哭的写作者。

我常常觉得自己不曾拥有人类的情感。难道我只是上帝手中的一只相机镜头？

我已不再是20岁的我。和蓝姬相处不多久，便明白她是怎样一个女子。轻易给人下定义是很困难的事。譬如希斯，起初我以为她和我是一样的女子，最起码，不贪恋钱财、不虚荣。可后来，事实证明，她对我压根儿怀有偏见，就像我现在这般固执地认定她一样。我无法找出深层次的原因，只好简单归结为一些形容词：爱慕虚荣、喜富厌贫。我不止一次看到蓝姬故意在喻昂面前打扮得花枝招展、说话嗲声嗲气的。这会让我昨晚的饭都吐出来、浑身竖起鸡皮疙瘩。所以我对蓝姬从不说多余的话，但她对我却莫名其妙地充满依赖和信任。

在快放寒假的最后几天里，她显得异常兴奋，兴奋中又带着些焦虑。我们肩并肩坐在书店的布艺沙发上，我随意翻看卜劳恩的《父与子全集》彩色纪念版。这本书荣获国外优秀畅销书奖。我收拾书籍时，看到它，翻了几页，便掏钱买下它。我喜欢在心情低落时翻翻漫画，朱德庸、几米都很不错。

蓝姬几次欲言又止。10分钟过去后，她像是作了最后的决定：向我和盘托出她的故事。

她先叫了声我："小薰姐。"

嗯。我继续翻书。

我忽然想起，放下书，问她："寒假过后还来的吧？"

"不太清楚。"

"要是你不能来，介绍你的同学过来也行。"

"嗯。"看得出，她在内心组织语言，"小薰姐，我告诉你一个消息。"

"什么消息？"

"我中了10万块奖。"

"啊？"我万没想到是这个消息，想不到眼前的姑娘会有那么好运气，"不错哦。"

"我和大飞分手了。"

"为什么？"

"彩票是他送给我的礼物。"

"彩票中奖了，你却和他分手了？"

她点点头。我一副不解的样子。她道："我问他，假如彩票中奖的话，他会怎么处理。他说先给自己买所大房子，我说不够买房，他说那就买辆车，我说车也不够，只有10万，他说那就挥霍掉，叫上一帮兄弟，咱也奢侈一回。你听听，这样的男人，我能跟他吗？"

我摇摇头。"是不能跟。那10万块钱？"

"是他送给我的。当然是我的，对不对？"

"对。"

"小薰姐，这几天，要是他来书店找我，你就说我回老家了，请他不要纠缠我了。"

"他不知道彩票中奖的事？"

"他要知道，估计非得活吞了我。"

"那你打算怎么处理这10万块？"

"你能陪我去领奖处把它领出来吗？到时我送你名牌包包。"她信誓旦旦，同时充满期望地看着我。见我不语，她加大尺码："另再送只钱包？"

"陪你去可以，但东西不要。"

"真的？小薰姐，你太好了！"她激动得过来拥抱我。我被她的天真和对金钱毫不掩饰的追求给逗乐了。在男人与女人之间，我承认自己很多时候都很偏见。男人欺负女人就绝不可以，倘或女人占男人便宜，我便原谅女人。

待她激动过后，我问："那你打算怎么处理这笔钱？"

"先存银行吧。我得跟往常一样上学读书，不然会被他怀疑的。留着关键时刻用。但小薰姐，每当想到我拥有这笔钱，就兴奋得难以自制，常常情不自禁手舞足蹈。感觉自己忽然之间变成一个富有之人，再不会担惊受怕了。我与那帮同学不再一样，我比他们都更有资本获得幸福。"

她说这些话时，我想起了一个故事。是在一本书上看到的。我想讲给她听，算是给她打预防针，预防她乐极生悲。但我又想起鲁迅的一个故事便作罢——一家人生了一个孩子，前来祝贺的人纷纷好言好语相祝，说这孩子日后一定大富大贵前程似锦。只有一个人说，这孩子，日后一定会死。

书上的故事是这样的：有个推销员向一位夫人推销一种产品，只要夫人答应推销员实施使用这种产品，那么夫人便可以得到数目不小的一笔钱，但前提是必须会有一个人死去。这个人可能是世界上任何一个人。夫人开始还犹豫，为可能会死去的人深感不安，但后来，又想，反正这个会死去的人和我没有关系，而我可白白得到一笔钱，何乐而不为呢？于是她答应交易。结果，她丈夫意外身亡，她获得保险公司的保险金，数额恰好和推销员说给她的分毫不差。

我就是那个会认为"这孩子日后一定会死"的人，但我不会说出来。突如其来的好事常让我惶恐不安。因为得与失是一种平衡，当我得到一笔意外之财时，我考虑的却是我会在将来的某天失去什么。而我要失去的也许正是我最爱的。那么，我宁愿不要这笔意外之财。或许会有人说我太过悲观。在我看来，却不是悲观，而是预想到最坏的结果并准备好应对之策，那么，剩下的，便全是好的、不那么糟糕的。

不过，对于钓鱼者，鱼儿不上钩，是因为诱惑不够大或没有正中下怀、投其所好。若那位推销员给我的鱼饵是桑戈天或喻昂，我当然会毫不犹豫地上钩。就目前看来，上帝好像没有心情对我设下鱼饵。因为我与喻昂之间就像简单的员工与老板的关系。既然，上帝不准备钓我，那么，我便要准备钓喻昂了。

借口便是蓝姬领奖。

鱼饵，是我自己。

然而，故事并没有根据我设想的那样发展：拉上喻昂去领奖，领完奖，蓝姬离去，我找个借口去喻昂家里。

转折点竟是偶遇体彩领奖的负责人——梁超。一个在我的故事里消失了许久的人。

顺利领奖后，梁超约我吃晚饭。可气的是，蓝姬说要谢谢喻昂前来也要请他吃饭。我赶紧接话道："不如四人一起吃吧？人多热闹嘛。"这就是从不喜欢热闹的我说出的话。

喻昂借故离开。蓝姬只好赖上我。

后来，我才知道蓝姬看上了梁超。梁超的确是个美男子。几年不见，他比从前更有男人味。我说他有男人味。一是他的眼神，二是他身材高大健硕（可判断他仍然坚持体育锻炼），三是他的秉性，显得成熟稳重、细心体贴。我压根无法把他与给我写信的梁超联系在一起。要不是他叫我，我根本认不出。

我还是喜欢他灵魂深处的东西。对他外表的美，和他本人一样，很抗拒。或许这种近乎完美的结合使我感到深深的不安。我越来越不相信看上去完美的人和事。完美背后或深处所潜伏的不确定因素，给我巨大压抑。

但蓝姬看到的只是一个貌若潘安的男子，还有个在西城来说相当不错的工作。最要紧的，当他从车库里开出他的黑色小轿车时，蓝姬更是眼前一亮。这种明亮和多年前希斯眼里的明亮如出一辙。看来，太阳底下，的确没有新鲜事。毫无疑问，她觉得自己好运来了。她这个曾经贫穷的女学生开始时来运转了。

但我知道故事远远不会那么简单、肤浅。

它不是小孩的思维和逻辑。它是老谋深算的老狐狸惯用的伎俩和把戏。故事里，到处飘荡着这些老掉牙的欲望与肉体、激情与金钱的嗜杀。人们或许对此乐此不彼，我却深恶痛绝。这并非清高孤傲。尽管这两个词语常被强加给我，我自己却并不承认。记得一篇关于《青春的倦怠》的文章，三岛由纪夫坦言：所谓真正的倦怠，是武侯贵族的专利。是拥有一切的人，在他们完全派不上用场的时候，才感受到的东西。清高和孤独，在我看来，清高和孤傲，亦然。我是一个一无所有的人，我没有任何行为可被称之为"清高和孤独"。就好像一个从大山深处走出来的姑娘，你夸耀她纯天然、质朴。又好比你赞美一个 5 岁孩童的天真。完全是多此一举。因为那原本就是特定人群身上拥有的特定品质。只有认识到这一点的人，才能公平客观地对待我，而非强行误解我，或一味地半讥讽半夸耀我。而我也是通过别人对待我的态度，来过滤我所交的朋友。

三人而坐的餐桌显得格外不合理。蓝姬看着梁超，梁超盯着我，我浏览菜单，却不知点什么菜。

我无力去描述这场饭局。奇妙的是，餐厅里播放的音乐是 S·H·E 的《长相思》。我记得这首歌。希斯常唱来着。还有那首《Super Star》。记忆尤深。

"你是，意义。是天，是地，是神的旨意。除了，爱你，没有真理。你是火，是我飞蛾的尽头……"我记得这些歌词，因为希斯唱出它们时，满含深情。那时，她无可救药地喜欢着梁超。

吃完饭，梁超先是送蓝姬回学校，接着载着我飞驰在夜晚的公路上。

"很不错哦。你现在。"我坐在后座，似喃喃自语。

"可惜这一切，缺少了女主角，没有什么意义。"

我不曾想他单刀直入切入主题，便缄默不语。

过大桥时，他问："去酒吧喝一杯怎样？"

作为故事的讲述者，往往比倾听者更没有耐心。他见我不做回答，再问："怎么，不相信我？怕我借酒耍流氓？"说得我扑哧笑起来。"好啊。"我随即答应下来。

他开始如数家珍般地向我介绍西城的各个酒吧特色。"听上去，都不错。不过我更喜欢安静的环境。"

讲故事，需要一个安静的环境。如果是一个悲伤的故事，最好是在黑夜里，讲述者和倾听者互相看不见彼此的表情。我称之为互相保护。模拟的是陌生人谈心场景。

相比较几年前，我津津乐道于别人的故事，现在的我，更倾向于保持一定距离。如果因为好奇故事而伤了其中任何一方，那么，我宁愿不知。这是我的原则。作为写作者，必须遵循的一个准则。

"那去我那儿吧。"

"好。"

如果说几年前，我相信他完全是出于本能，那现在我信任他，却是一种理性分析下的结论。夹杂着一点点第六感——感觉表明，他不会做伤害我的事。他只是需要有个伴儿，听他讲述，如此而已。

如果他只是想和我上床，事情或许会很简单。

我坐在车上，胡思乱想。

使我万万想不到的是，他与我联系的动机如此清纯——对当年我的帮助，一直心存感激。一到他家，他便开门见山说出他的动机。他就是这么说的："一直铭记当年你对我的恩情。希望有机会报答你。"

我忙说不必，一面打量他的房间。

房间的装潢风格告诉我，他非常精于享受生活、拥有别具一格的审美情趣。他大概十分喜欢喝茶和咖啡。当他问我喝点什么时，已经开始研磨咖啡豆，煮咖啡了。"很不错的生活品质嘛。"

"你呢？"

"我只喝白开水。久水的水。"我强调补充。

"不介意陪我喝杯咖啡吧？"

"当然不。"我笑。

我完全忽视了我对咖啡心怀芥蒂——源于与韩野发生的不愉快都与咖啡有关。我这人就是这般不可理喻。

当然，我起初对梁超的好感也一直持续着，扩展到与他相似的人身上。"想什么呢，那么入神？"不知什么时候，梁超把热气腾腾的咖啡递到我面前的白漆桌上。

"呵呵。一些读书时的旧事。"

咖啡浓郁的香味扑入鼻中，沁入心扉。忍不住赞道："好香啊。与我在咖啡馆遇到的咖啡真是不可同日而语啊。"

"喜欢就好。"

他仔细看着我，看得我有些不好意思。

"你几乎没什么改变。"

我故作生气状:"不会啊,起码比以前知道装扮自己了。"

"我说的是本质的东西。"他呷了一口咖啡。

"你也是。但好像又改变太多。就好像一位心灵手巧的女子把她旧娃娃拆掉,重新做了一个完全不同的娃娃,尽管用的还是原来的材料。"

"你呢,是她手里一只挚爱的娃娃,很破旧了,她给你做了件新公主裙。"

我们相视而笑。

沉默,相得益彰的沉默。

他起身打开 DVD,放了一张唱片,不一会儿,传来抒情的轻音乐。

"《蓝色的爱》。"他说,"它使我沉静。"

我细细品味。若有所思地点点头。

"这些年,你过得怎么样?"他问,很深沉的样子。

"一直在相亲。琳琅满目的生活状态。"

"结婚了?"

"还没有。"

"能考虑我?"

"哈哈,不必以身相许。"

他也笑,笑容非常清澈。我常想他该是上帝最得意的作品之一。他身上有天然的魅力。这点,我以前倒没发觉。

"你请我喝咖啡,我们扯平了。以后,互不相欠。"

他着急起来:"那怎么行?滴水之恩,当涌泉相报。"他好像特别怕和我扯平似的。

"真的不必。心里话。"

我不是也欠着韩野的人情吗?但我心甘情愿欠着。梁超欠我的,我欠韩野的,你欠我,我欠你。把我们的名字通通去掉,这样算互相报答了。

"说说你的故事吧。"见他沉默,我说。

他摆摆手:"现在不想提。"

"好。"我说,接着和他一起沉默。

手机铃声不合时宜地响起。

我相信他会告诉我。只是时机未到。忽而有人给我电话，这使我恼火。但看到来电显示是喻昂时，我立马转恼为喜。

我表情的变化没能逃过梁超的眼。

我对他说："抱歉，以后再见。"拿起包包便走至门口，等不及他对我说再见，便突兀地关好门，走下楼。这才接起电话："喂？"

"你在哪儿？"

或许是走得急，加上内心欢喜，竟在最后几台阶梯踩空了，整个人跌坐在地上。"哎呀！"我尖叫起来。

手机那头听见，忙问怎么了。

我说没事，只是摔了一跤，崴了下脚。对方问能站起来吗，我说我试试吧。

他听到我故意叫声凄惨，忙说："你待着别动，我来接你，告诉我你在哪儿。"

我内心窃喜。

拖着疼痛的脚走到马路上等他的时候，我十指相扣，默念：谢谢上帝。小女子佩服死你了。甘拜下风。以后一定多多照顾喻昂和我。

冬的夜，非常寒冷。我在冷风中瑟瑟发抖。

等了10分钟左右，我酝酿许久的喷嚏再也忍不住了，轰然而出，响亮而鸣翠。仿佛不过瘾似的，接二连三，喷嚏连连，它冠冕堂皇地告知我：小薰同学，你感冒了。

对哦，我痴痴傻笑：感情冒出来了。

喻昂的越野车及时停在我身旁，我钻进车里，一屁股坐到了副驾驶座上。这是我第一次坐他的车。

"冻着了吧？"他关切地问。

"没有。"即使冻着也冻得好啊。

"脚怎样，要去医院看看吗？"

"不用。"

他握紧方向盘，越野车飞驰在夜色中。

上帝啊，你的安排着实让我百思不得其解啊。故事变得复杂了。因为上帝笑了，他把镜头一拉远，观众便可看到一扇窗前，站着一个人影，梁超看着我并目送我走远。

他身后的梅花，一朵朵绽开。

我在车上臆想连连。

喻昂不动声色地开着车。他的车技非常好，快而稳。

在问了我的住址后，他便不再说话。

车很快抵达出租屋前。我赖在车上，等他说点什么。

"到了。"他说。

"嗯。"

按照故事情节，他应该说："不请我进去坐坐？"

但他说，下车。

可想而知，我的失望。

哦。我答应着，却不肯挪动。机会难得。

难道我只能等待三年后，与母亲安排好的人结婚吗？

我厚着脸皮说："这么冷，进去喝杯热水暖和暖和。"

他笑了，好像对我一系列的心理活动了然于心："车内有空调。"

该死的高科技，连车里都有空调。

"时间还早，去参观一下我的小屋。"我换种方式邀请。

"小朋友，都9点多，我还要赶回去写稿。下次再参观吧。"

可恶的老男人心里到底在想什么。

我愤愤下车，把车门关得很响，淹没了他的话："等等。"

他从车里下来，叫住我："等等，小薰。"

我以为他改变主意，急忙回头，却见他递给我一个包装精致的礼品盒。送给我的礼物吗？暗想。谁知他却说："这是我参加一个活动赠送的小礼物，是巧克力。我不爱吃甜食，你帮我消灭一下。"说着递到我手中。

"早点睡，明天还要坚守岗位。"

我打起精神对他说晚安。

第二天一早，蓝姬打来电话，明为问候我，实为打探梁超消息。还问我和喻昂昨夜如何。我笑问"什么如何"。她冷语："别装了，你以为他昨晚为啥给你电话？""为啥？"我傻傻问。"是我给他电话的。说实话，我一直跟踪你和梁超。"她让我想起一个人：希斯。她们的口气如此相似——好像我上辈子欠她的 100 块大洋没还似的。原来昨夜不是上帝的安排，而是蓝姬的别有用心。

"怎么不说话？"她在电话里问我。"你想我说什么？"我说。"你想什么就说什么。"我什么都没想，但我说谢谢。"我们可以互相帮助。""怎么讲？""你帮我撮合我与梁超，我帮你撮合你和喻昂。"我本该说不必，但我说好。接着，我听到她的笑声，以零下 180 度的冰冷迅速向我袭来。我陡然冻住，动弹不得。

二十九　第一次亲密接触

2010年的春节依旧毫无新意。

倒是在年后，喻昂告诉我一个消息。说我的小说，杂志同意发表，但没有稿费。我一听能发表，高兴得不得了。这是我的处女作啊。

但喻昂在电话里说："我没同意。哪有不给稿费的道理。"

"啊——"破折号里，各种情绪掺杂。

"他们说你是新人，要发表就没稿费。"

我连连点头。"能发表就不错啦。"

"新人怎么了？新人也是凭本事吃饭。我再给你找其他的。一群可恶的家伙，等了那么久，就这种结果。太可恨了。"他似乎更沉醉在自己的情绪中。

看来，我还是把这个世界想得太简单了。

"没关系。我本来也没指望写小说能赚钱。告诉你，利用寒假，我又写了一篇，已近尾声。等我回到西城，给你看。"

"好。不过，我这几天重看你那篇小说，觉得有几个地方还得再修改一下。到时，我们见面再说。"

"好。"

其实，写小说，主要是为了接近你。我暗想。靠文字赚钱，对我是一件遥不可及的事。而且我也不太愿意用文字去卖钱。那就好比，用身体去赚钱一般。我如此偏激，真恨不得抽自己两个耳光。

我只希望，写作是一项纯粹而崇高的事，不掺杂任何利益关联。后来证明我的想法太过天真和一厢情愿了。

这是我在写作初期的想法。恰如我在恋爱初期的想法：一辈子单纯地只喜欢一个人。

我努力去这样做。想一辈子只喜欢桑戈天一个人，哪怕他不喜欢我，我也愿一辈子为他而活着。这是任何一个女子在少女时期都会出现的想法。不过，我现在翻起任何一本类似爱情秘籍的书时，总会翻到类似的一句话：首先，我得告诉亲爱的读者——处在花季雨季的你，你永远不可能一生只喜欢一个人。

我被这句话雷倒了。在我花季时，没有人这样告诉过我。我所接触到、所幻想的，都是一生只爱一人。

当然，现在去追究这些，毫无意义。

不断的写作经验告诉我：别摒弃自己。别掩饰自己不光彩的经历。真实面对自己。那样，你就可面对五花八门的言论。

我写作，从不是为了告诉你我总结的人生经验。你的路和我的路，或者相似，或者迥然，我的写作都给不了你什么可靠忠实的人生谏言。我只希望，你去欣赏和了解别人的风景，你会在风景中触景伤情，或一笑了之。我只想说，我们是人，只是这般需求而已。

时间很快，非常快。

像是被作者故意漏写的一段。

我在第二部小说《老男人与小朋友》里漏写了一个故事，它非常重要，但我答应喻昂，不写进小说里。我必须遵守诺言。那也是我们那次谈话我获得的最重要的资料。

按照喻昂给我的地址，我骑自行车去了他的房子。

与梁超的房间布置得井然有序、层次分明不同，他的房间非常简洁。值得注意的是他的卧室，非常大，足有六十几个平方。一张双人床，铺着配套浅墨绿格子被子和床单。床左边，靠窗子有一张写字桌。桌上凌乱地堆放着电脑、纸笔、杯子、茶叶、各类书籍等。除了卧室，就是一卫生间、厨房。客厅和餐厅都被取消。

在以后很多个日子里,我们在这间大卧室里谈论写作、梦想、爱情和人生。我对他的印象渐渐清晰起来:由于长期写作的缘故,他那并不高耸的鼻梁上总是架着一副黑色镜框的眼镜。他非常善于利用这副眼镜,比如回避我问题时,故意用手调整眼镜位置,待到回到谈话中来时,我总是因注意他的举动而一时间忘了要问的问题。当他苦思时,喜低头,眼睛在镜片和镜片之外游离。截然不同的视觉冲击会带给他忽而光临的灵感。他久试不爽。

起初,他笑的时候,充满诡异。给我一种深夜看恐怖片的突然惊恐之感。所以,我还是喜欢他不苟言笑的样子。专注于阅读或写作时的他,最男人,最有魄力。仿佛那才是他的世界,也是他最真我的自然展现。最妙的是他的侧影,有时,想问题时能保持 10 分钟一动不动。他的聚精会神常常弄得我也专注起来。

固然他给人的整体感觉,像多数老男人那样:成熟稳重,富有锐利眼光和敏锐的观察能力,偶尔的表现却像个永远也长不大的孩子,对生活的琐碎细节上的粗枝大叶,常常让我忍俊不禁、大笑不止。另外,他敏感的心灵和多愁善感的本性,会让我油然而生一种想要呵护他的欲望。这很难理解,一个中年男子,我会有想要呵护他的母爱般的冲动。我不能了解他所有的苦难和伤痛,却在他的文字里窥探到他的柔弱、他那颗同样需要呵护的脆弱心灵。我反复读着他这本宛若《红楼梦》的宏伟巨著,我在时间的流逝中,渐渐成长,同时成长的,还有我的写作能力。

不过,那都是后来的事了。眼下,他见我不语,说:"抱歉,我一般不接待客人,接待也不在家里。"

我一点都不介意他在卧室接待我。那张大床让我想到他的梦,《盗梦贼》的灵感由此而来。我从包里掏出小说稿递给他,他便坐到他的摇乐椅上自顾自地看起来。

一看小说名,笑问:"这是写的你我之间的故事啊?"

我看地上堆着一大堆书籍,便说:"我帮你整理一下这些书籍吧。"

他立马从椅子里跳出来:"千万别,你一动,我就很难快速找到我要的书了。"

"你就是书中写的怪人——嗜书瘾君子吗?"我嗤笑。

他没理我,继续看小说。我走过去,用手挡住小说稿,说:"等我走后再看,行不?"

他放下稿件,说:"好。我正要和你说说你的《久水之恋》呢。"

"怎么了?"

他一边从一堆书稿中快速找出他要的,一边说:"我左思右想之后,觉得有明最后应该死去,这样更能感动读者。"

有明是《久水之恋》里的主人公,原型是桑戈天。

"不——不行。"我立马否决。

"为什么?"

我支支吾吾,说不出个所以然。

"请实话实说。我只是根据小说情节,觉得如此安排更能使读者印象深刻,从而增强小说的感染力。要知道,悲剧通常更能打动读者。"他望着我,像望着一只发怒的小鹿。

我不能,哪怕只是在一部小说里,咒我最心爱的人死。但我要怎么回答眼下同为我深爱的男子的疑问呢。我沉默。在没有合适的措辞之前,我只能沉默。

"你不愿说,还是……"

好的谈话者知道怎么引导被中断的谈话顺畅地继续下去,尽管,短暂的沉默是必须。喻昂深知这个道理。他望着我的眼睛,又用他的眼神告诉我:没关系。尽管对我敞开心扉、和盘供出。

他用他的沉默引导我,且给了我鼓励和信任的眼神。

于是我自然说出:"我不知别人写小说是为了什么,我只知我写小说,是因为忘不了,又无法释放。我找到写小说这条路,更多的是,让我的爱得以继续下去。不至于真的消失得一点痕迹都没有。无论是有明的原型,还是青春,或者我所经历的,如果有一天,这一切都无处可寻,我会感到非常害怕,会迷失自我。我将不会知道自己是谁,来自哪里。我会淹没在人海丧失自己。那对我,无异于世界末日。"

他有效地承接了我的话,又不至于打断我:"所以……"

"所以我不想,也做不到,让我念念不忘的人死去。哪怕是在小说里,哪怕是虚构的情节。"

"那么，你们的结局如小说里那般吗？"

我摇摇头："不，我们还没真正谈过恋爱，只是我单纯地喜欢他而已，他对我好像不太感冒。只是近来和他仅有的联系，他表现得有些奇怪。"

"怎么奇怪？"

"我说不上来，对我表现出关心，看似理所当然，却又有所不同。但不同在哪儿，却说不清楚。因为好像觉得他刚要向我透露些什么，忽而又改变主意了。"

"从小说中你的描述来看，他和你很像。"

我微微一笑，来回应他的话。

"我明白了，我会尊重你的想法。不过你最后写到青衣和然子和好如初，我觉得有些违背人情常理。"他继续提议，"镜子碎了，要复原，也会留下伤痕。你那样写，固然美好，却使故事简单单一，不够深刻。你要知道，要想在读者心中留下印象，就得像刀子划过他们的心头一般疼痛，让读者切身感受到小说人物的疼痛，才能使人记住你的小说，从而记住你。"

青衣的原型是清月，然子是我自己。无论如何，我都不得不承认，与其说这是一部小说，不如说是回忆录。基本真实记录了铁三角的点点滴滴。不同的是，我虚构了结局。从我的角度来说，这是一件再自然不过的事。

然而，喻昂的角度是从读者和精于完善小说本身出发。我不得不承认他是对的。在写小说初期，出于敬佩和爱，我全盘接受他的说法，但我又无法忽视内心真实的感受，我需要向他阐述我的想法以及提出我的疑惑。

于是我说："我写小说时，从未考虑过读者的感受。我只遵从我自己的意愿而写。这并非说明的我对读者不尊重、不屑一顾，我总觉得，如果连自己都打动不了，又怎么去打动读者？所以，我写小说，首先需要打动说服的人，是我自己。"

"我明白你的意思，也非常欣赏你这份纯真的心。但你要知道在社会中生活的可不都是那么一群纯真的人。你要想从他们身上获利——金钱和名利，你就得了解他们需要什么，从而提供什么……"

我打断他:"获利？真没想到你竟也是这样的人。"

"小朋友，作家也只是大俗人。他活着，需要钱、需要名利。"

"我当然不能否定你的说法。可我是一个偏执的人，就如三岛由纪夫说的，年轻人喜欢去电影院消磨时光，轻松自如地消遣百无聊赖的青春。他们就像躺在床上张口等人来喂药的病人那样，简直是主动接受别人酌量发给的某样东西。按你所说而创造的小说，和'某样东西'毫无区别。我不想为'某样东西'而浪费时间，也不愿去做这样的事。既然无法为别人的青春做点什么，不如干脆果断地只为自己的青春留下点什么，我因此而写作。"

"在写作初期，我也是你这样的想法，只为自己而写。但历经一些事后，用了近10年，我才悟出这个道理，现在我把它告诉你。我不想你白白浪费时间在自我的挣扎与斗争当中。我给你指出一条通往成功之路，你用你浅显的经验告诉我，那不是你想要的。要知道，你的青春太纯白了，这不好，写作应该融入太多复杂的因素，才能走得更远。迟早有一天，你会明白，但我不想你到那时已悔之晚矣。"

他不知道我有多想听他的话，顺从他的意思，讨他的欢心。但内心另一个声音在他的激励下，反而更加义无反顾地往与他说的相反方向疾驰而去。

我恍惚明白，即使爱情也不能使我失去自我。绝不可以。

他见我不语，采取迂回方式继续道:"打个简单比方，在写作面前，你就是一5岁孩子，而我是一位老爷爷（他说到这儿，我走神了，心想从小朋友与老男人变成小屁孩与老爷爷了）。你告诉我你想要吃五彩棉花糖，我给了你100块钱，你却拒绝了，还蛮有道理地指责我给了你不想要的东西。你要知道100块完全可以买很多棉花糖。"

他犯了他这个年纪的人都会犯的错误——以自己的阅历信心满满并满怀激情地去指引比他阅历浅的人的人生之路。这在别人眼中，或许是出于长辈对晚辈的关怀和好意（同时也是很多有上进心的青年所期待的）——少走弯路，但在我眼中，却成为一种干扰和压力。他在用他丰富的阅历来压着我。他试图剥夺我独立体验感悟生活的权利。这使我非常反感。后来，我才发现我的想法远没有如此简单。潜意识中，我与他是平等的，绝对平等。所以当我发现他原来高我一等，实际上，远远高于我时，我被这种巨大的落差压得喘不过气来，我油然生出一种绝望：我跟他是不可能在一起了。

我的沉默不语，让他以为我默认了他的话。我知道再争论下去，毫无意义。我知道，我是一个不愿站在巨人肩膀上看世界的人。我把自己独立成一个被现实世界隔离的人，我是说精神上。在写作这片天地中，我必须做到独立、自由、平等。哪怕何其微不足道。

再说，他的那个比方一点都不贴切。即便如此，一个 5 岁的孩子也不懂得用钱去换取棉花糖，而且我并不觉得早早知道这个常识是什么好事。我仍然做了 5 岁孩子的选择，在棉花糖和 100 块钱之间，毫不犹豫地选择了棉花糖。

他借口给我倒杯水，结束了上一个话题。我问出了心中早已有过却一直不敢问的疑问："你结婚了，对不对？"

"对。但离了。"

"为什么？"

"不是一路人。"

"有孩子吗？"

"有。"

"有女朋友吗？"

"没有。"

"有次我给你电话，有个女人接了。"

"有这事？什么时候。"他的惊讶让我觉得过分。

"你真不知道？"

"前妻前段时间有来过，带孩子来看我。只可能是她接的。"

"你们……"

"别乱想。"

"说说你的爱情吧。"

"没什么好说的。"

"你随便说一个。不然我就不依不饶。"我笑，故意撒娇，"我想听。"

"好。但不准写到小说里。"

"我这人没什么优点，就擅长等待和信守诺言。"

他娓娓道来："说起来，她和你倒有几分相似。"

"哪里相似？"

"热爱文学。不过我后来才知道，她其实更热爱爱情。她享受爱一个人的生活。她依附文学活着。我认识她时，她正处在天真烂漫的年华。而我刚离婚，对爱情根本没有兴趣。我万念俱灰，写作也成绩平平。是她鼓励我、支持我，帮我改稿、读我的小说。她还弹得一手好琴，常常在夜深人静时，我写作，她弹琴。她陪伴我一年多，直到我的小说有了起色，有人愿意出版，她才鼓起勇气说要和我永远在一起。我固然十分感激她，也非常喜欢她的年轻和才华，却无法给她婚姻。我不可能接二连三地犯同一个错误……"

"婚姻是错误？"我打断他，问。

"于我而言，一个人的生活更好些。"他接着故事说，"我一再拒绝她，后来有一天。她忽然不见。那之后，我才明白我失去了什么。我像只无头苍蝇到处找她。之前我对她的关心实在太少，很少顾及她的情绪，更谈不上对她有多了解。我只知道她像一阵风一样来到我面前，吹走我的忧虑，又不知所踪。那段时间，我深陷自身的痛苦之中，无法自拔。"

"后来呢？"

"后来，再也没有她的消息。她像人间蒸发了一样。不过我倒在图书馆看到一个长得酷似她的女子。"

"她是她吗？"

"不是。"

"你怎么知道不是？"

"她看到我，不会无动于衷。"

"也许时间太久了。"

"时间只会让这份爱越来越深。"

"你一直在找她？"

"对。天南地北到处走。"

"如果找到她呢……"

他沉重的表情忽而轻松起来："也许她嫁人了，过得还不错。"

"你……"我吞吞吐吐,"现在……愿意……结婚了吗?"

"不知道。"他低头喝了口水,我也是。茶水早已凉了,我放在嘴里,过了一会儿才吞下去。

他忽而问我:"你呢?"

"我什么?"

"怎么不结婚?"

"我……呵呵。"我笑,望着他的眼睛,告诉他,"我找到了那个我愿意结婚的人,但他刚刚告诉我,他不知道现在是否愿意结婚,所以我准备等,等他也愿意结婚时,再和他结婚。嗯……就是这样。"

他的笑,那么灿烂。像太阳,照耀着我,瞬间,我感受到阳光的温暖,不止身体,更是心灵。"小朋友,很可爱。"他伸出手来摸我的脸庞,我顺势摸他的大手。这是我们第一次亲密接触。

接着,十指相扣。我冰冷的手和他有温度的大手彼此相握,不久,我们掌心的温度达成一致。在万分安静时,他之前烧的电水壶里的水"咕咚咕咚"沸腾起来。他目光穿过门,看了一眼,恋恋不舍地放开我的手。起身,向电水壶走去。

待他回来时,手中多了一杯热茶和一张文稿。他把它们递给我。我放下冒着热气腾腾的杯子,看着文稿上的文字。"是她写的,我想她已经释然了,所以我也不必打扰。"听他说完,我没有点头也没有摇头,而是认真看起《你来,我不徐不疾》。全文如下:

题记:

君心已变,吾心老矣。

应该作一个了结。在秋天,叶落归根。心死如尘。

几年前,你踏文而来,杀我一个措手不及。一层一层拨开心扉之后,你离去,我恍然若梦。

如果爱是一场战争。心殇情散后,文字收拾残局。

你远行,像偶然路过的陌人。我守着战场,回味一场场好戏。独行原野,泪洒夜色。

只今日,你来,我……不惊不喜。不疾不徐。

心迹像临死前电脑上的心电图。你来一次,我上蹿下跳;你来一次,我呼天抢地;你来一次,巨大的悲欢像数百米的瀑布粗暴地横冲直下。如今,它死了,没有变化,一条直线,持续永远。

勉强挤出笑容,在转凉的秋里,晚起疾风,扫平一切飘零。那挂在枝头恋恋不舍的微小希望,终究还是飘落。不知所踪。无处可寻。若寻,便赫然发现,一片相思与爱恋。交织散落。分不清谁是谁的谁。

今生的黄叶,前世的情丝;今生的路过,下世的前奏。

不问。不答。不理。不睬。不追忆。不希望。不悲。不喜。

目送你走远,等待预定好的下一次擦肩而过。

一切只是剧情安排。我是戏子。而你,不过是配合我的观众。

你的掌声、你的担忧、你的入情,是剧情需要。你的背影、你的远行,是剧情的留白。

我还在唱,如痴如醉。只是这一次,唱给自己,用你的气息包围未来。只要我需要,便向回忆开口。闭上眼睛,你的余温温润着我的悲凉。

你该安心了。我把自己拧着,像拧一条湿毛巾,挤出多余的水分。早已被风干的我,早已不似当年。即使哭泣,也会让泪水洗净铅华。你会放心的。我已妥协,与悲愤恶俗和平共处。我爱自己,就是想你;而你幸福,则是我的绽放。

你来,我写;你去,我写。

你在,在我文字里;你不在,在我心中。

我仍然一无所有。用我所有妥善收藏你的一分一毫。而我对你,素来别无所求。

你是我的真经。念上一辈子。用我的平淡与安宁。

溪水潺潺,幽幽青山。恰是人间好时节。一瞥已过,相思正浓。化作流水流、白云飘、微风拂。用我的远方靠近你的彼岸。温暖我。

戏的后半部,独角戏。人群散去,我还要唱下去。

有些一旦开始,便没有结局。下一站的路,消失在天尽头。

没有你的人间,是一朵没有花香的假花。再美,也走不进我心里。宁在清香弥漫的梦境里醉生梦死。

趁着梦还在,我不愿在半醒半梦间哭泣。不管多么遥远、荒芜,有你,我不迷途。

再次被温湿。原本的终结演变为蒙太奇的回放。一点点下沉。在爱的海洋里，只能沉沦。没有力气与天赋在水中自由自在。而会游泳的人不是被淹死就是被吓住。我别无选择，像你没有退路。我们都是棋子。在命运的轮回中碰巧看上彼此一眼。我不怪不怨不恨不悲。等灯芯燃尽，就离开。

冬日的阳光明晃晃的。

我推着自行车失神地走在大街上。口袋里的手机没命似的响铃。等我飘飘然的心回到地面，意识到有人给我电话，接起时，少不了听到一阵抱怨："干吗呢？赶着投胎啦，这么久才接电话。"

声音那么熟悉，只是我的大脑短时间却无法接受：是希斯。

我脱口而出："怎么是你？"

"怎么不能是我！"

我笑："对哦，你一向神出鬼没惯了，且到处打着吓死人不偿命的旗帜。谁不怕你哦。"

"老实说，你是不是又在祸害男人？"

"我再祸害也比不上你。"

我们互相掐架起来。时间很奇妙，我们之间似乎只被时间这只漏斗漏得只剩下关乎青春的那段美好追忆了。

"你好吗？"

"你好吗？"

一小段沉默过后，两人不约而同问了同一个问题。

像是彩排过。

"好，你呢？"

"好。你呢？"

默契地笑。像两只刚刚失散又重逢的小熊，互相用触角触摸对方，玩得不亦乐乎。

"你还记得梁超？"我问。

"当然。"

"他在西城。你来西城，我带你去见他。"

"见他做甚？"

"祸害他。"

哈哈大笑。

"小薰,你变老江湖了。"

"我只是学会了用你的言语说话而已。"

"这句可不是我的语言。"

"来不来?"

"来。不过主要是祸害你。"

"我早就有免疫力了。"

"说真的,他怎样了?"

我以为她说的是梁超,便道:"很好,有车有房,越发帅气神勇了。最重要的是还没有女朋友呢。"

"他不是没毕业就结婚了吗?"

"啊?怎么可能,他和谁结婚啊,他一直在为晓妹报仇。"

"傻。我说的是韩野。"

韩野……这个名字,有多久没有人提过了。

"他……好像是结婚了,不清楚。我们已经失去联系许多年了。"

我们这些人,总是不知不觉中,走着走着,就少了一个。越来越少,那些后来者,后来的生命,后来的故事,后来的时代,跟我们都……没有……关系了。

我常坐在太奶奶的老屋里,仔细看每一根房梁、每一片泥土、每一个地方,认真倾听,就能听到一些老故事,却又含糊不清。我非常想知道这些故事,常听太奶奶和奶奶讲起从前的事,那么平常,那么琐碎,但不知为什么,在我的脑海里却汇聚成一幅幅特有意思的画面。画面上人物的一举一动、一言一行,都充满了神奇的魅力,吸引我不断靠近、倾听,甚至用笔记下来。

我不愿随着岁月的流逝,一同遗忘或被遗忘。必须留下点什么,哪怕微不足道,哪怕白费力气。如果人生真的是没有意义的,那么,这便是我给自己的人生所设定的意义。

三十　两人都姓喻

"爱情只有三个月。

爱情接近短暂，可我如此慢。慢得只能追随爱的脚后跟一路奔跑。

爱情果真是荷尔蒙的作用吗？可我只能理解为精神之恋。就是一个人的精神与另一个人的精神相遇，且相处融洽、终身难忘。"

于洁在图书馆外的大厅里滔滔不绝地向我讲述关于爱情的言论。我们肩并肩坐着，此时为中午 12 点 50 分。图书馆一点半开门。于洁中午没回家，在外面的小饭馆随便吃了些东西，便急匆匆地赶回来看书。我来得太早，大厅里只有我们两个人和一座雕像。雕像之人为西城有名的嗜书瘾君子。著过书，也曾为西城的精神文化建设做出过巨大贡献。我偶尔会无意看上他几眼，却并不真正了解。

由于面熟和面善，我和于洁轻而易举交谈起来。从借阅的书说起，到自己喜欢的书，再到爱情。我自然而然提到写小说的事，她淡淡一笑，说，那不值一提。

"怎么会？会写作的人都相当与众不同。"

"你这是在夸你自己还是夸我呢？"她笑起来非常迷人。我说的迷人绝非女子特有的魅力，而是来自于书的魅力。准确地说，是女子与书共同筑成的迷人。我希望有一天，自己也能有这迷人的微笑。

"我不写作。"

"你骗不了我。"

"何以见得?"

"我们对彼此也算心知肚明吧,只不过没有机会说破罢了。"

"我哪能和你相提并论?"这话真不是谦虚,虽然我写东西,但根本称不上写作,以及和作家半点关联都没有。我只写,只是写,而已。

但这其中或许也包括……我正想着,忽听到她言:"这点,我们都很相似:因孤而傲,又因傲而冷。"

她说得一点都没错。但那时我还未达到她那样的感触。

在我所触及品种繁多的道理中,有些不以为然,有些引为明灯,有些强烈反对,有些压根不能理解,有些则熟视无睹,等等。全是因自己人生阅历尚浅、识人本领浅薄的缘故。有时候,我发现后来的自己更愿接近年长于自己的人,可能正是因为他们对于人生所掌握的知识和经验比我要高明清楚得多。但这并不表明我会听从他们的建议,我宁愿撞南墙撞得头破血流,至于是否继续撞下去,也只有到那时才会知晓。如果不是身临其境,我不能凭借粗浅的想象来得出结论。总之,我会跟随心的脚步,前行。而我选择的标准,总是相对较有难度的、较为安静的、人较少的那一条路。

但即便在我选择的这条路上,再次行走,总会发现依然是人群熙熙。在我幻想的这条路上,有 49 岁才出版处女作的赫尔巴尔,也有似烟花般繁华与寂寞的张爱玲;有著书繁多的村上春树,也有流浪而忧伤的三毛;有披阅十载《红楼梦》的曹雪芹,也有永远 37 岁的梵高;有古老的庄子,更有现在的喻昂……随着阅读的广泛和阅历的加深,这条路上的脚印,会越来越多。在我所认同的这条路上的风景,我知道,会深深吸引我一直看下去,并温润着我的灵魂。

通过阅读,我看到了平常看不到的风景,得到了日常生活中感悟不到的情感与想象。在我眼里,除了自然和心灵之美,再也没有比文字更美的了。所谓心灵之美,即爱。

我没有问她为什么,因为她使我想起一个人。我轻描淡写地说:"你像我以前的一个朋友。"

"谁?"她问,显然,她的神情显示她很乐意听到我这样说。

"她叫清月。"

"还有 15 分钟,和我说说她。"她看下表,道。

我动了动唇,最终还是没有说出什么话。

"你很在意她。"她说。

"我们曾经好得跟一个人似的,但后来,分开,又无情得使我无法接受。"

"从感情的一个极端走向另一个极端。"

"我们之间没有恨。这点,我非常明确。我不恨她,以她的性格,也绝不会恨我。"

"那是什么?"

"我们喜欢过同一个男孩……"

"哦,老套的三角恋。"

"对。但是现在一切都结束了。为什么我们不能回到原先的状态呢?——永远牢固的铁三角关系。"

"我无法回答你。即使给你一个合你心意的答案,也于事无补。重要的是现在与将来。不必沉迷于过去。"

"这点,我无可救药。我在往事中不断堕落,还有一种快感。很糟糕,我享受这种快感。因而现在与将来对我吸引力很小。"

"很小,说明有,去扩展它。记住,无论现实多么糟糕,也好过你执迷于过往。我是一个活生生的例子。我希望你学会忘记和放手。我知道这很难,但你会学会的。"

忘记和放手?

原来,我对桑戈天一直无法放手,也许清月生气的正是这点。既不放手相忘,也不前进敢于爱恨,我以为这样就可以维持稳固的三角情谊。却不曾想,我这种自以为是的自我牺牲恰恰是清月最生气的地方。她一定以为我所谓的牺牲对她是一种隐瞒和屈辱。我们都是自尊心很强的女子。原来,有些时候,如有必要,选择做坏人或小人,反而会保护好自己在意的人。

于洁补充道:"等你学会了遗忘和放手,就说明你成熟了。你会明白,此后,风景无限好。"

我点点头。她提起包,说,我得去上班了。一同去吧。

好。

我们一同走进图书馆。她工作,我在新书架前,假装找书,其实一直心不在焉。于洁的话不时回荡在耳边。随便挑选了三本外国小说来到借阅处。于洁一面打开扉页,刷条纹码,一面对我微笑。我回以微笑。我看到她在完成一系列动作后,把一张纸条夹在一本书里。

走出图书馆,我掏出书,翻出那张便条。上面写着:

喜欢你这个朋友。没事和我联系。我的网名浅秋。

还附有她博客名称和网址。

我看着熟悉的网站 IP,难以置信——她竟是我在网上认识的浅秋。

于洁就是浅秋。不,她叫喻洁。和喻昂是一个姓。

初春的阳光照在书店门前的一棵茶花树上。它很重,喻昂来书店,恰又在清晨或傍晚,便会帮我把它搬出搬进书店。它来自于我的一次随口一说——"我还没见过茶花呢"。于是喻昂不知从哪儿弄来它。和它处得越久,我越喜欢它。并非仅仅因为它是喻昂给我的。

天边晚霞很美。颜色神奇得让我惊诧。喻昂站在我旁边,说,真美。

天渐渐暗下来。我们把茶花树搬回书店。一直等到 7 点半,蓝姬才打来电话说今晚有事不能来了。我只好坚守至晚上 9 点。喻昂给我买了晚饭,我们一起讨论了我的小说。

他很诧异地望着我,他说:"真想不到你会写这样的小说。你使我诧异。"

我说,你先说说你的看法。

"首先,"他毫不客气地说,"这部小说名为《老男人与小朋友》,但里面却写了三个毫不相关的短篇小说。是为何意?"

"它的意思很明显。"

"与题目何关呢?你完全可以把它分为三个短篇小说,不,你甚至连文体都运用混乱。你这样完全是在和读者捉迷藏。你犯了致命错误——你让读者不知你在表达什么,读者无法从你的小说中获取有效信息。"

"它的读者只有你一个。你能懂就行。"

"你简直疯了。"

此时，进来一个男子，简单看了一下书，用余光瞟到喻昂和我，似乎感觉到什么，很快便离去。

"告诉我，你读到了什么？"我问。

"你最好别试图耍什么花招在写小说上面。我奉劝你认认真真、踏踏实实地写作。还有，你最好把我的劝告听进去，不然，你会越走越远。"

我不明白当初肯定我才华的是他，现在一味否定我的也是他。我按照本意而写，我哪里错了吗？我把原先准备说的话咽回到肚子里。他这般态度，我说什么都是多余的。

我随手拿了本书故意翻看，假装不理他。他，看了我一眼，也挑了本书，坐到离我不远的沙发上独自看起来。期间，我偷偷注视他几回，看得十分专心。好不容易挨到快9点，他才放下书，把我的自行车推到店里。和我说："我送你回去。"

我再置气，也不能拒绝他。路上，我们均无太多话。

临下车时，他把我的小说稿件还给我。回到出租屋里，我重新阅读了一遍。如他所说，由看上去毫不相关的、不知何种文体组成的三篇文章。第一篇是《我是故事里的人》。全文如下：

我用在学校垃圾箱里捡来的一只红色粉笔写下一串字符。

他歪着脑袋盯着看了许久。接着他问：你在写什么？

我摇摇头。

他举起手中的相机拍下那一串红色字符。

初见，心乱成那红色字符，没有解码。

不必担忧。我是活在故事里的人。不会饿，也不懂冷暖。

只是在故事里死去，或活得卑微。

创造我的男子，是一个比我还落魄的穷酸文字人。

他每天只吃馒头、喝白开水，生活在穷困的茅草屋里。他无亲无故无朋无友——不，他有我，他幻想的精神爱人。他在他的故事里追随我。而他总让他笔下的我逃离。

这是一场爱的追逐。

他追得紧,我就逃得快。

这次,他是一个热爱摄影的男子。身份神秘。

我,是一个爱在路面、街角、墙上——任何地方,只要我想——涂鸦的女子。

我拥有他最爱的长发,柔软、乌黑,在左边有一小撮蓝色发丝。

他写道:那是她忧伤的心思蔓延至发丝。

他爱着我,比爱他自己更爱我。

如果没有我,他便不是他。

故事发展。桥底下。

他钟爱的故事地点。时间是黑夜。一如他所钟爱。

他安排我们见面。

我举着蜡烛在桥柱上用在服装市场上捡来的粗的黑色水笔写字。

他是中国人。他笔下的我,用中国人的语言同他交流说话,但是我不会写中国字。

我只是爱写字符的女子。但我不懂。他懂,便足够。

他的闪光灯一闪,瞬间照亮我的世界。

我没有被吓住。因为从某种程度上来说,我没有一般现实中的人的感官神经。

我是故事里的人。

他还是问我:你在写什么?

语气平静。仿若不是疑问句,而是淡然地感叹。

我当然不能同他说话。一旦我开口说话,他便失去追逐的动力。

因为他总是写道:写作,是一种寻找。寻找的起初,当然是一无所知。

故事注定要有发展、高潮和结局。

他的故事,总是前奏太长,太闷,导致很多人看不下去。不过,他无所谓,他不需要泛泛之交。他的精彩总在最后。可惜寥寥无几的人有幸目睹。

这次,我用树枝在土地上写字。依旧是黑夜。

在离我不远的稻田里,有对男女在做爱。不时发出呻吟声。

我想问他,为什么要安排这个情节。

可惜,我只是故事里的人。我和他一样以为自己在他的掌控之下,就像上帝要你三刻死,你绝不会活到三刻一秒。但是上帝从不说出预言。

然而,他和我都错了。

随着故事的发展,我竟奇迹般地有了生命力,甚至思考力。我开始用我的方式来和他对话。

写到第三次相遇,他笑了,仿佛这一切既是他的意料之外,又在意料之中。

我问了,他的回答淡淡的:脑海中这个画面忽然跳出来,于是就搬进故事里。

接着他继续问我:你在写什么?

我摇摇头,说了一句:我也不知道。

短暂的沉默后,我石破天惊地说了一句:你总跟着我,你爱我吧。

好。他说,我爱你。接着照例拍下我的字符。

那一夜,他握着我的手教我写爱。

做爱是什么?

我在想。他在想。

他的笔停下来。思绪断了。

小说没有了高潮。

那个夜里,我依偎着他。

我从故事里跑出来,躲进他的怀里。

我们在故事的高潮处做爱了。

他完成了密林的探险,我在故事里与他合二为一。

他说,现实中,没有故事,只有高潮;而故事里,处处都是情节的设置,但是不能做爱。

我问他为什么。

他沉默的笑容被黑暗覆盖。我无辜的眼眸在夜色里越发迷人。

一次抵死缠绵后。我对他说：给我一个归属，哪怕这只是你的一个故事。

你要什么归属？

我说：

给我一段永不磨灭的爱的记忆。

让我跳出故事，去往你的身边。

让我永远守候你。

他笑。

他哭。

他又笑又哭。

颗颗泪珠打湿了故事的脚本。

他喃喃自语：我何尝不想？何尝不想？

我爱上了创造我的人——写字的落魄男子。

他的灵魂习惯流浪，他的身体摇摇欲坠，他随时会烟消云散。

而我却在别人的故事里充当配角、风景、时间转移的标志——种种不一而论。只有在他的故事里，我是唯一的女主角。只有他的故事里，我真正富有灵魂。

尽管如此，又能怎样。人世间活着的多半是没有灵魂的动物。

我逃不出故事。只是我的灵魂会飞。

他欣然地写这个故事的后续。但他不知道，故事的后半部，点点滴滴，哪一样不是我们相处的美好回忆、爱与灵魂行走的痕迹呢？

故事的结尾。

不同层次的夜里。

他写得太累了。趴在草稿纸上睡着了。

我从故事的结尾处跑出来，给他轻轻盖上薄毯。

他微动，接着睡去。

他纸上的最后两句：

她在河边的水上写字，他连她一起放进取景框里，按动快门。

他跟随她，他们没再说话，他们形影不离，直到，没人写故事。

我回到故事里。

不再游荡在别人的故事里。

哪怕曹雪芹在世，邀我去他的故事里担任芙蓉花一角，我都置之不理。

我在他的故事里，我的灵魂，与他的灵魂，抵死缠绵。

做爱，就是精神之恋。

他还是落魄地写字。极少有人认可。

他痴心不悔。他执着如一。

他知道，他笔下的人物复活了。

他明白，他笔下的世界才真实。

他故事里的我，至今，和他依然痴情相恋。

他写的每个故事里都有我的魂影。

而我，用我灵魂的温热为他抵挡故事之外的残酷、冷眼、嘲讽、寒冷……

喻昂照例改了几个错字。却在此篇末尾写了一句话："多情却怕累美人。"

这篇小说，我只是想表达：是他完成了我的精神救赎，是他在杂草丛中发现自以为玉石的我。我渴望他把我写进他的文字里，我期许能在他的故事里成为他忠贞不渝的女主角。我希望我们能达到身体与精神上完美融合、合二为一。

因为我永远不想和他分开。

我不相信永远，却在遇见他以后，相信真的会有一种永远属于我。

第二篇是《盗梦贼》。它阐述梦对我的重要性与必不可少。至于为什么会写得如此飘渺而虚无。全是因为我对他的感情，处于一种被压抑、无法正常生长发育的状态。我对他纵有满腔的爱恋，但在得不到他百分百的肯定之前，我只能选择沉默中把自己扭曲。加上关键的一点（这是我后来悟到的），我喜欢朦胧美。

这恰验证了一种心理说法：很多心灵遭受过创伤的人，不会直截了当、坦白地说自己的故事。他们会假借他人之事，或故意说得漫无边际、朦朦胧胧的。尽管他们自己也知道要想使人听懂很难,可他们固执地如此去做,仍然满心希望地相信有人能懂得。

　　我正是基于这样的想法,可喻昂让我失望了。其实,我只需对他说三个字,仅仅三个字,成千上万的人说过这三个字,就能使他明白。可,连我自己都不明白,为什么我的心思要弄得如此千山万水、百转千回。我做不到那么直接。更害怕被他拒绝。倘若我能义无反顾地去追求自己喜欢的人,那么,和桑戈天,我们可能早就有过一段真正的恋爱故事了。我是个胆小鬼,我必须先确定对方爱我,我才敢开心扉。但这一次,我显得急不可待。

　　不过,就算我把自己的心理活动分析得如此清晰明了,于我现实中的爱情,依然帮助不大。

三十一　梦和初见

《盗梦贼》
我是梦。
成千上万人的梦。
好梦。噩梦。财梦。春秋大梦。
我有忠实的粉丝，也有恨我入骨的敌人。
当然，少不了有人在探寻我的根源。但他们永远不得要领，只会自以为是地捕捉到我透露给他们的一点小道消息。我喜欢戏弄他们，像烽火戏诸侯里的褒姒。
如果你误会我是女人，那就大错特错了。那是你们人间的游戏规则，在我们梦世界里，没有男女之别，性别之分。我们变化无穷、捉摸不定，我们的任务就是把人类彻底搞晕。当然，从我存在到现在，已历经无数夏冬，依旧无法得知梦的真谛。
我们梦从来不会忠于一个寄体。哪里需要我们，我们就出现在哪里。
我们像寄生虫一样寄生在人类的脑海里。一旦他们入睡，我们便不请自来。当然，那些拿着厚礼不断哀求我们的人，我们也会稍作考虑。
我们在人类世界，其实，并不存在。我们无影无踪。

同时，我们像时间一样永恒。

作为其中的一个梦，我给自己起了个好听的名字：绮梦。

绮是她的名字。我三番五次光临她的梦境。

她像世界上所有女孩一样，恋爱了。因而浮想联翩，日夜梦着她心上的人儿。我在她的梦里，像鱼入大海，畅快淋漓。

我是一个孤独的梦。

很少与其他的梦保持关系。懒是一种惯性。当我习惯独自遨游在梦海，寻找寄体时，我享受那种孤独。孑然一梦，偶影独游。

自从偶遇了绮，我便喜欢去她那儿。再没有什么梦比一个女子恋爱时做的梦更美了。她的梦，像原始森林里，一股突突冒腾的温泉水。我浸泡在她的梦里。全身上下，得到天水般的洗礼，久而久之，一些奇怪的事发生了：

我忽而有了自己的想法。一次在她的梦里，她与心爱之人正情意绵绵时，我产生一种奇怪的情绪：忌妒。

我附有擅自行动的能力了。我试图把她叫醒。我成功了，我逃离了她的梦。留她一人在夜半无人时哀伤、哭泣。

像人类世界里突然被梦击中的查尔斯，我在梦世界里被人所击中。查尔斯说，"我必须画画，就像溺水的人必须挣扎"。我说，"我必须去往她的梦，像老鼠去往粮仓"。

在我们梦世界里，有个众所周知的古老传说：极少数极少数梦，会被极个别寄体熏染感化成一个有灵魂的梦。这意味着，这个梦，可以脱离寄体独自存在。当然，得经过无数漫长而艰难险阻的进化，这个梦，可能会有幸成为自然中的一部分。可能是一株花、一片云、一只小松鼠或者一个人。

我希望成为一个人，并非缘于人类是世界的主宰，而在于人类会思考、拥有爱的能力。我见识过无数人的梦，也就等于识别无数人。我知道人是极其复杂的，有时，我甚至觉得人比我们梦更难以捉摸。尽管如此，我还是想成为一个人。我想品尝爱的滋味。它像梦世界禁区里的一只有毒果实，关于它的传说，五花八门、品种繁多，但我只愿意相信其中一种，那就是，爱是世界上最美的一件事。

我不相信奇迹会发生在我这个普普通通的梦身上。但我奢望它的成真。

我的变化很快引起周遭其他梦的注意。他们对古老传说从不相信，他们周旋于别人的梦里，忙忙碌碌、周而复始，百年如一日地穿行于梦与梦之间。他们只负责行动、行动、再行动。没有思想，没有想法，更没有情感。他们了解一切，又忽视一切。他们无法述说，无法记忆，更谈不上遗忘。他们只是存在，为了存在而存在。

但我不同。我对自身的变化，好奇大过喜悦，恐惧大过好奇。因为有流言说我是盗梦贼。人云亦云，三人成虎，不久，他们全都以"盗梦贼"叫我。他们根本不希望我成为自然界中的一部分，说我痴梦做人。他们给我取这个外号，是想让我难堪。

我以往遇见其他的梦，还会微笑打招呼，偶尔问长问短。但很快，我们的见面以他们对我指指点点、我仓皇逃走的方式结束。渐渐地，他们重复那些讥笑、嘲讽，而我不再有任何表情、任何语言。我默然飘过，就好像我从来没有看见过他们。

拥有大量时间，我躲藏在绮的梦里。因为我很快发现她和我一样，孤立于人群，一个人独自发呆、幻想。由此，我们相处的时间更长了。

我因此才发现：我们梦，并非只出没在人类睡觉的时间里。在一些人浅睡眠中、发呆人群以及爱做白日梦的人群中，我们梦可以随意出没。原来，梦，无处不在。

我在梦境中的高楼大厦上，像一只倦了的大懒猫趴在一块阳台上，阳光也懒懒地洒在我身上。城市里，一切快得接近光速，相比较我的慢。没错，我是慢的，比蜗牛梦还慢。

我的主人——无意之中，我成了一个升级后的梦——按照游戏规则，我只能拥有一到三个寄体。我重新认识了其他一些梦。我们相处得很愉快——我是说，没有梦知道我的过去，不，事实上，这里所有的梦都拥有和我相似或相近的经历。他们说，我们可不同于那些低级的梦，我们称呼那些寄体为主人。

我还只有一个主人。那就是绮。

我在她的梦里哭泣。因为她失恋了。

我在梦里告诉她：别哭，我来帮你。

她从梦中惊醒，给她的他打电话，说："我做梦了，梦到你说会帮我。"

由于梦的存在相当短暂。我们的主人梦醒后，作为梦，我们便烟消云散，但我们在主人醒后的几分钟里，还是有一定意识和知觉的，这意味着，我们可以观察到主人在梦醒后几分钟时间里的举动。

我看到她在抽泣。她说：来，来抱着我。

接着，我的意识和知觉消失，我不知他是否会来看她，但我看得心疼。

我无心寻找其他的主人。因为绮常常哀求我，用她楚楚可怜的泪水。

只有在梦里，她才能与他更亲近。

她在梦里自问自答：除了做梦，我还能有什么办法靠近你？

没有。

为什么你不爱我，是我不够好吗？

不好。

要怎样，你才会爱我？

不爱。

她的泪再次惊醒她的梦。

但后来的一个梦里，那是一个白天，她坐在十九层楼的窗户前。小雨淅淅沥沥，像密密麻麻的网交织在一起。微风。初夏。午后的清凉。一杯冷却的黑咖啡。

她静坐良久。她挖空心思。她什么都没有想。

这是她后来告诉我的。她说，有个招梦人教给她怎样与自己的梦对话。她这样去做了。

果真和我做了一次交谈。

我们的交谈，从某种程度上来说，是无声无息的。这点，不足为人类道也。

她说:"在我的认识里,现实中有个我,精神世界中有个我,还有一个本我,即梦中的我。也就是你。但招梦人告诉我,你可能只是我一个未进化完全的梦,我不一定能与你对得上话,当然,也可能我们畅谈甚欢。这一切都是未知的。但没关系,我喜欢研究自己,并与自己对话。我害怕外面的世界和人。据说,这是我们这个时代的一种通病。孤独症。你能不能听到我的话,也许不重要。"

我默默无声。

她继续说:"我是一名文字人。我以文字为生。绝大多数时候,我都是寂寞或孤独的。我既寂寞,也孤独。这并不矛盾。作为现实中的我,必须养活自己,赚钱谋生。这是基础,像建筑一座高楼所要打下的地基,必须牢固而稳定。因而我不得不写一些违背我心灵意愿的东西来填饱我的肚子。我名声显赫,但异常孤独。我既如仙人般把自己置于一个高高在上的位置,我甘愿冷清而孤傲。但是,为了他,我又臣服在他的脚底下。我甘愿卑微甚至下贱,我全力以赴我的爱情,却还是失败了。也许爱情没有成败。也许,对于我的灵魂,忧伤的爱情才是我所求。"

她还在说:"我总觉得有一天,我会像一缕烟消失于天地之间。真抱歉,我不知所云地说了这些。我期盼答案,又知晓,本没有答案,追问的人多了,答案才被人编造出来的。如果有一天,我能像天上的云一样,只有镜头一样的眼,注视而不思想,变化而永恒,该多好。"

我保持沉默。她保持声调。说些我似乎懂又似乎不懂的话。

时光静悄悄的。

她的梦无痕。

是急促的敲门声打碎她的喃喃自语,准确地说来,是她的梦。她很快回到现实,开门,一张我熟悉的脸挤了进来。

是那个她魂牵梦绕的男子。

但从此以后,也是我日思夜想的人。

我开始寻找他。在森林般的城市里。

从一个火柴盒般的小房子到另一个。不断行走、奔跑。跌跌撞撞。

我忘了我的主人,如同她不必做梦。

那段时间里,他们交缠在一起,从身体到灵魂。
所以,我无法进入到他们其中任何一个人的梦里。
我第一次体会到做一只梦的可怜。

绮,不间断招我而去,但她似乎在现实的世界里异常忙碌和兴奋。后来,通过她断断续续的梦,我才了解到,她的新书出版。关乎梦,有写我的文字。我看了,却只能嗤之以鼻。
没有人真正了解我们梦。包括我们自己。
绮,仍然沉醉在现实的春风得意中。她很少走神、发呆,睡觉也睡得踏实而香甜。我徘徊在她的周围。作为升级版的梦,我们不可以随意打扰主人的休息。我们有责任和义务保障主人的身体健康。
这纯粹是扯淡。我不相信梦会对主人的身体健康造成威胁。但有先例,由不得我不信。何况我可不想受到梦世界最残忍的酷刑——成为一只猪的梦。当然,也有人认为做一只猪的梦何尝不好,因为猪的梦只有香喷喷的猪食、和异性猪生些小猪仔。但对于我,这是最不能接受的。显而易见,一只爱上一个人的梦,不可能长期忍受朝思暮想的煎熬。
这些,全是无关紧要的小笑话。是我在寻找男子路上胡思乱想的。为了给自己解闷逗乐。

像鬼子搜城进行大扫荡,我找遍了整座城市,终于在一座老房子里找到了他。我终于明白,他为什么不爱她,最起码,不能全身心爱她。
因为他在构筑他的神秘花园。每当夜色降临,便让窗前的月光倾泻在他的百花园里。
我蛰伏在他的房间。等待时机。
等待是一项附有刺激和冒险的活。在各种情绪掺染中,我在想怎样赶走我的对手。像他这般脑袋又大又亮,其结构复杂程度可想而知。一定有一只老道的梦誓死追随他。
他必定是个多梦的人。我猜想。假如对手不止一个,假如我进不去他的梦,假如我被他的梦践踏梦碎,假如……
夜更深了。
他仍然伏案而作,似乎没有入睡做梦的打算。

我的等待遥遥无期。

一只梦的愿望,无非是长期寄存于一个精彩的人的梦里。
我的愿望不是。
我无能,既赶不走他身边的无数梦,也挤不进他的梦里,更谈不上让他发现我,爱我,或者告诉他,我爱他。
爱一个人,原来有一种强烈的欲望,那就是无限靠近他,靠近他的身体、灵魂。与他生生世世相守在一起。
为了这种欲望,我生平第一次说谎,我骗了他身边的那些梦,我的谎言相当可笑,但它确实吓走了一些胆小怕事的梦。留下的对手更加勇敢、坚强,因为我已经打草惊蛇了。
我哀求他们:求求你们,让我进去一次,只一次,此后再不相扰。
他们互相看看,坚定地看着我。
我补充:我一定说话算话。我从不敢与诸君争抢他的梦境,我只是想见识一下他的梦境。我虽弱小、瘦软,但拼命起来,也定要诸君梦碎人亡。
他们纷纷散去。只还有一只梦守着他。
我走近那只梦,用哀鸣的眼神说:只一次。
那只梦淡淡道:你征服不了他。你会死无葬身之地。
我笑了,有只懂我的梦。生亦何欢,死亦何惧。
那梦见我不气反笑,于是退让开。我说,谢谢。他道好运。

我就这样一步一步、小心翼翼地走进他的梦里。

除非,除非是天命。不然,我将尸骨无存。
我心惊胆战。
我诚惶诚恐。
我无法描述这场梦境,它异常繁华、生动、幽默,富有情趣和感染力。
我被深深埋没。
第一次,真正同我主人的梦融为一体。

我消失于梦的世界。在另一个世界里，我获得新生。

从梦演变为他笔下的世界。
我和他都经历了无数劫难。那些劫难是我们共同的财富。
我们痛，并幸福着。
尽管如此，我还是无法成为一个人。
根据梦世界的传说，成为人的梦，在成为人以后，都有一颗梦的心，还有一个标记，是同等演化过来的人才能认出的。我在他身上找到了这块标记。我们同属一类。
原来，真是命中注定。

后来，绮在她的一本小说中写道：
多年以后，爱过他的她仍然记得他的话。那些他教给她写作的点点滴滴。他说，写作之人要有五只眼。
第一只，是自己的眼。
第二只，是自己的心灵之眼。
第三只，是跳出自己，现实中普遍之眼。
第四只，是上帝之眼。
第五只，是梦之眼。
他还说，用好这五只眼，安排好这五只眼所见所闻的比例，她会是一个非常棒的作者。他对作者的理解是：灵魂的工程师和建造者。
夜更深了。夜色中像是有什么在游走。
看完第二篇小说，我紧接着看了《初见》。回忆一幕幕。满脸的泪珠都在想他、想他。
你和我的初见，绝不仅仅是在那一刻。
人间初见，你已不识我，我却记得你。
你轻描淡写地路过我的世界，我却拼命寻找你的步伐，今生一直念念不忘。

我幻想——我的幻想也许正是前世残留的记忆——几百年前，你是一棵树，粗枝大叶，遮天盖地，而我，是你近旁的一株无名草。我以为我不会开花。

就算开花，我以为一定很丑。因为我是一个自卑的女孩。

我不知什么人会爱我，并且爱得久久远远、缠缠绵绵。

我不知，我会爱上什么人。我终日等待，守着孤单，等孤独的梦，在一个我预定的日子，起飞，飞远，带我去看遥远的地方，是否如我所料想般的美丽奢华。

你为我撑起一片天，我却责怪你挡了我的视线。

朝朝暮暮之后，我在秋天枯黄、荒芜。

但我知道，来年春天，当我破土而出，一定可以看到你苍老而迷人的微笑。你伟岸而结实的身体将继续为我挡风遮雨。我在你的怀抱里，肆意仰望天空，刺眼的阳光被你的细致温柔舍去锋芒。我在恰到好处的温暖中，做着和你美美的梦。

我们前世的故事，忘了从哪一刻、在哪一个地方、因何而初见的。

将来。我预想的将来，一定有你。

譬如，你于某个午后，随意打开一本书，席地而读。

冒着热气的咖啡，驱散你的疲惫。书中，灵魂在歌唱，愉悦你的身心。

就是那般，你阅读，我在书中，我们就此初见。

随后，被你堆积如山的书柜忘得一干二净。

时间何其漫长，再相遇，等上帝妥善安排。我只是先上帝一步安排你我的再遇。我错了吗？我只是想再见你，那么迫切。为了再见你，我已把自己丢到十八层地狱里历经九九八十一难了。

为了磨灭想你的这颗心，我不顾一切逃离梦想，却在入尘的那一刻，灰飞烟灭。

再遇，又得历经万水千山、三界传奇。

没有一种爱，不千疮百孔、满目疮痍。

在疼痛中，我学会了微笑。

你给的疼痛，恰似天空下的空篮子。只有我知道，篮子里装了满满一篮阳光。它在夜色中哭泣，它的哭泣有阳光的味道。

只要是你给的，一切于我都是珍宝。

而我，只要你于杂草丛中发现我，像发现一颗奇珍异宝，并随身携带、随心而享。

爱，或许，只是一种懂得，来自灵魂深处的共振。

共振之后，我听到过的爱情故事，都是彼此消散，像失去联系的两片云。很难再在人群中找到另一个。

但愿，我们不会。

我有爱你的决心。

我有爱你长久的痴心。

给我一段故事，容我细细品味。许我一个真实的誓言，让它在我枯燥的生命里熠熠生辉。

如果这样，你还不能爱我。

我还将一如既往地期待初见，我们下一世的初见。下下世的初见。

总会有一个初见，打开你心门，打动你心扉。

至于，我们的初见，人间最真实，或许又最虚无的初见，留在我心底。让它一直留着。

我愿用我的隐忍，给你留着一个你或许早已明了的秘密。我在等你开口，等你用难以置信的口吻问我：那真是我们的初见吗？

也许，上帝会见证——他恰好拍下我们擦肩而过的照片呢。

你大概永远不会知晓，遇见你，你给我的美丽故事比天上的繁星还美还多。我的写作冲动源于对你无法阻挡、如波涛般汹涌的爱恋。

无论我怎么找，所有纸正面反面都找遍了，也不再有他留给我的只言片语。我满心以为我满腔热情会遇上同等温度的他，或，至少，也该有一顿惊讶的盘问。可，眼前无情的事实表明：他压根儿对我不屑一顾。

夜变得凄冷。像那首孤独而冷清的《月光爱人》。

喻昂是月光。他的沉默像月光一样倾泻在窗外。我想象窗外，月色迷人，叶影绰绰。但我不敢也不能打开那扇窗，我怕我会迷失在他的沉默中。我心中冉冉升起的一股信念：他不爱我。至少没有我想象中的那么爱我。

三十二　覆水难收

蓝姬把书店地址告诉梁超。梁超每天早到半个小时来等她。我知道他是故意的，他故意在蓝姬面前讨好我，让她知难而退。我心下当然明白梁超对我不过是类似一种爱情的游戏。这次，我感觉他变了。表面上依然维持一种友好关系，我任由他导演这场暧昧发展下去。我无心制止。我完全被喻昂弄得不知所措、心生难受。我沉浸在这些负面情绪中，对周围的人和事漠不关心。

越纠结、挣扎，越难受。

要享受生活，不要纠结于现实；要去爱着，不要怀疑爱情。

于是我试着让自己投入到三人的谈话中。在无聊的时间间隙和年轻男女交谈一二也是非常愉悦的事，我何苦像小喵咪抓自己尾巴般抓住痛苦转圈圈呢？

正当我对蓝姬的一个观点预备发表看法时，进来一个人，我隐约记得他是蓝姬的前男友。蓝姬一见他，脸色全变了。他进来便说："蓝，你出来一下。"

"有什么事在这儿说吧。"

"你最好出来一下。"

"我们之间无话可说。"

我出来打了个圆场:"你有什么话在这儿讲吧。"

"好。这是你说的。"他很不礼貌地用右手食指指着蓝姬,"我听说,过年前我给你的彩票中大奖了。你可真沉得住气,也够狠心,竟然背着我独吞这笔钱。蓝,凭良心说,我之前对你好不好?你为什么要这样对我!"

"你听谁胡说的!"蓝姬打断他,同时望向我。

我急忙争辩:"我可没那么无聊。"

男孩像侦探抓住重要证据般兴奋道:"啊哈,这么说,是真的了?开始我还将信将疑呢。说吧,打算怎么办?"

"什么怎么办?"

"这就是你的态度?你当初和我分手,我还一直在反思自己哪里做得不好,却原来是这个原因。"

"大飞,你还是不是男人?你嘴巴放干净点。那张彩票是你送给我的,那就是我的了,至于分手……哼,我不明白为什么我要把自己的青春耗在你这个一穷二白的人身上。"

我还来不及反应,到我明白过来,蓝姬捂着被他打过的半边脸,对他又打又骂。我忙叫一直在一旁看戏的梁超过来帮忙,拉开他们,但骂声仍不绝于耳。

书店外,不时有路人探进身子张望。

我意识到自己没有能力处理这件事,便给喻昂打了个电话。我怕影响书店生意。

梁超发挥他作为男人的作用。在大飞威胁蓝姬时,他放出狠话来。他那张面孔完全是我所陌生的。我发现自己对他了解甚少,从最初对他与生俱来的亲切和信任渐渐转变为一种不确定的恐惧。

大飞意识到局面对自己不利,便放下几句狠话走人。所有人都知道,这事没完。

等喻昂赶到时,梁超已送哭哭啼啼的蓝姬回学校了。我把事件的前因后果向他一一说明。他叮嘱我注意这个大飞,别让他伤着蓝姬。要是再有这种事情发生,早一点给他电话。我道知道了。接着,两人无语。一会儿,他问了一句:"昨晚没睡好吗?两只熊猫眼。"我笑笑,摇摇头。

"今晚早点回去休息吧。星期二生意也冷清。一会儿我送你。"

"好。"我本来想骗他说梁超一会儿送我回去,却没说出口。我无法拒绝他,尽管我明明白白生着他的气。

"收拾一下。我在车里等你。"

坐在副驾驶座上,偏头看窗外灯火阑珊。

两只手放在双腿上,紧张得十指相扣。

谁会先开口说话?我该说的、能说的都说了。绝不,再主动了。

爱情不是一个人的事。

喻昂很聪明。他开口问了一些刚才事件的细节,他提到梁超时,说:"你和他很熟吗?"

我简单作答:"几年前,他困难时,我帮过他,不太熟。"

"他不太对劲。你和蓝姬是好朋友,你告诉她,别对他抱有期望。"

我用沉默表示不满。

"你怎么不说话?"

我继续保持沉默,内心却暗自愤愤然:梁超不对劲,你就对劲了?就冲他为女友复仇的事足以说明他是重情之人。

他换了个问题:"肚子饿吗?"

我摇摇头,肚子却咕咕叫起来。真是天生的叛徒。我暗骂。

"去吃点什么,我请。"

"我们这是?……"我执意想要我的答案。

"吃饭啊。"

"是作为一般朋友吃呢,还是作为老板和员工?"

"作为很好的朋友。"他答,少见的简约干脆。

"哦,类似于文友之类的吧?"

"不全是。"

"不全是的那部分是什么?"我追问。

"你想是什么?"他反问。

两个自以为聪明的家伙。

在那一刻,我敢说,要是有个男人对我说他爱我,要和我在一起,我立马答应他,立马和他结婚生孩子。但我的运气太糟糕了,遇见的男子竟是这等秉性。

我无计可施。我说我想回家不想吃饭。

"生气了?"

"没有。"

"那你说,你想要什么?我能给的都给你,这样猜来猜去的,我累,你也累。"

"你喜欢我吗?"我豁出去了。不就是表白吗?

出乎我意料之外,他回答得非常干脆明了:"喜欢。"

"那你爱我吗?"

"你知道的。"

"请给我直接的回答。一个字或两个字。"

"一个字。"

我追问:"一个什么字?"

"我不喜欢你这样穷追不舍于一个你知道的问题。"

"那你会和我结婚吗?"

"这个问题,以后再说。"

"那你说你爱我。"

"别闹,我开车呢。"

我装作要打开车门跳出车外,他忙说:"我爱你。"

我眉开眼笑。

着实不易。抱歉得很,也许只有小朋友的无理取闹才能撬开老男人坚固的嘴巴。

吃完晚一点的晚饭、早一点的夜宵,喻昂理所当然地送我回家。我顺其自然邀他进我的小屋坐坐。这次,他没再拒绝。

我的小屋位于房主东院二楼,不经过院子大门,而由独立的楼梯而上。这个郊区附近有许多工厂,周围有许多外地打工者。所以,每家每户都各显神通极尽可能地扩建。

不经过大院门,自然少了一份安全,却也多了一份自由。自然不会有不良的男房客探出脑袋用复杂的眼神盯着我带回来的喻昂。至于其他常照脸的陌生人,最多背后说几句。对我无关痛痒。这便是城市特色。

关上门，便是一世界。用手机照明，借着微弱的月光和不远处路灯，喻昂在我的提示下，慢吞吞爬着楼梯，进入小屋。

小屋陈设非常简单。单人床。台灯。一张仅供一人书写的书桌。一张凳子。书桌上一些书和纸笔，外加一只透明玻璃杯。一只简易小衣柜——超市里常见的那种专门供租房人使用的。洗漱用品都在窗台上放着。一根白绳上挂着两块白毛巾。

只有一盘文竹生意盎然地彰显生命力。

"一点都不像女孩子的房间。"这是喻昂给的第一句评价。

第二句是："比起你脑海里的世界，你所处的现实，更加黯然失色了。"

"这就是我为什么偏爱写作的缘故吧。"

"嗯，极尽可能压缩生存空间，以扩大心灵空间。"

"两者似乎并不矛盾。你说的是电影《刺猬的优雅》吧？"

"那是一个什么样的故事？"

于是我简单说了故事大概。他一边听，一边坐在只有我坐过的凳子上，我坐在床边。

他翻看我的书："这些书，不错。……《禁爱》，还有我的书呢。"

"幸福吧？在一个意想不到的情况下遇见自己的书。像遇见另一个自己。"

我看见他侧脸处露出的笑容。"天大的幸福。"

"希望有一天，我也能有这样的幸福。"

"会有的。"

我幽幽一笑。出书那么遥不可及的事，像梦和远方一样遥远、深不可测，我只有想想的份儿。但眼前的的确确有一位作家和我每天晚上都会翻阅一下的他的书。我也感到一种天大的幸福。当人感受到这种幸福时，总希望时间停止，永驻这一刻。我毫无创新地这样去想，并滑出口："要是时间能永远停止在这一刻，该多好！"

"小朋友就是小朋友。"他笑。我发现同样的笑，因心情不同、环境不同，会呈现完全相反的感触，此时此刻，他的笑，特别可亲可敬。

我歪着脑袋问："不好吗？"声音也奶声奶气的，仿佛为了应景他的话。

见他欲要高谈，我忙阻止："我不要听大道理，我只要你说好还是不好。"

"好。"掷地有声。

说完，他转过半倾斜的身子，翻看我书桌旁的一些稿纸。"很认真嘛。"

我起身，走近他身旁，看他翻的正是他不久前打印给我的关于写作技巧的一些文章。其中就包括他自己的《写作之人要有五只眼》。我指了指那篇文章，说："我很喜欢这篇。"我翻出《龙冬谈文学写作技巧》，说："看，你推荐的我也喜欢。"他接着看了一眼："你是个善于自我学习的好学生。你读了很多遍吧？"

"十几遍总是有的。"我指着几个段落说，"有些看了几十遍。受益匪浅。比如这段：'一个艺术作品，通过它，能够窥探到作家弱点甚至缺点，能够窥探到作家一贯性格性情，这个作家就具备了优秀作家的起码条件。反之，一个作品尽是展示作家的聪明和高人一等，或展示出作家的道德楷模，这就是典型的垃圾作品和白痴写作。'还有，'中国当代文学为什么总是这么掉价？当我们具备了写作的功底，找到了写作的技巧，我们还缺什么？最最缺乏的就是：我们早已失去了文学的纯净的心灵，早已失去了灿烂阳光的照射。我们在干涸的井底泥泞中久久站立，丧失了信心和希望。我们不被腐烂，自己也巴望着腐烂'。这句也很棒：'中国作家，活着的，你都把他们当成一个学校的同学，甚至一个班级的同学。不过是几十个比你岁数大点小些的同学。大家每周都要写一篇作文，或者他写得好些，或者就是你脱颖而出。老师的讲评，偶尔见水平，偶尔公正，多数时候，也是狗屁不通。'但凡红笔画线的都深有同感。"

"嗯。不错。你还善于发现别人的长处，忽视短处，以后也要多训练自己看到文章的短处。这同样是提高写作的阶梯。"

"了解。"

他继续翻，厚厚的一叠。"原来，你把我博客的全部文章都打印下来了。"

我笑："你不向我讨要版权费就好。"

"要是我偏要呢？"他坏坏地笑。有一丝不易察觉的温情。

"那我就给,我从不欠债。"我表现得大义凛然。

"逗你呢,小朋友。"他呵呵笑个不停,仿佛我是一只很可笑的猴子似的。

我毫无征兆地掐了他一下。他"啊"地叫起来,转过身,站起来预备反击时,却碰倒了正沾沾自喜的我。他见状立马用手来拉我,我整个身子顺势就倒在他怀里。

两颗"扑通扑通"加速跳跃的心脏碰到一起。隔着几层衣物,感受到彼此的紧张、兴奋、异常。空气顿时稀薄起来。

我就势把头埋在他肩膀上,抱紧他,他也抱紧我。

他的怀抱像水慢慢浸透纸一样弄湿了我最后一块干涩的灵魂。

没有语言,身体就是最好的语言。它们不断触碰、交流。欢喜而害怕。

逃不过的。我也没想过要逃。

当我找到一个我信任的男人,就会把自己的一切交付给他,毫无保留。身体的交付比起心灵的交付,要廉价得多。我已把最贵重的给了他,还会在意一些较为次要的吗?当然不会。我们久久相拥。

时间一点一点缓慢流逝。

夜微阑。情渐深。人醉了。

台灯微弱的灯光,散发着迷人的光晕。

我发现一个不可抵赖的事实:男女身体交流之欢并不比精神交流差矣。两者同等美轮美奂、妙不可言。

或许由于我长期活在梦想的世界、痴迷于文字花园,因而对男女之事并不热衷。甚至一度认为它很肮脏,负面印象处于绝对优势,因而使得我把它视为禁地。对所有人都闭口不谈。

但在这个晚上,他将引领我走入那片我讳莫如深的禁地。我们接吻,褪去彼此的衣裳。像我在所有文学作品中看到那般,我们抵死缠绵。

我像第一次喝红酒的女子,以前一直以为酒和烟是坏女孩才会去触碰的,忽而发现,偶尔喝醉酒也是那么美妙而神奇的一件事。我一醉方休、一醉千年。看着自己心爱的男人如贪睡的孩子躺在自己身边,我感到作为一个女人才有的幸福和成就感。

那以后，我从梦的世界里跑出来，做一个红尘中最本真的小女子。

我悄悄策划着要搬去和他同住，要把他介绍给我的父母，要和他举办庄严的婚礼，要为他生个孩子。我还准备好做个后妈，善待他的孩子。我像不会停止的机器一样不断地想着各种各样的现实问题。这在以前，我一概拒之。我对自己身上悄然发生的改变，浑然不觉。

然而，喻昂的改变丝毫没有。他从不当众和我有亲密举动，也没有主动邀请我去和他同住，当我不顾脸面主动提出时，他断然拒绝。理由非常充分：他习惯一个人的生活，并且他写作时绝对不能有人在。

为了他的写作，我只好放弃这个念头。每周往他那去两到四次。我们谈论写作、读书。我们在床上纠缠，说情意绵绵的甜言蜜语。

我们的日子过得飞快。

我们像所有恋人那般，会吵架，会和好。会闹小脾气，会有奇思妙想。他写作的时候，我便静于一隅，或看他的书，或写自己的字。他在他的书桌，我属于入侵者，只能盘踞在卫生间的地板上。夏天，把浴盆放满水，我把整个身子放在水中，只留脑袋在外面。喻昂是个非常吝啬时间的人。他抓紧一切时间读书、写作。如厕也不放过。一般读书人只会在马桶看到废寝忘食。他倒好，泡澡时也抓紧时间读书。在一面墙上，恰我目光所能达到的地方，恰到好处地放着一本书。他房子里所有之中，除了他的人和书，我最喜欢这一处：可一面泡澡一面读书。想想看，在澡盆里看王小波的《黄金时代》，不时看到幽默超绝的句子，难以控制地用手拍打水面，激起水花弄得自己和书上到处是水。要是我声响过大，喻昂在卧室，恰又绞尽脑汁写不出时，便会走过来，先是痴痴地看着我，后像一只饥饿的狮子一样抱起全身裸露的我。我像一只可怜的小鹿般挣扎、呐喊。我情愿他把我吃到肚子里，这样，我们便永不分离了。

尽管在心理上接受性之欢愉，但身体却由于惯性，仍然保存着一种羞涩的本能。我想这便是我作为一个女人吸引男人的地方。从前我从未意识到对男人使用美人计，而一旦意识到，又发挥到极致。像生命中新出现的一个命题，我开始了孜孜不倦地追寻。男女之事，像当初爱情、友情、人生、死亡、怀旧、青春等一样，勾起我的好奇和兴趣。我一如既往寻找答案，准备以一种舒服的姿势来迎接和面对它。

我开始在小说中详细描写它，像描写魔鬼、梦、死亡、写作一样来写它。

当我抱着这种心态来写作时，我知道我的小说将不会被绝大多数人所接受、喜欢。我并不十分在意。像只有极少数人的文字可以打动我、救赎我的灵魂，我的小说也只能吸引或影响极少数人。

从某种意义上来说，我或许只是为了写个痛快，因而总是毫无保留地将自己的想法一一写明。喻昂看了我近期几篇短小说，摇摇头，告诉我一句话："作家，不必把自己的灵魂包裹得密不透风，也不必全部裸露在读者面前啊。"

我纠正他："我不是作家。"

"作者总没错吧？"

"最多算亲文学的自然写作人。"

"从某种意义上，没什么区别。"他说，"不管怎样，那只是一种称呼。它代表以文字为乐趣或为生命或为谋生手段的一类人而已。有伟大之人，也有像你我这样平平常常的。不必纠结于这个称呼。否则，我们的谈话会非常堵塞。我可不是一个疏通高手。"

我咯咯笑。笑声像铜铃。风一吹来，叮叮当当作响。

"我没有啊。"我笑，他刚要反驳，我连忙用手捂住他的嘴巴。这种举动非常小孩子气——为了不让自己被他说服，就堵住他的嘴，这样，先发制人，让自己的观点在他的脑海里先占有一片根据地。但这种小儿科在喻昂这儿丝毫不起作用。他头脑清晰、条理分明、不被敌人所牵制。他预言道："你文字的生命力将在我之上。"

"不是说文人相轻吗？"我笑，丝毫不把他的话当回事。

"也可说文人相亲，亲切的亲。"

"相亲？"我再次笑，我会错了他的意思，联想到我们两个在相亲，以结婚为目的的相亲，那样最好不过啦。

他恍然悟到我的想法，也笑起来。"我说真的。诺贝尔文学奖可就全指望你了。"

我越发肆无忌惮笑起来。但在笑的一瞬间，有什么东西触动了我内心的某处开关。我从未想过我的志向到底在哪儿。随着时间推移,后来我很快发现自己想要什么。非常明确清楚。但此刻,我还处于懵懂状态,我只是感到我捕捉到了什么信息,但这些信息还有待翻译和发掘。

不想当将军的士兵不是好士兵。

但我的雄心壮志并不在此。

"在想什么呢?"他见我久不言语,问。我以笑来遮掩:"没什么。"这是少有的我会在他面前有遮掩的举动。

他说:"你跟我不同,我为别人而写,而你,为自己而写。这其中有着本质区别。我想上帝让我遇见你,一定是为了让我给你指引一条路,告诉你一些话,还有,发现你的价值。因为似乎你对此总是浑浑噩噩的。能明白我的话?"

上帝让我们相遇,不是为了让我们相爱吗?

我摇摇头,继而又点点头。懂了,又似乎没懂。再相通的人,也会有交流局限,剩下的就靠意会了。最后悠悠吐出我的期望:"我只希望喜欢我小说的人,是真的百读不厌;讨厌我小说的人,是真的一个字也看不下去。"

三十三 喻洁的故事

从小，我就被公认为是一个乖乖女、有些傻里傻气的，并且胸无大志、普通得像路边的一株野草。既未经历过惊天动地的事，也未有过了不起的举动，更无自豪的过去可言，也无巨大的不可磨灭的悲痛。我似乎只是一个在忧伤中顺其自然长大的女子。并无明显特别之处，淹没在人群，能找出成千上万个这样的我来。但喻昂对我说的话，起了很大作用，它给我的心理暗示恰迎合了内心深处某种隐隐约约、含糊不清的野心。我之所以称之为野心，是我清清楚楚、明明白白了解这类心思的扩散，绝不会对他人造成影响，只对我本人具有翻天覆地的改变。或许，不如说，把隐藏得很深的那个自己给挖掘出来了。而喻昂是一个很好的引路人。

在某种程度上来说，他或许也经历过这样的过程。这正验证了莫泊桑在《一生》中的一句话："每一个人都认为：唯独自己的心灵有种种感受和悸动，而其实最初的人早已经历过，最后一代男人和女人也会有同样的感受。"

相爱的滋味如斯。尽管，我微微感觉到喻昂对我的爱有所保留，考虑到对他拥有不同等级的保留，我默许了。因此我们相处得非常愉悦。尽管他告诉我《久水之恋》还是不能发表，除却一点点小失落，并无太多遗憾。他开始推荐我的其他小说，然而，结果都一样。发表之路如此艰难，反而使我兴奋，为此，我更加勤奋。

当然，当喻昂把他的稿子拿给我看时，我也毫不留情甚至故意批得一文不值。他说我在感情用事，这可不好。我"复仇"后的快感很快消失，便一本正经地阐述自己的读后感：如《且听风吟》中开头的那句话——"不存在十全十美的文章如同不存在彻头彻尾的绝望。"你的小说，就某方面来说，已然接近完美。

他不动声色地沉默。他的沉默让我觉得智者与愚者之间的区别在于对沉默是否有效运用。

我的意思是，喻昂的小说，优点和缺点都非常明显。小说给我的感觉非常像译者对莫泊桑做出的评论："在猎艳方面也战绩卓著。从贵妇人到年轻女工，都列入他的战利品的名单。他有三个私生子，只供养而不承认。他讨厌结婚，也讨厌建立家庭。淫风普遍存在，社会就是情与欲的大旋涡，对此谁也无能为力，任何批评指责，就算不是虚伪，也是苍白无力的。"

这是他的态度。我很高兴，至少他保留那份真。这是我们相爱的基石。而我总处在梦幻的世界，忽视现实，不敢直面惨淡的人生。在这方面，我无疑需要向他学习、靠近。

我喜欢听他高谈阔论，在发觉到他的可爱时，情不自禁地奖赏他一个香吻。我们在情与欲的旋涡中甘心情愿地沦陷。幸福的时光总是飞逝。

转眼到了2011年的春节。

在这之前，我生活的重心在喻昂与写作上，偶尔侧向书店的生意和朋友联系。其中包括和希斯的一次会面、和梁超见面几次（被母亲误以为我在同梁超交往，出于多一事不如少一事的心理，我没有澄清）、与喻洁进行过一次深入交流。

和希斯见面已是初秋了。她上身穿一件蓝色瘦身针织衫、下身黑色蕾丝短裙、细长的腿上一双黑色丝袜、高得吓人的灰色高跟鞋。披肩短发。齐平的刘海恰至眉毛。微浓妆。睫毛画得又细又长。眼神依旧妩媚。涂玫瑰色唇彩。瞧着这张精致的脸，我道："你比以前更会装扮自己了。"

她放下白色小包,坐在我对面的真皮沙发上。

此时,光阴咖啡馆。但我们谁都没有动面前的咖啡。而我对咖啡既不厌恶,也无欢喜。

这更像是一场精心安排的戏。戏中人物久别重逢,渴望来一次倾心交谈。但时间这个巨大的鸿沟,让我们在很长时间彼此相望,一言不发。到最后发现期望越大,失望越大。

像英国人谈论天气,我们说起读书那会子事。

说完过去,说现在。我说:我在和一个老男人相爱。

她问:"是第三者?"

"不,他离婚了。"我忙答。

"何以见得?你看到他离婚证了,即使看到,你去民政局核对过没?你以前不是劝我不要和老男人来往,说他们老谋深算运筹帷幄说我们压根儿不是他们对手,怎么如今你自己反倒……"

她开始一系列设想,她在担心我。我偷音乐。

我说:"亲爱的,你想多了,没你想得那么复杂。"

"带我去见他,我识男人无数,一定帮你揪出他的狐狸尾巴。"

"不——我怕你抢走他。"说完,自己笑。

"死小妮子!"

我问:"你呢?"

"货真价实的第三者。"她答,之后,眼帘向下,不再言语。

她端起杯子至嘴边,又放下,说:"我以为我不会再爱了,结果,低估了自己,也低估了命运。你在心里鄙视我吗?"

我忙摇摇头。"我只是不知说什么好。"

"没有人比我更恨自己了,但我必须活在现在,必须活下去。必须活得耀眼而自在。我得为自己而活。"

"是。"我说。

"我是活在当下的女子,而非清朝、民国。我得尽可能地去争取。我只想抓住我能抓住的。不惜一切代价。我也只能利用我目前拥有的东西。我们不一样,小薰,我知道你志不在此,你不在意的,却是我最珍惜的。能懂吗?"

我点点头。

"其实，这次回来，我只想和你说说话。仅此而已。"

"了解。"

她停顿几秒："一直以来我都很忌妒你，你拥有我想要的一切，可你总矫情地说那不是你想要的。但你又不愿将它们转手给我，也无法转手。我总在城市边缘游走，因为我贫困的家庭背景，没人真心实意对我，也没人正眼看我。我总要付出比别人多出 10 倍的努力才能得到别人轻而易举得到的东西。拿我现在的爱情来说吧，那个女人已经拥有够多了，除了不及我的年轻，她拥有比她实际年纪更年轻的脸庞，那一切当然只是金钱堆砌的结果。她用一切恶毒的语言攻击我，但是我对他的爱起码是一种真实，哪怕背负骂名，我也绝不退缩。"

我完全意外她会说出这番话。我活在自己的世界里，对世人的这一切毫无兴致。但陌生的世人与我熟悉的希斯相比，我当然会站在她这一边。

她也没打算我发表观点，继续道："在见你之前，我和梁超见了一面。感觉完全不同。他不再是以前那个梁超了，我也不再是以前那个我了。很奇怪，曾经那么刻骨铭心的感觉，现在居然毫无痕迹。你对桑戈天也是这样的吗？"

"遗忘和怀念已经没有区别。"桑戈天的样子立马浮现在我脑海。

"意思是……"

"我不可能忘了他，铭记一辈子，但也不可能和他在一起了。"

"他现在……"

"应该挺好的。"

"清月呢？"

"没有消息。我和她比和你更久没有联系了。"

她的脸上和我的脸上，浮现出相同的落寞。

"有什么新鲜的人和故事吗？"

她一问，我想起两个人：蓝姬和喻洁。

但我只说了蓝姬的故事。我讲故事非常粗略，她不时提问。"那后来呢？她的男朋友——不，是前男友大飞采取了什么行动来报复她？"

"他把这件事弄得全校皆知。还添油加醋、胡编乱造。说蓝姬做了别人的第三者，他还诅咒她祖宗十八代。不仅如此，还把蓝姬的个人讯息传到网上。"

"蓝姬是怎么反击的?"

"她道出他的种种丑闻,胡编乱造的本事一点不亚于大飞。他们互相揭短、掐架。大飞还给她老家打电话骚扰。"

"梁超参与了吗?"

"我不太清楚。"

"结局呢?"

我叹气道:"大飞被退学了。蓝姬被整得精神恍惚,患了轻度抑郁症,现在老家的医院疗养。"

"真可怜。"

临走时,希斯似乎考虑了很久才告诉我说她遇见过韩野一次,似乎他对我还念念不忘。我笑笑说,我懂的,这种念念不忘,恰如我对桑戈天一般。经过时间的发酵,越久清香。但也仅仅如此,只闻其香,无法捕捉抓牢。

偶尔,在记忆的天空飘过,我已学会轻轻一嗅,留在心间,不作过多徒劳挣扎与纠结。

喻洁的故事隐藏得很深。像冬天里才会绽放的梅花。于某个有缘的主人暖屋一隅,相对静默,悄悄交流。而所谓的交流,没有对话,没有对视,更无酒助兴。它沉默而缓慢地行进,像一只固执而执着的蜗牛。

我知道如果我问,她一定会说。也许,她渴望倾诉比我渴望倾听更强烈。在这类关系中,我得出的经验总是如此。我们只是需要一个安静的环境,在小说中,我能轻而易举实现。然而,现实中的喧闹远远超出我的想象。尤其是她,有复杂的家庭背景,又有极其隐秘的故事,要探寻,并不容易。

我并非为故事而生。故事只是交往过程中意外而得的副产品。作为交换条件,我当然得讲出我的故事。不过,我的故事对喻洁的吸引力微乎其微。因为,她很少问我问题,多半出于自言自语的状态。我们一直保持淡淡的QQ交谈。她不时给我一些网址,是她先前写的文章,她让我从她的文字中去探寻她的故事。这对我,倒是较为容易的活。

我大概知晓了一些她的事。

幼时遭受过一些心灵创伤——父母在她很小时便离异了，她跟着酒鬼父亲同住，多次受到父亲同事的儿子大大小小的骚扰。她把那段经历写在日记本上，后被她改编为中篇小说《少女的秘密》。我看过，大量心理活动描写，血与泪交融，简直不忍卒读。

13岁那年，父亲出车祸而亡。母亲早已组织新家庭并生育一子。母亲无法收留她，把她托付给母亲的初恋情人——那是一位具有浪漫情怀的诗人。她跟着他流离颠覆，他的个人魅力感化她，也使她成为一个被文字深深迷恋的女子。事实上，她依赖他胜过爱他。为了给她一个好的教育环境，他放弃个人原则充当写手，缺钱的艰难日子，他连苦力也做。他给她请钢琴老师教她弹琴，他希望她快乐，希望她在艺术殿堂里起舞高飞。

他为她做了他力所能及的一切。在他心中，为她的一切所为、毫无保留地爱她都只为她的母亲。她18岁那年，他陷入一场无法自拔的官司之中。他死在监狱里，再也没能守候在她左右。

那以后，她开始一个人浪迹天涯。

后来，她爱上一位和诗人一样的男子，分开。

再后来，依然寻找像诗人一样的男子，去爱，去守候。

但上帝没再给她这样的缘分，她遇见了现在的老公，组成一个幸福美满的家庭。

看着自己用几段文字为她勾画出来的故事脚本，听着她推荐给我的歌曲——董贞《墨魂》。一个下午、一个人的时光，一些文字，一首歌反复聆听。我肆意挥霍时间，并享受挥霍快感。

坐久了，起身，望着窗外的世界。我的窗外，车水马龙，熙熙攘攘。

黄昏的光洒在院子里跳橡皮筋的女孩身上。街上，一对情侣踱步而走。一位白发苍苍的老人独自支撑起一个破旧而苍老的自行车修理部。小卖部里胖乎乎的妇人一面织着一件快完工红色毛衣，一面坐在窗口，等生意上门。

时光在每个人那儿都表现出不同的闪光点。

我们的交谈在一个周末的晚上。那日，她老公带着孩子在亲戚的婚宴中脱不开身，留宿一晚。她在确定他们不回来后立刻给我打电话，我到达她楼下时已近晚上 8 点。

我把在花鸟市场买来的一盘水仙花放在门口的鞋柜上。她瞧了一眼，问："会开花吗？"我说会。她重新摆了一下位置，说："我不太喜欢养水仙，因为只一年。第二年它便死了。""这个问题我倒没考虑过，我不太养花。""没事，一会我查一下资料。有时候，其实就是懒。要么没心情。你放心，你带来的，我一定尽可能让它长久。""只是一盘花。""难得的一份心意。"

她家客厅装修得中规中矩。我随她进入一个房间。进去之后，我才发现有种别有洞天的感觉。是个书房。整齐干净的书柜及书。大气的写字台——非常讲究，让人一看就知道主人一定常常用到它。配上舒服的黑色转椅。我看着清一色的家具颜色，随口问了一句："你喜欢白色？""算是吧。"我忽而想起，她那亦父亦友的诗人最爱白色，甚至只爱白色。

最有特色的是书桌上一只白色大花瓶中随意摆放着几只枯荷叶。给人一种苍劲的感受，像读张爱玲的小说，又如同置身于一个秋色的深邃之中，不断涌现出飘渺的深思。我赞不绝口。

"很抱歉，有孩子的家庭很混乱。"说着，她给我泡了一杯茉莉花茶。

"挺好的。"我表现出向往神色。

"一般不让宝宝进这个书房。书柜上的书我都非常喜欢。"她见我仔细看书柜里的书，便说起这些书来，"有很多旧书，是诗人栾的。我忘了告诉你他叫栾。无论我到哪儿，最先安排的必定是这些书。倘若它们没有归属，比我自己没有归属更难受。"

"你可真是嗜书成痴啊。"

"它们是我的生命。"

"真羡慕你。"我说着，抽下一本书，看了下书名：《让我陪你一起颠沛流离》。

"这是他其中的一本诗集。尽管，默默无名，却是我的财富。"

泛黄的扉页用黑色钢笔抄写一首诗：

我曾经爱过你
——普希金

我曾经爱过你：爱情，也许
在我的心灵里还没有完全消亡，
但愿它不会再打扰你，
我也不想再使你难过悲伤。
我曾经，默默无语地，毫无指望地爱过你。
我既忍受着羞怯，又忍受着嫉妒的折磨，
我曾经那样真诚、那样温柔地爱过你，
但愿上帝保佑你，另一个人也会像我爱你一样。

字写得刚劲有力，龙飞凤舞。我对她说："我曾在笔记本上也手抄过这首诗。"她从我手中拿过这本书，双目凝视，像在看一件珍宝。"他特别喜欢普希金的诗。《假如生活欺骗你》、《致凯恩》、《我们的心多么顽固》，等等。而我也是从这些美丽的诗歌开始认识汉字的。我没有受过学校教育，我所有的学识和为人几乎都是栾教给我的。"她把书捧在心口，闭上眼睛，悠悠诵："那些日子太美了。"她的语气瞬间把我也带入到那一段段已逝去的时光中去。她背诵那些熟悉的诗句："假如生活欺骗了你，不要悲伤，不要心急！忧郁的日子需要镇静，相信吧，快乐的日子将会来临。心儿永远向往着未来，现在却常是忧郁。一切都是瞬息，一切都将会过去；而那过去了的就会成为亲切的怀恋。"深吸一口气。沉默几秒。多少次，她在阴暗的日子低吟这些诗句，全身上下像在吮吸能够治疗悲伤的并不苦口反而甜蜜的良药。

像是被施了魔法，那些句子从她口中一一溜出，像音符跳着合着节拍的舞步。我噤若寒蝉，生怕自己的呼吸惊扰了她的吟诵："我们的心多么固执！……他又感到苦闷，不久前我曾恳求你，欺骗我心中的爱情，以同情，以虚假的温存，给你奇妙的目光以灵感，好来作弄我驯服的灵魂，向它注入毒药和火焰。你同意了，于是那妩媚，像清泉充满你倦慵的眼睛；你庄重而沉思地蹙着双眉。你那令人神往的谈心，有时温存地允许，有时又对我严厉禁止，这一切都在我心灵深处不可避免地留下印记。"

她一面信步于书房各处，一面温存这些有温度的句子，像它们和她本身融为一体似的。她还游走到音箱处，打开音箱，传来吕秀龄的琵琶专辑——她推荐过给我，我因而一下子听出来了。她特地向我重点推荐其中的《逆伦》与《情咒》。她像村上春树小说中描写的那般，听到她有感触的地方还做手势请我侧耳倾听，伴随她的小声解说："此处绝妙。你听这里……这一声高昂啊……还有这里……前奏，妙不可言。"她像个孩子一样滔滔不绝地向另一个孩子展示她珍藏多年的宝贝——还是被埋没多年的宝贝，她的这些宝贝，平时都只有她独自一人欣赏，而今晚，有我在，我将与她一起追忆过往，而不再是她独自一人。

我大多数时候沉默不语，保持礼貌的微笑。偶尔会和她说些简短的词语。她过了半个多小时才意识到，忙向我道歉："抱歉，请你来，听我唠叨这些没用的。实际上，这些情趣的东西对实际生活一点作用也没有。但我就是喜欢，生活之余，不——正是这些，才让我觉得生命值得期待。"

"挺好的。"我说，"朋友就是这个作用：倾听你的伤心事，分享你的小秘密。和你一起放飞梦想。如果不是这些，我想我们不会认识，即使认识，我今晚也不会在这儿。我们都是些需要不时梳理人生和梦想的孩子。"

"你说得真好。我非常赞同。我忽然想喝酒，可以吗？"

"我还没醉过呢——似乎是一大遗憾。"

"我们姑且小酌几杯，还是把你的醉美留给你的男人吧。"

我试探性问："如果他是喻昂呢？"

她惊讶极了，结结巴巴地问："你……你们……"

"我们在一起了。"

她急忙收住不合时宜的表情，道："恭喜你。"

"谈不上喜，但也不是悲。"我淡淡道。

"我去拿酒。你随便坐。"她趿着拖鞋的背影很快消失于我的视野。

三十四　两个女人

两个女人都不胜酒力，不过两三杯下肚，脸颊微红、心跳加速，互相嬉笑对方一饮即醉。"还能喝吗？"她问。我摆摆手："不了，要不然该倒在大马路上，回不了家了。""没劲。我给喻昂打电话让他来接你，我们放开来喝。""好啊。"我身体难受，脑袋却还是清楚的。只不过很多画面在她背后的窗户里的黑暗中一一呈现。我知道自己有了无法控制的幻想。我不断阻止自己看向窗外的黑暗，却是难以自持。喻昂锁眉的样子呈现在画面中，他正奋笔疾书。我想叫他，叫他抬起头来看看我醉酒的样子好看不好看，但他却一直不理我。喻洁的话忽而惊醒了幻想中的我，她正对着手机说："喻昂，来接小蕙，她喝醉了，回不了家……"我抢过她的手机，说："别听她的，我没醉，我好着呢。"

但清醒的人都看得出我醉了。源于我更想醉的心。所谓酒不醉人人自醉。

然而，瞬间一个问题像一盆冷水扑了我个透心凉。我猛然清醒了。我一字一句问她："你和他什么关系？"

她意识到自己的失误，下意识伸手捂住嘴巴。一双眼担忧地看着我。我说告诉我实情。

她支支吾吾，不肯说话。

我们在沉默中煎熬,像两只在油锅里的蚂蚁。看着各自难受。

我给自己倒了半杯红酒,一饮而尽,继而歇斯底里地冲她嚷道:"告诉我。把一切都告诉我。请求你告诉我。"到话末,近乎哀求了。

她早已泪流满面,一直在说:"求你了,别问。求你了。"

我们像两只可怜兮兮的小鹿互相哀求,老虎就在我们身边的丛林里。

"好吧。"我冷静下来,"告诉我你能告诉我的。"

"他迟早会离开你,如果你想少受些伤害,就先离开他。忘掉他,像我一样,找个能过日子的男子结婚。我比你所受到的伤害更深,我比你更陷入梦想的童话无法自拔,但你看,我都能挺过来,过正常人的生活,所以你也可以的。"

"记得你说过,要找喜欢自己和自己喜欢的人结婚。"

"你会喜欢他的。我们,这样的女子,只有保证生活的风平浪静,才能继续做梦。"

"你在忌妒我?"我不可理喻地质问她。

她很惊讶地望着我,仿若我真说中她的自以为隐藏极好的心思。她的回答却使我感到恐惧:"我们在现实面前,犹如一个软弱女子面对一个强悍粗暴的男人,你和我这样的女子,只有两种选择:第一,和他结婚,在付出同时,得到自己该得到的;第二,被他强硬占有,此后天天以泪洗面、生死不能。"

"不能逃跑吗?"

"可以,但只有一条路——死亡,其他的方式,若你能,你便不是你了。"

我摇摇头。生活竟如此残忍吗?有时候,的确如此。但我却不愿承认。

她给自己倒了杯酒,把我的酒杯也倒了一些。呷了一口酒,她继续道:"我能体会到你的感受。现在的你,其实就是七八年前的我。所以,请相信我,按照我说的去做。不然,你会后悔的。"

在人生的路上,当你走到某一转弯处,总会有人跳出来告诉你你正在走的前路不通,接着他就指着另一条路告诉你,走这一条路才是对的。他给出的理由是他的经验。你会作何选择?

她看了一眼良久无语的我，起身走向书柜一角，仔细查看，接着抽出一本书来，翻开有折角的一页，读道："她心中怪于连不明白这一点，缺乏这种深致的廉耻和天生的敏感。她感到他们两人之间存在一道障碍，仿佛隔了一层幕布。她第一次发现两个人绝不可能心心相印、意气相投，只是并排行走，有时虽然勾肩搭背，但并没有水乳交融，每个人的精神生命永远茕茕孑立。"

读完，她把书放回书柜里，走向我，继续道："其实我们只是上帝手中的一只只蚂蚁。垂死挣扎毫无意义。最终，我们都会在持续不断的日常生活中沉沦，进入到麻木状态。小薰，文学与现实生活是两码事，完全不同的两个世界。你不能让你的文学情怀在现实中占据主要位置，它只能在文字中演绎。"

我觉得她说得都对，但与我何关？我问了一句："所以呢……"

"离开喻昂，找一个与文艺毫无关联的男人结婚。"

可惜没有一个走另一条路的人来给我与喻洁完全相反的建议。在我沉默时，喻洁又说："如果你认识一个写字的人，千万别相信他写的字。犹如撒谎成性的人滔滔不绝地向你讲述，千万别相信他。尤其是那种一开始就说'我决定坦白，毫无保留，我既不会掩饰我的罪过，亦不会夸大我的品行'这类话。更不可信。因为没有人能做到真正地坦白，就像所有人的精神生命永远茕茕孑立一样。而且百分之九十九的文字都会误人子弟。我的意思并非文字本身的过错，而在于写字或读书的人。依我之见，女子全都不必识字，男子全都首先学会沉默。"

我从未想过文字危害我的一面。即使危害到我，我也不觉得那是危害。喻洁高估了我，我的文字根本没有影响力去危害别人。后来我细想她的这些话，竟发现是对的，因为我的一些痛苦正是源于此。

我对她说："你似乎有一肚子的怨气要发泄。"

她笑了。"谈不上。已经习惯、麻木了。除了用文字发泄，我也懒得和人去说了。"

"你为了什么而写？"我问。我想问每一个写作人这个问题。

"未来。"

"未来有什么？"我追问。

"希望和他。"

"你在他最失落的时候帮助过他,后来又离开了?"

"他只是栾的一个影子。"

"你果然是他在找的那个女孩。"

"他都告诉你了。"

"是。"这时,钟声响了10下。

我问:"为什么不与他相认?"

"我结婚了。"

"为什么他没有坚持与你相认?"

"我想他觉得自己认错人了。近10年过去了,而且在离开他后不久我就出了车祸,面容毁了百分之八十,后来一直在治疗,也去美容院整过容,所以他并不能认出我。"

"像个故事。"

"是,上帝得意之笔。"

"所以,那篇《你来,我不徐不疾》是写给爱情的挽歌?"

"你看过那篇文字了?"

"他给我的。"

几秒之后,她说:"起初他来图书馆,我难以抑制内心的波涛汹涌,后来,渐渐淡去,直至平静似水。爱一旦过去便真的过去了,只剩下一些情丝无法斩断。何况,我完全明白他只是栾的一种替代角色,我终究明白他不是栾。栾是任何人都无法替代的。"

想了一会儿,我又问:"所以,你让我离开他。"

"他给不了一个女人要的全部的爱和幸福。"

"他给我的已经够多了。"我争辩道。

她笑。不语。我问你笑什么。

她仍笑,却说,我没有笑。

一种比哭还难看的笑。那是往事如散落的圆珠般滚落一地所发出的声响撞击大脑神经而不得不表现出来的表情。带有一丝无奈,一种善良的嘲笑,夹杂些许复杂情感,很细微,却不容忽视。

"阻挡不了我。"我向她汇报她努力的成效。

我以为她会又气又急,却不想她只是淡淡一句"我知道"。

"你知道还跟我浪费口舌?"

"我尽我力。事情该怎么发展还怎么发展。我很少给人建议或意见,因为从你的年轻看到曾经的我。假如我能够穿越到你这个年纪,我会给那时的我捎上这些我对你说的话。也许我和你一样,听不进去,或听进去也做不到,只能被动地等待自己知道的却不知什么时候会来临的结果。"

"很棒。"我拍起掌来,稀落的两三声。

"给你打过预防针,我想你的免疫力会增强的。"

"也许,你只是把某个时段最深的痛苦扩散到人生的角角落落、时时刻刻罢了。伤痕是浅了,但时间和范围却无限延长扩大了。只是局部刀割和大面积烧伤的区别,痛苦丝毫没有减轻。"

她露出赞同的笑。"所以说,我们每走的一步,谁也不知道哪一步是好、哪一步是坏。"

门铃在话未落音时响起。

她边起身边说:"帮我保守秘密。"

我伸出小拇指,她亦然。我们像两个8岁的小女孩在拉钩钩,且双方都深信不疑。仪式结束,她才去开门。

我依然回到久水过春节,帮奶奶准备年货。除夕之夜,父亲照例带着他的一家人来陪奶奶吃团圆饭。杨姨照例问我工作与男朋友的事,照例嚷嚷着要给我介绍不错的男子却一直未见下文。无所事事时,我就想眼下正写着的小说。

照例在夜晚整理抽屉。桑戈天的信、韩野的信、梁超的信、我写的未寄出的信和日记。毕业后,陆陆续续地我把会计专业的书和我购买的大部分书都搬到久水的老屋来。西城给我不稳定感,只有久水的老屋才像我的根,不论我在世界的哪个角落,它都会一如既往地等我、收留我、给我安定感和家的温暖。

就在我收拾的工夫,手机滴滴响起。拿起一看是短信。除夕之夜,拜年短信漫天飞,尽管记得我的人极少,但还是一年中收到短信最多的一晚。有清月的,希斯的,喻洁的,梁超的,旧同事的,等等。司空见惯的祝福。不过,这条却与众不同,因为它是桑戈天发来的,他极少发类似的祝福短信。他和我一样,是极其吝啬祝福的。究其原因,祝福是张张嘴就来的，不费吹灰之力。太廉价的话，除非必要，一般我们都不愿去说。我们都是那种宁愿雪中送一车炭，不愿锦上添一朵花的人。或许，因为相同的固执，我们反而错失了最平常的恋情。

短信内容如下："这个十二点，如果不是新旧交替之时，不会显得与众不同；爱情，如果不是遇见你，不会彰显光芒；如果爱情只是一年之中唯一一次的新年钟声敲响之际；如果你只是我一生中唯一一个遇见并且终生相忆的人。"

我反复斟酌这些词句。

屋外，噼里啪啦的鞭炮声，此消彼浮。

残留的雪照亮黑暗的世界，别有一种极致的冷艳。

我回他的短信很一般："春节好。"

刚发完，手机随即响起，又是一条："一直不敢对你说那句：祝你幸福。"

我发了个问号。"再简单平常的一句话，为什么不敢对我说出口？"

他的回答是："自从听说你要结婚，我非常混乱，经过几个月漫长的流浪生涯，我治愈了我的伤口。并在刚才说服自己对你送出我最真诚的祝福。只要你是幸福的，我便是安宁的。"

是奶奶告诉他我要结婚的吗？一定是上次……难怪他忽而不语了，表现得怪怪的。原来他喜欢我虽不至于生死相随，却也是一种刻骨铭心。油然而生一种幸福。但不久，我开始无声抽泣。

太迟了。太迟了。

有多少爱可以重来？

我没有解除误会，而是发了两个字："谢谢。"

他说，还是好朋友。

我说，是，最好的朋友。

好朋友也是好缘分，比爱情更长久的缘分。更难得。

也许，今生今世，这是我唯一的骄傲：能与你成为长长久久的好朋友。

令人意外的是，竟依然收到梁超的信。搞笑的是他还在信封上贴了个青色的鸡毛。鸡毛信？我拆开信，阅读起来：

小薰:

　　见信好!

　　你一定很意外我们重逢了,又在同一座城市,随时可以见面闲聊,却还会给你写信。首先是我自己很意外。因为我们重逢过后,并没有沿着好的方面发展,反而出现一种让我无所适从的状态。我常常回想起那段给你写信的日子。那段日子,复仇使我痛苦不堪,唯有给你写信像打了镇定剂一样有效,使我很快心情舒展地给你写信,哪怕是讲述一件异想天开、悲伤或郁闷的事,也很快在写信过程中慢慢趋向宁静。

　　那种宁静的心态好极了。什么都没想,但明明脑海中又想着一切,空而不慌,盈而不乱。井然有序,缓慢而肆意。

　　但自从我们见面,一切都不一样了。我们再也无法像从前那般倾心交谈。我注意到你一直在回避我、搪塞我。但你还是尽可能地和我交往。我猜你和我一样,念着昔日的情义,不肯相信我们会面对目前的无所适从吧。但更真实的,也许只是我的一厢情愿。因为我注意到你心里已经有人了,而那个人对你的吸引力足够大,大到你自觉忽视其他的人。

　　说实话,我心里一点都不怨你。因为我知道,我在你心目的分量不会太重。我自以为我们曾经有过一次难以忘怀的交谈,而格外珍惜你。但我却不知道怎么去和你相处,怎么去回报你当初对我的恩情。

　　或许是因果报应,我留有许多复仇遗留症。比如,我习惯戴着假面具游走在城市中。我把自己当作一件商品来包装,我非常小心翼翼地包装自己,从穿着到吃饭,甚至车和房子。我在靠近所谓的上流社会,伪装成一个成功人士。只有我自己知道,我所获得的钱财来自哪里。但我深信那是我应得的,是用我生命中最重要的东西换来的。我不会轻易放弃这些钱财以及目前包装得近乎完美的自己。我心安理得地过着这种没有真心实意的虚伪生活。只有在你面前,我愿意卸下这张面具,但你似乎不愿去看面具下的那张脸。你看到的更多的是一颗因复仇而变得面目全非的心。它是丑陋的、肮脏的。我这样说,并非为了讨你的好,而源自于对自我的正反认识。实际上,我一直清醒,非常清醒。我比之前真实地活着时更清醒。与那些沉醉在自己的财富、权力、地位、名声、成就中的人微微不同,我比他们清醒,至少,我知道并且心甘情愿接受上帝对我的惩罚。

有一天,"写信"两字像天使一样飞入我的脑海。我立马去最近的超市买了信纸及笔墨。一回到家,我冲到写字桌,开始给你写信。

然而,这事并不顺利。第一次,我只写了你的名字,便写不下去了。我不能带有一种讨好你的感情来写。我不想使你误会我对你的动机——然而,我究竟出于何种目的、理由愿意去靠近你,又将与你有着怎样的将来、怎样的关系,我一无所知。我甚至一筹莫展。我一遍遍写,用写来沉定自己的情绪,淘汰掉不该有的情感。后来,我又想,写信就应该是一件纯粹私人情感的事啊。我反复摇摆,不能决定。第二次,第三次……给你寄去的这封算第十九封了。可想而知我的挣扎。

最后,我决定向你和盘供出,像当初给你写信那样。慢慢地,我找到了这种平静的心态,以一种局外人的心态来写这封信。我既不打算为自己辩解、有所隐瞒,也不会夸大自己好的品行。我将一五一十地向你讲述,尽可能接近真相。尽管,我知道真相根本不存在,即使是当事人,也会曲解和掩埋。但我向你保证,那绝对只是细枝末节。

这封信将非常长。因我打算向你说出复仇的结局。像写作报告文学那样向你讲述。我之所以这么做,是觉得你压根儿对我的复仇不感兴趣,我以为像个自以为聪明的作者那样留有绝对的悬疑,你就会像那些读者那般迫不及待地问我"后来呢,后来怎么样了"。但显然,这种手法很拙劣。你就像我面前的这些白纸,缄默不语,一直默默等待。只需假以时日,我便会把一切告诉你。你很聪明,但或许这只是你的本性,天然如此。别人学是学不来的。我以小人之心度你君子之心,还望见谅。实际上,我完全可以想象得到,你看到此处,嫣然一笑。很迷人,在夜色中闪闪发光。那将是我黑暗世界里一缕明媚的光。

三十五　一封羽毛信

他写得没错，我的确笑了。迷不迷人我不知道，但我被深深吸引，决定一气呵成地读下去：

我出生于一个普通农民家庭，祖祖辈辈都以种地为生，我是我们村第一个考上大学并顺利读完的人。为此，我们家付出巨大代价——妹妹初中辍学外出为我挣学费，欠下一屁股外债，父母比实际年龄更苍老。在晓妹死之前，尽管贫穷，我仍然恪守底线，坚决奉行'君子爱财，取之以道'。在学校时，我不仅在专业课上名列前茅，还把自己的爱好也发挥到极致，同时兼顾赚取生活费。晓妹是我理想中的完美妻子。我笃定我的前程似锦、婚姻幸福。但，小薰，我不知道哪里错了，晓妹死后，一切都变了。我的看法、想法变了，时代也变了，世界忽而呈现在我面前的是另一番我始料未及的景象，令我眼花缭乱、思维错乱。我所遇见的人当中，除了你，都是一些匪夷所思的人。

而对于自我的认知也完全被颠覆。从一个勤奋好学、踏实肯干的老实人，忽而转变成一个靠美色取悦于别人的人。我总是忧郁、闷闷不乐，然而，这在有些人眼里，却是无法拒绝的诱惑。我很奇怪，为什么自己对自我的认知和别人对自己的认识相差那么大。仇人用尽天底下美妙的语言赞美我、蛊惑我。我有时候会怀疑我身处梦幻的世界里。脚不着地,非常荒谬。更奇怪的是,我竟不由自主地推动着荒唐的情节发展下去。

我把复仇当成了一种游戏。左边是痛,右边是苦,何不潇洒走一回?

如你所料,我放任仇人的恶作剧,做了他的情人。

事实上,没有我想象的那么恶心。他表现得像个正人君子,只与我交谈,请我到各地游玩,品尝各种美食,为我购买各种稀奇古怪的小玩意儿。当然,这一切都悄悄进行,绝对不能让叶子知道。

其实,爱情这玩意儿,每个人一生总有一次会被它绊倒。原因只有一个,你认真了。我的仇人认真了。我看得出来,从他看我的眼神。真的,有几秒钟,我开始迷离,恍惚觉得自己对他也怀有不可思议的情感。我一度怀疑自己的性倾向。

从某种程度上来说,我分外同情他。他游戏完他的青春,却在一个不合时宜的时期做起青春时才做的梦——满怀希望、无比竭诚地爱一个人。这注定是个悲剧。他所做的和他身上所拥有的,成为一种悖论。

说实话,经历了这些事以后,我不知什么是对,什么是错,什么事该做,什么事又不该做。我的身边除了仇人及仇人有关的人,没有别人。我所做的这些事,是万万不可告诉父母的,妹妹也不能说。妹妹为我牺牲太多了。我每次给你写完信,就会抽自己耳光。太不是人了我!但抽完,我义无反顾地走自己的路。

情人间做的无非就是那些。在外人看来再无聊的事,情人间却是最甜蜜、最幸福的事。这便是爱情的魔力。事到如今,我已不再奢望爱情,更不可能认真地去爱一个人。我像行尸走肉一般活着。

有几次我都试图拿起画笔,双手却不可避免地颤抖不止。每拿一次,就失望一次。失望多了,开始绝望,直到我再也不敢碰触画笔。哪怕只是看到相关的一种从内心深处袭来的恐惧迅速占领全身,继而颤抖不止。

我想过去看心理医生。但一想到,由此我便会贴上"神经病"的条子,便立马打消这个念头。小薰,说真的,我过得非常辛苦。但不愿在外人面前表现出来。一旦黑夜降临,我便待在自己的屋子里,除了喝酒还是喝酒。我常常喝得酩酊大醉、醉生梦死、不省人事。

然而，天一亮，当我走在人群中，便又焕发精神，换了个人似的，仿佛活得相当有滋有味，而且颇得周围人的欢心呢。我希望永远是白天，而没有黑夜，那样我就不必面对一个个漫长的煎熬之夜了。我相信，尽管白天那些人对我笑脸相迎，但倘或我忽然消失在他们视野，也不会有人察觉到少了一个人。即使我死在黑夜里，哪怕尸体发臭，大概都鲜有人出于对我的关心而发现我的尸首。这便是我寄住的城市现状。无情，极度无情，超出所有想象的无情。这种无情似剑、似冬日里的寒风冷雨。我的心早已疼得麻木了。

如果你极端反对我的说法，并列举出身边的种种美好景象。那么，我真替你高兴。理智告诉我，我所看到的并非是现实的全部，不过是浩瀚中微小的一面，不足为道。但对于我，却是整个世界。我几乎被这些压得喘不过气来。我苟活于世，是因为我不甘心。

我不甘心晓妹年轻的生命就那么轻而易举地消失。但我也怕，怕还有更可怕的事情发生，并且我无法阻止。起初，我以为我随时可以停下复仇的脚步。我错了，小薰，永远不要把人生当戏，因为戏可以停下，人生却无法停留，生命只有一次。

原谅我絮絮叨叨地倒了一大缸苦水，貌似能淹没整座城。

写到这儿，我忽而有点明白写信与写作的区别了。写信就是向朋友唠叨，大大小小的事和心情，一一写尽。而写作就不同了，它必须取悦于读者，有所取舍。

我该写出结局了。尽管我不太情愿去提它。

叶子发现了我和仇人的奸情。这是迟早的事。她可没有我那么好脾气去接受它。她把我们都扫地出门了。不过扫之前，我们有过单独的一次谈话。

那是个阴天，眼看着要下雨。黑压压的乌云布满城市上空，像一只妖怪要吞噬一切城市文明似的。我们在她家客厅的沙发上沉默许久。曾几何时，我们缠绵于此。任何男人都抗拒不了叶子。像有的女人擅长煲粥，她擅长膨胀男人的欲望并使它达到顶峰。她让男人感觉到驾驭女人的快感又让男人醉于她的温柔乡里。在这方面，事后回想，她是我的老师。写到这儿，我无法请求你的原谅。我不能像其他男人那样用玩笑话一说而过，因我不喜欢这样去谈论这些事。我知道我应该永久保留这些私密话。但我不能。我已下定决心，写我想写的。但愿最后，我还有勇气寄出这封信。

晓妹为我保留处子之身。她是个相当保守的女孩，我也是。但现在我所做的一切，如果她泉下有知，一定会对我失望。

我走不出这段阴影，也无法抚平这些伤痕。我发现自己压根儿就不愿意忘掉这段过去，在仇人的身边越久，我越不愿意忘记。哪怕我为复仇而生，我只愿我的余生与晓妹还是息息相关的。复仇让我有这种息息相关的感觉。这也许是我不愿放弃复仇最根本的原因。这个发现，让我更加害怕。

小薰，我无法开始我的新生活。晓妹的自杀仿若就在昨天，近得触手可及。

无数个夜里，我梦见我和晓妹，我们相拥、亲吻，我们纠缠在一起，像真的一样。而当我醒来，只能发呆。

和叶子在一起时，我感到仇恨得到发泄似的。我把和她在一起看成是一种耻辱，但分明有那么几次，我也充分享受到快感。它使我在一瞬间忘掉仇恨。仅仅是一瞬间。

我看着明显苍老的叶子，说了一句连我自己都始料未及的话："对不起。"她的泪如决堤的洪，瞬间爆发。

我看着她哭，等着她停止哭泣。

不安慰她，也不离开沙发。我近乎一动不动地等着她哭戏的结束。

十五分钟后。她开始抽泣。

我是忽然决定向她道出秘密的。我不是一个合格的写作者，幸好我不打算写作，倘若我写，一定全部供出自己的罪恶。那样，我会更加厌恶自己，很有可能，连活下去的勇气都没有。我没能守住秘密，并且没能在最高潮部分揭开我的底牌，而是选择了在分离时。我说："我完全是为了报仇才和你在一起的。你丈夫强暴了我女朋友，我要他万劫不复。"

抽泣停止，她愣了几秒。悲伤变成惊讶，继而是悲愤，持续几秒后，她笑了。说不出内容的笑，脸上还挂着泪。她似乎并不关心我的复仇，最后，她问我："如果没有他们，你喜欢和我在一起吗？"

女人总爱在分手时问上一句——你到底有没有爱过我？

我当然无法回答她。我沉默了。

她拉过我的手,说:"谢谢你。没有欺骗我。"她开始吻我的手,泪水打在我的手背上。"多美多白的手。比女人还美。"她喃喃自语,"你真是个美人。直到现在,我仍然无法相信曾和你有过肌肤之亲。你比我遇到过的所有男人都更温柔更可爱。我在你面前,毫无保留,妖艳也好,故作矜持也罢,甚至是凶猛,无理取闹,你都一一包容。却原来是容忍,为的是一个已死去的女孩。你完美得像漫画里的人物,却藏着这等不能见人的仇恨。为了这仇恨,你什么都肯做,什么都会失去,我喜欢你的义无反顾。如果身在江湖,我一定与你仗剑犯险。"

她还说了很多话,畅想了很多她设想的未来。有我,有她,生活在一个童话的江湖里,有缠绵悱恻的爱情,有默契的交流。不过,说得再久,也得回归现实。

我很奇怪她竟对我一丝怨恨都没有。她偷偷在我包里放了一卡银行卡。卡里有一百万。我全部收下了。我用这笔钱还了外债,在老家盖了一座新房。并在西城为我的爱屋付了首付,买了辆不错的小车,理所当然地找了份工作。

我在仇人面前消失。我猜他一定会找我。

不管他是出于报复叶子而假装在我面前扮演同性恋的角色,还是真的出于对我的好感而想和我在一起,我都知道,他不是我的新生活。叶子的举动忽而让我放弃报仇了。我们分别那天,最后一次亲密接触。非常漫长。我不爱她,她对我的爱,更多源自于上帝赋予我的美,所以我想她也不爱我,但怪就怪在这儿,我们的身体交融得非常完美。在我离开她以后,想到的都是她的好。

这个女人,非比寻常。

每个女人,在爱情面前,都不是省油的灯。

但我还是会爱宛如天使般的晓妹。

这个结局,你是不是微微有些失望?

我想开始我的新生活,但或许我错就错在选择了西城——这座拥有关于晓妹太多回忆的城市,无论我努力多久,但只要一想到晓妹,我就不可能若其事地开始一段新的恋情。

有很多好事者给我介绍女朋友。记得你书店的朋友,蓝姬也对我表示过好感，但我知道她只是喜欢我所拥有的这些，却不知它们隐藏着见不得光的秘密。我一面习惯性地应付她，一面在心里抵触她。像她这样的女孩子，我能和她一起说笑逗乐，一起逛街游玩，却无法坦诚相待。我和她在精神上很难达成共识。由于身边多数为她这样的女孩，所以我完全知道怎么有礼貌地让她们知难而退。也因而，我总是跃跃欲试和你开始一段恋情。我试探你，讨好你，有时又故意了无痕迹地对你漠不关心。因为我不知道该对你采取哪种方式才能捕获你的芳心。或许你在看完我写的这一切，又忽而看到我对你表示好感，情感上无法接受。我更知道这样的表白近乎愚蠢他妈给愚蠢开门愚蠢到家了，却还是这样去做了。

也许，潜意识里我知道我们压根儿不可能。何况我对你也不怀有爱情那种好感，而出自于友情的好感。我觉得你能理解我、体会到我的心情。我们可以不时见面，轻松闲聊，去留随意，来去自由，爱或不爱，随心。你看如何？

期待你的回信。再短也是我长久的福音。

对了，一个下雨的星期天早晨，我坐在窗前看雨听雨。忽而一只五颜六色的小鸟跌跌撞撞地飞了进来。在我的房子里盘旋了几回，最终跌落在客厅的角落里。它的一边翅膀受伤了，我留它在家里静养。小时候，家后面是大片树林，我常常在树林里用自己做的弹弓打鸟，上树掏鸟窝。想起来，童趣无穷。这只受伤的小鸟忽而唤醒了我内心深处的纯真。在我写信时，它则在一旁走来飞去，仿佛也在思考该带什么话给你，样子逗乐极了。现在它完全好了，却不肯离去。即使偶尔外出玩耍也会很快回来。它的存在，让我写信的乐趣加了一分。就在我快要结尾时，它身上的一片羽毛飞落下来，我捡起它，仔细观摩，觉得很美很柔。于是把它送给你（是它带给你的话也未可知）。没有什么寓意。记得课本上学过一篇《鸡毛信》，表示很紧急重要的信。或许在某种程度上代表了我急迫的心情。但我更想说，这样"一地鸡毛"的信，还望你能一目十行地看完。那于我，便是天大的恩赐了。

我想过，你对我的真诚与无私，或可成为一种信仰生生不息。

梁超敬上

右手抚摸柔软的羽毛，像触及灵魂深处的精灵。

我陷入沉思。不知从何时开始,我害怕知道别人的秘密。好奇心害死人。在我左右摇摆于喻洁的秘密时,又忽而跳出梁超的隐私。为什么每个人都会有一些不可告人却又不得不向极少部分人倾诉的秘密呢?

事到如今,我能写出我心中所有的秘密:暗恋桑戈天、对韩野动过心,还不可控制地迷恋喻昂的身体和灵魂;也可自然地告知别人我在写小说;做梦梦到父亲突然离我而去(甚至不止一次,另还梦到他与别的女人在我记忆的家中偷情);和女同学捉弄过老师;小学三年级的第一名是因为老师改错了一个地方多给了我三分;初二的期末考试,和清月联合作弊过……我曾经把这些当作秘密,绝不向人透露半个字。

随着时间的推移,发现秘密也有不能成为秘密的一天。

可见,秘密本身毫无特别,特别的是拥有秘密的人。

一番胡思乱想之后,我更不知道该给梁超回些什么话了,便索性作罢。反正我习惯了做他的读者,但愿他也习惯我的悄无声息。

元宵节过后,我回到西城,假装对一切一无所知。

三十六 偌大的空洞

仿佛约定好，梁超和我都没有主动找过对方。西城不大也不小，我们却极少偶遇。像写畅销小说的知名作家绝不肯浪费笔墨去写一次毫不起眼的偶遇。一旦偶遇，势必发生惊心动魄的事。

然而，我写的小说，却随意惯了。我对文字的理解就是自由和幻想。我总是忽视体裁之间的区别，这大概是我在语文课上总是睡大觉或看课外读物的缘故。喻昂看着我新写的小说，连连摇头："看来，我要把你拉到我设想的路途上来是不太可能了。"

我坐在他卧室的地板上，上身靠着床，漫不经心地"哦"了一句。

他则被书桌上一堆书和稿纸淹没。只听到声音："不过，你倒是在你的路上越走越像模像样了。也许我们都对，作家要的就是个性。"

我点点头，随即把上身也倒在地板上。傍晚初夏，一缕阳光斜照在洁白的墙上，继而折射到地板上。我的左脚光秃秃地在那缕阳光里。闲着无聊，我把另一只脚也放进光里，摇晃着脚丫，自我欣赏。

他放下稿件，看着我打架的脚丫，问："在写作上，你有什么打算？"

我摇摇头："我只有一个希望，那就是你能一直读我的小说。如果你一直读，我就一直写。有一天，你不读了，我也不想写了。"

"你这样不对。"

"我是女人,不管对不对,只看我爱不爱。"

"本来打算到明年春天走的时候再和你说,现在看来,必须先告诉你。"

"什么?"

说话这会儿,他已经坐到我身边,并把我扶起半坐着,双手抓住我的双臂,郑重其事地告诉我:"小薰,我们不可能永远在一起,我必须得走。这是我的使命。我想在我走之前,你已成长为一个成熟的写作者。你懂吗?"

我以为我会哭,却没有。我扑进他怀里,死死抱住他:"我不让你走,绝不。"

事后回想那段时光,我特别后悔自己没能洒脱释然一些,没能像自己无数次设想的那样对他说:"你走吧,但要记得我。我希望我对你的爱是翅膀,而非束缚。我爱你。"

每次和他见面,我都像个不能没有妈妈的小屁孩一样不听他讲道理,只是无理取闹地要和他在一起,死缠着他,绝不让他离开我。每次他先是温香软语地哄我,继而威震。我很害怕他义无反顾又严厉的目光,所以无论我心里有多么不想离开,都畏惧于他而不得不放他走。我又明明知道,他真要走,我根本留不住。

所有他不在我身边的时间里,除却正常生活,我都用来写作。因为只有有新小说出炉,我才有正当的理由去见他,他才不会拒绝我。

我的眼睛变得相当糟糕。不断喝咖啡提神,身体每况愈下。感冒一直不见好。我在自我摧残,他还没离开我,我就如此悲伤。心律也出现异常。我感受脉搏跳跃,在夜深人静的时候,像静静地等待一场厮杀后的结果,我用泪水打出一个通道,宣泄情绪之河。

8月份的暑假里,我躲在出租屋里,极少出门。每天吃很少食物:苹果,饼干,苦咖啡,方便面。不分昼夜地写作。我没再去找喻昂。我有自己的小九九:也许我不去找他,他会来找我。我用写作和读书来填补内心的空白和悲伤。

我重新修改了《久水之恋》。不,准确地说,是重写了这部小说,并更名为《天赐的缘,慢慢修》,共15万多字。后又更名为《青春井》、

《青春向左，爱情向右》，等等。但最终确名为《素年一隅　青春微阑》，增至二十几万字。后续添加了喻昂的故事。在小说中，我完全靠着回忆来写，也因此灵感源源不断，不存在所谓中断。由于我把小说中的假名都用真名来替换，写起来更得心应手、游刃有余。我极少考虑写作技巧，对故事情节也无须多做安排。因为生活本身比我高明得多，像沙漠上饥渴的旅人，我不断吮吸文字来维持精神生命。

此时，写作成为一种自我表达和自我陪伴。

我无意识地在与孤独作一场持久战。我不知晓我正在被孤独围剿，却又无意识地用写作进行了一场场反围剿。而写长篇，可以拉长战线、长时间处于亢奋状态，从而忽视敌人本身。

写小说又像策划一场文艺晚会。各色人物粉墨登场、各种情绪爆发、各种故事交织纠缠。少女时，从小学三年级到初二，我和我的伙伴们一直在玩的一个游戏：举办晚会。晚会多半在白天表演，演员是我的伙伴们，观众也是我们自己，偶尔会拉上几个高年级的女同学和感兴趣的、有童心的大人，比如我奶奶、清月的一位小姑姑。那时，我所担当的角色属于总导演、总策划，另还编写主持人台词。把伙伴们所要表演的节目收集起来，重新排列组合。偶尔还帮助年纪小的孩子们编舞，教他们跳舞。另所需要的舞台道具也都由清月和我布置。有时我们的舞台在绿油油的田野上，我们在春天采摘野花布景、当作舞蹈道具，另留一部分用于观众献花。

我们精心于每个细节：

用于献花和布景的花绝不雷同、各有特色（也是从那时起，我喜欢在春天采摘各种花草合理地扞插在花瓶中）。

由于向往绸带舞，我们把一卷用光的透明胶涂得五颜六色、色彩缤纷，用于跳绸带舞。像电视里所看到的那般：美人在旋舞的绸带中不停地旋转。（那时读书，改错笔还没有，倘若写错了，便用透明胶胶住写错的地方，然后较快地撕开，这样错字和纸便可分离，错字印在了透明胶上，纸也脱了层皮。当然技术不好的话，纸会被戳穿成洞，或无法一次清理掉错字。）

在平时就收集各种好看的食品包装袋，洗净、晾干、剪碎，在晚会高潮时从高处散落舞台，或洒向观众。相当于电视里晚会的礼花和彩炮。

　　如果时间充裕,我还会编写舞台剧,让同伴们排练合演。我自己则很少在舞台上露脸。

　　那时,我们几乎没有任何玩具,同伴和自然是我们共同的玩具。我们利用手边一切可利用的资源收获童年的欢笑。

　　这恰巧印证了我写小说这件事。过去的某件事总是与现在或未来某件事遥相呼应,尤其是频繁出现的习惯和记忆。

　　而今,我没有同伴,身在钢筋水泥间也无法踏进大自然,而最初原始的扮演幕后总策划的心仍在。于是,各色人物、各种事件,以文字为舞台,开始继续咿咿呀呀地唱起来。我审视他们,像审视自己的灵魂。我爱默默地注视他们,他们让我忘记一切。

　　暑假过后,我找了喻昂,和他告别。既然他必须要走,也必须让我离开他先于他离开我。很显然,我在和他赌气。但那时,我为自己这个深夜的突发奇想而亢奋不已,一心想要快速实现,然后,看他呆若木鸡的样子,扬长而去。他若越难过,我则会越痛快。这便是报复的快感。

　　要想使这个报复更完美,我必须表现得他爱我比我爱他更深。我主动约他,又故意迟到,还怠慢他。那一次,我绝口不提小说。我说了很多提高书店效益的建议,他也决定采纳。

　　我们面对面地坐在一家茶馆的沙发上。我面前的龙井一口未动。

　　我很想他再陪我去一次冰淇淋店,看着我一口一口干掉一大桶香草冰淇淋。

　　但我忍住了。我不是来和他重提旧爱,不是来挽留他,而是来伤害他的。于是我像背台词那般道:"对不起,我得走了,一会儿有个相亲会。"说完,等他的惊讶,只有四分之一秒,我在他的脸上捕捉到了。

　　他很聪明地保存了几秒沉默,继而说:"恭喜你。"

　　我假仁假义道:"抱歉,我等不到你来娶我了。"

　　见他不语,我补充:"对方是个公务员,要求我在家做贤妻良母,我答应了。所以,书店的工作……"

"反正我要走，会关闭的。"

我并没有在他脸上看到痛苦，好像我们之间什么事都没有。但话已说出口。理智上，我并不想他知道我内心的真实想法，因为我觉得那样我会更有被伤害感。为了保护自己，为了莫名其妙的尊严，我狠狠地先伤害了他。

不过，后来，我才知道我的这种所谓伤害对他来说，几乎微乎其微。这和爱的程度无关，和个体的承受能力以及心态有关。

我不知道成熟的写作者是什么样子，但我知道成熟的男人就是喻昂这般：能够看清一切，并足以应对一切。拿得起，又放得下。

我的复仇失败，但并没有熄灭我对他的爱。

于是，扑灭这团爱之火，成为我眼下最迫不及待也最艰巨的任务。

我从不认为自己是那种失恋会去自杀的女人。一直以来，我对爱情多数时间都保存清醒。不愿过多付出，也就无畏得失。我把自己包装成女超人，我是可以战胜一切的超人。我不断给自己灌输必胜的信念，然而，没几天，我就像泄气的气球，干瘪无比。

10月初的一天晚上，一个短信让我彻底失去理智，鬼哭狼号般不断拨打喻昂的手机号码，他一直掐断，我一直拨打。双方反复十几次的斗争中，他最终接了电话，我一开口便是："你快过来，不然我就要死了。"哭声夹杂着太多委屈，我不确定他是否能听清话的意思，于是我只重复这一句。他挂了电话，一句话都不愿给我。

他不知道，今天是我的生日。连我自己都忘了。是清月发来的生日祝福短信，我才想起。清月极少主动联系我，她只会在我每年生日发上一个祝福短信，几乎一模一样的短信："小薰，生日快乐哦！"

以往我们很要好时，每年都互赠生日礼物。现如今，千山万水相隔，唯有一条小小的短信传情。我知道她还在惦记我，却又不愿意与我过于接近。也许这样的距离，对我们才是刚刚好，既不会被伤害也能温暖彼此的距离。也许，所有两个人在相处过程中，一直在寻找这个恰当的距离。而喻昂与我未能找到这个黄金距离，我们还在悲海中浮浮沉沉。

我是太想见他了。我原本可以温香软语地和他说的，或许那样，他会过来和我来一次最后的晚餐、吻别。我忘了他最不喜欢被威胁，谁都不能威胁他，谁也威胁不了他。我这种小把戏在他眼里不但幼稚，简直粗暴到不可理喻。

爱情里，谁爱得深，谁先疯。

我心里怀抱最后一丝希望。我想也许他会来，但潜意识给出的答案与我的心理预期刚好相反。我熄灭掉所有的灯，躲在衣柜里。我在黑暗中等待。我聆听外面的声响：喧闹的人声车声渐渐散去，偶尔有路人微弱的说话声和隔壁传来的电视剧对白。夜更深，黑暗也变得浓稠。满面泪痕，我继续无声落泪。最后，我只听到自己心跳声，恐惧和绝望像老虎吞没小鹿一样吞没了我。我在黑暗孤立无援、瑟瑟发抖。

直到，第二天，新一轮太阳升起。一缕充满新生的阳光透过缝隙照到我脸上，颓废和歇斯底里告一段落。

然而，当充满诗意的月光洒落夜间，我又跌入虚无的、偌大的空洞中去。空洞四面光滑，黑暗无比，我看不见任何东西，除了感受到自己的存在，这个世界好像在消失。我好像被丢到一个无法返回的荒山野岭上。我意识到将有更大更深的孤独向我侵袭而来。

尽管当时的日子分外艰难，但再艰难的日子一旦成为过去，一切便也都过去了。回想起那些与他相爱的日子，我仍然在内心充满感激。

后来的事，很简单。喻昂提前离开西城，消失得无影无踪。他租住的房子空出仅三天，便被一对情侣租了过去。书店自然也转手他人，换了个卖小笼包的摊主。我偶尔会停驻于摊前徘徊，看热火朝天的景象。人们总是急于填饱自己的肚子；忽视精神这个小肚子。就像有人双眼皮，有人单眼皮，有人嘴巴大、耳朵小，有人嘴巴小、耳朵大一样，有人肚子大，有人精神世界小。也因而表现在人的追求上各不相同。

而我，在喻昂走后，更清晰明了地知道，我精神这块大肚子（或者说空洞更为准确）唯有喻昂与写作可以填补。如今，喻昂离开西城，我只便剩下写作。由于疯狂地写，我感到脑中资料匮乏，便又不断阅读。阅读与写作交替进行，好在去图书馆还有喻洁能说上几句话，以至于我的内心不至于过于单一而迷失方向。

冬天特别难熬，萧瑟的环境更增了我的心寒。我无意间在书店翻阅到李清照的词，于是买回，在一个个哽咽的夜里阅读，想到几百年前有一个女人有比我更深的凄切、孤独，不由得释然一笑。"寻寻觅觅，冷冷清清，凄凄惨惨戚戚"、"花自飘零水自流。一种相思，两处闲愁。此情无计可消除，才下眉头，却上心头"、"感月吟风多少事，如今老去无成。谁怜憔悴更凋零。试灯无意思，踏雪没心情"。

由于切合我的心境，痛苦反而在痛苦中负负得正了。

不过，走出心境之外，回到现实，念及相思，我仍然感到一种无法排遣的忧伤。我生来忧伤，是喻昂的出现，让我坚强。即使人不在身边，回忆还在。往事一幕幕，心间留香，飘逸四海。写作成了追忆，画面越来越清晰，比身临其境更真实。我用文字编织一个个五彩斑斓的梦。即使他没有机会读我的文字，我仍然孜孜不倦地写下去。因为，写小说演变成了爱他的方式。何况，这在我，非做不可。

我宁愿一个人老死在这般忧伤而闲散的时光里。

但母亲不允许，我们的约定很快到期，我的自由又一次面临挑战。母亲在电话七拐八弯地提到了梁超。她一直以为我们在交往，因此极少干涉。要是我没有知晓梁超那么多的秘密，我想我会试着和他交往。为了结婚而交往，但我不能。我无法面对他。我想他也无法面对我。就像一个人天天面对着赤身裸体的另一个自己，会怎样？

梁超与我的关系只是寻找和求证。我们甚至不存在私人情感。正如网上有句话说得那样：有些人（有或者是大多数人）必须从别人那里寻找到自我存在的证据和意义，希望从现实中找到一个对称的影像，以便看清自己的真实模样。

我就是被梁超当作一个对称的影像。实际上，说我是镜子更为准确，因我在他那儿，根本就是一面沉默的镜子，我过于透明清澈，但他对我又一无所知。

我们的关系是单方面的。而我的镜子是喻昂，是文字，是写作，在写作中不断寻找自我存在的证据和意义。写作除了食物，什么都可以给我。

活到此时此刻，我忽而发现，除了写作和梦想，我没有什么话题想与别人交谈。

我找到了自我,以及存在的证据和意义。但我还不能按照我的意愿活着,摆在我面前最大的难题是如何渡过母亲这关。母亲这道关卡比失恋更难跨越。但凡牵扯到别人,我就感到棘手,若或只有我自己,再难再苦,我也会坚持去完成。

三十七　电视相亲

2012年的春节，仍然毫无二致。

我仍然整理摆放整齐的抽屉。像时不时整理记忆。

过往被切断的回忆残章，只适合我在如此懒散的时间里，被放纵，肆意回味。尽管，我已不再需要追忆，不再回想从前。是回忆追随我，如我当初追随它一般，回忆情不自禁，如同我情难自禁。

桑戈天的信仍然没有信封装着，他仍然在我不在的时候来看望我奶奶即他的外婆，然后在我的房间久坐、抽烟，用我的纸和笔给我写信，随手放在抽屉最上面的日记本上。我猜他也偷看我的日记，或许流过泪，或许也翻看了他留在我这儿的遗物。我的猜测是有根据的，因为他这次写道：

（首行空出）

每个人都有一段隐秘的伤痛，带着它往前走，有些人渐渐忘却了，有些人却一直痛着。

有些人，注定无法遗忘。

每当我面临选择和苦难时，我便会来到久水，看一看这里的山山水水，望一望夜晚的星空，和阿婆闲聊，在你的房间久坐。而后于第二天清早慢条斯理地回到我的城市。像泡了一次清泉，带着全身洗涤后的清爽与轻松,我重新开始反复无常的生活。

我习惯在乡下,找到自己。又在灯红酒绿的城市把自己迷失。

你一定关心我的爱情,像我问起阿婆你的家庭,却意外得知,你上次并没有结婚,这是为何?

我们都长大了,无法像小时盘坐在一张床上谈天说地,也不能有过多的空闲与自然亲密接触。长大后的我们,甚至无法面对面交谈。时间久了,到底让我找到这种方式来与你保存联系和交谈。

此刻,我写下这些,仿若你坐在我身边,你笑语燕燕,我平静淡然。

我希望这样的交谈维持久一些。我们在红尘中,各自为战,与现实斗,与自己争,与时间抢。我希望有那么一点时间,能够放下一切、慢到极致地去享受时空交错的幻想乐趣。

而且,这仅仅属于你和我的时光,属于我们的故事。

在素年的角落里,由我为你轻轻哼唱一首小诗:

写一书情诗在落叶上

舍不得放手,却被路过的风

带走。倘若你的天空还在飘零

是否会有一片秋日里的春叶,载着

说不出口的爱,直达远方

读完最后一个字,脑海中立马浮现出一些灵感,急忙拿笔写下,并掏出随身携带的小说稿件,进行一些补充。在写作的过程中,我发现,只要触及到桑戈天,随便他给我任何微不足道的东西,我都会有无穷无尽的灵感爆发,继而急切地要写下来。

小说稿被我涂得异常乱。我在写的时候没有留出适当空白,因而添加的部分都用其余的纸用透明胶粘贴在相应部位。由于没有足够的金钱,我无法把小说打到电脑上,让别人看到。而小说稿本身外人根本看不懂,除非我在旁边指引。

我必须把它准备得足够完美,才会考虑展示在人面前。我希望它能出版,这样,喻昂或许会看到。我只想让他知道,他没有看错我,我亦没有辜负他。我想用我们都爱的文字为我们的爱画上一个完美的句号。

然而，我对出版一事一无所知。喻洁向我推荐了她在网上认识的几个编辑，但我却和他们无话可说，况且我根本没有足够的信心。

好在，我有足够的耐心等一切顺其自然而来。

这次，我给桑戈天写了回信：

小天，我固然习惯了一个人的天地，但这天地里忽而有了你的出现，尽管短暂，我仍然显得非常开心。哪怕只有一年一次，只要一直有你的消息，我便会感到满足和幸福。我很庆幸我们走到今天这一步——事到如今，仍然可以大方地获知彼此的消息，哪怕一分一毫。

这会让我觉得，你从未离我远去，我们一直保存一种距离，相看两不厌。

这简直堪称完美，在男与女关系中。何况还被我用爱情摧毁过一次——请允许我称那样的暗恋为爱情。

事到如今，我没有必要再隐瞒自己对你的感情。我还可以摸着良心告诉你，我对你依然此情不变、永远眷念。我喜欢你，不是那种要和你结婚的喜欢——我的意思是，我喜欢你，仅仅是喜欢你，喜欢你而已。就像一杯山泉水，本身已足够好，无须加入茶叶或咖啡、糖之类的。

我对你的喜欢，又像这样一首歌：没有歌词，只有一个"啦"字，不停地哼唱，旋律抒情而忧伤，淡淡的，在岁月的长廊上，不断回旋、反复。每一个不小心路过的人，都会被沾染上一个个诗一样的心情。

也许，每个男子心中都有一位圣洁的女神；而每个女子心中，都有一个念念不忘的影子。你就是我心中无法抹去的那一抹影子。

我们这样的交谈如梦如幻。我们注定只能在梦中相爱。

其实，我刚于不久前失去一段刻骨铭心的爱恋。除却无法排遣的相思之情，我并未感到特别痛苦。因为我仍在以我的方式爱着他。于我，爱情里，最不能接受的便是欺骗和虚伪。我的爱情没有发生过，因而我无怨无悔。

我喜欢你和我爱他，并不矛盾。我本不该解释。我喜欢你，一如最初，像山间始终流淌的溪水，一路向西；而我爱他，只是溪水路遇的一面镜子，照见了自己，从而选择了合适的路程继续前行。我本以为我会淡忘了你，但事实却相反。

这种真实而最初的喜欢给了我彻彻底底的孤独。

我终于敢面对你，敢接受你对我的感情。管它是亲情、友情，还是爱情。

还有，我爱上了这种喜欢、这种孤独。我想你懂的，尽管我自觉表达不清。从最初，我就相信你能懂我，无须语言。我从你的眼神里获知了一切。但从前幼稚的我却非要用语言去寻找答案。幸好，为时不晚。

让我爱着，让我写着，我便活着。

我将用文字去追悼那些逝去的青春年华。

过完元宵节，我回到西城。

按照与母亲的约定，倘若我仍然没有男朋友——以当时的情况来看，我只能拉梁超入伙，充当我男朋友。但我不愿去欺骗母亲，在我爱过喻昂之后，我发现我无法欺骗母亲。

所以，我只好勉为其难地搬回与母亲同住。被我久弃的电脑，终于与我重见，我趁着空闲把小说稿打到电脑上，依然反复修改。在一家洗浴中心暂时做收银员。

当我再回归到这种我习以为常的生活时，我感到深深厌倦。由于和母亲打赌，我输了，也只有强忍着。然而，仅仅半年时间，已超越我的忍耐极限。我开始不间断地"旧病"复发。在城市生活，我如同在火炉上翻滚。我总是借口逃到久水，呼吸新鲜空气，然后再拖着沉重的步伐回来，继续周而复始的生活。

母亲谨慎地安排我的相亲。她敏锐地察觉到我的少言寡语暗藏玄机，几次试探之后，便索性放弃。忽然之间，她察觉到我长大成熟了。

但我知道，没有什么能够阻止母亲强制我去相亲。因为在她看来，这是为我好，是她做母亲应尽的责任，如果她没有强迫我，反而是个失职的母亲。为此，我多次声明她已经是个很好的母亲了，是天底下最好的母亲，再好不过。不好的人是我，为何我偏偏生就如此秉性。我总觉得我一文不值，自身价值一直得不到体现，也不知如何去实现。

我除了爱好写作、阅读，对其他一切兴趣均低至零甚至为负值。人们口口相谈的，我均无兴趣，我感到被抛弃、被孤立。就连对母亲最深的亲情，都渐渐冷漠为一种责任。

工作的连连失误，让我更加妄自菲薄。我不明白为什么门童都比我妄自尊大，只有初中学历的他说起国家大事滔滔不绝，论起红尘俗事更是句句在理,他说他 15 岁就出来闯荡社会,早已洞察世事人情。而我,把自己关在象牙塔里,起初是爱情之塔,后来是文字之塔,越关越久,越来越害怕塔外的生活。

我一直排斥外界和外人,极少有人走进我的心里,我也不愿走进别人的世界。相亲变成沉默大战。我在煎熬中抱怨对方的不可理喻,同样在别人眼里,我是怪胎一个。

我只是不愿说假话。说真话又使别人难堪。

我对自己的理解越透彻,越坚持原则,也越发不易让人靠近。因而相亲 7 场,均以失败告终。对方甚至不愿给我评语,只摇头说 NO。母亲并没有泄气,她背着我给当地电视台相亲节目报了名。

像所有热爱写作的人一样,我天生对各种体验充满好奇和兴趣,但天生的腼腆让我惧怕。我只好用沉默武装自己。既不表现出热情,同时收起自己的冷淡,努力保持微笑。我独留爱情宣言彰显我的秉性:"我周围的笑脸都暗里藏刀/我身边的幸福都暗渡陈仓/我遇见的可怜都绵里藏针/我听到的话都两面三刀/抛开所有一切/你是否愿意到无人的原野/等一个不算美丽的女子/给你一段/老掉牙的传说/开启一个痴人的梦。"自我介绍也毫不掩饰:"傻大个。样子不丑,不美。如邻家小妹。丢在人群中,很难被辨认出来。喜素颜,极少化妆。自认为来自庄子书里的逍遥游世界。喜欢棉布衣、蓝牛仔。衬衫、本本控。偶尔心血来潮,穿波西米亚风格的长裙坐在夜里写小说,或身披着印染大片牡丹花丛的床单在有大镜子的客厅里轻歌曼舞。"

相亲节目上多为二十出头的姑娘,有些一次恋爱经历都没有。我这等大龄女性,多数时候落落寡欢。偶尔看到有男孩为某个女孩而来并牵手成功时,我便想起喻昂,想起我们牵手、拥抱,想起我偎偎在他怀里,想起我们谈论写作的情景。

做了十几期无聊陪衬之后,第一次有个男孩为我而来。他在节目中说,喜欢我自然的黑发,这个时代非常少见。

主持人跟着他赞美我的淡妆。我却语出惊人:"事实是,我没钱也没心情更不愿把时间浪费在做头发这种事情上。我无意想与人不同,在我很小时候,我一直努力靠近我身边的人,努力和他们保持一致步伐。"

我稍许停顿，随后伴随着笑意接着说，"你这是城市人第一次下乡，看见乡下姑娘的欢喜。"

我们相隔四五米的距离。我的身边百花灿烂，他的身边有美女主持。从大屏幕上，我看到他连连摇头。他的眼神里深藏着故事，我敏锐地察觉到了。我忽而喜欢上了他。

像喻昂认可我的写作才华，眼前这个大男孩认可我真实的秉性。难得有人欣赏路边的小草，并把秋天小草的枯黄视为一幅别具一格的秋景图。它预示着顺其自然于生命的反复无常。

他在我走神时说："你说话，像山间泉水在流淌，能多说些吗？随便什么都可以，我想听。"

他像从我小说中走出的梦幻男孩，说着与我心有灵犀的甜言蜜语。

主持人和其余群花一片哗然。

观众席中有人在吹口哨起哄。

主持人示意周围保持安静。我的心像花一样怒放，但开得不合时宜，这不是一个春天。我只能是水仙或秋菊，永远得不到蝴蝶的亲吻。

主持人问我："小薰，对眼前这位向你明确表示好感的大男孩，你有什么特别的话要说吗？"

我想了几秒，面带微笑："我很高兴在这儿遇见他。他是我那个世界里的人，不过，我们不在一个时代，今晚的相遇，只是一个梦境，他会醒来。谢谢。"

主持人转向男孩："你明白了她的意思？"男孩点点头。主持人把节目引向下一环节。

没有任何悬疑。男孩拒绝了向他表白的女孩，执意要向我射出丘比特之箭。

我以前看电视里，到表白这个环节，女主角总是感动得哭了。我在电视机前大骂她们虚伪，那些男人惯用的小伎俩，能有多感人呢！但我错了，凡事，如果没有身临其境，是不会准确明白的。这很庸俗，我却很快乐。

男孩表白的话里有一句被很多人引用过："I love you not because of who you are, but because of who I am when I am with you。"

就在我准备说抱歉时，主持人中断了我的发言。她说："您母亲打来电话,请求给她几分钟对这个男孩说几句话。"她转向男孩问,"你同意吗?"见男孩点头,她让导播把电话切进现场。

我第一次在这种场景中倾听母亲的心声:"谢谢主持人,也谢谢大家。我想对这个男孩说,小蕙她是一个很固执、很可怜的女孩,我希望你能坚持下去,我相信你只要坚持不懈对她的爱,她一定会被你感动。我是她的母亲,我知道。固然她这块大石头很难啃动,但一旦你让她动心了,她一定会一生相随的。我对她未来的丈夫在物质条件方面不作任何考虑,我只希望有一个人疼她、爱她,这样,就算有天我走了,也会安心……"越往后越小声,伴随抽泣声。

我落泪了。

我对母亲对我的爱加深了理解,这让我的反抗显得更加站不住脚。这便是中国最伟大的传统母爱,也是我最牢固的枷锁。

围在我身边的铁栏更加坚固了。连我自己都失去出逃的勇气。一旦出逃,便意味着要背上不孝的骂名,这倒在其次,更使我难过的是,母亲将一生惭愧于自己的失责。

实际上,与她无关,这是我自己的人生,我自己的选择,我要怎样才能使她明白,我的选择,我享受,我快乐呢?

关键就在于,放手对我的爱,使母亲更疼一些。

我在节目中拒绝了男孩,并向栏目组请辞。

我拒绝他,不是出于反感,恰恰相反,我对他拥有好感。但我不愿重新开始一段感情。我还沉浸在上一段感情的旋涡里。我还不愿踏进现实大门,我只是一个被逼到现实里蜷缩着生活的无助小孩。我有我的童话天地。这片天地里,谁进入,谁痛苦,如果他不是同我一样热爱。

那个晚饭时间里,母亲一边吃一边无声落泪。她既不指责我擅作主张离开相亲栏目组,也不怪我拒绝节目中的男孩,她只是哭。我相信母亲的无声落泪是世界上所有儿女的杀手锏。我也想直接放弃那个梦幻的我算了,彻底回到现实,但我明明了解我做不到;我亦不可能彻底与母亲反目成仇,我同样做不到那般绝情无义。在反复挣扎中,我放下碗筷,走出餐厅,母亲问了一句:"你去哪儿?"

"我出去散散心，一会儿回来。"

然而，母亲却"砰"地站起来，伴随那句声调过大的"不行"。她语气的强硬忽而唤起我的叛逆。我有生以来第一次无所顾忌与她发生正面冲突，我转身质问她："凭什么不行？"

"就凭你是我生的。"母亲的措辞从无新意。

我的强硬丝毫不输给她："你这叫非爱性掠夺。以爱的名义对我进行强制性控制，让我按照你的意愿去做。"我在某本书看到，原话记不清楚，我喜欢用自以为达意的方式复述。

"你倒还有理！"辩论大赛，母亲根本不是我对手。但她有她的手腕：声大、重复、认死理、绝不思考我的话、坚持到底、伴随无声抽泣、重提旧事并述说生养我的含辛茹苦。无论哪一个方案，都够我受的。

这次，我对她这些习以为常的举动无动于衷，我坚持说我的想法："我要是有小孩，就越早放行他离我而去，让他去追寻他的人生。而我过着我自己的人生。我们永远爱着，但不必失去自我。我们都能够以我们喜欢的生活方式活着。这才是时下父母爱子女的方式，也是最理智、最好的爱。"

"你个死丫头，读书读傻了。连自己的亲生母亲都嫌弃了，我真后悔当初让你上大学……"母亲的话像机关枪向我扫来，这些话我早已倒背如流，然而，不知道为什么这次，我几乎忍无可忍——她压根儿从来都没有倾听过我的心声，去了解我的想法，她总是一厢情愿地把我的婚事当作心腹大患。我摔门而出。把她和她的唠叨关在门内。

如果不是喻昂唤醒沉睡的另一个我，我或许可以继续沉睡着，那样就可以接受母亲的安排，并且还会感激不尽。但是另一个我，已然醒来，除非死去，不然铁定是要以自我的方式活着了。偏偏我又杀不死"我"。我在夜晚的街头闲逛，胡思乱想。

七八点钟，路上的行人纷纷往家赶。一个三十几岁的妇人却在来来往往的人群里边走边哭，丝毫不顾及路人异样的目光。我沉默地目送她一路哭远。

无所想时，我盯着过往的中年男子看。想喻昂。

目光突然在对面马路上发现一个熟悉的人影。我撒腿就跑，连红绿灯都没来得及看。一声刺耳的刹车声在耳边响起,腰及下身被什么重重撞击,身子飞了出去,在最后合上眼的几秒时间里,我看到那个身影转过身来,喻昂微笑的脸向我靠过来。随即画面消失,世界变得安静极了。我失去知觉。

三十八　住院之乐

住院的感觉真好。

再也没有相亲。再也没有厌倦的工作。再也没有什么人问我"有没有男朋友"、"结婚了吗"之类的话。明明与他们丝毫无关，为什么要那么关心我？仿佛全世界未婚女子都是他们关心资助的对象。

住院还因此引来了清月。因为我是病人，我可能会瘫痪。我的双腿没有知觉，我感觉不到疼痛。所以，当我们见面，友谊自然回到我们身边。

清月一见我，眼睛发红，显然她在忍住哭泣。

她回久水听闻我出车祸的消息，立马赶来西城看我。我握着她的手，双目充满感激和激动。车祸之后，没人听到我说过话，尽管医生一再向母亲表明车祸并没有伤害到我的上半身。医生只是猜测可能是突发事故导致的心理问题。他安慰母亲，只是时间问题。我把一切看在眼里，但我仍然不愿说话。

在我浅睡眠时，母亲总在抽泣。她一个劲儿地怪自己没把我照顾好。

清月在我假装睡着时，拉着我的手，说了很多我们俩以前愉快的事。她说："小薰，你快些好起来。我在杭州开有自己的服装店，我想邀请你做我的模特，你看到那些汉服一定特别开心。小时候，你最喜欢装扮成古代丫鬟，陪伴在我这个扮演的公主、小姐左右。你快好起来，我想让你扮一次公主……"

她还告诉我她有一个荷西那样的男朋友，大胡子，她非常喜欢，她一生气就抓他的大胡子，他们生活得非常愉快。对了，她说他是马来西亚人。

这个小妮子，竟然和外国人好上了。

不过，她接着说："他在中国出生，在中国长大，他的家乡，他只去过一次，他说他还要带我去，届时赚够了钱，在那儿盖一所房子，面朝大海，春暖花开。"

她笑着继续说："到时你一定带上你的男人和孩子去那儿度假。"

她接着描述那儿的美丽风景，仿佛她去过一般。她说这些都是他告诉她的。

她最后说桑戈天，她说："我现在丝毫一丁点都不喜欢他了，好像他是个陌生人。我只是记得有那么一个人，带给我一段美好的记忆，到此为止。我以为那种刻骨铭心会保存一辈子呢。你看，我现在更懂爱了，也知晓如何去保鲜和维持，这种成熟的滋味真使我快活。"

我在梦里笑。她很意外，很激动："小薰，你听到我的话了，对不对？那你可一定去哦。我们一言为定。"她拉起我的小拇指拉勾勾，和小时候一模一样。

第四次来看我时，她向我告别。她要走了，去杭州，不过她很快会回来看我。

清月刚走不久，喻洁出现了。

她坐到病床边，同我母亲打招呼。看来是我母亲接了她的电话，她才来的。这么说，她对我的病情也很了解了。

她望着我笑了笑。什么都没说，把她随身带来的笔记本包打开，掏出笔记本，打开，一边对我说："小薰，给你看好消息。"

她给我看的，正是不久前我贴到网站的长篇小说《天赐的缘，慢慢修》。她滚动鼠标，给我看那些回复："小薰，你这部小说，反响不错。虽然看的人不是特别多，但你看这些回复，一看就知道是认真看过你小说的。说明你写的小说打动了一部分人的心。你看，他们都在催更呢。"

我不由自主地拿过鼠标,一条条看那些回复。

泪花闪动。我真开心,这世界上,有一个喻洁真正懂我的心思。

母亲看到我的泪花,不知是激动还是高兴地哭起来。

喻洁真是天使。她转过身对母亲说:"阿姨,您该高兴。小薰不仅是一位难得的好女儿,还很有写作才华,虽然现如今,写作不能带给她经济上的补偿,却给了她一个强大的精神支柱。说句您要笑话的话,这甚至比她找到一个可以依靠的男人更实在。"

喻洁的话对母亲的起效简直立竿见影。加上经历过这场车祸,母亲不再逼迫我去相亲了。她只是偶尔旁敲侧击地鼓动我。

当然,这也多亏了父亲的开导。

父亲来看我时,我已接受喻洁的建议,趁着精神好时把小说修改好放到网上,每天我都乐此不彼地和网友交流小说。听母亲说,父亲一直忙于追讨肇事司机,与警方一道争取我的医疗费。要是没有父亲,我根本没有足够的钱用好药做康复训练。

一见父亲,我就落泪了。这是他第一次主动来看望我。

我抱着他,他抱着我,谁都不愿松手。

父亲说:"傻丫头,老爸又不会逃走。"

住院一个多月以来,我第一次开口说话,只有两个字:"爸爸。"

久违却依然亲切。

感谢这场车祸,让我知道父亲一直深爱着我,我也深爱着他。

从前对他的恨在那一瞬间都转化为爱,而爱成为更爱。

这场车祸,让一切柳暗花明。

我常常幸灾乐祸地想:要是这场车祸早一点发生该多好啊。我就可以早一点收获父亲对我的爱,早一点与清月和好如初,还能让母亲放手对我的爱。

还有更大的惊喜。

一个雨天,慵懒的下午。

医院的喧闹也阻止不了我的入睡。

当我睁开眼,一个熟悉而晃动的影像映入眼帘。

他看到我醒来,轻轻唤我:"小薰……小薰。"

我嘴角上扬，露出一个酒窝。

"你醒了。"他仍然轻声细语。

"嗯。你来了。"

平常的语句，却充满莫大的幸福感。

"你还记得吗，小时我在家吊瓶，昏昏沉沉地睡去，当我醒来睁开眼就能看到你那张温暖的脸，知道你守候在我身旁，我有多甜蜜吗？现在，这种甜蜜感重温。感谢你，桑戈天，一直是我世界里的一缕光，始终照亮我的世界。"

你带给我的，始终是：最寻常，最温暖。

我暗自回忆，不时露出笑容。他问："你笑什么？"

我摇摇头："这是我的小秘密。"

他笑："跟小女孩时候一样。"

那是少女的心思，你不懂。也无须懂，出现在我的生命里就好。

接着又问我："哪儿疼？"

有你在，哪儿都不疼。我说不出那么肉麻的话，于是摇摇头。

他望着我，有些痴情，他说："快好起来，我又给你写信了。你去久水看。"

我点点头。

"他们说你住院以后不爱说话，医生说你心理可能遭受了打击，出现了一些问题。为什么？这不像你。我了解的你一向坚强，想得明白，活得坦然。能告诉我你在担心什么吗？"他问我一系列问题，好像并不指望得到答案。

我喜欢他这般关切地问我。我不说话有我的理由。但我可以告诉他："我不想那么快好起来，我想在医院待着，这样，妈妈、爸爸、清月、喻洁，还有你，都会来看我、关心我。我从未这么幸福过，真的。从未体会到被这么多人关爱着。我想多维持一些时间。你能帮我保守这个秘密吗？"

我充满期许地望着他。他先是扑哧笑起来，后重重点点头。"你总是让人弄不懂，但你的动机和目的非常单纯。是别人想得太复杂了，你一向那么单纯而纯粹。我喜欢这点。"

"我喜欢你的喜欢。"我说。

我们相视而笑。

2012年的后部分时间多在医院和康复训练中心度过。

我表现得非常积极、卖力，2013年的元旦已基本上恢复车祸之前的状态。

父亲出资给我在西城市中心租下约60平方的门市，在清月的帮助下，我从杭州一家专门做汉服的企业进货，另专卖一些清月从全国各地选购的有个性风格的小饰品、小玩意儿。从某种意义上来说，清月和我成了合作伙伴，这是我压根儿想不到的。清月在一家电视台当旅游节目主持人，到处跑。另在杭州有自己独立开的小店，卖各种稀奇小玩意儿，帮她看店的是她后结交的非常要好的朋友。

尽管自己开店非常辛苦，根本没有空闲时间，终日耗在店里。偶尔进货时，让母亲帮忙照看一下。由于父亲出资，当时说好是借给我的，而清月给发货也都是打欠条的。因而我固然有自己的店，看上去规模不错，却是欠下一屁股债的欠债人。我必须更努力。在接近一年的时间里，我几乎未写一个字。我在忙碌中把写作渐渐遗忘。一心只想着快点赚钱还债，清月对我越好，我越是想尽快归还。对父亲同样如此。

我没想到还会遇见梁超。他带着一个女孩来逛我的店。女孩买走一套汉服和一只头饰。她长得十分小清新，穿着清爽，留着一头自然乌黑亮丽的秀发，看上去像个在校大学生。

梁超和我没有说一句多余的话。但很快第三天晚上9点，在我快关门之前，他独自一人走进来。他单刀直入："能陪我喝一杯？"

他有话对我说，或许一直以来，我也有必要对他说点什么。于是我上了他的车，车疾驰在夜色里。带我去了他的家，还是老样子。我想象着他过着风流快活的日子。

整个房间流淌着悲伤的音乐，重复那首徐申东的《问梦》。我们之间欠缺了太多的铺垫。谈话进行得相当艰难。彼此都在酝酿，却总有什么不对劲。但不久之后，他表现得很享受这种悲伤，无视我的存在。于是我洗耳倾听这首歌：

月光挂珠帘，挂不住感叹，铜镜如照，照玉面朱颜。是非短长，情太纠缠，你的心为谁涌起香澜？梦如缕如烟，绕不回从前，秋水太浅，淹不没思念。风起云卷，牵不住流年，回首晃若与你初见。问梦，梦不醒，就醉一回人间，为你痴为你癫，爱不过百年。问梦，梦不醒，再续一段爱恋，约你来世重来，用江山换红颜。

不知不觉跟随歌声沉醉在往事的迷雾之中。

一个小时过后，这首《问梦》把我们带入谈话中。我说这歌不错。他说是兰儿送他的。"请稍等。"说着他离开座位，去了卧室，回来时手上拿着一大堆信递到我面前。他说："每当烦闷时，我就给你写信。但自从你还是对我保持沉默后，我便写了不寄。这些信全都没有署名，但全都是写给你的。我知道你一直躲避我，怕我对你造成不必要的误会。也是我活该，之前不让你回信，之后你又不回信。"

我说抱歉，但他立马打断我："自始至终都是我一个人的独角戏，你是唯一的观众。既然如此，何不继续？不过今晚演完之后，将永远谢幕，你愿意观看这最后一场吗？"

我点点头。他拍手说好，示意我干掉面前的红酒。我如他所愿。

他自己则一杯又一杯地喝，仿佛这于他才是正经事。

一面从十几封信中翻找出一粉色信封，拆开，他抽出其中厚厚的几页纸，打开，他读道：

小薰：

见信好！

想不到吧，我又给你写信了。我以为此刻是结局，却不想又冒出新的故事新的结局。故事连着故事，结局连着结局。每个人的故事总在不断生长，没完没了。起初，是我追着要报仇，之后，是仇恨追着我。

我万万想不到，仇人会追到西城找到我。

是叶子告诉他的，也是叶子让他来的。他带给我叶子的消息：她得了肺癌，已经到了晚期。他说他希望我能回去见她最后一面。

我起初难以置信。我疑心仇人是为了报复我才这么说的。他说不定想把我骗到人迹罕至的郊外谋杀了。但他一再恳求我，语气诚恳，眼神坚定。我信了，于去年秋天跟他一同去见了她。

她果然躺在医院的病床上，奄奄一息，丝毫看不出曾经的妖媚。

她希望我照顾好她的女儿。不能送她去国外读书，她很痛心，她希望我哪怕监督她的女儿认真读完大学。她还给我留了一笔钱。我非常意外她会如此信任我。我答应了她。

放下信,梁超说:"就是上次去你店里买衣服的那女孩。她叫兰儿。"接着他又开始不断喝酒,当他再次试图读信时,却醉倒在地板上,再也没有勇气读下去了。他假装睡着了。

我走过去,从他手中拿起那封信,回到座位上,继续看下去:

下面这段话是我在网上摘抄的:

生命的目的就是为它自己寻找一种可能性。这种寻找,这种被寻找着的可能性,深厚而广大,几乎是无限的——然而实实在在的死使之成为有限。世界被我们每个人直接与间接地感知着,我不知道我的世界从何时始,但我知道它到何时终。一个人死了,对这个世界来说是他死了,对他来说是他和这个世界都死了。而且正如雅斯贝尔斯所说:'凭借继续在他人记忆中存在;凭借在家族中的永生;凭借青史留名的业绩;凭借彪炳历代的光荣——凭借这些都会令人有慰藉之感,但都是徒劳的。'

叶子的死使我意识到死了就是死了,没有灵魂之说。我不相信灵魂。我彻底地意识到我是一个没有信仰的人。尽管我假装相信很多东西。可人最悲哀的是骗得了任何人,却骗不了自己。

叶子的葬礼非常简单,这是她的遗愿。我很难相信,一个曾在现实中呼风唤雨的人物,死后如此凄凉。她已经没有任何亲人了,除了她的女儿兰儿、前夫及我参加她的葬礼。她走得很平静,她最后对我说的话是:'梁,我很开心在你面前死去,我不愿重来。我来时一无所有,去时,了无牵挂。'她对我说完这句话的当天夜里,就趁人不备,拔掉针头、仪器插管,用尽所有力气从十八层住院楼的窗户跳了下去。她曾对我说过一句话:"即使癌症放过我,时间也不会放过我。时间对于我的谋杀,我早心知肚明,我不愿乖乖等它下手。我的生命,我的死亡,我想真正做一次主。"

她的自杀再次唤醒我对晓妹点点滴滴的回忆。她的决绝与晓妹的决绝多少有些相似。或许晓妹当时也是这样想的——时间对于我的谋杀,我早心知肚明。这也正是我内心的想法,不过我没有资格做自己生命的主。我起初以为死去的人才最可怜,晓妹即是。但现在我意识到死亡没什么大不了的。可怜的是我们这些活着的人,不知在什么时候死去。我还记得最初离开西城去寻仇时,在火车站和你大谈特谈死亡的话题。现看来,那时,想法太过幼稚。人死了,骨灰埋了,化作红尘中一个分子,融入自然,开始新一轮回。但这种轮回,与灵魂无关,且无从寻找。像今年秋叶化作泥土滋养草木,但谁能在明年辨识出它的模样?生生不息,首要前提,就是忘却。

不去在意了,谁都会是我们的亲人朋友。仇人也会转化成爱人。

因为我发现所谓仇恨是一种非常滑稽可笑的东西。它非常自私,说好听点,是执着的一部分,其实,是我自己接受不了,因而将这种情绪转向复仇。说到底,是自我控制的缺失。如今,我可以坦然地接受一切,包括叶子的离去。短暂的悲伤过后,我开始新的生活。

是的,新生活。

我非常欣喜于目前的心态。

至于仇人,他在叶子的墓前说出了隐藏多年的秘密。

那是一个初冬,在密密麻麻的细雨编织的雨网中,他道出当年晓妹被强暴的真相。

我觉得自己非常残忍。再一次来回忆那个画面。但我非得觉得让你知晓后,这一切才算了结了。一种可怕的强迫症。很多时候,我对自己无可奈何。

真相非常狗血:是仇人的司机喝醉了酒,进错了房间,是他,一个五十多岁的老男人强暴了晓妹。而这个老男人恰是叶子父亲生前最信任的助手。他们理所当然地保全他。因为他不仅仅是得力助手,还救过叶子的父亲一命。

仇人不肯透露他的姓名,怕我去复仇。我也没再追问。

他还向我讲了一个故事:一个即将要为人父的男子,一日无意间在人群中听到"王建"这个人名。他兴奋极了,于是立马跟踪这个叫王建的男子。了解到他的住处,便于几天后的一个上午潜入王建的住处。他没想到王建不在,被合租同住的一个小伙子发现,发生争执,他被迫杀了小伙子,继续守在房子里,等王建归来。谁知下午另一房客单身女子归来,他绑了她,把她打得遍体鳞伤。一直到晚上十点多,才等到王建夫妇回来,他拿着水果刀冲出去要杀人,王建夫妇急忙跑出门外,跑到大街上,这才得以逃脱。后来警察将这名男子抓获。他的妻子怎么都不相信他会杀人,他们婚姻幸福,她怀孕八月有余,他怎么可能去杀人?在警察的审讯下,得知男子对王建的仇恨:大概十年以前,他曾和王建犯抢劫罪他被抓,王建逃脱。王建嘱咐过他千万别供出自己并且许诺会来救他。然而,他独自坐了几年牢出狱,发现王建早已人间蒸发,他在监牢中一次次发誓一定要报仇雪恨。君子报仇,十年不晚,当他听到有人叫王建时,便不顾一切实施复仇计划了。可当警察盘问王建时,王建却是一头雾水并极力否认有此事。当警察让王建和这名男子当面对质时,才发现两人互不相识。原来,男子要报仇的对象是同名同姓却不同人。他找错人,复错仇。因为仇恨,他最终把无辜人送上黄泉路,同时也葬送了自己的幸福和生命。

讲完这个故事,他拍拍我的肩膀,渐渐走出我的视野。

只要及时醒悟,一切都不算太晚。

看完信,我把信重新装好。

轻轻叫他,发现他真睡着了,于是拿来他卧室的毛毯将他盖好。

接着,我给他回了信:

一直以来,我都非常庆幸有你这样的朋友。人是极其复杂的,我承认当你对我说出你的复仇故事,我感到过恶心和反感。我很高兴最终你回归到了正常的轨道上来。还有了赎罪的机会——好好对那女孩。从她的眼神里,我看出她非常信任你,甚至带一点点情意。还有,别再让好女孩从你身边溜走。我承认,女孩总有这样那样的缺点,但一定有一个即使缺点百出你也愿去呵护的女孩。我也曾戴着有色眼镜来看待我的人生,觉得凄惨一片,毫无希望和幸福可言,但一场车祸,让我回归到人性善的一面来。我所看到的人生,不至于那么坏,也不像我幼时想象的那么好,但它依然值得我们去爱、去追随。无论过程多么复杂曲折,甚至得有一点罪恶,但那又如何,只要结局是好的。如果不好,只是因为还没到最后。坚持到最后,为自己,努力精彩地活一次。你也只有一次机会哦。我很高兴,我离开你时,我是如此欢喜。你最亲爱的朋友小薰敬上。

最后,我做了一件事,把他写的所有信撕碎,丢到垃圾袋,带走,关好门,下了楼,扔进小区的垃圾箱里。

三十九　回到久水

2014 年 10 月。久水。老屋。

西厢房。陈旧的木床，床架上依稀可见民国画匠所画的牡丹、菊花、栀子花、芍药、长叶草、喜鹊、龙凤，等等。一屋子儿孙，五世同堂。太奶奶躺在床上，不时呻吟。夹杂着浑浊的方言：妈妈。

她那发皱的皮肤已无法让针头穿进，连葡萄糖都无法补充，由儿孙们每隔一两个小时喂些稀粥和葡萄糖营养液。如此持续大半个月。2 号晚 8 点 37 分，太奶奶停止最后一次呼吸，自然死亡。101 岁的老人，迟迟不肯闭眼，她的大儿子用苍老的双手轻轻合拢她那苍老的眼睑。一屋子人眼睛湿润。他们在尽最后的孝道：为他们的母亲擦拭身体，换上崭新的寿衣。

我痴呆呆地看着这一切。窗外的雨声越发紧凑、急促。

之后两天，老屋里的泥土地上踏满了形形色色的脚印。人们欢聚一堂，不悲不喜地忙碌着，顺顺利利地送走老人。

此后，雨悄然逝去，了无痕迹；太阳升起，新旧日子交替。循环往复。

死亡并没有改变什么。像秋天的落叶，农人无从感慨，只是习以为常。

老屋前的桂花以及桂花前马路上再次涌满前来十里长廊探香的游人,把小小的久水围了个水泄不通。倒是走路人悠闲自在地穿梭于不停鸣喇叭的小汽车之中。

桂花节宣传单上说,这一年,桂花百里飘香;这一年,桂花秉性乖巧,不早不晚,迎月而来。

因为以往不是开早了就是开晚了,游人总是乘兴而来败兴而归。

我在老屋的二楼看排成长龙的小车。淡淡清香扑鼻而来。

他们不属于久水,他们终会离去。奶奶和我守着久水的喧闹和寂静。他们永远不会明白,寂静的久水比热闹时更美。同样,对这类人,久水也给不了他们什么。久水只青睐那些能与它顺畅交流的人,比如画画的年轻学生、拥有独特视野的摄影人、愿与它独自待上一个下午的农人和思想者。就像昂放说走66号公路的人通常是这么几种人:空想家、流浪者、罪犯、艺术家。

攀折花枝的女人欣喜若狂,我又心生忌妒,却没有像往年那样前去阻止。固然,在我心中,久水的一山一水、一草一木,是属于自然对我的恩赐,属于我的私人财产,我拥有的万物。我也知道,自然是宽阔的生生不息。

折回二楼小屋,微风从窗台漏进,试图吹走书桌上一张单薄的纸。那张纸上的内容在我心中却有千斤重。

纸上仅有一句话:你会在2014年的10月,等我给你的生日惊喜吗?

没有署名,字迹再熟悉不过。他曾答应清月给我过20岁生日,却错过了。

在太奶奶的葬礼中,我没有找到他的身影。奶奶明明说给他消息了,他也答应会来参加,却食言了。这几日,我心中忐忑不安,又不愿使他了解我心急如焚地想要见他。

在漫长的等待中煎熬。比起之前毫无希望的等待,这场等待显得惊心动魄。

闲着无事,我再次翻看梁超8月时给我寄来的信。信中感谢我的回信,同时提及他已着手卖掉汽车和房子,打算陪兰儿去北京读书。他说,他会在北京真正开始新生活。他还告诉我一个好消息:兰儿喜欢画画,他陪着她拿起画笔,并且不再颤抖。画画才是他的信仰,是他灵魂行走的方式。

　　他在信中最后写道："期待你的回信。随便谈谈你的生活。我还将给你写信。这将是一种隐秘的优雅，是我孤独生活中一抹明亮的色彩。你永远的朋友梁超敬上。"

　　生日那日早上，父亲给我电话，说杨姨晚上会给我准备一顿丰富的生日宴，到时我可以邀请我的朋友过去。我说我没什么朋友，怕太麻烦杨姨，还是算了。父亲坚持说一家人在一起吃顿饭而已，要我一定前去。

　　电话刚挂断，清月的短信便来了："生日快乐。我给你寄了生日礼物。是在日本一个书店里看到村上春树全集，有《且听风吟》、《挪威的森林》、《1Q84》、《海上卡夫卡》，等等。知你是春迷，便全部买下，给你寄去了。不必谢我。只祝福我，我已和马来西亚人完婚，并怀有一个多月身孕了。期待你的好消息。"

　　一时之间，无语，不知该作何感触好。曾经形影不离、无话不谈的好朋友，现如今，各散天涯，只剩下遥远的牵挂和问候了。相聚太难，别亦太难。念也难，忘更难。

　　不过我释然于这种改变。

　　开头提到向我求婚的男子给我打来电话："很抱歉。不能陪你过生日。"

　　"难为你记得。"

　　"是你母亲提醒我的。"

　　"了解。你是大忙人。"

　　"我需要的正是你这样宽容贤惠的妻子。"

　　"你愿陪我在乡下久水生活吗？"

　　"我的一切都在西城。我是男人。"他总在强调他是男人，好像我一直怀疑他的性别似的。

　　"明白了。你也明白了吧？"

　　"似乎明白了。"

　　之后，我将他彻底遗忘，更不管什么7天之约。我甚至不记得他的模样了。他也没再主动联系我，如他所言，他是男人。我们倒有不爱的默契。

我整个白天都守在小屋里，随意翻看那些书：《由于男人都不在了》、《在轮下》、《局外人》、《我烧了大文豪的家》、《偷书贼》、《写作》、《在地图结束的地方》、《夏布埃尔的薰衣草》、《66号公路》、《人生》、《追忆似水年华》、《百年孤独》、《简·爱》、《飘》，等等。暗自觉得昂放和菲利普·贝松不久将来会获得诺贝尔文学奖。

这些书有喻洁借给我便落地生根的，也有她送给我的，更有桑戈天送给我的。另外一些是我自己买的。我在书海里等他的到来。

傍晚时，奶奶问我："你知道镇上办的图书馆吗？"

我说："知道啊。国家为新农村文化建设所建的村上图书馆嘛。怎么了？"

"我在田里干活时，听说原先管理图书馆的那个小媳妇和她老公闹离婚，回了娘家，图书馆一直无人看管，你不是喜欢书吗？又想留在久水，你何不去问问村长？"

"真的吗？"

"不过工资很低，而且你还年轻，就留在久水，过我们老年人这种生活，你……"奶奶话未完，我就跑出门外，直奔村长家。

毫无悬念地得到这份工作。工作非常轻松，在图书馆办理借还手续、整理书籍、保持图书馆清洁卫生。村长把钥匙交给我时，还对我半信半疑："这可是一份相当寂寞无聊的工作啊。"我就是喜欢那种与书为伴的孤独生活。那种被全世界遗忘却独自快活逍遥的状态。我向村长千万保证，他才停止唠叨和怀疑，只好让我一试。

图书馆位于久水中部的一座山脚下。由于地势较高，很像坐落在半山上，可以群视久水。远远望去，像是久水的守护神。由于外表涂淡青色油漆，与自然之绿融为一体，不分彼此。久水四季长青，图书馆如是。我打开图书馆大门，像走进神殿般走进图书馆。90来平方，摆放三排整齐的图书，我将其一一归类分好。门口摆放一套自然木桌椅。桌上有好几本登记簿。笔筒里随意摆放黑色笔。我坐到椅子上，打开那些登记簿。上面写满谁谁谁于某年某月某日借走或归还的书名。

在一排排书间徘徊，闻书特有的香味。只有爱书人才能明白站在书间那种特有的感情。它根深蒂固，有时只需一句话、一个表情便能融会贯通，这是喻洁对我说她和文友之间的感情。她后来来久水看我。她看到图书馆，给了我一个完美计划：把图书馆旁边的一个空房间（乡下多的是装满阳光的空房间）收拾出来，开一个像样的咖啡馆。可对来久水游玩的游客开放，同时，它是西城文学沙龙的聚集点。她结交很多文友，他们可以在此谈论文学写作，像古人临溪而坐，喝酒吟诗。她说，我们来共同构筑一个美丽的文字王国，觞咏青春、刻画生命。

我总能在现实与梦想之间游刃有余。在文学一栏中，我翻出《再见，海明威》，翻了几页，便决定带回。在临走时，在登记簿上写明所借之书。

等我拿着书往回走，远远看见父亲在门口张望。天已黑，父亲的身影却清晰。看见我，急忙问我跑哪儿去，接着拉着我就往他的楼房赶。

一顿温馨的晚餐。我同父异母的弟弟亲热地叫我姐姐，我固然感到难以置信，却也感到一种亲情的本能快乐。我还从未正眼看过他，故意坐在他对面，仔细瞧他，眉宇间像父亲。他亦表现得很腼腆。在他叫我的那一刻，我才恍然意识到自己还有个弟弟。这种感觉非常奇妙。

我忽然之间很感激他，由他替代了我来完成父亲交给我的使命——传宗接代及有所成就。作为一名女子，我第一次感到一种轻松，而不再是自我轻视。我完全可以利用我女孩子的特殊性，过我自己想过的生活，不必过于拘束于父母的期望。

我和父亲说我打算结束西城的服装店，回到久水来生活。父亲和杨姨表现出极大意外，问了一些现实问题后，见我对答如流又自信满满，父亲便说："随你。那是你的生活。只要你高兴就好。"

我终于体会到那句话：父母并不全都指望儿女出人头地、有所作为，他们更希望儿女们生活幸福、身体健康、一生平安。

晚饭后，我第一次帮杨姨做些家务事——只是帮忙端些碗盘，父亲和她便喜上眉梢。我才发现，原来他们和我一样，一直对彼此的关系心存间隙，一直找不到突破口，其实我们的心意却是一样：希望像一家人那样生活。

对杨姨表示亲近一直被我视为是对母亲的背叛。事到如今，我仍然无法把魏叔叔和杨姨当作自己的亲人去相处，但至少视为长辈，我该表现出应有的尊重和关怀。当我发现，我向他们报以微笑时，很容易收获整个春天。其实，别人一直是自己的镜子，原来不愿微笑的那个人是我，而非他们。这般悟出后，我对父母从前的关系以及他们各自再婚这些事也看淡了许多。我豁然开朗，宛若新生。

那以后，我和家人的关系都很好。说笑聊天，其乐融融。

而我一直是奶奶的小棉袄——奶奶原话。

我仍然和奶奶住在一起，奶奶陪着我长大，我也要陪着奶奶老去。

生日的那个夜晚，我没等到桑戈天的生日惊喜，并没有感到特别失落。想到即将要开始的半隐居田园生活，我开始一系列憧憬和规划。只要我阅读，只要黑夜来临，拿起纸和笔，我依然能流利顺畅地找到写作的语感。写作，从未远离我。我写下心中所感。我依然分不清是因为还爱着喻昂而写作，还是因为写作而写作。那已不再重要了。我常常对照他的写作五只眼来审视自己的小说，一遍遍修改。也把他的书带到久水，一遍遍翻阅，在他的字里行间，窥探他的弱点和缺点、他的一贯秉性，便越发了解他对我的爱是多么无私、伟大。尽管他离开我，给了我致命打击，却也是他对我的秉性准确估算的。他的离开，甚至给了我更广阔无垠的想象世界。他似乎知道，得不到比得到更能焕发灵感。总之，正如那句经典爱之语："爱你的人如果没有按照你所希望的方式来爱你，那并不代表他们没有全心全意地爱你。"

我的隐居生活中，没有电脑，不看电视（奶奶屋里那台1992年买的黑白电视仍健在，奶奶有时用它打发时间），手机也沉睡。和我联系，只有写信。邮箱就设在图书馆旁边。我用沉默面对不理解。我无视别人对我异样的眼光，我活在自己的世界里，我是自我主义者。

开服装店不仅归还了欠下的债，还为我赢得一笔钱。我开销极少，仍旧穿几年前的旧衣裳，我吃和奶奶共同打理的菜园里的蔬菜。我们极少吃肉，活得清心寡欲。我极度认同卢梭在《瓦尔登湖》里写的关于对待生活的那种态度："绝大部分奢侈品及不少所谓的舒适生活，非但没有必要，而且毫无疑问，是阻遏人类进步的一种障碍。就奢华和舒适而言，智者过着一种较贫者更益简约质朴的生活。……人只有处在我们该称之为自甘贫穷的立场上，才会睿智明察无所偏倚地看待人类生活。"除此之外，我还特别认同他的其他话，诸如："我相信，没有人会撕开衣缝去穿一件不合身的衣服,只有对适宜的人,一切才会派上好的用场。"也因此确定,梦想只有放在该放的地方,才能如花绽放。我相信我的梦想能在文字和久水得到妥善安置。"我们可能无法准时地抵达自己的港湾,但是,应该始终保持正确的航向。……人类天性的精纯所在,一如娇美的果霜,它需要最无微不至的精心呵护。"他的这些话简直棒极了。

即使一向花钱较多的书籍上,我也比以前更节省了。与其在书海里寻找难得倾心的好书,倒不如把那些经典一读再读来得爽快。事实上,女人不但可过穷尽奢华的生活,也适应有爱的简约生活方式。别忘了,女人是水。如果有一天,在中国,尤其是在乡村,我们能如愿过独立自我的生活,我相信一定是女人首先实现这种愿望的。

我称我的小屋为陋室,并在屋内挂上我装裱好的自画像,自画像上有小文曰:我这一生,有一屋,不必大,温馨安逸即可;有一挚爱,不必有财/才,爱我护我即可;有一痴迷,不为扬名,乐享独安即可;有一梦想,不必伟大,甘心追随即可。

我还把我门前的小溪称为瓦尔登溪。我写春天里第一朵盛开的映山红,观察小蝌蚪一日日变成青蛙,我写与一只蝴蝶的前世今生,我写漫步在山林的整个下午胡思乱想,我写一股山泉歌唱的夏欢,我写一只鸟儿光顾我的小屋,我写被文化局保护起来的老屋,我写久水古老的传说,我写夏天第一个成熟的西红柿、第一根黄瓜在我嘴里的滋味,我写第一只被老母鸡孵出的小鸡模样……我热爱这多姿多彩、原汁原味的生活。

同时,我无所期待地等待属于我的爱情。

四十　梦在老屋

桑戈天是突然出现在我面前的,披着余晖的光芒向我走来。我正在小溪边为一只红蜻蜓拍摄个人写真专辑。当镜头中,他洁白的球鞋、清爽的秋裤、红白相间的格子衬衫、那张微笑的脸庞一一呈现时,我怔住了。

相机滑落手中,在胸前来回摆动几下便停住了。挂在脖间蓝色的绳连接着相机,使相机幸免于难。即使遇难,怕我也顾不上。我动也不是,不动也不是,心中升起波涛汹涌,身子变柔软、变轻。

他轻轻说:"对不起,我来晚了。"

"不,只要你能来——永远都刚刚好。"说着,我快步扑向他。

我想要一个男人,一个他这样的男人。

我的陋室需要他这样一个男主人。

仿若初见,似曾相识的初见。

冥冥之中的初见。

我依偎在他肩头,耳语:"我打算在此长久隐居了。"

他抱紧我,亦耳语曰:"那我给你拿锄头除草,从小跟着阿婆学种菜,我会种菜。"

正合彼此心意。

夜晚，我们神仙眷侣般撕咬在一起，从身体到灵魂，从灵魂再到身体。

我们从地面飘至彩云间，在软绵绵、麻酥酥的感觉中完成奇异旅行。我们第一次真正融为一体，为了这一神圣时刻，我们等待千年之久，一旦碰触，上世、今生爱的记忆如洪水涌来，我们心甘情愿被淹没、冲走、浪迹荒芜之中。

只要我们在一起。天地全无。

我在美梦中做着美梦，酣睡如泥。

梦中，我的世界，春暖花开。他像春神之笔，瞬间点亮了我身体里所有花开——噼里啪啦、轰然炸开、争先恐后、你推我挤。很形象的一句诗："桃花推着桃花开。"

百花齐放、清香飘溢，太美了，我再次翩翩起舞，我闭着双眼，却目睹到了如花的貌美，耳边有动人的旋律，鼻翼迎着甜蜜之香。

我分不清哪些是梦，哪些是真。

如梦如幻交织的场景，即使在我第二天醒来，依然清晰地残留在脑海。

然而，当我发现小屋只有我一人时，我开始怀疑昨天桑戈天的出现只是我梦的序。我在错愕中猝然醒来。

梦醒，一切都了无痕迹。

微弱的阳光照着窗前的写字桌上、照着翻开一半的书、照着纯木相框。

人呆若木鸡，几秒沉思后，我拖着拖鞋下楼，边喊："小天、小天！"

奶奶在楼下回道："他一大早就离开了。说给你的东西在老地方。"老地方，老时间，老朋友，总让人暖暖的。

我又折回往楼上奔，打开抽屉，果然看见一个包装精美的盒子。迫不及待拆开，一件件取出里面的东西。最先发现的是一封信，依然首行空出（这成了他的特色），信曰："原谅我的不辞而别。我上次来看到你书桌上有《禁爱》，这么巧，我告诉你，这是我大学导师喻昂写的书。最近他还出版一本关于久水的书，你看看，肯定喜欢，还有他的亲笔签名。"看到这儿，我急忙找出他说的那本书，打开果然在扉页看到签名，是喻昂的笔迹。

我万没想到桑戈天和喻昂认识，并且关系不浅。突然一个久违的疑问得到了解答：一次在西城美食城附近看到过他，我怎么叫他他都听不到。却原来他急于去见喻昂，而喻昂和我说的怪朋友就是他。上帝就给了我们三个人这么一次机会，却生生错过了。

我接着看信：

你看，竟有这么巧的事。为了写好久水，导师早就偷偷来久水采过风，还拍摄了久水很多照片。其中有一张，正是你的小屋窗景，紫罗兰开得正旺，还隐约可见你摆在窗台上的照片。那张照片——你、清月和我，那时，初中三年级，我们一起去久水深处路遇一个摄影师帮我们拍的，他还说话算话寄给我们了。我也是从那时爱上摄影的。你喜欢把照片朝外摆放，你说你喜欢视野空阔，哪怕是照片里的人，你也想要他们面朝大山，静享桂香。这正是你在窗口看风景，却无意成为别人眼里的风景。

还有一件事，很久远了，但我想应该告诉你一声。我看到你写的小说了，也看到你记录在笔记本上和叶涵的对话短信了。我知道你曾经想知道他是谁，却一直没有机会。他其实就是韩野，是我给他出的主意，要他买一个陌生号码假装和你不认识。你们最初不就是因为陌生的关系而袒露心扉的吗？我不过是模仿上帝故技重施。还是我给他起的名，我以为你会发现。他也说，如果你真能发现，他就是绑也要把你绑去上海做压寨夫人。我们在一起说起各自的愿望，他说想在某个山头上当流氓头头，吃喝玩乐逍遥自在。最好是绑了你去，慢慢驯化。那时，全宿舍人哈哈大笑，我却闷声不响。因我了解他，我们三年前还在上海偶遇过一次。他绝对不同于一般上海男人，他说他祖父是北方人，骨子里有天生的豪放义气。现在的他，无法从俗世中脱身而出。但到底拥有我们普遍羡慕的美满家室和蒸蒸日上的事业。说了这么多，差点忘记告诉你，你把叶涵倒过来念就会明白了。

再次中断读信，我在记忆之海中搜索这只小船。我咕哝着"叶涵、韩野"。果然是他。只是时间已使我对他渐生陌生之感。遥想当年初见时的剧谈痛聊，多少有似梦非梦之感。

继续读信：

我跟导师说起那张照片，说起你，他问我你的名字，之后诧异了足足五秒。他说他知道你，他还说，你的小说早就发表了，他一直没告诉你，是不想你骄傲自满。现在是时候交给你了。他希望你在写作这条路上走得更远、更从容。他要我代为忠告你两点：一、享受写作；二、坚持写作。此外，要把自己定位为失败者。

　导师的话，三言两语，我也曾铭记在心，每当无助彷徨时，便想起，即便铆足了劲，继续前行。从导师的言谈举止间，我发现他很欣赏你，一如当初欣赏我。

　再说一声抱歉。既在你生日那天失约，现又不辞而别。失约是因为那段时间正和导师在一起，我想给你惊喜，因而不得不错过你的生日。

　不辞而别的原因很复杂。

　从知晓你喜欢我后，我一直在追问自己一个问题：我是否喜欢过你。

　是的。我喜欢你。我们在一起很舒服。和你在一起，没有压力感，你让我觉得自己怎样都好，只要我愿意。因熟悉的缘故，我从未想过你会喜欢我，有一天，我也会爱上你。我察觉到自己的感情时，我感到一种类似近乡情怯的害怕和担忧。

　你和我都是孤独的孩子。

　思想再三，觉得你的孤独，我无法慰藉，而我的孤独，唯有在路上。一直有条路让我行走，总能有个方向可以前行，有个远方永远无法抵达。

　我的孤独在路上。你的孤独是文字。

　我用脚步追赶灵魂；你用直觉构筑梦想花园。

　我爱你，可以为你去死；把我的爱囚禁在你身边，它会死去，我也会死去，也许，你也逃不过命运的最终玩弄。

　所以，我所能选择的只有，放弃这场近乎游戏般的追逐，我放弃，我放任自流。

　原谅我，因为我不会再回来。

　看完最后一句话，我闭上眼睛，仰起头，不让泪水来到人间。

　我早已学会和痛苦保持必要距离。我拿起笔，在信末尾写上一句话："我会等你回来。不管多久。"写完，一颗豆大的泪珠滴落在字上，模糊了"你"字。

老屋。同年10月末。一个清闲的下午。

我独自窝在一张旧藤椅上。

天井，四角的天空，白雾弥漫。

太奶奶去世后，老屋无人居住。原先仅住的两人也搬至豪华新房中去了，相隔不足30米。然而，一边是气派的喧闹，一边则是死一般的沉寂。平时无人往来，除了我，幽魂一样来去无踪影，就是一些城市里学画画的年轻学生过来写生。他们画老房子的斑驳沧桑，也有人画老屋旁年年不同的桂花、菊花、足有700年的香樟树、老屋后面一棵爷爷当年种下的柿子树。每年秋天，都挂满红灯笼一样喜庆的柿子。学生们一面听着屋前电线杆上村上统一规划安装的广播电台，一面画画嘻笑玩闹，几个胆大的还跑去偷柿子，我想他们大概也是素偷，便任由他们。我望着他们，笑而不语，他们中有两个女学生不时朝我这边张望。我也偶尔跑去看她们画的我坐在藤椅上、悠然自得地看书、闭目养神。

我们全都在自然这幅宏伟的画卷中，好生快活，绝不亚于我在上海中国馆里看到的活动的《清明上河图》。然而，我过往的记忆并不打算放过我。我仍然靠回忆活着，被过往的爱情滋润着。我原本以为可以葬爱，其实，爱永不死亡。

我再次打开喻昂的新书，用五指去触碰他的字，仿若抚摸他温暖的脸庞。我在他的书里沉迷不醒。我N次翻到夹有纸条的那一页。纸条，是我最后一次写给他的文字，我知道他是绝望的，一走便不会见面，我写了一个星期，最终确定下来，悄悄夹到他书柜的一本书中。至于他能否看到，听天由命，我当时想。泪水开始模糊我的眼睛，纸上的字一直铭记心间：

我的眼泪想你了

在角落里忧伤，想着想着，眼泪来了，心情凌乱
窗外不知什么时候变了天，起风了，大雨磅礴
我的眼泪想你了，你还在路上
我知道，比起你所忍受的痛苦

我所面对的生活，简直就是一幅色彩斑斓的画卷
我却在画卷的阳光下，无声哭泣
没有你，我的世界静悄悄
你一人，抵挡万千军马
我的灵魂里，只有你有资格驰骋
然而，你却不在，你在遥远
我的梦在遥远。你一人，给我最首要的肯定
给我最主要的自我认清，连种种刁难和为难
都成为我宝贵的财富。我为你笑，为你哭
为你疼，为你恼。是你把我同外界阻隔
是你的魅力盖过所有美丽，是你的真诚
打败了所有虚假，是你的爱，战胜所有丑恶
是你给的疼痛让我破茧，是你的预言让我心怀希望
你一人，胜过世上一切
他们笑我、误解我、讥讽我、打压我，我都不在乎
只有你，唯有你，能够伤害我
因为连你的伤害都是一种解药
即使是世人眼里的毒药，我也甘心喝下
因为，我只期望早些离开，于你
开始下一世的轮回，我在等待中幸福
在幸福中孤独，孤独中写作
写作中走向你，而你在路上
在我前面的路上，我一直追随
像追随心中最可爱的文学梦

下过雨的天空，清晰、明亮
流过泪的灵魂，宁静、怡然
我旁若无人地发呆、走神、失声大笑，独自拭泪。
　　窗外电线杆上的广播隐隐约约传来陈绮贞的诗朗诵《迷雾中跳舞》，伴随着抒情优美的音乐：

第一次 我离开了自己的房间 爱上迷雾中跳舞的日子
然而 日子会有尽头 双脚会斑驳

但风吹来了你的舞步
我就伸长了手指 走进漂白过的森林

树木变成纸 灵魂变成字
当你清楚描绘出 它的样子 又造就一只 即将逃脱的天使

舞台变成纸 身体变成字
透过你的眼 离开 也是诗

走吧 迷雾中跳舞
我们 每一分 每一秒都是历史

我沉醉在自己的世界里。学生们的喧哗把我从梦的深处给拉了回来。

原来，老天见我落泪，试与我比个高低，也悄无声息地挥洒开来。

毫无征兆，学生们来不及准备，画纸和凌乱的画笔颜料被雨打了个措手不及。他们纷纷抱怨，慌乱收拾。画卷中的人物生动极了。

他们一股脑跑到老屋里躲雨。领队的老师和我年纪相仿，她短发，显得精神干练。与我以往所以为的艺术家形象格格不入。也许她只是画画，却不是画家。如同我虽然写作，却永远只是写作。

雨，像断了线的珠子。

我们挤在客厅里，看雨从青瓦急急流下，拍打在廊间水道里。

女老师朝我露出迷人的微笑。我点头回以微笑。

我忽而有了说话的冲动，面对友好的陌生人，我对她说："我随便说点什么，好吗？"

当然好。她笑盈盈回道，并示意她的学生们注意听讲。我猜她好奇我如同好奇这所老屋。

我娓娓道来："传说，几百年前，我们所在的这片土地，荒无人烟，我们的祖先是一位优雅文人，诗词歌赋样样精通，此外，他富有高贵灵魂和孤傲秉性。他一个人身上只带着纸和笔,三天三夜,跋山涉水至此。彼时,天已黑透,他又饿又渴,朦朦胧胧中看到一座不俗阁楼。他推门进入,却见一位妙龄女子款款迎他而来,把他引入一间小屋,小屋中间有张桌子,摆着美酒佳肴,仿若专门静候他。后来,他们很幸福地生活在一起,生儿育女,传承文化。发展成今天的久水。"

我话刚落音,他们纷纷发表意见:

"骗人,这么多天,只带纸和笔,早饿死了。"

"哇——新版《聊斋》哎。"

"你们说,他们的幽魂会不会在房子的某处看着我们?"

"要小心哦,某某女同学。"

"你才要小心呢,从来只闻女鬼害人,哪有男鬼?"

……

我发觉,我们已和老屋融为一体了。成为故事中的人物和地点。

灵感一现,我的新小说有了开头。

所有的故事在生长。每个人的故事在生长。

故事未完,新的故事拉开大幕:极少出问题的广播,忽然像被按了反复重播的按钮,一直重复那句话:走吧,迷雾中跳舞。

所有的人,毛骨悚然。

上帝躲在云层背后神秘一笑。